VICTORIA SELMAN
Sieben Opfer

Buch

London zur Rushhour. Ein vollbesetzter Pendlerzug rast gegen einen Tankwagen und explodiert. Die Profilerin Ziba MacKenzie ist zufällig an Bord und überlebt die Kollision – im Gegensatz zu vielen anderen. Die Frau, die ihr gegenübersaß, vertraut Ziba kurz vor ihrem Tod eine kryptische Nachricht an: »Er hat es getan. Sie müssen es jemandem sagen.«

Als kurz darauf eine Leiche gefunden wird, die an eine Mordserie von vor 25 Jahren erinnert, wird Ziba als Profilerin in die Ermittlungen eingeschaltet. Alles weist darauf hin, dass der meistgesuchte Serienmörder Großbritanniens erneut zugeschlagen hat. Und es bleibt nicht bei einem Opfer. Aber warum ist er nach so langer Zeit zurückgekehrt? Hat es etwas mit der Frau und ihrer kryptischen Nachricht zu tun?

Ziba setzt alles daran, den Killer zu enttarnen und weitere Bluttaten zu verhindern. Aber die Zeit läuft ihr davon. Und je näher sie an den Täter herankommt, desto mehr bringt sie sich selbst in Gefahr …

Autorin

Victoria Selman lebt mit ihrem Mann und ihren beiden Söhnen in London. Nach dem Studium in Oxford und London hat sie als Journalistin für verschiedenen Zeitungen geschrieben. Ihr Romandebüt »Sieben Opfer« stand auf der Shortlist für den Dagger Award und wurde auf Anhieb ein Bestseller.

Victoria Selman
Sieben Opfer

Der erste Fall für Ziba MacKenzie

Thriller

Aus dem Englischen
von Marie-Luise Bezzenberger

GOLDMANN

Die englische Originalausgabe erschien 2019 unter dem Titel
»Blood for Blood« bei Thomas & Mercer, Seattle.

Sollte diese Publikation Links auf Webseiten Dritter enthalten, so übernehmen wir
für deren Inhalte keine Haftung, da wir uns diese nicht zu eigen machen, sondern
lediglich auf deren Stand zum Zeitpunkt der Erstveröffentlichung verweisen.

Penguin Random House Verlagsgruppe FSC® N001967

1. Auflage
Deutsche Erstveröffentlichung Januar 2022
Copyright © 2019 der Originalausgabe by Victoria Selman.
All rights reserved.
Copyright © der deutschsprachigen Ausgabe 2022
by Wilhelm Goldmann Verlag, München,
in der Penguin Random House Verlagsgruppe GmbH,
Neumarkter Str. 28, 81673 München
Umschlaggestaltung: UNO Werbeagentur, München nach einer Idee von Mark
Swan/Amazon publishing
Umschlagmotiv: Mark Swan/Amazon publishing
Redaktion: Kerstin von Dobschütz
An · Herstellung: ik
Satz: Buch-Werkstatt GmbH, Bad Aibling
Druck und Bindung: GGP Media GmbH, Pößneck
Printed in Germany
ISBN: 978-3-442-49120-9
www.goldmann-verlag.de

Besuchen Sie den Goldmann Verlag im Netz

Für Tim, dem Wind in meinen Segeln

Die Menschen rufen niemals so viel Leid hervor,
als wenn sie aus Glaubensüberzeugung handeln.

BLAISE PASCAL

Prolog

Der Junge hat das Gesicht eines Engels. Einen Strahlenkranz aus goldenen Locken. Botticelli-Lippen. Augen groß wie die eines Babys. Nur die Quetschungen um seinen Hals verderben den Effekt. Ein dunkler Fleck auf weißen Schwingen. Der Teufel allein weiß, was er getan hat – und ungeschehen gemacht hat.

1. Kapitel

Es geschah um 17 Uhr 27 an einem Donnerstagabend im Herbst. Das Wetter war unbeständig, und ich war zum ersten Mal seit Wochen wieder draußen.

»*Auf Gleis 1 fährt ein der Zug des Thameslink Service in Richtung Norden, über King's Cross und St. Pancras. Bitte bleiben Sie zu Ihrer eigenen Sicherheit immer hinter der gelben Linie.*«

Ich stand ein ganzes Stück hinter der Linie. Die Bahnsteigkante hat einen Reiz, dem ich nicht trauen darf.

Die Leute drängelten auf dem Bahnsteig, als der Zug das Gleis hinabrauschte, schoben sich ganz nach vorn, noch ehe er anhalten konnte. Die Rushhour bringt in niemandem das Beste zum Vorschein. Wir müssen doch alle irgendwohin.

Zischend öffneten sich die Türen. Die Menge wogte vorwärts.

Der Wagen war brechend voll, doch ich erspähte einen leeren Sitzplatz am Fenster und ließ mich darauf plumpsen, bevor ihn sich jemand anderes schnappte, mit dem Rücken in Fahrtrichtung. Ich holte tief Luft und konzentrierte mich auf meine Atmung. Es klappte nicht; meine Brust war wie zugeschnürt, mein Blickfeld verengte sich.

Reiß dich verdammt noch mal zusammen, dachte ich. Heute sollte doch ein besonderer Tag sein.

»*Vorsicht bei der Abfahrt des Zuges. Bitte zurückbleiben. Vorsicht beim Schließen der Türen.*«

Ein strenger Geruch herrschte in dem Wagen, wie von feuchtem Müll oder vergorenem Obst. Ich rümpfte die Nase und blickte mich um, versuchte, mich zu orientieren und zu erden. Eine Bewältigungsstrategie, so nannte mein früherer Therapeut das.

Ein Mann, der ein kleines Stück entfernt im Gang stand, sah mich an. Er hatte einen Bürstenschnitt, so scharfe Bügelfalten an den Hemdärmeln, dass man sich daran hätte schneiden können, und eine eng geknotete Krawatte. Übernervös und eindeutig erregt, dachte ich, als ich das Zucken seiner Gesichtsmuskeln und sein rapides Blinzeln sah.

In der Sitzreihe neben meiner schlug ein Mann mit Eiterpickeln, eingefallenen Wangen und fauligen Zähnen immer wieder auf seine Arme ein und pulte an seiner Haut herum. Sämtliche physischen Merkmale und Verhaltensauffälligkeiten eines Methamphetamin-Süchtigen. Er fing meinen Blick auf und wandte sich dann rasch ab.

Drogen sind nicht mein Fachgebiet, aber ich habe ein bisschen was von Duncan aufgeschnappt, als er zur Sitte gewechselt war. Oder zum SCD9, wie das heute heißt. Die meisten Meth-Junkies sind vorbestraft, und das Profil ist fast immer gleich – Paranoia, Neigung zu Gewalttätigkeit, Schlafstörungen, Halluzinationen. Dabei können Meth-

User eigentlich ganz klar im Kopf sein, wenn sie nicht gerade high sind.

Mir gegenüber las eine Dame Ende sechzig, die ein kleines goldenes Kruzifix und ein Rosenkranz-Armband trug, die *Metro*, kaute an ihren Nägeln und wippte mit dem Knie auf und ab. Also nervös. Oder vielleicht fühlt sie sich bei dem, was sie da liest, unbehaglich, dachte ich und warf einen Blick auf die Schlagzeile ganz oben auf der Seite, die aufgeschlagen auf ihrem Schoß lag. Ohne nachzudenken, musterte ich sie kurz von oben bis unten.

Kruzifix. Rosenkranz. Also eine Katholikin – jemand, der an Erlösung und an die Hölle glaubt. Die Bluse bis oben hin zugeknöpft. Handtasche klein und ohne Herstellerlogo, mit steifen Tragegriffen und Schnappverschluss. Ein Mensch, dem Status gleichgültig ist, jemand, der sich von allen um ihn herum abschottet. Und beigefarbene Kleider, ein neutraler Farbton, oft mit Gefühlen der Einsamkeit und des Isoliertseins in Verbindung gebracht. Unwillkürlich schielte ich nach unten. Meine Jacke hatte dieselbe Farbe.

Dies war eine Frau, die sich vor der Welt verschloss. Möglicherweise hatte jemand, dem sie vertraut hatte, sie enttäuscht. Vielleicht dachte sie, sie wäre sicherer, wenn sie für sich blieb, oder vielleicht mochte sie andere Menschen einfach nicht.

Wir hielten vor einem Signal. Ich lehnte mich an die Wand des Wagens und ließ den Kopf am Fenster ruhen. Hinter meinem linken Auge war ein Bohrer zugange, eine beginnende Migräne. Das kühle Glas war angenehm.

Draußen war die Szenerie ebenso grau wie der Himmel. Hohe Mauern, vollgesprüht mit Obszönitäten. Tunnel und metallene Brückenpfeiler. Schuppen und Drahtseile. Alles von einem dicken Rußfilm überzogen.

Ein Güterzug zuckelte auf dem Nachbargleis vorbei. Eine braun-gelbe Lokomotive zog dreißig mit Graffiti vollgeschmierte Wellblechcontainer. Und ganz hinten in der Reihe acht silberne Zylinder mit dem Shell-Logo auf der Seite.

»*Wir entschuldigen uns für die Verzögerung. Der Zug fährt in Kürze weiter.*«

Ich gähnte, schlug die *Metro* auf, die ich im Bahnhof mitgenommen hatte, und fing an, sie durchzublättern.

Auf der fünften Seite war ein Artikel zum Jahrestag der Ermordung von Samuel Catlin. Eine bebilderte Doppelseite mit dem Foto von ihm in seiner Schuluniform, das damals in allen Zeitungen gewesen war, als ich noch klein war.

Außerdem war da noch ein Foto von ihm, wie er seinen Eltern zum Abschied zuwinkte, die Baseballkappe verkehrt herum auf dem Kopf und mit einem Rucksack voller Dinosaurier-Aufkleber. Es war auf dem Weg zur Bushaltestelle aufgenommen worden, an dem Tag, als er zum ersten Mal allein zur Schule gefahren war.

Damals war er zehn Jahre alt, und er kam an diesem Abend nicht nach Hause.

Appell der Eltern,
den Mörder ihres Sohnes zu fassen

Heute vor fünfundzwanzig Jahren wurde Samuel Catlin (10) auf dem Heimweg von der Schule entführt und ermordet. Sein Leichnam wurde später auf einem Treidelpfad entlang des Kanals beim Camden Lock in North London gefunden; sein Kopf ruhte auf einem zusammengefalteten Anorak. Trotz intensiver landesweiter Ermittlungen und großem Interesse an dem Fall, wurde der Täter nie gefasst.

Gestern appellierten seine Eltern abermals an die Öffentlichkeit, ihnen zu helfen, den Mörder ihres Sohnes zu finden.

»Samuel hatte so wunderschöne goldene Locken und ein Lächeln, bei dem einem glatt das Herz schmolz. Er wollte Hubschrauberpilot werden. Er liebte Chocolate-Chip-Cookies und Pfannkuchen – alles, was süß war. Unser Leben wird ohne ihn nie wieder so sein wie früher. Wir werden nicht aufhören zu suchen, bis wir den finden, der ihn uns genommen hat«, sagte seine Mutter Anne (59).

»Irgendjemand dort draußen weiß etwas. Vielleicht denkt er, es ist zu unbedeutend, um wichtig zu sein, aber jedes Detail zählt. Wenn Sie irgendetwas wissen, bitte melden Sie sich bei der Polizei. Wir brauchen Ihre Hilfe, um Samuels Mörder zu fassen, damit der Mensch, der unserem Sohn das angetan hat, bestraft werden kann.«

Samuels Vater kämpfte mit den Tränen, als er sagte, dass die Tatsache, dass der Mörder seines Kindes nicht zur Rechenschaft gezogen worden war, das Unglück seiner Familie noch schlimmer gemacht hätte.

Jeder, der über Informationen verfügt, wird gebeten, die Nummer der Crimestoppers anzurufen: 0800 555 111.

Die Frau gegenüber schloss die Augen und seufzte. Ihr Daumen klopfte unablässig gegen den Griff ihrer Handtasche. Ihr Mundwinkel zuckte, als bemühte sie sich, nicht zu weinen. Auch sie hatte den Artikel über Samuel Catlin gelesen.

Jetzt flüsterte sie etwas vor sich hin, so leise, dass ich es vielleicht nicht verstanden hätte, hätte ich nicht Lippenlesen können.

Sie haben ihn nie gefasst.

Sie seufzte noch einmal und bekreuzigte sich.

Ich seufzte ebenfalls. Mir ging es genauso wie ihr, doch ich wusste auch aus Erfahrung, dass ungelöste Kindesmordfälle nie ad acta gelegt werden. Vielleicht brachte der Appell der Catlins ja frische Beweise ans Licht. Allerdings war das in Anbetracht der Zeit, die seither vergangen war, ziemlich unwahrscheinlich.

Mein Blick schweifte von Neuem ab; die Zeitung fesselte meine Aufmerksamkeit nicht. Wieder und wieder hatte ich dieselbe Zeile gelesen, unfähig, mich zu konzentrieren. Ich hatte gestern Nacht geschlafen, doch es war ein mieser Schlaf gewesen: leicht und unruhig und voller Albträume, sodass es sich heute Morgen angefühlt hatte, als hätte ich kein Auge zugetan. Und es sah aus, als sei ich da nicht die Einzige.

Auf der anderen Seite des Ganges saß ein Mann mit Ringen unter den Augen, Filzstiftspuren auf den Hemdmanschetten und einem weißen Fleck auf der Schulter seines Nadelstreifenanzugs. Ein Vater also, mit einem Neugeborenen und einem Kleinkind zu Hause – dem rosa Glitzerfilzstift nach wahrscheinlich ein kleines Mädchen. Und in Anbetracht der kalkigen Farbe der Spucke ein Baby, das Fertigmilch bekam.

Die Frau neben ihm – blondes Haar, kurzer Rock, tiefer Ausschnitt – trug gerade Lipgloss auf. Die schlecht abgedeckten Schatten unter ihren Augen verrieten, dass auch sie nicht viel Schlaf bekommen hatte; doch das Lächeln, das sich in ihren Mundwinkeln hielt und der Knutschfleck an ihrem Hals ließen vermuten, dass das aus einem anderen Grund geschehen war.

Und was war mit der Frau, die immer wieder geistesabwesend über ihren kaum vorhandenen Bauch strich und ins Leere starrte? Nun ja, im Moment gähnte sie vielleicht nicht, aber wenn ich richtiglag, würde sie in weniger als neun Monaten alles über Schlafentzug wissen.

»In Kürze erreichen wir Kentish Town. Bitte vergewissern Sie sich, dass Sie beim Aussteigen all Ihre Gepäckstücke bei sich haben.«

Die Katholikin gegenüber faltete die Zeitung zusammen und steckte sie in ihre Handtasche; sie sah noch einmal nach, ob sie auch nichts vergessen hatte, ehe sie sich erhob und auf die Türen zustrebte.

Ich schaute kurz auf meine Uhr, als wir aus dem Tunnel kamen und in das Halblicht des Tages hinausschossen.

17 Uhr 27.

Die Luft war warm, der Rhythmus des Zuges hatte etwas Beruhigendes. Gerade schloss ich die Augen, den Kopf an die Fensterscheibe gelehnt, meine Tasche an die Brust gedrückt, als der Zug heftig ruckte. Ein ohrenzerreißendes Kreischen von Stahl auf Stahl gellte, als der Lokführer zu bremsen versuchte.

Ich riss die Augen auf. Dort, quer über dem Nebengleis, lagen drei zylinderförmige Shell-Tankcontainer auf der Seite – das Wort FEUERGEFÄHRLICH war in Rot in der Mitte aufgemalt.

2. Kapitel

Die Zeit verzerrte sich. Zwischen diesem Augenblick und dem nächsten lag nur der Bruchteil einer Sekunde, doch es kam mir länger vor. Eine Illusion natürlich. Das Emotionszentrum im Hirn, das aktiver wurde.

Meine Kopfhaut kribbelte. Mein Körper spannte sich. Mein Magen rutschte eine Sprosse tiefer.

Die Rushhour hatte ihren Höhepunkt erreicht. Wir waren in einer Metallröhre gefangen, Hunderte von Pendlern, eng zusammengepfercht. Männer, Frauen und Kinder. Arbeiter, die Zeitung lasen und darüber nachdachten, was es zum Abendessen geben sollte. Schulkinder, mit Hausaufgaben und Sportsachen bepackt.

Auf der anderen Seite des Ganges hielt sich die schwangere Frau mit offenem Mund den Bauch. Das Lipgloss-Mädchen hielt den Make-up-Pinsel regungslos über einer Puderdose. Die Augen des müden Vaters waren weit aufgerissen.

Ich riss die Arme vors Gesicht, eine instinktive Reaktion. Es war keine Zeit, um mich einzustemmen oder auf den Boden zu werfen. Keine Zeit, um unter einem Sitz in

Deckung zu gehen oder auch nur den anderen Fahrgästen eine Warnung zuzubrüllen.

Wir waren fast mit Höchstgeschwindigkeit unterwegs. Bei dieser Geschwindigkeit und dem Abstand zwischen uns und den Tankwagen würde Bremsen nicht genügen, trotz der gewaltigen Tempoverringerung.

Ein Knall – laut wie ein Donnerschlag –, ein Ganzkörperschlag und ein harter Rückstoß, als wir die entgleisten Tankwagen rammten.

Einen Moment lang hob der Wagen ab, wurde von der Wucht der Kollision emporgeschleudert, bevor er zu Boden krachte.

Ich wurde rückwärts in meinen Sitz gedrückt, von einer unsichtbaren Hand dort festgenagelt. Die Fahrgäste mir gegenüber wurden nach vorn geschleudert; die Gewalt des Aufpralls katapultierte sie von ihren Sitzplätzen, als schlügen sie einen Salto. Ihre Nacken verdrehten sich, als ihre Köpfe gegen die Menschen und Gegenstände vor ihnen knallten.

Eine Sekunde später eine Explosion. Eine Kanonenkugel aus Feuer und Luft. Berstende Fenster. Zersplitterndes Glas. Umherfliegende Trümmer.

Die Luft war von Staub und Rauch erfüllt. Der Dieselgestank war so stark, dass ich ihn schmecken konnte, beißend und bitter. Treibstoff, der durch die Kollision zerstoben und in Brand geraten war.

Schreie waren zu hören, Stöhnen, das Weinen eines Babys. Und aus weiter Ferne das Klingeln eines Handys, *Tubular Bells*. Doch der Lärm war gedämpft, als hörte ich ihn durch Schaumstoff hindurch. Vorübergehender Gehörverlust durch die Explosion.

Mein Mund war staubtrocken, meine Haut schweißnass. Wir hätten in einem Hochofen stecken können, so groß war die Hitze.

Zu weit weg, um ihn zu erreichen, sah ich einen von Flammen eingehüllten Mann, durch den schwarzen Rauch hindurch nur als verschwommener Umriss zu erkennen. Überall leckten kleine Brände am versengten Kadaver des Zuges.

Der Dieselgestank wich dem ekelhaft süßlichen Geruch von verbranntem Fleisch. Ganz in der Nähe begann jemand zu husten.

Ich zitterte am ganzen Leib, doch hier ging es nicht um Kämpfen oder Fliehen, jetzt nicht mehr. Jetzt ging es um etwas Urtümliches. Es ging ums Überleben.

3. Kapitel

Verhalten nach einer Explosion gehörte zu meiner Grundausbildung. Ich wusste, was zu tun war und wie man am Leben blieb.

Ich hielt den Mund geöffnet und atmete ganz flach. Die meisten Leute glauben, das Tödlichste an einer Explosion sind die Hitze oder umherfliegende Splitter. Das stimmt nicht. Es ist der Überdruck, den die Schockwelle erzeugt.

Wir halten instinktiv die Luft an, wenn wir Angst haben, doch das verwandelt unsere Lunge lediglich in einen Ballon, der unter hohem Druck steht. Nach einer Explosion in einem geschlossenen Raum punktiert und zerfetzt die Druckwelle sie, was zu inneren Blutungen und heftigen Brustschmerzen führt. Nur ungefähr sechs Prozent der Opfer sterben an Verletzungen durch Splitter. Der Rest stirbt an den Auswirkungen einer geplatzten Lunge.

Ich betastete mein Gesicht und meinen Oberkörper, begutachtete den Schaden – eine ordentliche Platzwunde an der Wange, Prellungen, aber keine gebrochenen Rippen und keine Schmerzen in Bauch, Rücken oder Brustkorb.

Das Gefühl, Watte in den Ohren zu haben, ließ nach, also war mein Hörvermögen nicht beeinträchtigt. Meine Augen schmerzten vom Rauch, doch sie brannten nicht, und ich sah auch nicht alles verschwommen. Ich konnte atmen, und als ich auf die Beine kam, stellte ich fest, dass ich laufen konnte – gerade eben so. Mein rechtes Bein war nicht verletzt, aber es funktionierte nicht richtig. Ich fiel vornüber in die Trümmer.

Scheiße, dachte ich, als ich mich mühsam wieder aufraffte. Ich taumelte zur Wand des Wagens hinüber, stützte die Hände dagegen und schaffte es, mich halbwegs aufrecht zu halten. Dann ließ ich den Blick durch den Wagen wandern, machte mich mit der Situation vertraut.

»Unten bleiben. Halten Sie sich etwas vor den Mund«, schrie ich. Meine Stimme war gedämpft, und ich fing an zu husten, als ich eine Ladung Staub einatmete.

Die Luft im Waggon war drückend heiß und schwarz vor Rauch – ein Witwenschleier. Zuerst konnte ich lediglich vage Umrisse erkennen. Menschen, die dort, wo sie gesessen hatten, eingeklemmt waren. Andere auf dem Boden, unter Trümmern und Glasscherben, von Sitzen geschleudert, die bei der Explosion aus den Seitenwänden gerissen worden waren.

Doch als der Rauch allmählich durch die klaffenden Löcher der geborstenen Fenster abzog und meine Augen sich nach und nach an die Düsternis gewöhnten, sah ich mehr. Den Vater im Nadelstreifenanzug ohne Gesicht. Eine weitere Person, schwer verbrannt und mit ausgebreiteten Armen und Beinen unter einem Metallhaufen. Den regungslosen Körper einer jungen Frau, die Augenhöhlen weit offen und leer.

In der Mitte des Wagens war ein Krater, geborstenes Glas und zerfetzte Leichen. Die Leichen von Ehemännern, Vätern und Großvätern. Von Ehefrauen, Müttern und Großmüttern. Von Söhnen und Töchtern. Brüdern und Schwestern. Menschen, die sich beeilt hatten, um den Zug noch zu kriegen. Menschen, deren Angehörige sie nie wiedersehen würden.

Ich holte Luft und sah mich abermals um, diesmal mit einem anderen Blick, einem bewertenden. Wo sollte ich anfangen?

Überall schrien Menschen und riefen um Hilfe.

Dem Mann unter dem Metallhaufen quollen Schmerzenstränen aus den Augen. Sein Brustkorb war von der Last eingedrückt worden, sein Gesicht schwarz vor Blut und Staub. Seine Hände waren geschwollen und von Splittern durchbohrt. Ich wollte zu ihm, doch zwischen uns klaffte ein breiter Spalt. Über den würde ich es niemals schaffen, wenn sich mein verdammtes Bein so anstellte wie jetzt, und selbst wenn, würde ich vielleicht nicht wieder zurückkönnen, um jemand anderem zu helfen. Lieber hierbleiben und den Verletzten beistehen, an die ich leichter herankam.

Das Lipgloss-Mädchen von vorhin lag ganz in der Nähe. Sie war blass, ihre Kleider waren zerrissen, und sie rührte sich nicht.

Ich hielt ihr meine Wange vor Nase und Mund, um zu überprüfen, ob sie atmete. Nichts. Unwillkürlich dachte ich an ihr heimliches Lächeln von vorhin. Ich strich ihr das Haar zurück und drückte die Finger gegen ihren Hals, suchte an der Halsschlagader nach einem Puls, wollte sie mit reiner Willenskraft zwingen, am Leben zu sein. Erst war ich mir nicht sicher, doch dann spürte ich es. Ein ganz schwaches Pochen. Ein Zeichen, dass sie nicht bereit war aufzugeben.

Ich setzte den Handballen in die Mitte ihres Brustkorbes, legte die andere Hand darüber und drückte zu.

»Eins, zwei, drei ...«

Dreißig Kompressionen. Zweimal beatmen. Und noch mal.

Komm schon.

Ich blies Luft in ihre Lunge. Ihr Mund und ihre Luftröhre füllten sich mit Blut. Es war vorbei.

»Helfen ... Sie mir«, stammelte eine zitternde Frauenstimme. Sie war nicht weit entfernt, doch ich war plötzlich völlig erschöpft. Selbst ein paar Meter zu gehen erschien wie eine enorme Leistung.

Hinkend tastete ich mich durch die Trümmer zu ihr hinüber. Bei jedem Schritt schien der Schmerz meine Rippen zu durchbohren. Meine Kehle brannte. Meine Augen taten weh.

»Helfen Sie mir«, wimmerte sie, als ich sie erreichte. Es war die Frau, die vor dem Unglück ihren Bauch gestreichelt hatte. Ihr Haar war blutverklebt. Dunkles Blut sickerte im Schritt durch ihre Jeans.

»Ich hab's verloren, stimmt's?«

Ihre Augen füllten sich mit Tränen.

»Das müssen wir abbinden«, sagte ich, obgleich mir klar war, dass sie nicht von ihrem Bein sprach.

Entlang des Oberschenkelknochens war ein tiefer Riss. Ein großes Metallbruchstück ragte daraus hervor, und Blut rann über ihre Finger, die instinktiv auf die Wunde drückten. Ich zog meine Strickjacke aus und band sie um ihren Oberschenkel. Ideal war das nicht, und es war ganz bestimmt nicht das, was Duncan als »Bringer« bezeichnet hätte, doch es war alles, was ich hatte, und mit ein bisschen Glück würde es verhindern, dass sie verblutete.

»Wie heißen Sie?«, fragte sie, als ich die Jacke auf ihr Bein drückte.

»Ziba. Ziba MacKenzie.«

»Mein Name ist Liz Cartwright. Sie müssen meinem Mann sagen, was mit mir passiert ist. Werden Sie das tun? Werden Sie es ihm sagen?«

»Sie kommen hier raus, und Sie werden es ihm selbst erzählen. Haben Sie gehört?«

Sie nickte, und ich zog den Knoten stramm.

»Und jetzt legen Sie Ihre Hand da hin und drücken schön weiter drauf«, wies ich sie an und sah mich auf der Suche nach dem nächsten Kandidaten im Wagen um.

Da sah ich sie, die Katholikin; sie lag auf dem Boden. Ich humpelte hinüber.

»Hey«, sagte ich und legte ihr die Hand auf die Schulter. »Wie geht's Ihnen?«

Das war eine blöde Frage. Als ich sie näher betrachtete, konnte ich genau sehen, wie es ihr ging. Äußere Verletzungen hatte sie nicht, doch ihre Augenlider flatterten. Am

Hals hatte sie eine große pflaumenblaue Hautblutung, und ihr Oberschenkel war stark angeschwollen. Innere Verletzungen. Es gab nichts, was ich für sie tun konnte.

Seufzend schaute ich mich im Wagen um – instinktive Triage. Doch die Katholikin hatte da andere Vorstellungen.

Sie griff nach meinem Arm und packte fest zu. Ihr Gesicht war weiß und blutleer, ihre Augen weit aufgerissen. Doch sie sah gar nicht mich an. Irgendetwas anderes hatte ihre Aufmerksamkeit erregt.

Ich hätte mich vielleicht losgemacht, hätte sie mir daraufhin nicht das Gesicht zugewandt. Ihre Augen waren wie Duncans Augen. Dieselbe Mischung aus Grau und Grün, bei der ich immer an einen Bergsee hatte denken müssen. Ich kniete nieder und schob die Hand unter ihren Kopf.

Hierzubleiben verstieß gegen sämtliche Richtlinien. Es gab andere, für die meine Hilfe vielleicht ausschlaggebend gewesen wäre. Doch das war mir egal. Ich war nicht mehr bei der Spezialeinheit, und ich würde diese Frau nicht allein sterben lassen.

Hin und wieder zuckte ihr Körper, wenn ein unsichtbarer Stromschlag ihn durchfuhr.

»Ist ja gut«, sagte ich. »Ich bin hier.«

Ich wollte, dass sie meine Stimme hörte. Mir war klar, dass es keine Rolle spielte, was ich sagte, solange ich nur überhaupt etwas sagte. Solange sie wusste, dass jemand bei ihr war.

Sie versuchte zu sprechen.

»Er …«

Sie hielt inne, mühte sich ab, dann öffnete sie abermals

den Mund. Flüsterte etwas Unverständliches. Doch sie war fest entschlossen, die Worte herauszuzwingen.

»Ich habe Sie nicht verstanden«, sagte ich und beugte mich hinab, um sie besser hören zu können. »Was wollen Sie sagen?«

Sie sah mich unverwandt an, umklammerte meinen Arm, holte tief Luft, so wie man es vielleicht tut, kurz bevor man unter Wasser taucht.

»Er hat es getan. Sie müssen es jemandem sagen.«

»Wer ist *er*?«, fragte ich. »Was hat er getan?«

»Bitte«, keuchte sie, während ihr letzter Atemzug rasselnd aus ihrem Körper entwich.

Sie war gerade lange genug am Leben geblieben, um ihre Botschaft weiterzugeben. Doch ich hatte nicht die leiseste Ahnung, was diese Botschaft bedeutete.

4. Kapitel

Als schließlich das erste Notarzt-Team am Schauplatz des Geschehens eintraf, mit Helmen und Signalwesten, lockerte ich gerade die verkohlten Kleider eines halbwüchsigen Mädchens mit Verbrennungen dritten Grades, um weitere Schäden durch Schwellungen zu verhindern. Die Haut an ihren Händen war wächsern, wund und rot und mit Blasen bedeckt.

»Wir brauchen hier Mullbinden und kalte Kompressen«, schrie ich und fuchtelte mit den Armen, um mich bemerkbar zu machen.

Draußen lotsten Mitarbeiter der Bahn Fahrgäste die Böschung hinauf, während an Bord des Zuges gehfähige Überlebende anderen halfen, über die Sitze zu steigen und durch die geborstenen Fenster ins Freie zu klettern. Ein paar Meter von mir entfernt drosch ein Mann in einem Anzug, der grau vor Staub war, mit einer Metallstange auf eine Tür ein – eine Haltestange, die bei dem Aufprall herausgerissen worden war.

»Wenn Sie gehen können, kommen Sie hier rüber«, rief einer der Rettungshelfer und leuchtete mit einer Taschenlampe in den Wagen.

Stolpernd suchten sich die Überlebenden einen Weg durch das verkohlte Trümmerfeld zu ihm hin. Manche fanden Halt an den Wänden des Wagens, andere stützten sich gegenseitig.

Der Rettungshelfer streckte den Arm ins Wageninnere, um ihnen hinauszuhelfen. Einer nach dem anderen ließ sich vom Fenster zu Boden fallen und tappte benommen das Gleis entlang und zur anderen Seite, wo weitere Helfer Decken und Kaffee verteilten.

»Sie gehen doch nicht weg, oder?« Die Stimme des Mädchens wurde laut vor Panik.

»Ich lass dich nicht allein. Versuch mal, dich zu entspannen. Das wird schon wieder.«

»Gar nichts wird wieder!«, schrie eine alte Frau, die von schweren Trümmern auf ihrem Sitzplatz eingeklemmt war. »Wir werden alle draufgehen!«

»Niemand geht hier drauf,« gab ich mit so viel Autorität zurück, wie meine Stimme nur vermitteln konnte, und auch mit einiger Gereiztheit. Hysterie würde niemandem helfen.

»Sie sollten sehen, dass Sie hier rauskommen«, meinte ein Rettungshelfer, während er überprüfte, ob das Mädchen ungehindert atmen konnte. Mit einem Kopfnicken deutete er auf die Schnittwunde an meiner Wange. »Lassen Sie sich versorgen.«

»Ich habe ihr versprochen, dass ich hierbleibe. Wie kann ich helfen?«

Er zuckte die Achseln.

»Sorgen Sie dafür, dass sie ruhig bleibt«, flüsterte er. »Plaudern Sie ein bisschen mit ihr.«

Small Talk ist nicht meine Kernkompetenz, und mit weiblichen Teenagern bin ich noch nie besonders gut zurechtgekommen, nicht einmal, als ich selbst einer war.

»Also, auf was für Musik stehst du denn so?«, erkundigte ich mich.

Das schien mir ein ungefährliches Thema zu sein.

»Vor allem auf Klassik«, antwortete sie und krümmte sich vor Schmerz. »Klavierspielen ist mein Leben. Im Februar spiele ich an der Juilliard School vor.«

»Du hast bestimmt echt Talent.« Ich wandte den Blick ab; ich wollte nicht, dass meine Miene ihr verriet, was ihr noch nicht klar geworden war.

»Was jetzt?«, fragte ich den Rettungshelfer, als der das Mädchen auf eine behelfsmäßige Trage packte.

Meine Arme zitterten. Ich fühlte mich völlig ausgelaugt, doch die Schmerzen in meinem Bein ließen nach, und ich konnte es belasten. Das hieß, ich konnte mich nützlich machen.

»Wir müssen einen Weg freiräumen, damit wir die Verletzten rausschaffen können.«

»Roger«, sagte ich und krempelte die Ärmel hoch.

Erst später, als ich draußen war und neben dem völlig demolierten Zug und der fünfzehn Meter hohen Wolke aus scharf riechendem Qualm stand, wurde mir schlagartig das ganze Ausmaß des Unglücks bewusst.

Wie war das passiert? Wie war aus einer ganz alltäglichen Bahnfahrt ein apokalyptischer Albtraum geworden? Wie war aus der Frage, ob heute der Tag war, an dem ich endlich in der Lage sein würde, mich selbst vom Sofa hochzuzerren, die Frage geworden, ob ich gleich als Dosenfleisch enden würde?

In meinem Beruf hatte ich jede Menge Leichensäcke zu Gesicht bekommen, doch das hier war etwas anderes. Und es hatte auch seine Wirkung auf mich. Als der Rauch den Wagen erfüllte, lichtete sich der Nebel, in dem ich die letzten paar Wochen gesteckt hatte. Den Menschen in diesem Zug zu helfen hatte mich wieder daran erinnert, was ich am besten kann. Wenn das Haus brennt, laufe ich nicht davon. Ich stürze mich in die Flammen.

Als ich mich umblickte, konnte ich sehen, dass ich nicht die Einzige war. Männer und Frauen, die vorhin geschubst und gedrängelt hatten, um in den Wagen zu gelangen, standen jetzt völlig Fremden bei.

Die Rushhour bringt vielleicht das Schlimmste im Menschen zum Vorschein, bei einer Tragödie jedoch zeigt sich das Beste in ihm.

Später machten Geschichten die Runde. Heroische Handlungen, Wildfremde, die einander halfen. Ein Mann zog ein Mädchen unter einem Trümmerhaufen hervor, obgleich er selbst schwer verletzt war. Ein anderer schaffte es aus dem Wagen, in dem er gewesen war, nur um in die zertrümmerten Überreste des Waggons davor zu steigen, um zu versuchen, den Überlebenden zu helfen, die darin eingesperrt waren.

In diesem Moment jedoch sah ich lediglich schlichte Menschlichkeit, von der Sorte, wie sie in den Nachrichtenprogrammen nie erwähnt werden würde. Ein Junge in einem Kapuzensweatshirt ließ eine alte Frau mit einer

Schnittwunde an der Wange aus seiner Wasserflasche trinken. Eine Frau half einem humpelnden Mann die Gleise hinunter. Verhalten, bei dem man denkt, vielleicht ist die Welt ja doch nicht ganz so kaputt, wie man gedacht hat.

Und die ganze Zeit quälte mich eine Frage, gab einfach keine Ruhe.

Wer war die Katholikin? Und was hatte sie mir zu sagen versucht?

5. Kapitel

Ich verschränkte die Arme, schob die Hände in die Achselhöhlen und drückte meine Jacke fest an den Körper. Der Schweiß auf meinem Rücken kühlte allmählich ab. Abendkälte lag in der Luft. Es hatte zu nieseln begonnen.

In der Ferne hörte ich Sirenen jaulen, und überall klingelten Handys. Es hatte sich herumgesprochen. Freunde und Verwandte wollten wissen, was mit ihren Lieben war.

Ich hatte im Zug meine Handtasche verloren, doch mein Handy steckte noch immer in meiner Hosentasche. Instinktiv tippte ich auf Duncans Namen. Es klickte in der Leitung.

»Diese Nummer ist nicht vergeben.«

Meine Hand fing an zu zittern. Das Telefon rutschte mir aus den Fingern.

»Hey, Schätzchen. Alles klar?«, sagte eine alte schwarze Frau mit wolligem Haar und einer tiefen Platzwunde über dem Auge – noch eine Überlebende.

Sie hob mein Handy auf und legte den Arm um mich, hielt mich fest. Bei diesem Kontakt mit einem anderen Menschen schnürte sich mir die Kehle zu.

Es war blöd, aber wie ich jeden Morgen auf die andere Seite des Bettes nach meinem Mann greife, ungeachtet der Tatsache, dass er inzwischen länger tot ist, als wir verheiratet waren, ist ja auch blöd. Und dass die kalte Stelle, wo er liegen sollte, mich jedes Mal ganz kurz erschreckt, auch. Nach all der Zeit rechne ich immer noch damit, dass er da ist, so wie ich eben damit gerechnet hatte, dass er an sein Handy geht.

Sein Tod hat die Welt in einen leeren Abgrund verwandelt; alles, was noch übrig ist, sind Staub und Steine. Wer auch immer gesagt hat »Es ist besser, geliebt und verloren zu haben, als niemals geliebt zu haben« hatte sie nicht mehr alle. Keine Sekunde vergeht, ohne dass ich den kalten Sog seiner Abwesenheit spüre.

Ich wünschte, ich wüsste, wie ich dich vergessen kann, Duncan. Lieber wäre ich dir nie begegnet, als allein in diesem Abgrund zu existieren.

»So ist's recht. Ich hab Sie«, sagte die Frau mit dem wolligen Haar, mein Gesicht fest an ihre Seite gedrückt. Die Wärme ihres Körpers erinnerte mich an etwas aus einem anderen Leben.

»Die haben in einer Grundschule ein behelfsmäßiges Triage-Zentrum eingerichtet. Kommen Sie, wir gehen zusammen hin.«

»Ist schon okay, es geht schon.«

Sie drehte mich herum, die Hände auf meinen Unterarmen, und schaute auf mich hinab. Dabei war sie nicht groß, aber sie war größer als ich – die meisten Leute sind größer als ich. Ihre Miene war die eines Rekrutenschinders, mit der dazu passenden Stimme.

»Sie sehen mir aber nicht gar nicht okay aus. Das ist 'ne üble Platzwunde, die Sie da im Gesicht haben. Ich würde sagen, die muss genäht werden.«

Was für ein Aufstand wegen ein bisschen Blut! In der Wüste hatten wir so etwas selbst versorgt. Sekundenkleber hält Wundränder ebenso gut zusammen wie Stiche; wir hatten alle welchen in unseren Tornistern. Draußen im Feld lernt man, mit dem auszukommen, was man hat.

Einmal, ist schon eine ganze Weile her, da hatte einer meiner Kameraden es geschafft, sich ins Bein schießen zu lassen. Aus irgendeinem Grund hatte er keine Erste-Hilfe-Ausrüstung und auch keine Druckkompressen in seinem Rucksack. Aber wenigstens ein Paar saubere Socken hatte er dabei.

Ich entrollte sie, klappte sie einmal zusammen und drückte sie auf seine Wunde; dann riss ich mir einen Ärmel ab, um sie zu fixieren. Ich bin kein Sani, aber es hat funktioniert.

Ich überlegte, ob ich das alles zu der Frau sagen sollte, die jetzt gerade mir half, doch ich hatte nicht die nötige Energie zum Geschichtenerzählen, und ganz ehrlich, es lohnte sich nicht.

»Gehen Sie ruhig«, meinte ich stattdessen. »Ich komme gleich nach. Ich muss nur kurz telefonieren.«

Sie gab mir mein Handy und ging davon. Diesmal klickte ich auf die Nummer von Jack Wolfe.

6. Kapitel

Es ist 07 Uhr 07 am 7. Oktober. Dieser Moment ist pure Perfektion. Eine Dreifaltigkeit der Siebenen.

Der Mann, der sich Raguel nennt, betrachtet die Ziffern auf seinem Wecker einen Augenblick lang, ehe er sich im Bett aufsetzt. Seine Beine sind ganz verkrampft von der fest zusammengekrümmten Embryonalhaltung, in der er immer schläft. Er würde den Wecker gern länger anschauen, aber er traut sich nicht.

Ihm bleiben nur sechzig Sekunden, bevor die Ziffern umspringen, und dann ist es zu spät. 07 Uhr 08 ist bedeutungslos, sogar unordentlich. 07 Uhr 07 ist anders. Gesegnet.

Er stellt den Wecker neu, dann schwingt er die Beine über den Bettrand und tastet mit den Füßen nach seinen Pantoffeln. Sie sind weich und braun, mit harter Plastiksohle, nicht aus gelbem Schaumgummi wie die an dem anderen Ort.

Als er sich vornüberbeugt und seine Zehen berührt, um die Durchblutung in Gang zu bringen, ertönen die Stimmen in seinem Kopf.

»Beeil dich«, sagen sie; ihr Wispern ist wie dahingleitende Schlangen. »Mach schnell, schnell, schnell, sonst verpasst du sie.«

Er intoniert das Vaterunser, spricht es leise weiter, während er auf Zehenspitzen ins Bad geht. Es gibt keinen Grund, leise zu sein oder so zu gehen, doch er tut es trotzdem. Alte Gewohnheiten wird man schwer los.

Er pisst und dreht dann den Wasserhahn auf. Das Wasser ist eiskalt, lässt seine Hände knallrot werden. Wenn er es ein bisschen laufen ließe, würde es wärmer werden, aber dafür ist keine Zeit. In zehn Minuten muss er zum Aufbruch bereit sein – um 07 Uhr 17 –, und vorher ist noch zu viel zu tun.

Er hält die Hände unter den Strahl. Zählt bis sieben. Dreht sie um. Zählt bis sieben. Dreht sie um. Zählt bis sieben. Wieder und wieder, bis beide Seiten sieben Sekunden lang abgespült worden sind, je siebenmal. Es ist wichtig, alles richtig zu machen. Sonst geht alles aus den Fugen.

Er geht zurück ins Schlafzimmer. Er wohnt jetzt schon eine ganze Weile hier, aber Privatsphäre fühlt sich noch immer an wie Luxus – etwas, worin man schwelgen muss.

»In allem sage Dank, denn dies ist Gottes Wille«, sagt er laut und schlägt das Kreuz.

Die wispernden Stimmen bekunden murmelnd ihre Zustimmung.

»Ja, gut. Gut. Sehr gut.«

Die schattenhafte Gestalt, die sich in der Ecke versteckt, regt sich.

07 Uhr 11. Tick-tack. Raguel muss sich beeilen. Er macht sein Bett, zieht Laken und Decke heraus, sodass sie auf allen Seiten gleich weit herabhängen, ehe er sie unter die Matratze stopft. 7 Uhr 13. Noch vier Minuten. Aber vier und drei macht sieben. Das kriegt er hin.

»So Gott will«, sagt er rasch, als das Wispern einen kritischen Tonfall annimmt. Er zählt und zieht dabei seine gestreifte Pyjamahose aus, faltet sie zusammen und legt sie auf sein Kopfkissen. Dann streift er sein Unterhemd ab und achtet darauf, es präzise zusammenzufalten, bevor er es auf die Hose legt. Während er immer noch zählt, zieht er ein Paar Unterhosen an, weiße Socken, dunkelblaue Bundfaltenhosen, Hemd und Krawatte, und geht dabei nie zum nächsten Kleidungsstück über, bevor er die heilige Zahl erreicht hat.

Er sieht in den Spiegel und lächelt, zufrieden mit seinem Spiegelbild. Die meisten der anderen tragen keine Krawatten, aber er sieht gern gepflegt aus. Manieren machen den Mann, hat seine Mutter immer gern gesagt. Kleider gebieten Respekt.

Er gibt dem Ficus auf der Fensterbank etwas zu trinken, sieben kurze Schlucke aus der grünen Gießkanne, schlingt mit sieben sorgsamen Bissen eine Banane hinunter und putzt sich siebenmal die Zähne; Putzen, Spülen, Spucken und dann das Ganze noch mal. Die ganze Zeit hat er die Uhr im Blick.

07 Uhr 17. Er hat es geschafft. Er ist für heute auf dem richtigen Kurs.

Der Herr wird sich freuen, so wie er sich gefreut hat, als

Raguel auf jenen ersten Ruf geantwortet hat und ihm sein neuer Name zugeflüstert wurde, als der Mond rot leuchtete.

Raguel. Er hatte dort am Wasser gesessen und die Buchstaben an seinen langen Pianistenfingern abgezählt, hatte an den Geheimcode gedacht, den ihn seine Mutter gelehrt hatte, als er klein war. Jeder Buchstabe hat eine numerische Position im Alphabet. A=1, B=2 und so weiter, hatte sie gesagt.

Aber die Buchstaben in »Raguel« addierten sich zu vierundsechzig. Das hatte doch nichts mit sieben zu tun.

Das kann nicht stimmen, hatte er gedacht und mit den Nägeln seine Haut zerkratzt. Hatte sich gequält.

Er hatte tief graben müssen, um die Antwort zu finden.

Vierundsechzig. Sechs und vier. Sechs mal vier ist gleich vierundzwanzig. Vierundzwanzig Priester haben in König Davids Tempel gedient. Und, hatte er gedacht und war allmählich in Wallung geraten, wenn man von vierundsechzig eins (die Zahl Gottes) abzieht, dann bekommt man dreiundsechzig. Dreiundsechzig geteilt durch sieben ist gleich neun. Christus war in der neunten Stunde gestorben und nach seiner Auferstehung neunmal erschienen. Es war in Ordnung. Die Zahlen funktionierten.

Sieben und neun. Vierundsechzig. Heilige Zahlen, miteinander verknüpft, um einen Namen zu schaffen, der ihn vor Schaden bewahren würde.

Und jetzt folgen diesem Gedanken noch weitere, Gedanken, die er nicht kontrollieren kann. Gedanken an die Vergangenheit und daran, wie Katie ihn verlassen hat. Stöhnend presst Raguel die Hände an die Schläfen.

Er hat Tabletten, damit er sich ruhiger fühlt, aber davon bekommt er das Zittern und sieht alles ganz verschwommen. Trotz der Warnungen der Ärzte zieht er die Selbstmedikation vor.

Selbstverständlich würde er ernsthafte Schwierigkeiten bekommen, wenn jemand von seinem Drogenkonsum erfahren würde, aber manche Risiken sind es eben wert. Und außerdem ist heute ein besonderer Tag, da muss er sich stark fühlen.

Er taucht die Spitze seines Messers in den Beutel und saugt die zu Pulver zerkleinerten Kristalle mit der Nase ein.

Siehst du, denkt er, als er sich noch eine Ladung genehmigt. Er braucht Katie nicht. Er kann für sich selbst sorgen. Dann, eine Sekunde später: Die kann ihn mal, ihn einfach abzuservieren, und noch eine Sekunde später ist Katie aus seinen Gedanken verschwunden.

Sein ganzer Körper vibriert vor Euphorie. Vergiss Katie. Vergiss die Sieben. Vergiss, was er vergessen wollte. Er ist unbesiegbar. Er kann alles. Er ist der König der Welt.

Der Wecker piepst. Raguel steckt seinen kleinen Beutel wieder in die Schublade und eilt zur Tür, hält kurz inne, um die Obstschale zurechtzurücken, damit sie auch genau in der Mitte des Tisches steht.

Und dann ist er weg.

7. Kapitel

Jetzt ist es Abend. Raguel ist wieder auf dem Bahnhof; er zwirbelt die Schnurschlinge in seiner Tasche, nagt an seiner Unterlippe. Er kann die Frau, die er liebt, auf dem Bahnsteig warten sehen, eine Zeitung in der einen und ihre Handtasche in der anderen Hand.

Sie nimmt immer diesen Zug nach Hause. Er fährt immer mit. Und obgleich er niemals mit ihr redet, ist es ein Trost zu wissen, dass sie zusammen sind und dieselbe Luft atmen.

»Auf Bahnsteig 1 fährt ein der Zug des Thameslink Service in Richtung Norden, über King's Cross und St. Pancras. Bitte bleiben Sie zu Ihrer eigenen Sicherheit immer hinter der gelben Linie.«

Raguel tritt zurück, die Arme fest um den Oberkörper geschlungen, als die Menge nach vorn drängt. Er mag es nicht, wenn man ihn berührt; selbst beim leisesten Streifen hat er das Gefühl, dass ihm Gewalt angetan wird.

Er schlüpft gerade noch durch die Schiebetür, bevor die zuknallt und der voll besetzte Zug aus dem Bahnhof schießt.

Rasch sieht er sich um. Wo ist sie? Ist sie etwa in einen anderen Waggon gestiegen? Warum ist sie nicht hier?

»Schschschwachkopf, Schschschwachkopf«, zischeln die wispernden Stimmen, hallen in seinen Ohren wider.

Er spürt, wie ihm eine Ameisenmannschaft die Unterarme hinaufkriecht. Er schlägt nach den Viechern und kratzt sich, doch er kann nichts tun, um sie loszuwerden.

»Ssso ein Schschschwachkopf«, sagen die Stimmen erneut.

Ihr Kommentar ist unablässig, erbarmungslos.

Er schließt die Augen und sagt leise sieben Ave-Marias vor sich hin. O Gott der Gnade und des Mitleids, lass das genug sein.

Als er die Augen wieder öffnet, sieht er, wie sie sich Zeug auf die Lippen schmiert. Ein Heide in Ledermontur, der eine Halskette mit einem Totenschädel trägt, hat ihm die Sicht versperrt, aber sie ist hier, sein Engel.

Es ist Jahre her, seit sie das letzte Mal miteinander gesprochen haben, doch er sorgt dafür, dass er sie jeden Tag sieht. Ist ihr Schatten auf dem Weg zur Arbeit und wieder zurück. Folgt ihr abends vom Bahnhof nach Hause. Sieht von unten auf der Straße aus durch die Fenster zu, wie sie oben umhergeht. Diese Jahreszeit ist genau richtig dafür. Das Licht wird früh angemacht, und man kann leichter hineinschauen, wenn die Zimmer erleuchtet sind.

Sie sollen zusammen sein, sie und er. Ihr zu folgen verbindet sie; dabei fühlt er sich sicher. Doch manchmal reicht das nicht.

Raguel weiß, sie billigt, was er getan hat, aber trotzdem

verlangt es ihn danach, sich ihr zu erklären. Ist das ein weiterer Grund, warum er ihr folgt, weil es da etwas Unerledigtes zwischen ihnen gibt?

In seiner Kehle baut sich ein Druck auf, der Puls pocht hart in seinem Hals.

Sein Sehnen danach, dass sie ihn versteht, ist fast etwas Stoffliches. Jedes Mal, wenn er sie sieht, geht sein Atem flach, und sein Herz verwandelt sich in einen Löwen, der in seinem Brustkorb eingesperrt ist. Manchmal muss er sich auf die Zunge beißen, damit er nicht laut nach ihr ruft.

»Tsss-tsss«, wispern die Stimmen. »Jungchen, Jungchen. Ungenügend.«

Raguel drückt die Hände gegen die Ohren und summt, um sie zu übertönen, doch die Stimmen werden immer lauter.

»Trage dein Kreuz«, sagen sie. »Deine Strafe.«

Sie haben ja recht. Dies ist der Preis, den er dafür bezahlen muss, dass er Gottes Gesetz gebrochen hat, um sein Schöpferwerk zu tun. Er muss das Leben eines Gespensts führen, unsichtbar für den einzigen Menschen, den er jemals aufrichtig geliebt hat.

Doch er kann nicht aufhören, sie anzustarren. Sie blickt auf und scheint ihm einen Moment lang in die Augen zu sehen, dann senkt sie den Kopf. Eine Spinne kriecht Raguels Rückgrat hinunter.

Hat sie ihn gesehen? Hat sie ihn erkannt? Es ist doch so viele Jahre her, aber vielleicht …

Die Ränder seines Gesichtsfeldes verschwimmen. Er fängt an zu schwitzen und zu schwanken. Ist das wirklich passiert? Hat sie ihn wirklich angesehen, oder war das bloß eine Halluzination? Die bekommt er häufiger, wenn er von einem Drogen-High wieder runterkommt.

Er zwingt sich, langsamer zu atmen. Atmet ein, zählt bis sieben. Ein Elefant. Zwei Elefanten. Dann zählt er beim ausatmen rückwärts. Sieben Elefanten. Sechs Elefanten. Die Elefanten sind wichtig, sie verhindern, dass er zu hastig zählt.

Wieder atmet er ein. Auf sieben ein. Auf sieben aus. Siebenmal. Erst als der Lokführer verkündet, dass sie in Kürze den nächsten Bahnhof erreichen, wird er schneller. Er muss wieder von vorn anfangen, wenn er nicht fertig ist, bevor der Zug hält.

Seine Finger tippen siebenmal seitlich gegen sein Hosenbein. Er leckt sich siebenmal die Lippen. Und er blinzelt siebenmal. Ein Schutzschild gegen 666, ein Bollwerk gegen den Teufel.

Er ist so weit gekommen, seit der Satan ihn in der Hand hat, denkt er. Und mit diesem Gedanken kommen noch mehr, winden sich in seinem Bewusstsein ganz nach vorn, schreien in seinem Kopf, entsetzlicher als jede Illusion, die sein Verstand erzeugen kann.

Er schlägt die Hände vor die Augen. Hört sein Herz in seinen Ohren hämmern. Sein Körper beginnt zu zittern.

Der Zug ruckt heftig. Ein kreischendes Geräusch ertönt, als er bremst, ein lauter Knall, als er mit irgendetwas auf dem Gleis kollidiert.

Und dann zerfetzt eine Explosion den Wagen.

8. Kapitel

Zuerst ist alles schwarz. Als er zu sich kommt, liegt Raguel in Kreuzigungspose auf dem Boden des Zuges: die Arme weit vom Körper abgespreizt, die Beine gerade ausgestreckt.

Später wird er das für ein Zeichen halten. Jetzt ist er einfach nur erleichtert, noch am Leben zu sein, obgleich er sich, als er das Bewusstsein wiedererlangt, zuerst fragt, ob er nicht doch tot ist. Diese sengende Helligkeit, dann die Dunkelheit; das könnte doch die Straße ins Jenseits gewesen sein.

Überall brennt es. Die Hitze ist unerträglich. Menschen schreien, rufen um Hilfe. Vielleicht ist dies ja doch die Hölle? Die Feuergruben, die gemarterten Seelen. Es ist alles da.

Aber nein, sein Schöpfer würde ihn doch nie der Unterwelt überantworten. Raguel ist der Diener des Herrn, sein Platz ist an der Seite seines Gebieters im Himmel. Das Werk, das er getan, den Ruf, auf den er geantwortet hat; der Herr würde ihn nicht dazu verdammen, Satans Qualen zu erdulden.

Er müht sich ab, die Augen zu öffnen. Seine Wimpern

sind staubverklebt. Ohne nachzudenken, wischt er mit den Spitzen seiner langen, weißen Finger darüber. Das ist ein Fehler. Seine Hände sind schmutzig, und jetzt brennen seine Augen. Er blinzelt den Dreck und den Schmerz weg und lässt dann von dort, wo er flach auf dem Rücken liegt, den Blick durch den Wagen schweifen.

Es ist dunkel, und die Luft ist voller Qualm. Er hält sich den Hemdsärmel über die Nase und späht mit zusammengekniffenen Augen in die Finsternis. Zuerst sieht er nur Umrisse, menschliche Leiber, manche bewegen sich, andere nicht. Allmählich gewöhnen sich seine Augen an die Düsternis. Nach und nach verzieht sich der Rauch.

Er stemmt sich hoch, blickt wild um sich. Wo ist sein Engel, sein Liebling? Ist sie verletzt?

Ungeachtet des Risikos sucht Raguel nach ihr. Irre vor Angst stolpert er über Trümmer und Menschen; der übliche Abscheu davor, berührt zu werden, wird vom Gefühl der Dringlichkeit erstickt. Er muss sie finden. Er muss wissen, dass sie in Sicherheit ist.

Der Rauch löscht alle Gesichter und Strukturen aus, der Wagen ist ein verbogenes Wrack. Überall sind Menschen. Menschen und Steine und Metall und Glasscherben. Wie soll er sie in diesem Durcheinander finden?

Er kniet nieder und will beten, doch er stellt fest, dass dieser neue Blickwinkel Ergebnisse zeitigt. Sie ist dort drüben, und jemand umsorgt sie.

Raguel schiebt sich näher heran. Die Trümmer sind die perfekte Deckung. Seit Jahren war er ihr nicht mehr so nahe. Noch dreißig Zentimeter, und er würde sie berühren.

Der Gedanke lässt einen köstlichen Schauer durch seinen Körper schießen.

Die Frau, die bei ihr war, steht auf und geht weg. Sein Engel ist ganz still. Ihre Augen sind geschlossen.

Die Erregung von eben weicht der Furcht. Es dauert ein paar Augenblicke, ehe er es wagt, den Abstand zu überwinden und sie zu berühren.

Drei, zwei, eins, und dann holt Raguel tief Luft, beugt sich vor und legt Zeige- und Mittelfinger an den Hals seines Engels. Es ist kein Puls zu spüren. Ihre Haut ist noch nicht kalt, doch er war oft genug in Gegenwart des Todes, um ihn zu erkennen.

Ein hohes Geräusch ertönt, schrill und klagend. Das E einer Geige. Der Laut von Füchsen in der Nacht und von geilen Katern. Es kommt von ihm, obwohl ihm gar nicht klar ist, dass er schreit.

Raguel würgt. Seine Kehle füllt sich mit Galle. Er fängt an zu zittern.

Er legt den Kopf auf ihre Brust, ihr Busen ein noch warmes Kissen. Er klammert sich an ihr fest, drückt die Finger in ihr Fleisch; ein Teil von ihm glaubt nicht, dass sie real ist.

Nach all dem Warten und all den Jahren, in denen er sie aus der Ferne beobachtet hat, hält er sie endlich in den Armen, nur ist das bedeutungslos, wenn sie ihn nicht ihrerseits umarmt. Der Augenblick der Versöhnung, nach dem er sich schmerzhaft gesehnt hat, ist ihm gestohlen worden. Er fühlt sich betrogen, fühlt sich allein.

Jetzt heult er, gewaltige, erschütternde Schluchzer toben durch seinen Körper und lassen ihn nach Luft ringen.

Sein Engel ist fort. Er ist verlassen.

Die Zeit schrumpft zusammen. Seine Finger schließen sich um ein scharfkantiges Stück Metall. Die Kante gräbt sich in seine Hand, dringt durch die Haut. Doch Raguel spürt es nicht. Alles, was er fühlt, ist die rasiermesserscharfe Pein seines Verlusts.

9. Kapitel

»Wenn Sie gehen können, kommen Sie hier rüber«, ruft ein Mann draußen vor dem Zug und leuchtet mit einer Taschenlampe in den Wagen.

Für Raguel klingen die Worte halb erstickt, als würden sie von weit her gesprochen. Er hört sie kaum; er ist mit den Gedanken woanders.

Der Mann streckt die Hände durch ein Fenster, lotst die Leute auf sich zu. Leiber regen sich und lösen sich voneinander: Das Rote Meer teilt sich.

Benommen gesellt Raguel sich zu der Menge, achtet darauf, Abstand zu halten, um Berührungen zu vermeiden. Der Mann streckt die Hand aus, um ihm aus dem Wagen zu helfen. Raguel zuckt zurück.

»Ich schaff das schon«, sagt er mit abgewandtem Gesicht. Blickkontakt ist auch etwas, womit er ein Problem hat.

Er hält sich an der Wand des Wagens fest, bevor er sich aufs Gleis fallen lassen will. Mit dem Daumen klopft er siebenmal auf den Rand des Fensters. Dann hält er inne.

Eine Schar Männer in orangeroten Warnjacken und weißen Schutzhelmen kommt die Gleise herauf auf den

Zug zu. Raguel zählt sie. Sechs. Nicht sieben. Soll er warten?

Sein Atem geht schneller. Sein Herz flattert. Er kaut auf der wunden Stelle an seiner Unterlippe herum. Dann hört er auf und atmet langsam und erleichtert aus. Sein Atem bebt, als er durch seinen Mund gleitet. Eine Klapperschlange, die sich durchs Gras schlängelt.

Es ist okay. Der Mann mit der Taschenlampe ist ja auch ein Rettungshelfer. Das macht dann doch sieben. Also kann Raguel getrost hinuntersteigen.

Draußen ist die Luft rauchig, aber sauberer als in dem von Qualm erfüllten Waggon. Raguel versucht einzuatmen, doch ein Ungeheuer packt ihn an der Kehle.

»Du hast sie verloren«, wispern die Stimmen. »Verloren. Jetzt bist du allein. Niemand da, der dich beschütrzzzt.«

Raguel fängt an zu zittern. Das Ungeheuer an seiner Kehle packt fester zu.

»Alles klar, Kumpel?« Ein Mann bleibt kurz neben ihm stehen, legt ihm die Hand auf die Schulter.

Die Berührung lässt einen Schwall der Übelkeit durch Raguel hindurchfluten.

»Sie zittern ja«, sagt der Mann und beugt sich so dicht zu ihm heran, dass Raguel seinen Atem auf dem Gesicht fühlen kann. »Sehen Sie mich an. Ist alles okay?«

Raguels Lunge dehnt sich bis kurz vor dem Platzen. Sein Herz rattert in seiner Brust. Und obgleich er seinen Geruchssinn schon vor langer Zeit eingebüßt hat, steigt ihm plötzlich der Gestank von Zigaretten und Eau Sauvage in die Nase.

Jetzt brüllen die Stimmen in seinem Kopf laut, ein Wirrwarr aus hallenden Zischlauten und Beschimpfungen, die alle übereinanderkugeln. Spöttisch und kritisierend. Hundert Menschen, die alle auf einmal reden. Die Stimmen, die er jeden Tag hört. Die Stimmen, derentwegen er am liebsten den Kopf gegen eine Wand knallen und sich die Haare ausreißen würde.

»Schschschwachkopf, Schschschwachkopf. Gah gah. Mach schon, mach schon, tu's doch. Sieh dich an. Sinnlos. Wertlos. Schschschwachkopf.«

Raguel presst die Hände auf die Ohren und fängt an zu summen, doch er kann sie nicht abwehren.

Menschen kriechen aus den Wänden, ihre Münder werden größer und größer, bis nur noch Zungen und Zähne von ihren Gesichtern übrig sind. Der Boden wabert vor Würmern.

Jetzt zittert Raguel heftig. Er bekommt keine Luft. In seinem Kopf pocht es, und sein Körper verspannt sich, als würde er durch eine Saugmaschine gezogen. Er steht nicht länger neben den Überresten eines zertrümmerten Zuges. Er ist wieder dort. Eingesperrt und verängstigt. Verwundbar und ausgeliefert.

Der Druck in seiner Brust wächst. Er kann nicht fühlen, wo sein Körper anfängt und wo er aufhört. Er kann nicht fühlen, wo seine Ränder sind.

Raguel rennt los, ein holpriger Galopp über die Gleise und über lose Steine. Er strauchelt, stolpert über einen Stein und fällt zu Boden.

Er sieht sich um, das Herz dröhnt in seinen Ohren, seine

Lunge brennt, und die Stimmen brüllen immer noch in seinem Kopf.

»Schschschwachkopf. Ja, ja, das bist du. So ein Schschschwachkopf.«

Über die Schulter sieht er den Teufel hinter sich an Boden gewinnen. Nur hat er sich zu Hunderten identischer böser Wesen vermehrt.

Die Fahrgäste, die aus dem Zug klettern, die Rettungshelfer, die Polizisten in ihren grellgelben Westen – sie haben alle dasselbe Gesicht. Das Gesicht des Teufels. Das Gesicht von damals, vor langer Zeit.

Wie ein Mann wenden sich die Unholde Raguel zu, die Münder weit geöffnet, die Zungen herausgestreckt; dicke Speichelklumpen triefen ihnen übers Kinn.

»Sieh mich an«, sagen sie im Chor. »Sieh mich an.«

Raguel faltet die Hände, legte die Spitzen der Zeigefinger an die Stirn.

»Vater unser, der Du bist im Himmel, geheiligt werde Dein Name«, flüstert er, sagt das Vaterunser wieder und wieder auf, wagt es nicht aufzublicken, bis er es siebenmal wiederholt hat.

Die Stimmen in seinem Kopf wandeln sich. Jetzt spricht nur noch einer; die Stimme ist tief, die Worte überzeugend.

»Wehre dem Teufel. Vertreibe die Sünder von der Erde. Die Zeit ist gekommen, die Rüstung Gottes anzulegen. Ich bin der Herr.«

10. Kapitel

»Hier, runter damit«, sagte Jack und reichte mir in meiner Wohnung einen Kaffee. Einen doppelten Espresso.

Der Becher war weiß und ein bisschen angeschlagen; *We Do Bad Things to Bad People* stand in großen Lettern darauf. Ein Geschenk von Duncan, vor langer Zeit.

»Ich konnte keinen mit dem Motto vom SRR finden«, hatte er damals gesagt. »Das hier war am nächsten dran.«

»Ist ja auch ganz schön nahe dran«, hatte ich grinsend geantwortet.

Es existieren keinerlei belegbaren Informationen über das Special Reconnaissance Regiment. Eigentlich ganz gut so. Der britische Normalbürger hätte vielleicht Schwierigkeiten, manches von dem zu begreifen, was wir so treiben.

Ich verzog das Gesicht, als ich an dem Lebenselixier nippte; da war so viel Zucker drin, dass eine Gewehrkugel obenauf geschwommen wäre. Gegen den Schock, hatte Jack gesagt.

Ich zog die Füße auf dem Sofa unter mich, lehnte mich zurück und hielt mir den heißen Becher an die Stirn. Besser wurde meine Migräne dadurch nicht, aber die Hitze betäubte das Ganze wenigstens ein bisschen.

Im Hintergrund lief leise das Radio.

Bei einem Zugunglück in der Nähe von Kentish Town in North London sind Hunderte Menschen verletzt und über ein Dutzend getötet worden. Der Thameslink-Zug von King's Cross kollidierte am frühen Abend mit einem entgleisten Güterzug, der Diesel und Heizöl transportiert hatte.

Unser Reporter Bob Martin ist vor Ort.

Ein anderer Sprecher berichtete mit dramatischer Stimme in ein Mikrofon:

Tote Fahrgäste und verbogene, zerfetzte Wagen – die Trümmer einer Zugkatastrophe. Helferteams waren heute Abend bei Flutlicht inmitten der verkeilten Überreste der beiden Züge am Werk.

Dieses Desaster war das Resultat einer grauenhaften Ereigniskette, verursacht durch ungünstiges Timing und ungeheures Pech. Irgendwie entgleiste ein Güterzug und blockierte die Gleise, auf denen der Pendlerzug einfuhr.

Stunden später transportieren die Helfer noch immer Verletzte ab und durchsuchen die Trümmer, um die Leichen ausfindig zu machen und um eingeklemmte Überlebende zu befreien, von denen sich viele in kritischem Zustand befinden. Krankenwagen bringen Fahrgäste in die umliegenden Krankenhäuser.

Zu Beginn saßen zwanzig Personen im vordersten Wagen

fest. Von mindestens zwanzig Fahrgästen ist inzwischen bekannt, dass sie tot sind.

Das Ausmaß der Zerstörung deutet darauf hin, dass der Thameslink-Zug mit fast hundertzehn Stundenkilometern unterwegs war, das ist die Höchstgeschwindigkeit für diesen Streckenabschnitt.

Und wieder der Nachrichtensprecher.
Für diejenigen, die sich Sorgen um Verwandte oder Freunde machen, gibt es eine Notfallnummer. Sie lautet 020 7546 6778. Ich wiederhole: 020 7546 6778.
Weitere Meldungen um zweiundzwanzig Uhr.

»*Oj*«, hätte mein Vater gesagt; ein jiddisches Wort, trotz seiner Herkunft aus dem Mittleren Osten. Meine Mutter konnte Jiddisch nicht ausstehen, sie bezeichnete es als »gutturalen Dialekt«. Dass er ein persischer Jude sei, fand sie, verleihe ihm ja etwas Exotisches, aber Anspielungen auf seine entfernten europäischen Vorfahren seien ganz ehrlich peinlich.

»Du hörst dich an wie eine Promenadenmischung, wenn du so redest, Aria«, sagte sie einmal, als sie den Kopf durch die Tür seines Arbeitszimmers streckte, wo wir beide saßen. Er rauchte in seinem alten Ledersessel slowenische Zigaretten, ich saß zu seinen Füßen auf dem Boden und flocht die Fransen des alten Perserteppichs zu Zöpfen.

»Ich bin auch eine Promenadenmischung, *Bâbâ*«, beteuerte ich und kletterte auf seinen Schoß; schon damals war mir klar, dass ich eine Außenseiterin war. »Ich bin halb englisch und halb persisch und halb jüdisch und halb protestantisch.«

Mathe war nie mein Ding.

»Da liegst du falsch, Zibakam. Du bist keine Promenadenmischung, du bist ein *fereshte*. Ein Engel.« Er küsste mich auf den Scheitel. »Also, wie wär's jetzt mit ein bisschen Poesie? Sollen wir mit *Gulistan* weitermachen?«

»*Oj*, ja.«

Er lachte und küsste mich noch einmal.

Heutzutage liegt mir der Jargon, den ich mir bei der Spezialeinheit angewöhnt habe, näher als die jiddischen Ausdrücke meines Vaters. Und in diesem Fall gab es nur ein Wort für das, was geschehen war. Clusterfuck. Ein Riesenschlamassel.

Warum hatte ich mich gezwungen, die Wohnung zu verlassen, nur weil heute Duncans Geburtstag war?, dachte ich, schlürfte noch einmal an dem Kaffee und zog eine Grimasse. Er war so süß, dass es mir die Zähne zusammenzog.

Es war nicht tapfer gewesen, mich selbst vom Sofa herunterzuzerren, es war blöd gewesen. Ich hätte zu Hause bleiben sollen. Ich hätte dort bleiben sollen, wo ich sicher war.

Es war jetzt fast zwei Jahre her, dass ich aus dem Special Reconnaissance Regiment ausgetreten war. Nach dem Mord an meinem Mann hatte ich nicht mehr den emotionalen Abstand und die Selbstbeherrschung, die für Spezialeinheiten erforderlich sind. Oder um es anders auszudrücken, ich war völlig im Eimer.

Duncan war nicht mehr da, und doch war er immer noch überall. Alles erinnerte mich an ihn. Das in Wachspapier gewickelte Stück Gruyère ganz hinten im Kühlschrank. Die schwarze Lesebrille und der eselsohrige Steinbeck-Roman auf seinem Nachttisch. Das abgenutzte Stück Seife in der Seifenschale der Dusche.

Ich bildete mir ein, im Geplapper der Leute draußen auf der Straße seine Stimme zu hören. Wo auch immer ich hinschaute, sah ich ihn. Am Küchentresen, wo er jeden Morgen seine Haferflocken aß. In dem Friseurladen am Bahnhof, wo er sich für fünf Pfund die Haare stutzen und sich gelegentlich eine Nassrasur verpassen ließ. Draußen vor dem Little Thai, wo wir uns jeden Donnerstagabend etwas zum Abendessen geholt hatten.

Sein Geist war überall um mich herum, doch er war für mich verloren, und wäre sein bester Freund Jack Wolfe nicht gewesen, so hätte ich vielleicht auch mich selbst verloren.

Mich als Beraterin selbstständig zu machen war seine Idee, und sie war auch logisch. Eine von Spezialeinheiten ausgebildete Profilerin mit einzigartiger Überwachungserfahrung, die Scotland Yard und anderen Interessenten ihre Dienste anbot, so formulierte er das an jenem Abend.

»Das passt doch perfekt, schließlich hast du durch deine Arbeit beim SRR ja schon Verbindungen zu Scotland Yard«, hatte er gesagt.

»Ein Neuanfang wäre nicht schlecht«, hatte ich geantwortet und mit dem Finger über den Rand meines Weinglases gestrichen.

Ich hörte damals iranische Flötenmusik und ertrank in Merlot. Er warf mir gerade einen Rettungsring zu.

»Also dann«, meinte er mit hochgezogenen Brauen und vielsagendem Blick.

Was er nicht erwähnte, war, dass Duncans ehemalige Kollegen bei Scotland Yard das Gefühl hatten, sie wären mir etwas schuldig. Das stimmt natürlich nicht. Wie könnte ich dem Team die Schuld daran geben, was ihm passiert ist? Ich bin doch nicht irgend so eine zickige Tussi, und sie schulden mir überhaupt nichts. Doch es hilft schon, dass sie mir so viele Aufträge geben.

Außerdem hilft es, dass Jack als Kriminalreporter bei einer großen überregionalen Zeitung arbeitet und dass ich dank des gut angelegten Portfolios meines Mannes finanziell einigermaßen abgesichert bin – das er wiederum seinem Vater verdankt, einem schottischen Reeder, den ich nicht ein einziges Mal zu Gesicht bekommen habe, seit Duncan ermordet worden ist.

»Komisch«, meinte Jack jetzt und futterte Schokoladenkekse, während ich ihm von der Katholikin erzählte. »*Er hat es getan. Sie müssen es jemandem sagen.* Was glaubst du, was das bedeutet?«

»Ich habe absolut keine Ahnung, was das bedeutet. Oder wie ich's rausfinden soll.«

11. Kapitel

Nachdem Jack gegangen war, lag ich völlig erledigt im Bett, doch ich konnte nicht schlafen. Die Bilder des Tages flitzten durch meinen Schläfenlappen. Der Augenblick des Aufpralls. Die Toten und Verletzten. Die zertrümmerten Überreste des Zuges.

Und die Katholikin. Wie sie mich angesehen hatte, wie sich ihr eindringlicher, starrer Blick durch meine Augen gebohrt hatte, als sie ihre letzten Worte hervorgestoßen hatte.

Er hat es getan. Sie müssen es jemandem sagen.

Das war nicht irgendein trivialer letzter Wunsch. Es bedeutete etwas. Um das zu erkennen, brauchte ich keine Profilerin zu sein. Doch wie konnte ich tun, worum sie mich gebeten hatte, ohne zu wissen, wer *er* war oder was er getan haben sollte?

Großer Gott, ich wusste ja noch nicht einmal, wer *sie* war.

Ich hatte keinen Ausgangspunkt. Das Ganze war ungefähr so hoffnungslos, wie ohne Pistole ins Schwarze zu treffen. Ein echter Arschkarten-Anwärter, wie meine Kameraden gesagt hätten.

Und trotzdem konnte ich es nicht gut sein lassen. Was hatte sie mir zu sagen versucht? Wie konnte ich das herausfinden?

»Leg das Buch weg und schlaf ein bisschen, Zeebs, es ist mitten in der Nacht«, hatte Duncan früher immer gesagt, hatte seinen Nasenclip, der ihn am Schnarchen hindern sollte, zurechtgerückt und sich auf die andere Seite gedreht, während ich dasaß und bis in die Puppen las. Sein Arm lag immer in einem vollenden rechten Winkel auf dem Kissen, seine Hausschuhe standen akkurat nebeneinander genau senkrecht zum Bett.

Gleich darauf schlief er wieder selig, während ich noch stundenlang wach blieb, unfähig, meinen Roman wegzulegen, bis ich wusste, wie es ausging. Mit Spannung hatte ich noch nie gut umgehen können. Aber das hier war etwas anderes. Hier ging es nicht nur darum aufzubleiben, bis ich zu irgendeinem Schluss gekommen war.

»Schadensbegrenzung«, hatte mein ehemaliger Ausbilder immer gemahnt. »Sie müssen wissen, wann Sie aufhören müssen. Das ist ein Zeichen von Stärke, nicht von Schwäche. Vielleicht sagt das mal jemand diesen Sesselfurzern drüben in Westminster.«

Doch trotz der Unmöglichkeit des Ganzen konnte ich nicht aufhören.

Wochenlang war ich eine Gefangene der Finsternis gewesen. War mitten in der Nacht aufgewacht, während die verfluchten roten Ziffern meines Weckers im Dunkeln glühten. War nicht in der Lage gewesen, mehr zu essen als einen entrindeten Toast mit Hefeaufstrich, wobei das Brot bei jedem Bissen auf meiner Zunge zu Asche wurde. War lethargisch gewesen, weinerlich, ohne Hoffnung.

Das schwarze Loch klaffte weit auf, saugte mich ein.

Duncans Geburtstag war drohend vor mir aufgeragt. Das war natürlich der Auslöser gewesen.

Mir persönlich ist jegliches Getue verhasst. Geburtstage waren noch nie mein Ding. Wir feierten sie nicht, als ich klein war – meine Mutter glaubte nicht daran. Heidnischer Unfug, sagte sie immer. Aber bei Duncan war das anders. Er feierte für sein Leben gern – Essen, Alkohol, Freunde, je mehr, desto besser.

Wäre er am Leben gewesen, hätten wir eine Riesenfete veranstaltet. Die Stille, die niemals hätte sein sollen, war ohrenbetäubend.

Es war Jacks Idee, irgendetwas zu unternehmen. Zuerst sträubte ich mich nach Kräften, behauptete, ich wolle einfach allein sein, doch am Ende gab ich nach.

Als der Zug verunglückt war, war ich gerade auf dem Weg gewesen, um mit ihm essen zu gehen.

»In irgendeinem piekfeinen Restaurant«, hatte er gesagt. »Wir schmeißen uns in Schale und erheben das Glas auf Dunc.«

Der Crash hatte alldem ein Ende gemacht. Ich hatte den Abend verloren, den ich hätte haben sollen, doch das hieß nicht, dass ich auch den Kampf gegen die Finsternis verlieren musste. Mein innerer Nebel hatte sich gelichtet, aber ich weiß, wie schnell er sich wieder einschleichen kann.

Um voranzuschreiten, um der verdammten Finsternis

einen Riegel vorzuschieben, brauchte ich einen Sieg. Ich musste herausfinden, was die Katholikin mir hatte sagen wollen. Meine geistige Gesundheit hing davon ab, dass ich dieses Rätsel löste.

Und dafür musste ich in Erfahrung bringen, wer sie war.

12. Kapitel

Vier Uhr morgens. Ich war immer noch wach, das Gehirn total aufgeputscht, und versuchte, eine Möglichkeit zu finden, die Identität meiner geheimnisvollen Frau herauszufinden. Vollgepumpt mit Blei hatte ich den Tag begonnen, jetzt stand ich unter Strom und wollte loslegen. Ich hatte ein Ziel, aber wo sollte ich anfangen?

Selbst wenn ich vor Ort das Team geleitet hätte, das die Opfer identifizierte, hätte ich mich ganz schön anstrengen müssen. Aus Erfahrung wusste ich, dass das Ausmaß der Tragödie den Prozess der offiziellen Identifizierung enorm behindern würde.

In vielen Fällen würden Leichen entstellt oder von der Explosion in Stücke gerissen worden sein. Das Team würde nach Leichen suchen, die schwere Traumata erlitten hatten. Sie würden es mit Körperteilen zu tun haben und mit Körpern ohne Gliedmaßen.

Obendrein hatten viele Fahrgäste, ich eingeschlossen, ihre Brieftaschen und andere persönliche Habseligkeiten verloren. Dinge wie Führerscheine, Monatskarten und Kreditkarten, anhand derer man in normalen Situationen herausfinden kann, wer jemand ist, würden nicht mehr bei den Leichen sein. Und außerdem würde sich in vielen Fällen das Äußere des Verstorbenen verändert haben, seit ein Passfoto gemacht worden war.

Wegen all dieser Probleme würde das Ganze lange dauern. Aber ich war ungeduldig. Die Lethargie der letzten paar Wochen war neuer Energie gewichen, die sich nicht abwürgen ließ. Das Zugunglück war ein Aufruf zu handeln. Ich konnte nicht einfach auf meinem Hintern sitzen und abwarten.

Also erwog ich, auf Facebook zu gehen und zu versuchen, meine Unbekannte zu identifizieren, doch diese Idee schoss ich rasch wieder ab.

Ich hatte doch keine Fotos von ihr. Und ich wusste überhaupt nichts über sie. Der Plan war *fugazi*. Dämlich.

Und ein Anruf bei der Hotline? Ich könnte sie beschreiben. Vielleicht würde ich ja einen Treffer landen.

Doch nein, das würde auch nicht funktionieren. Sie hatte keinerlei auffällige Merkmale gehabt – keine Tattoos, soweit ich gesehen hatte, keine Narben oder Leberflecke im Gesicht.

Mit dem bisschen, was ich von ihr wusste, konnte ich unmöglich hoffen, sie zu identifizieren. Und selbst wenn ich mehr gewusst hätte, wäre es unwahrscheinlich, dass ich sehr weit kommen würde.

Priorität der Identifikations-Kommission würde sein, keine Fehler zu machen. Bestimmt hatten die aus den Fehlern von Spanien gelernt, wo in einer ähnlichen Situation das zuständige Team bei mehr als zehn Prozent der Identifikationen falschgelegen hatte.

Was bedeutet das also für mich?

Ich rollte mich auf die rechte Seite und dann wieder zurück auf die linke. Auf der einen Seite tat mir der Rücken weh, auf der anderen fühlte sich mein Bein ganz steif an. Egal, wie ich lag, es war unbequem.

Und wenn ich mich mit einem Zeichner zusammensetzte?, überlegte ich. Bestimmt gab es doch bei Scotland Yard jemanden, der mir einen empfehlen konnte.

Ich schüttelte mein Kissen auf und ließ mich auf den Rücken fallen.

Ja, das könnte klappen. Ich könnte ein Phantombild erstellen lassen und eine Anzeige in die Zeitung setzen, um Informationen bitten. Das würde mich ein paar Bierchen kosten, aber es könnte die Antwort sein.

Aufgeregt knipste ich die Nachttischlampe an und suchte in der Schublade meines Nachttischs nach Papier und Stift. Dann fing ich an, mir eine Liste von allem zu machen, was mir über das Äußere der Katholikin im Gedächtnis geblieben war, solange die Erinnerung noch frisch war. Morgen würde ich bei Scotland Yard anrufen, mal sehen, ob ich den Namen eines Zeichners in Erfahrung bringen konnte.

Nachdem es die Gedanken abgeladen hatte und eine Lösung in Sicht war, ließ mein Gehirn endlich los. Ich machte das Licht aus und fiel in tiefen Schlaf.

Anscheinend nur Augenblicke später fuhr das Klingeln meines Handys durch meine Träume. Ich hatte so tief geschlafen, dass ich einen Moment brauchte, um zu kapieren, was das für ein Geräusch war.

Benommen, nur halb bei Bewusstsein, griff ich nach dem Telefon. Doch als ich den Namen auf dem Display sah, war ich sofort hellwach. Detective Chief Inspector Falcon. Es gab nur einen einzigen Grund, warum er so früh anrufen würde.

»Ziba MacKenzie«, meldete ich mich, setzte mich auf und strich mir das Haar aus den Augen. »Was kann ich für Sie tun, Sir?«

13. Kapitel

»Nett von Ihnen, dass Sie so schnell gekommen sind, Mac«, sagte Falcon, als er mich am Empfang von NSY abholte, wie die Jungs von der Polizei New Scotland Yard nennen. Ich kenne keine Organisation, die so auf Akronyme steht wie die Polizei. Oder die so oft welche erfindet.

»So wie Sie am Telefon geklungen haben, hat sich's nicht angehört, als sollten wir hier viel Zeit verschwenden«, erwiderte ich.

»Wir brauchen Sie *sofort*«, hatte er gesagt und dabei das letzte Wort sehr deutlich betont, ein Zeichen von Panik unter künstlicher äußerer Ruhe.

Ich gab ihm die Hand und rang mir ein Lächeln ab.

Als ich in die Eingangshalle getreten und durch die flughafenmäßigen Sicherheitskontrollen marschiert war, hatte ich augenblicklich den scharfen Peitschenhieb der Nostalgie verspürt, der mich jedes Mal trifft, wenn ich hierherkomme. Das ist natürlich ein Pawlow'scher Reflex. Eine Sahnebaiser-Reaktion, hätte Duncan gesagt; ein alberner privater Scherz.

Hier hatte ich ihn kennengelernt. Ich war zu Scotland

Yard abgestellt worden, um dabei zu helfen, Profile von Terrorverdächtigen zu erstellen. Er leitete die Operation.

»Großbritannien sieht sich einer echten Bedrohung durch al-Qaida, ihre Verbündeten und sogenannte einsame Wölfe gegenüber. Und obendrein haben wir es auch noch mit einer andauernden und signifikanten Bedrohung durch Nordirland-Terrorismus zu tun.«

Duncan hatte im Round Table Room zum Team gesprochen, im Saal der Tafelrunde. Seine Stimme war tief und kratzig, mit schottischem Singsang-Akzent. Er redete mit den Händen. Er stand fest auf beiden Beinen. Er hatte hier im Raum das Kommando. Ich konnte den Blick nicht von ihm abwenden. Der Kerl hatte mich am Haken, sobald er den Mund aufmachte.

Keine zwei Jahre später kniete ich neben ihm, als er tot auf dem Gehsteig lag. Eine kreisrunde Wunde punktierte seine Stirn, ein VW Crafter ohne Kennzeichen fuhr mit Vollgas davon.

Einen Moment lang schloss ich die Augen und zwang mich, langsamer zu atmen. Ich hatte einen Job zu machen; in das schwarze Loch zurückzurutschen würde niemandem helfen.

Falcons Händedruck war fest, seine Haut weich und warm, seine Finger ungewöhnlich geschwollen.

»Sie sehen ja aus, als wären Sie im Krieg gewesen. Was ist denn mit Ihrem Gesicht passiert?« Mit einem Kopfnicken deutete er auf die Wunde an meiner Wange.

»Mein Rangabzeichen? Hab ich mir gestern geholt. Ich war in dem Zug, der verunglückt ist.«

»Großer Gott, das tut mir leid. Ich hatte ja keine Ahnung. Zwei von meinen Männern waren da auch drin. Schreckliche Geschichte.« Er schüttelte den Kopf. »Sind Sie sicher, dass Sie hier klarkommen?«

»Mir fehlt nichts, solange es Sie nicht stört, dass ich aussehe wie zehn Pfund breitgelatschte Hundescheiße in 'ner Fünfpfundtüte.«

Er lachte und klopfte mir auf den Rücken.

»Also, ich hoffe, in Anbetracht dessen, was hier abgeht, werden Sie verstehen, dass ich Sie nicht zu überreden versuche, nach Hause zu fahren und die Füße hochzulegen.«

»Sie haben mir noch nicht gesagt, was hier abgeht«, entgegnete ich, allerdings war ich bereit, eine Mutmaßung zu riskieren.

Sein Tonfall am Telefon. Die Uhrzeit, zu der er angerufen hatte. Mein Spezialgebiet. Ich brauchte kein Genie zu sein, um dahinterzukommen.

»Reden wir in meinem Büro«, meinte er und ging voran zu den Fahrstühlen.

Mir fiel auf, wie steif sein Gang war. Bestimmt machte die Gicht ihm wieder zu schaffen, dachte ich, als ich seine geschwollenen Finger zu dem Ganzen dazu addierte.

»Waren Sie in letzter Zeit mal auf der Rennbahn?« Ich dachte, das würde wohl besser ankommen als: »Was machen die dicken Gelenke?« Falcon ist ein echter Auto-Junkie. Eigentlich sollte er eher *Top Gear* moderieren als im Morddezernat arbeiten. Er sieht sogar ein bisschen aus wie Jeremy Clarkson.

Er lächelte bis ganz zu den Augen hinauf. Seine Füße hüpften ein wenig. Entweder ein noch nicht lange zurückliegender Sieg oder ein neues Auto, vermutete ich.

»Dieses Wochenende fahre ich mit unserem Ältesten eine Rallye in meinem neuen Wagen. Ein Subaru Impreza. Über dreihundert PS, geht ab wie Scheiße von 'ner Schippe und macht wunderbaren Krach. Ich kann's kaum erwarten, es mit dem Ding mal so richtig krachen zu lassen.«

Also neues Auto.

»Unterhalten wir uns hier drin, okay?« Er hielt mir die Tür zu einem kleinen Büro auf, von dem aus man aus der Vogelperspektive über den Broadway schauen konnte. Ein Zeichen seines hohen Dienstgrades. »Nehmen Sie Platz.«

Ich zog mir einen Stuhl heran. »Also, was ist Sache?«

Er beugte sich vor, faltete die Hände und klappte dabei die Daumen ein. Ein Indikator für negative Emotionen. Ich wappnete mich. Was immer gleich kam, es würde nicht gut sein, aber andererseits wusste ich das ja bereits.

Falcon blickte kurz auf die Tischplatte hinunter und sah dann wieder mich an.

»Sie haben doch sicher schon mal vom London Lacerator gehört? Dem Reißwolf von London?«, fragte er.

Darum ging es also.

14. Kapitel

Der Name des meistgesuchten Serienmörders von ganz Großbritannien war nicht ganz das, was ich erwartet hatte, obgleich ich mit dem Thema durchaus vertraut war.

Seit Jahren habe ich die Signaturen von Mördern studiert. Ich weiß, was sie antreibt. Ich weiß, wie sie ticken. Und ich weiß, dass sie genau wie ich Profiler sind.

Der einzige Unterschied zwischen uns ist, dass ich Jagd auf Verbrecher mache, damit sie zur Rechenschaft gezogen werden, und sie machen Jagd auf menschliche Beute. Unsere Methoden jedoch sind dieselben. Wir bemühen uns beide, unserer Zielpersonen zu verstehen, um zu erreichen, was wir wollen.

Ein Serienmörder sucht sein Jagdrevier auf – ein Einkaufszentrum, eine Bar, eine Spielhalle, wo immer er die Sorte Opfer findet, auf die er es abgesehen hat –, und er wird die Person aufs Korn nehmen, die am besten zu seinen Präferenzen passt und die ihm am verwundbarsten erscheint.

Zu diesem Zweck deutet er die Körpersprache. Er registriert das Verhalten seines anvisierten Opfers und wie er oder sie sich kleidet. Er nimmt zur Kenntnis, wie der oder die Betreffende redet. Mit anderen Menschen interagiert. Er beobachtet seine Zielperson, um zu sehen, ob sie schüchtern oder extrovertiert ist, ob sie selbstbewusst ist oder sich in Gesellschaft anderer unwohl fühlt.

Und das alles innerhalb von Sekunden.

Ich für meinen Teil schaue mir die Hinweise an, die Mörder hinterlassen. Die Opfer, die sie sich aussuchen, die Natur ihrer Verbrechen, die Risiken, die sie eingegangen sind.

Goethe hat das gut in Worte gefasst. Er hat gesagt: »Das Betragen ist ein Spiegel, in dem jeder sein Bild zeigt.« Oder, anders ausgedrückt, was ein Mensch tut, spiegelt seinen Charakter wider.

Wenn es einen Profiler-Slogan gäbe, so würde er lauten: »Verhalten spiegelt Persönlichkeit.« Allerdings ist das zugegebenermaßen nicht so knackig wie der Spruch auf dem Becher, den Duncan mir geschenkt hat.

Ich habe dabei mitgeholfen, eine ganze Anzahl Serienmörder einzubuchten; ein paar davon waren allgemein bekannt. Und dafür habe ich extensiv mit Scotland Yard und dem FBI zusammengearbeitet. Wenn Falcon es mit einem Serientäter zu tun hatte, war es nicht verwunderlich, dass er mich hinzuzog.

Aber der London Lacerator? Also damit hatte ich nicht gerechnet. Der Kerl war seit Jahren nicht mehr in Erscheinung getreten.

»Ein Serienmörder aus den Achtzigern. Ist nie gefasst worden. Hört aber plötzlich auf zu töten. Niemand weiß, warum«, rekapitulierte ich als Antwort auf Falcons Frage. »Messerstiche in die Augen bei allen Opfern. Allen wurde das Gesicht zerschlagen. Und bei allen wurden post mortem die Genitalien abgetrennt. Die Polizei hat damals die Körperteile in Mülltonnen in der Nähe der Stellen gefunden, wo die Leichen abgelegt worden waren. Opferschema und Modus Operandi waren bei den letzten drei Opfern konsistent. Alle drei waren schwule Männer über sechzig mit grauem Haar, Brille und Bart und wurden in Parks und öffentlichen Toiletten umgebracht. Aber Aidan Lynch war anders. Er war noch keine dreißig. Und er hat überhaupt nicht so ausgesehen wie die anderen. Außerdem ist er zwar auch erstochen und verstümmelt worden, aber er ist bei sich zu Hause umgebracht und sein Leichnam dann angezündet worden. Nicht dass die Unterschiede in Sachen Opferschema oder Modus Operandi ungewöhnlich sind. Ein Täter lernt aus seinem ersten Mord. Er merkt sich die Lektionen: Was ist schiefgegangen, was hat geklappt. Er tut, was er tun muss, um sein Handwerk zu perfektionieren. Es ist durchaus möglich, dass der Lacerator Mühe damit hatte, sein erstes Opfer zu überwältigen. Ältere Männer waren vielleicht weniger schwierige Zielpersonen. Und sie an einen abgelegenen Ort zu locken könnte einfacher gewesen sein, als sie dazu zu bringen, ihn zu sich nach Hause mitzunehmen.«

»Nicht schlecht.« Falcon nickte.

Ich lächelte. Bei den hohen Tieren Eindruck zu machen schadet nie.

Falcon jedoch lächelte nicht. Er rieb sich die Augen,

ein Abwehrverhalten. Ein weiteres Zeichen des Unbehagens.

Ich musterte ihn. Las die nonverbale Botschaft. Nur eins ergab hier einen Sinn.

»Er hat wieder zugeschlagen, stimmt's?«

15. Kapitel

»Sieht ganz so aus.« Falcon nickte bedächtig. »Heute Morgen wurde eine Leiche gefunden, von jemandem, der seinen Hund ausgeführt hat. Die Kollegen vom zuständigen Revier haben uns angerufen, als sie den Zusammenhang erkannt haben. Der Leichnam lag in seiner Gasse in Camden. Laut der Spurensicherung ist das Opfer wahrscheinlich auch dort getötet worden.«

»Camden? Mit Ausnahme des ersten Opfers sind doch in den Achtzigern alle Morde in der Nähe von Soho begangen worden.«

»Ja?«, fragte Falcon mit hochgezogener Braue. Zweifelnd.

»Warum das also jetzt ändern?«

»Gute Frage.«

»Da der Leichnam nicht von woanders dorthin geschafft wurde, ist es unwahrscheinlich, dass er ein Fahrzeug benutzt. Nicht dass das erklären würde, warum er seine örtliche Präferenz geändert hat. Offensichtlich hat er sich in Soho doch wohlgefühlt.«

»Wieso von etwas abweichen, das für ihn gut funktioniert hat?«

Ich kniff die Lippen zusammen.

»Aus irgendeinem Grund funktioniert das für ihn nicht mehr.« Ich verstummte, fuhr mir mit den Händen durchs Haar. »Wieso sind Sie so sicher, dass es das Werk des Lacerators ist?«

»Modus Operandi und Signatur sind dieselben. Überraschungsangriff. Multiple Stichwunden, unter anderem durch die Augenhöhlen. Gesichtsprellungen. Kastration.«

»Opfertypus?«

»Scheint auf den ersten Blick derselbe zu sein – äußerlich, meine ich. Allerdings werden wir da von den Angehörigen wohl mehr erfahren. Im Augenblick wissen wir nur sehr wenig über den Toten. Ob er schwul war. Wo er zum letzten Mal gesehen wurde. Mit wem er da zusammen war.«

Wieder zögerte ich, dachte nach. Meiner Erfahrung nach machen Serienkiller nicht fünfundzwanzig Jahre Pause und fangen dann einfach wieder an zu töten. Konnte hier etwas anderes im Gange sein?

»Haben Sie in Betracht gezogen, dass es ein Nachahmungstäter sein könnte?«, fragte ich Falcon.

Er schüttelte den Kopf.

»Es ist kein Nachahmungstäter.«

»Wieso sind Sie sich da so sicher?«

»Ein Nachahmungstäter hätte nicht getan, was er getan hat.«

Verwirrt sah ich ihn an.

»Wie meinen Sie das?«

Falcon holte Luft und ließ sie dann zwischen den Zähnen hindurch entweichen.

»Der Lacerator hat immer etwas mit seinen Opfern gemacht, das nie an die Medien weitergegeben worden ist.«

Es überraschte mich nicht zu hören, dass die Polizei bestimmte Details zurückgehalten hatte. Das ist bei großen Mordfällen ziemlich üblich; es hilft dabei, sich gegen falsche Geständnisse abzusichern.

»Und was?«, wollte ich wissen und dachte an einige der bizarrsten Serienmörder-Visitenkarten zurück. Etwas, um ihr Opfer als ihr Werk zu kennzeichnen, um es selbst im Tod zu beherrschen.

Der Beer Killer hatte bei jedem seiner Opfer eine Bierdose zurückgelassen. Der Boston Strangler hatte den seinen das, womit er sie stranguliert hatte, immer als Schleife um den Hals gebunden. Und der treffend benannte Smiley Face Killer hatte Graffiti von fröhlichen Gesichtern am Tatort hinterlassen.

»Der Lacerator trennt seinen Opfern doch schon die Genitalien ab und durchbohrt ihnen die Augen. Was tut er sonst noch?«

Falcon schaute auf seine Füße und sah dann wieder mich an.

»Er beträufelt sie mit Olivenöl.«

16. Kapitel

Der Junge liegt neben dem Sofa auf dem Bauch, die rote Spiderman-Baseballkappe wie gewöhnlich verkehrt herum auf dem Kopf. Eine Hand stützt das Kinn, mit der anderen lässt er einen Spielzeughubschrauber über den Teppich fliegen. Einen Bell Jet Ranger mit einem gelben Streifen am Rumpf.

Die Erwachsenen reden über langweiliges Zeug: über die Benzinpreise, über die Baustelle in Swiss Cottage, so was eben.

Er wischt sich den Pony aus den Augen. Der wird allmählich viel zu lang, aber zum Glück hat das niemand gemerkt. Früher hat seine Mutter ihm immer am Küchentisch die Haare geschnitten, aber Dad hat gesagt, das geht nicht mehr. Jetzt macht das Andy, der Friseur, mit seiner grässlichen Schere und dem Gummiumhang, der nicht verhindert, dass dem Jungen Haare hinten ins T-Shirt rieseln.

»Möchtest du ein Stück Schokolade, Goldlöckchen?«, fragt Granddad. Von seinem Platz auf dem Sofa aus hält er ihm eine Schachtel Schokokugeln hin.

»Ja«, antwortet der Junge und springt auf.

»Wie heißt das Zauberwort?«, fragt seine Mutter.

»Bitte.« Der Junge dehnt das Wort gelangweilt in die Länge.

Granddad zwinkert ihm zu. Der Junge grinst zurück.

Er hebt den Deckel von der Schokokugelschachtel. Der Rand ist zackig; dabei muss er an ein Halloween-Maul denken. Die meisten Schokokugeln sind schon aufgegessen worden. Nur eine Reihe ist noch übrig, ganz unten, eine Linie aus knubbeligen braunen Zähnen. Er schnappt sich eine Handvoll und stopft sie sich alle auf einmal in den Mund, bevor seine Mutter ihn daran hindern kann.

»Das hab ich gesehen«, bemerkt sie lächelnd.

Sein Vater sieht ihm ebenfalls zu, doch er lächelt nicht.

»So ein Leckermaul! Und jetzt bitte die Bezahlung«, meint Granddad. Er hält ihm die Wange für ein Küsschen hin. »Ha, hab ich dich!«, sagt er, hebt den Jungen hoch und drückt ihn fest an sich.

Der Junge sitzt noch ein bisschen auf Granddads Schoß, aber er fühlt sich nicht wohl dabei. Granddads Atem ist ganz heiß an seinem Ohr, und sein Bart kitzelt ihn im Nacken.

»Möchte noch jemand Tee?«, fragt Granny und lächelt in die Runde.

17. Kapitel

»Olivenöl?«, fragte ich Falcon. »Warum denn das?«

War der Lacerator etwa Koch oder irgend so ein Gesundheitsfanatiker? Was immer er auch war, das Öl bedeutete etwas für ihn, das war sicher.

Die Signatur eines Serienmörders ist der persönliche Stempel, den er auf seinem Verbrechen hinterlässt. Es ist nicht nur eine Form der persönlichen Äußerung, seine Psyche zwingt ihn dazu. Ohne sie kann er keine Befriedigung aus seinen Taten ziehen. Oder wie der reizende Ted Bundy es formuliert hat, es bringt keinen Spaß.

Der Modus Operandi, die Vorgehensweise, wie ein Täter sein Verbrechen begeht, verändert sich mit der Zeit. Auch Signaturen entwickeln sich weiter. Nekrophile Mörder zum Beispiel steigern vielleicht im Verlauf mehrerer Morde den Grad der Verstümmelungen. Doch die Kernelemente einer Signatur ändern sich nie. Sie sind für den Täter von entscheidender Wichtigkeit und gewähren dem Profiler einen Blick darauf, wie der Verstand des Mörders funktioniert.

Seine Opfer mit Olivenöl zu beträufeln war eindeutig ein grundlegender Bestandteil der Signatur des Lacerators.

Doch wieso fühlte er sich dazu getrieben? Und was sagte das über ihn aus?

»Wir hoffen, Sie werden uns helfen, das rauszufinden«, meinte Falcon. »Ihre Ansichten dazu kämen uns wirklich sehr gelegen, Mac. Sie sind der beste Profiler, den wir im Stall haben, und Sie verstehen Serienmörder besser als jeder andere. Sind Sie bereit, mit einzusteigen?«

Ich dachte an die Finsternis, aus der ich mich gerade erst zu befreien begonnen hatte. Wenn ich bei den Ermittlungen mitmischte, würde ich trauernde Angehörige befragen müssen. Ich würde Zeugin ihres Schmerzes werden müssen, ihres Verlusts. Und wenn mich das wieder in das schwarze Loch stieß? Konnte ich das riskieren?

Mein Blick blieb an einem Foto auf Falcons Schreibtisch hängen. Es zeigte seine Frau, mit Grübchen in den Wangen, lockigem Haar und einem kleinen goldenen Kruzifix um den Hals, wie das, das die Katholikin getragen hatte.

Er hat es getan. Sie müssen es jemandem sagen.

Ich hatte mir gelobt herauszufinden, was sie mir hatte sagen wollen. Von den Jungs von Scotland Yard erwartete ich da keine Hilfe, doch hier tätig zu sein hätte seine Vorteile. Ich würde Zugang zu allen möglichen Daten haben, an die ich zu Hause nicht herankäme. Von der Gelegenheit, einen der berüchtigtsten Serienmörder unserer Zeig dingfest zu machen, ganz zu schweigen.

Bestimmt hatte der DCI mein Schwanken bemerkt, und er nutzte seinen Vorteil.

»Das ist ein Riesenfall. Das öffentliche Interesse wird enorm sein, und der Druck, schnell Ergebnisse zu liefern, auch. Gar nicht zu reden davon, dass es noch mehr Opfer geben wird, wenn wir den Kerl nicht schnell festnehmen. Sagen Sie, dass Sie mitmachen, und ich stelle Sie sofort den Ermittlern vor.«

»Klar«, sagte ich lächelnd, bevor ich es mir anders überlegen konnte.

»Hervorragend.« Er schüttelte mir die Hand. »Dann gehen wir mal und machen Sie mit dem Team bekannt.«

Wir marschierten zurück zum Fahrstuhl, fuhren in den fünften Stock hinunter und gingen in einen anderen Teil des Gebäudes, zu einem großen Raum voller Menschen, Whiteboards und klingelnder Telefone. Die Einsatzzentrale.

Ich erblickte Paddy Dinwitty ganz hinten im Raum. Ein stets lächelnder Ire, der eine Zeit lang mit Duncan Drogendealer und andere fiese Arschlöcher zur Strecke gebracht hatte.

Ich fing seinen Blick auf. Er hob die Hand und grinste. Hier und da waren noch ein paar andere Kollegen aus Duncans Zeit zu sehen. Ich lächelte. Es war gut zu wissen, dass ein paar mir Wohlgesinnte im Team waren.

»Ziba, das ist DI Nigel Fingerling, der Ermittlungsleiter«, verkündete Falcon und schlug einem Mann mit dürren Handgelenken und sehr kurz geschnittenem Haar auf die Schulter. Fingerling hatte schmale Lippen, und in seinem Gesicht zeigte sich ein ganz leichtes nervöses Zucken. »Er war gestern auch in dem Zug. Außerdem ist er Sudoku-Experte und hat einen schwarzen Gürtel in Jiu-Jitsu. Nigel, das ist Ziba MacKenzie. Ihr Mann war einer von uns. Sie ist eine erstklassige Profilerin. Hat uns geholfen, ein paar von unseren schwierigsten Fällen zu knacken.« Falcon schob mich vorwärts, die Hand in Beschützermanier in meinem Kreuz.

Ich gab mir alle Mühe, mein Lächeln nicht verrutschen zu lassen; ich wünschte wirklich, er würde mich verdammt noch mal nicht wie eine trauernde Witwe behandeln, dachte ich. In meinem früheren Job war ich diejenige, die andere zum Weinen gebracht hat.

»Hallo«, sagte ich zu Nigel Fingerling und streckte die Hand aus.

Er kam mir vage bekannt vor; ich war mir sicher, ihn schon einmal gesehen zu haben. Nicht bei Scotland Yard, also vielleicht gestern im Zug oder auf dem Bahnsteig. Allerdings spielte mir da höchstwahrscheinlich bloß mein Verstand einen Streich, weil ich gehört hatte, dass er dort gewesen war. Die Macht der Suggestion und so.

Er gab mir eine schlaffe Hand und griff mit der anderen in die Tasche nach seinem Handy. Das hatte gerade gebrummt, schon zum dritten Mal, seit ich hereingekommen war.

Rasch schaute er auf das Display, und eine tiefe Furche erschien zwischen seinen Brauen. Enttäuschung. Also schlechte Neuigkeiten. Fingerling blinzelte schnell hintereinander und rückte seine Krawatte zurecht. Er war der Einzige hier, der eine trug, und sie saß zu fest.

»Ihr beide könnt euch dann ja mal miteinander bekannt machen«, meinte der DCI geistesabwesend und strich sich über den dicken Bauch, ehe er davonhumpelte. Ja, definitiv Gicht, dachte ich im Stillen.

Auf halbem Weg zur Tür blieb er stehen und drehte sich um.

»Wir müssen diese Geschichte schnell in den Griff kriegen, Mac. Die Leute werden in Panik geraten, wenn sich rumspricht, dass hier ein Serienmörder sein Unwesen treibt. Wir müssen sie wissen lassen, dass wir die Situation unter Kontrolle haben. Und dass wir den Täter kriegen werden, und zwar schnell.«

»Verstanden.«

Er salutierte scherzhaft und verließ den Raum.

»So, Sie sind also Profilerin«, bemerkte Nigel Fingerling mit spöttischem Lächeln und strich über den teuren Füllfederhalter, der aus seiner Brusttasche ragte. Auf seinem Hemd war ein Tintenfleck. »Na, dann mal los. Was denke ich gerade?«

Anfangs hatte er mir in die Augen geschaut, doch sein Blick rutschte jetzt zu meinen Brüsten hinab. Ich verschränkte die Arme und trat einen Schritt zurück.

»Das zu beantworten verbieten mir die guten Manieren, aber ich kann Ihnen sagen, dass da nichts draus wird.«

Wahrscheinlich hätte ich lächeln sollen, doch ich tat es nicht. Fingerlings Augen wurden schmal.

»Ist Profiling nicht eigentlich eine Umschreibung für Spekulieren? Tut mir leid, Ms MacKenzie, ich glaube einfach nicht, dass man anhand von … nonverbaler Kommunikation, nennt ihr das nicht so? Dass man aus so was irgendwas Bedeutsames über jemanden herausfinden kann. Nein, ich fürchte, mir ist das alles ein bisschen zu viel Hokuspokus.«

Ich spürte, wie meine Wangen rot anliefen, allerdings nicht, weil mir das Ganze peinlich war. Ich ballte die Fäuste, stemmte sie in die Hüften und trat noch einen Schritt zurück, um ihn richtig in Augenschein nehmen zu können.

»Sie tragen enge Hemden, um Ihren Oberkörper zur Schau zu stellen, und wahrscheinlich auch enge Unterhosen, um Ihr Gemächt zu betonen. Das Problem ist nur, genau wie Ihre Einstellung Frauen gegenüber, Ihr Gespür für Mode ist seit ungefähr zehn Jahren veraltet. Beides könnte vielleicht erklären, warum Ihre Freundin Sie abserviert hat. Sie haben ein Tattoo am Arm, aber ein paar Buchstaben sind entfernt worden – und zwar nach dem Schorf zu urteilen erst vor Kurzem. Wahrscheinlich der Name einer Ex-Freundin, Sie haben nämlich noch jede Menge andere Tattoos. Sie trainieren jeden Abend im Fitnesscenter, weil Ihnen Ihre Schulzeit nachhängt. Sie waren ein dürrer Hänfling, die anderen Kinder haben sich über Sie lustig gemacht. Jetzt haben Sie ordentlich Armmuskeln, aber Ihre dünnen Handgelenke verraten das. Ihre TAG-Heuer-Uhr ist nicht echt. Das Grün des Ziffernblatts stimmt nicht ganz, und auf dem Band ist ein Rostfleck. Aber für Sie ist es wichtig, eine Markenuhr zu tragen. Genau wie Ihre Manschettenknöpfe und Ihr perfekt gebügeltes Hemd. Das ist alles Teil Ihres Bedürfnisses, den Schein zu wahren. Die Frage ist, warum haben Sie das Gefühl, Sie müssten etwas beweisen? Vielleicht hat die Antwort ja etwas mit Ihren Händen zu tun. Sie sind rau, und Ihre Nagelhäute sind total ausgefranst. Es ist nicht kalt, also leiden Sie entweder unter einem ganz schlimmen Ekzem oder Sie waschen sie einfach zu oft. Beides ist stressbedingt. Weil Sie ein Geheimnis haben, für das Sie sich schämen, stimmt's? Etwas, von dem Sie fürchten, dass Ihre Kollegen es herausfinden. Was ist es, Detective? Eine Pornosammlung in Ihrer Schreibtischschublade? Ein getragener Damenschlüpfer in Ihrer Brusttasche? Oder etwas noch viel Finstereres?«

Alle lachten – alle außer Nigel Fingerling. Sein Gesicht war knallrot.

Vorhin hatte er an mir gezweifelt. Jetzt hasste er mich.

18. Kapitel

Ich verbrachte das Wochenende damit, mir so viele Informationen wie möglich über das jüngste Verbrechen des Lacerators zu beschaffen, um mit ihrer Hilfe ein psychologisches Bild des Täter zu erstellen – das Profil.

Ich durchkämmte die Akten von damals und verglich sie mit dem jüngsten Überfall, suchte nach irgendetwas, das mir einen Hinweis darauf geben könnte, mit was für einem Personentypus wir es zu tun hatten. Zu verstehen wer er war, würde der Schlüssel dazu sein, ihn aufzuspüren und zu verhindern, dass noch mehr Unschuldige ums Leben kamen.

Ich las Obduktionsberichte, Zeugenaussagen und vorläufige Polizeiberichte. Das mit dem Olivenöl war von entscheidender Bedeutung, da war ich mir sicher. Doch nichts in dem, was ich las, deutete auch nur an, um was es dabei ging.

Frustriert wandte ich mich dem Opferschema zu.

»Ich habe schon ein Team, das Freunde und Angehörige befragt«, sagte Fingerling. »Da brauchen Sie nicht auch noch mitzumischen. Lesen Sie einfach die Protokolle.«

»Ein persönliches Gespräch ist für mich am besten«, erwiderte ich. »Ich finde, wie die Menschen sprechen, ist genauso wichtig wie das, was sie sagen.«

Er verdrehte die Augen.

»Nehmen Sie Williams mit, wenn's denn unbedingt sein muss.«

»Es ist besser, wenn ich allein gehe.«

Ich fügte nicht hinzu, dass ich ohne einen Detective Sergeant, der sich neben mir die Eier kraulte, mehr aus meinen Gesprächspartnern herausbekommen würde. Die Leute neigen dazu, sich in Acht zu nehmen, wenn die Polizei in der Nähe ist, selbst wenn sie nichts zu verbergen haben.

»Sie sind nicht gerade ein Teamplayer, MacKenzie, stimmt's?«

Nicht wenn der Mannschaftskapitän so ein Affenarsch ist, dachte ich und lächelte süß.

Das Feedback, das ich in den Gesprächen bekam, war immer dasselbe. Abgesehen von dem üblichen Text, dass das Opfer ja so ein wunderbarer Mensch gewesen sei, so freundlich und hilfsbereit etc., erzählte man mir, dass der Tote bekennender Schwuler Ende sechzig gewesen war und keinen festen Partner gehabt hatte.

Ein paar Leute, mit denen ich sprach, sagten außerdem, dass er in Schwulenbars abgehangen hatte, um Männer kennenzulernen. Und am Abend des Überfalls hatte er im King William getrunken, einem wohlbekannten Schwulenpub in Camden, wo man ihn in der Ecke mit einem Mann hatte plaudern sehen.

Es war nicht weiter überraschend, dass die Beschreibung des Mannes, mit dem er zusammen gewesen war, wild variierte. Die Zeugen hatten getrunken, und im Pub hatte Schummerlicht geherrscht. Der Albtraum eines jeden Staatsanwaltes.

»Warum gibt es bei allen Fällen, die ich bearbeite, keine verdammte Videoüberwachung?«, maulte Fingerling bei einer der frühen Teambesprechungen, als wir im Kreis saßen und uns gegenseitig auf den neuesten Stand brachten.

Er hatte um Videoaufnahmen der Tatortumgebung gebeten, in der Hoffnung, darauf zu sehen, wie der Ermordete mit dem Mann, mit dem er gesprochen hatte, den Pub verließ. Doch er hatte nichts gefunden. Nicht dass das einen Riesenunterschied gemacht hätte. Die Qualität dieser Aufnahmen ist nie gut genug für eine sichere Identifikation.

»Wir haben es hier mit einem Hochrisiko-Opfer zu tun«, meinte ich während einer anderen Besprechung. Die fanden jeden Morgen und jeden Abend statt, um Punkt neun Uhr und um Punkt achtzehn Uhr. »Es hört sich an, als hätte der Verstorbene möglicherweise häufig den Partner gewechselt, und am Abend des Mordes war er laut dem Bericht des Pathologen angetrunken. Seine Bereitschaft, sich anbaggern zu lassen, dürfte ihn für den Täter zu einer leichten Beute gemacht haben, und der Alkohol wird es dem Lacerator leicht gemacht haben, ihn zu überwältigen. Genau wissen wir es nicht, aber es ist durchaus möglich, dass der Täter das Opfer in der Bar angesprochen hat. Es könnte sich um den Mann handeln, mit dem Zeugen das Opfer haben reden sehen, in diesem Fall müssen wir an weitere Zeugen appellieren, sich zu melden.

Wenn wir ein Phantombild des Mannes erstellen können, erkennt ihn vielleicht jemand. Und wenn er sich seine Opfer dort ausgesucht hat, dann verrät uns das etwas über ihn. Er hat einen annehmbaren IQ und annehmbare Sozialkompetenz und ist außerdem in der Lage, sich einen Trick auszudenken, mit dem er seine Zielpersonen von dort weglocken kann.

Aber die eigentliche Frage ist: Wählt der Täter seine Opfer aus, weil er sie als leichte Beute erachtet? Das heißt, fällt es ihm leicht, Schwule aufzureißen und sie dazu zu bringen, mit ihm zu gehen? Oder ist es ihr Schwulsein, das ihn zu ihnen hinzieht? Ist das das Schlüsselelement seiner Präferenz, und wenn ja, warum?«

»Sollten Sie uns nicht eigentlich genau das sagen?«, erkundigte sich Nigel Fingerling mit einem prustenden Auflachen.

Hat mir immer noch nicht verziehen, dachte ich.

»Ja, das stimmt.« Ich verzog keine Miene; ich wollte nicht, dass dieser pickelige Käsepimmel dachte, er könnte mich in Wallung bringen. »Ich habe vor, das Verbrechen sowohl aus Sicht des Täters als auch aus Sicht des Opfers zu rekonstruieren. Morgen sollte ich ein vorläufiges Persönlichkeitsprofil haben.«

Er hätte erfreut aussehen sollen, doch dem war nicht so. Der Mann war ganz schön nachtragend.

»Wir sollten eine Pressekonferenz abhalten«, sagte ich.

»Wir haben die Medien lange genug warten lassen, und hierbei werden wir ihre Hilfe brauchen.«

Ich packte gerade meine Sachen zusammen, als eine SMS von Jack eintrudelte.

Check mal deine E-Mails.

Ich öffnete den Posteingang.

Dachte, das interessiert dich vielleicht. Wolfie

Ich klickte auf den Anhang.

Ha!, dachte ich und rammte die Faust in die Handfläche, als ich den Titel ganz oben auf der Seite las. Treffer!

Er hatte mir einen Link zur Website der BBC geschickt. Dort war eine Liste mit den Namen der Personen, die bei dem Zugunglück ums Leben gekommen waren, und zwar mit Fotos neben jedem. Auf halber Höhe der Seite war das Bild einer Frau mit einem kleinen goldenen Kruzifix um den Hals. Meine Unbekannte.

Ich brauchte einen Moment, um zu verarbeiten, was ich da gesehen hatte, und als ich das getan hatte, konnte ich es immer noch nicht recht glauben. Bestimmt war das doch bloß ein Zufall.

Der Name der Frau war Theresa Lynch. Derselbe Nachname wie der des ersten Opfers des Lacerators, Aidan.

19. Kapitel

Es war kein Zufall. Das Wählerverzeichnis bewies es. Theresa Lynch war Aidans Mutter. Was mir einen sehr guten Grund gab, ihren Mann Marcus anzurufen und um ein Gespräch zu bitten.

Die frühen Verbrechen des Täters waren nicht mein Hauptinteresse, doch das würde Marcus Lynch nicht erfahren. Keine Stunde nach meiner Entdeckung klopfte ich an die Tür eines Reihenhauses in der Inverness Street in Camden, North London. Dasselbe Haus, in dem vor fünfundzwanzig Jahren Aidans Leichnam gefunden worden war.

»Vielen Dank, dass ich vorbeikommen durfte«, sagte ich, als Marcus mir einen Becher Nescafé reichte. Ein paar unaufgelöste Krümel schwammen wie tote Fliegen auf der Oberfläche.

Er ließ sich in einen geblümten Sessel neben dem Kamin sinken, so einem kleinen Gasbrenner mit farbigen Glasteilen auf dem Rost, die aussehen sollten wie glühende Kohlen.

»Ist 'ne Weile her, dass uns jemand nach dem gefragt hat,

was Aidan passiert ist.« Mit neugieriger Miene schaute er über den Rand seines Bechers zu mir herüber.

Ich registrierte das »Uns«. Es würde lange dauern, bis er sich daran gewöhnte, wieder »mich« und »ich« zu sagen. Duncan war seit fast zwei Jahren tot, und ich war noch immer nicht so weit.

Marcus hatte dunkle Schatten unter den Augen. Seine Lider waren gerötet und verquollen. Ich hatte ein schlechtes Gewissen, zu so einem Zeitpunkt hereinzuplatzen, und doch, war ich es seiner Frau nicht schuldig herauszufinden, was sie mir zu sagen versucht hatte?

»Komisch, dass Sie bei ihr waren, wie? Und dass Sie jetzt nach dem Dreckskerl fahnden, der meinen Sohn umgebracht hat.«

»Ganz schöner Zufall«, bemerkte ich und tat, als würde ich an meinem Kaffee nippen.

»Ich hatte so ein Gefühl, als Theresa neulich Abend nicht nach Hause gekommen ist, als ob was Schlimmes passiert wäre. Ich hab's einfach gewusst. Ganz tief in meinen Knochen.« Er hielt inne und legte die Hand vors Gesicht.

»'tschuldigung. Ich hab gedacht, ich schaffe das.«

»Ist schon gut, es hat keine Eile. Ich habe vor Kurzem meinen Mann verloren. Ich weiß, wie Ihnen zumute ist.«

Mein Mitgefühl war echt, aber zugleich wichtig. Es würde Vertrauen aufbauen und für ein gutes Verhältnis sorgen.

Er atmete tief durch und nickte mir zu, auf so eine Art: »Halten Sie die Ohren steif«. Dieser Mann behielt seine Gefühle gern für sich.

»Entschuldigung«, sagte er mit bebender Stimme und rückte seine rotbraune Strickweste zurecht. »Ist einfach alles noch so frisch.«

Dann seufzte er und fuhr mit seiner Geschichte fort.

»Wissen Sie, ich wusste, dass sie in dem Zug war. Den nimmt sie immer. Ich war in jedem Krankenhaus, um zu sehen, ob sie eingeliefert worden ist. Zu Hause hab ich die ganze Zeit die BBC angehabt, falls es irgendwas Neues gibt. Aber es gab nichts Neues. Bis gestern nicht. Ich war fast erleichtert, als ich's erfahren habe. Nicht weil sie umgekommen ist, natürlich, sondern weil ich endlich sicher wusste, was mit ihr passiert war.«

Mit feuchten Augen blickte er zu mir auf. »Ich bin froh, dass am Ende jemand bei ihr war. Ich bin froh, dass sie nicht allein war.«

»Sie war nicht allein. Und sie hatte auch keine Schmerzen.«

Letzteres stimmte wohl nicht, doch es war das, was er unbedingt hören wollte. Und ich wollte unbedingt etwas über Theresa hören. Wenn ich ein Profil von ihr erstellen konnte, dann könnte ich vielleicht herausfinden, was sie mir hatte sagen wollen. Dann würde ich mich nach Aidan erkundigen. Versteht man das Opfer, versteht man den Mörder.

»Vielleicht könnten wir zuerst über Theresa sprechen, bevor wir uns mit Aidan befassen. Das kling vielleicht komisch, aber es hilft dabei, das Opferschema zu bestimmen.«

Ich redete Blödsinn, doch das wusste er ja nicht.

Er zuckte die Achseln. »Okay.«

Während ich meine Fragen stellte, achtete ich ebenso genau darauf, wie Marcus Lynch sprach, wie auf das, was er sagte. Wenn man die Zeichen zu deuten weiß, ist nonverbales Verhalten – oder Körpersprache – eine Anzeigetafel, die offenbart, was ein Mensch wirklich empfindet.

Zuerst erkundigte ich mich ganz allgemein danach, wie sie so als Mensch gewesen sei, dann ging ich zu sachdienlicheren Fragen über, die mir vielleicht einen Hinweis darauf einbringen könnte, was ihre letzten Worte bedeutet hatten.

»Hat Ihre verstorbene Frau vor Kurzem angefangen, neue Freundschaften zu schließen, oder hat Sie Ausreden vorgebracht, um sich ohne Sie mit Freunden zu treffen?«

Marcus schüttelte den Kopf, gleichzeitig jedoch wölbten sich seine Kiefermuskeln; ein kleines Zeichen der Anspannung, das auf tief sitzenden emotionalen Stress schließen ließ.

»Sind Sie sicher?«

»Ganz sicher«, antwortete er und kniff die Lippen zusammen. »Ich frage meine Frau prinzipiell immer, wo sie hingeht und mit wem.«

Der Gebrauch der Gegenwartsform war ein ganz natürlicher Fehler, einer, den ich immer noch mache, wenn ich von Duncan spreche. Doch dass er die Hand zur Faust ballte, war überraschend. Und auch die Tatsache, dass er alles zu wissen verlangte, was seine Frau tat. Beides deutete auf eine herrschsüchtige Persönlichkeit hin.

»War Ihre Frau religiös?«

Er lachte. Es klang hohl. »Theresa war eine fromme Katholikin. Ich hatte es eigentlich nie so mit all dem, aber als sie mit Aidan schwanger geworden ist, hat sie angefangen, jeden Sonntag zur Messe zu gehen und hat darauf bestanden, vor dem Essen zu beten.«

Im ersten Teil des Satzes, der über den katholischen Glauben seiner Frau, hatte ein verächtlicher Ton mitgeschwungen, doch das änderte sich, als er ihre Schwangerschaft erwähnte. Hätte er beim Sprechen nicht die Augen zusammengekniffen, so wäre mir das vielleicht entgangen, doch diese Bewegung war so unübersehbar wie Leuchtraketen, die während eines Manövers aufsteigen.

Augenkneifen ist eine unbewusste Handlung, die sich entwickelt hat, um uns davor zu schützen, Dinge zu sehen, die uns nicht gefallen. Es dauert nur etwa eine Achtelsekunde und deutet immer auf eine negative Emotion hin, für gewöhnlich Zorn oder Missfallen.

Doch warum sollte Marcus Lynch bei dem Gedanken an seine Frau, die mit seinem Sohn schwanger war, so empfinden?

Merkwürdig.

»War Theresa politisch interessiert?«

Er lachte und schüttelte den Kopf, ganz entspannt jetzt, auf leichterem Terrain.

»Nein. Sie war stramm konservativ, genau wie ich. Wir erinnern uns beide noch daran, was in den Siebzigern unter der Labour-Regierung mit diesem Land passiert ist.«

»Hat Sie sich wegen irgendetwas Sorgen gemacht? Geldprobleme, so was in der Art?«

»Nein.« Er machte ein gekränktes Gesicht, als wäre meine Frage eine persönliche Beleidigung. Rasch ging ich zur nächsten über.

»Sie haben vorhin erwähnt, dass sie gearbeitet hat.«

»Ja. Sie war Büroleiterin bei einer Baufirma in der City.«

»Wie waren denn ihre Kollegen so?«

»Sie hat sich ganz gut mit ihnen verstanden, aber außerhalb der Arbeit hatte sie nichts mit ihnen zu tun. Wir bleiben gern für uns.«

War das ihr Wunsch oder deiner?, fragte ich im Stillen, während ich den Blick durch das Zimmer schweifen ließ. Verhalten spiegelt die Persönlichkeit wider, aber unsere Wohnungen tun das auch.

Eine *Good News Bible* stand im Bücherregal, ledergebunden und wahrscheinlich teuer, also ein kostbarer Besitz. Eine Statue der Jungfrau Maria und ein Bild vom Papst an der Wand. Beides bestätigte das, was Marcus mir über Theresas Religionsausübung berichtet hatte.

Ein Esstisch stand an der gegenüberliegenden Wand, groß genug für sechs Personen, mit nur zwei Stühlen daran. Bilder hingen an den Wänden – alles Landschaftsdrucke. Wälder. Ein Feld voller Klatschmohn. Nichts mit Menschen darauf.

Wir bleiben gern für uns, hatte Marcus gesagt. Warum? Hatte er Angst, Menschen in ihr Leben einzulassen? Und wenn ja, was glaubte er zu verlieren zu haben, wenn er das täte?

Mein Blick wanderte zum Kaminsims. Zwei Fotos standen darauf. Ein altes Hochzeitsbild in einem angelaufenen Silberrahmen und ein professionelles Foto von einem Kind in Schuluniform, halb hinter einer Porzellankatze verborgen. Ich erhob mich, um mir die Bilder genauer anzusehen.

»Darf ich?«, fragte ich und zeigte auf das Hochzeitsfoto. Er zuckte die Achseln. »Klar.«

»Theresa war sehr schön.«

»Ja, das stimmt.« Er presste die Kiefer aufeinander.

Seltsam, ich hatte seiner Frau doch gerade ein Kompliment gemacht. Das hätte ihn doch bestimmt gefreut und ihn nicht wütend gemacht.

»Und wer sind die Leute hier?«, erkundigte ich mich und zeigte auf die anderen Personen der Hochzeitsgesellschaft.

Er kam herüber und nahm die Brille ab, dann polierte er die Gläser mit dem Saum seiner Strickweste, ehe er mir das Bild abnahm, um es genauer zu betrachten.

»Das sind meine Eltern. Sind in Frankreich bei einem Autounfall ums Leben gekommen. Das da sind Theresas Eltern. Ihre Mutter ist inzwischen auch tot. Krebs. Der Alte ist in einem Pflegeheim, hat eine Zeit lang bei uns gewohnt, nachdem seine Frau gestorben war. Und das da ist Theresas Schwester. Wohnt in Bath.«

»Und das ist bestimmt Aidan, stimmt's?« Ich holte das Bild des Jungen aus seinem Versteck.

Marcus reagierte sichtlich gereizt.

»Ja«, knurrte er, ohne mir in die Augen zu sehen.

Sonderbare Reaktion. Und wieso gab es hier nur ein einziges Bild von seinem Sohn?

Das Kind auf dem Foto grinste in die Kamera. Seine Haut- und seine Haarfarbe waren ganz anders als die von Marcus. Er war ein süßes Kind, mit einem breiten Lächeln voller Zahnlücken. Und einem seltsamen Mal auf einer seiner Iriden, als sei die Pupille in die Iris hinein ausgelaufen.

Ich wandte mich wieder Marcus zu. Der verlagerte sein Gewicht von einem Bein aufs andere und zappelte unruhig herum. Er fühlte sich unbehaglich. Er wollte nicht, dass ich das Foto von Aidan in der Hand hielt. Warum?

Jetzt schaute er auf die Uhr. Die Zeit wurde knapp.

Ich beobachtete ihn genau, als ich sagte: »Ihre Frau hat etwas zu mir gesagt, kurz bevor sie gestorben ist. Sozusagen ein letzter Wunsch. ›Er hat es getan. Sie müssen es jemandem sagen.‹ Sie haben wohl keine Ahnung, wovon sie geredet hat, oder? Oder was *er* getan haben könnte?«

Hässliches Rot flutete an Marcus' Hals empor. Die Muskeln um seine Augenlider begannen zu flattern.

»Keine Ahnung. Hören Sie, sind wir dann fertig? Ich bin wirklich furchtbar müde.«

»Aber wir haben doch noch gar nicht über Aidan gesprochen.«

»Wie gesagt, ich bin sehr müde. Ich würde mich jetzt gern hinlegen.«

Einen Augenblick später schob er von innen die Riegel vor, während ich draußen vor seiner Haustür stand und versuchte zu verstehen, was gerade passiert war.

Ich wusste noch immer nicht, wer *er* war, aber nach seiner Reaktion zu urteilen wusste Marcus es. Und in Anbetracht all der nonverbalen Zeichen fragte ich mich unwillkürlich, ob er nicht vielleicht der Mann war, von dem Theresa gesprochen hatte.

20. Kapitel

Ich spießte ein Stück Wolfsbarsch auf und tunkte es in die Kleckse aus Balsamico-Creme und in die Erbsenpüree-Häufchen, die beide kunstvoll um den Rand meines Tellers herum verteilt waren. Ich war von meinem Gespräch mit Marcus Lynch geradewegs zu dem Treffen mit Jack gekommen.

Wir saßen in The Lemon Tree. Früher waren wir drei manchmal hier gewesen, um uns etwas Besonderes zu gönnen. Es war Wolfies Idee gewesen, wieder herzukommen.

»Weil wir neulich Abend nicht dazu gekommen sind, Big D.'s Geburtstag zu feiern«, hatte er am Telefon gesagt.

Rückblickend war es nicht gerade der allerbeste Treffpunkt. Es war das erste Mal, dass ich ohne Duncan hier war. In meinem Magen krampfte der Schmerz seiner Abwesenheit. Die Vergangenheit drängte sich in die Gegenwart. Er war überall und nirgendwo.

»Ich hab dir das hier besorgt. Das ist das Buch, von dem du gesagt hast, dass du es lesen willst.«

»Das ist lieb von dir, Wolfie. Danke.«

»Ich war sowieso in der Buchhandlung. Kein Thema.«

Ich trank einen Schluck Wein. Jack hob sein Glas und trank ebenfalls. Ich fing seinen Blick auf und lächelte. Er lächelte zurück, die Nasenflügel ganz leicht gebläht. Wir stellten gleichzeitig unsere Gläser hin.

»Du hast dir die Haare schneiden lassen«, meinte er und beugte sich vor. »Sieht gut aus.«

»Nur die Spitzen. Bin ja überrascht, dass es dir aufgefallen ist.« Ich sah mich in dem Restaurant um.

Ein gut gekleideter Mann in mittleren Jahren, der zwei ungleiche Socken trug, fiel mir auf. Er strich sich immer wieder übers Haar und sah auf die Uhr. Nervös, dachte ich. Hat sich in aller Eile angezogen, macht sich aber Gedanken über sein Aussehen. Hat wahrscheinlich ein Date und hat Angst, sitzen gelassen zu werden. Ein erstes Treffen oder vielleicht auch ein Blind Date. Wenn er die Betreffende besser kennen würde, würde er sich weniger den Kopf darüber zerbrechen, wo sie bleibt.

Eine Frau mit geröteten Wangen kam eilig durch die Tür und rieb die Hände an den Seiten. Nervös und zu spät dran. Ich sah zu, wie der Maître d' ihr aus dem Mantel half und sie zum Tisch des Mannes mit den ungleichen Socken führte. Er stand im selben Moment auf und streckte ihr die Hand hin, als sie sich vorbeugte und ihn auf die Wange küsste.

Jep, ein Blind Date. Die Hand geben heißt ein erstes Treffen. Die Verlegenheit zeigt, dass beide unbedingt einen guten ersten Eindruck machen wollen.

Auch ich war verlegen: der Kerzenschein, der Pianist, der in der Ecke spielte. Jack und ich waren viele Male zusammen essen gewesen, seit Duncan umgekommen war, aber irgendwie war das hier anders. Die Szenerie war ein bisschen zu romantisch. Nicht dass wahre Romantik irgendetwas mit einer Szenerie zu tun hat.

»Kann ich Sie kurz sprechen, Ziba?«, sagte Duncan, während der Raum sich leerte.

Sein Ton war sanft, aber seine Miene war völlig undurchdringlich. Würde er mir gleich die Leviten lesen? Verbündete hatte ich ganz sicher nicht gewonnen, so wie ich den ganzen Tag agiert hatte, auch wenn das Endergebnis gut gewesen war.

»Detectives, mit denen ich seit Jahren zusammenarbeite, haben sich heute ablenken lassen und falsche Entscheidungen getroffen«, sagte er, den Blick fest auf meine Augen gerichtet. »Aber Sie haben sich nicht ablenken lassen. Sie haben einen kühlen Kopf behalten und sich nicht unterkriegen lassen, obwohl alle gegen Sie waren. Sie haben den Rest von uns dazu gebracht, Vernunft anzunehmen. Dass wir gewonnen haben, liegt an Ihnen.«

Ich lächelte.

»Ihnen ist es völlig egal, was die Leute von Ihnen denken. Das gefällt mir. Manche werden das vielleicht als Schwäche sehen. Es ist aber keine. Das macht Sie stark. Es macht Sie zu dem Menschen, der Sie sind.«

»Ich weiß nicht genau, ob das immer so etwas Gutes ist.«
»Es ist etwas sehr Gutes.«
An jenem Abend küsste er mich zum ersten Mal.

»Was ist los, Mac?«, fragte Jack jetzt mit schief gelegtem Kopf.

»Gar nichts.«

»Ich kenne dich lange genug, um zu wissen, dass dir definitiv irgendwas zu schaffen macht, wenn du so ›gar nichts‹ sagst.«

»Vielleicht solltest du's mal mit Profiling versuchen.« Ich zog eine Braue hoch.

»Komm schon. Sag mir, was los ist.«

Ich seufzte.

»Es ist nur, dass ich ohne Duncan hier bin. Er fehlt mir, Jack.«

Er senkte den Blick, dann schaute er wieder zu mir auf. »Mir auch. Dunc war ja fast alt genug, um mein Vater zu sein, aber für mich war er wie ein Bruder. Ich hatte ihn unheimlich gern.«

»Dito. Abgesehen von der Sache mit dem Bruder.« Ich lachte.

»So ist es schon besser.« Er lächelte und schmierte Senf auf einen Bissen Steak. »Du hast ein tolles Lachen, du solltest es öfter benutzen.«

Dann hielt er inne und drückte seine Nasenwurzel zwischen Daumen und Zeigefinger. Das war bei ihm ein eindeutiges Zeichen. Er war im Begriff, etwas zu sagen, das ihm nicht behagte.

»Wie geht es dir?«, fragte er, und seine Stimme wurde eine Oktave tiefer. »Ich hatte so das Gefühl, dass du dich ein bisschen schwergetan hast. Ich hab mir Sorgen um dich gemacht. Bist du okay?«

Ich überlegte, ob ich ihm etwas vormachen sollte, aber wahrscheinlich hätte er es gemerkt. Er hat meinen Scheiß immer durchschaut, was bedeutet, dass ich bei ihm ich selbst sein kann – die besten und die miesesten Versionen von mir selbst.

Die Wahrheit ist, ich bin vielleicht Spezialistin für menschliches Verhalten, aber ich bin nicht gerade ein geselliger Typ. Auf der rationalen Ebene verstehe ich andere Menschen ja, aber trotzdem sind sie mir ein Rätsel. Bei Jack ist das anders. Ich verstehe ihn, und er versteht mich. Vielleicht weil wir beide Duncan geliebt haben und ihn vermissen. Oder vielleicht sind wir auch nur verwandte Seelen. So oder so, ich kann ehrlich zu ihm sein, manchmal auch zu ehrlich.

»Ich komme ganz gut klar«, sagte ich. »Bin ein bisschen ins Schlingern geraten, aber jetzt geht es wieder.«

»Ich wünschte, du würdest mit mir reden.«

Allmählich wurde das hier ein bisschen sehr ernst.

»Themawechsel. Das errätst du nie.«

»Emmeline ist in Wirklichkeit ein MI5-Auftragskiller, und ihre Arbeit im British Museum ist bloß eine Tarnung?«

»Nein, hier geht's nicht um meine reizende Mutter. Der Link, den du mir da geschickt hast, damit habe ich die Frau aus dem Zug identifiziert. Sie heißt Theresa Lynch. Ich habe mich mit ihrem Mann getroffen, bevor ich hergekommen bin.«

»Nicht schlecht, Sherlock. Und wie war's?«

»Ich weiß nicht genau. Als ich ihm erzählt habe, was sie gesagt hat, hat er mich praktisch rausgeschmissen. Da hab ich natürlich angefangen, mir Gedanken über ihn zu machen.«

»Natürlich!«, bekräftigte er. Sein Tonfall war spöttisch, verspielt, sogar kokett.

»Aber das ist noch nicht alles! Halt dich fest: Ihr Sohn Aidan war das erste Opfer des London Lacerators.«

»Scheiße! Echt? Ist das zu fassen, dass der nach all den Jahren wieder zugange ist? Kam vorhin als Eilmeldung rein. Gruselig, nicht?«

»Ich weiß. Aber ein ganz schön abgeschmackter Spitzname, nicht wahr? Manches von dem Scheiß, den ihr Journalisten euch ausdenkt, ist echt nicht zu glauben.«

»Und ich kann nicht glauben, was für ein Pech diese Familie hat. Mutter und Sohn kommen fünfundzwanzig Jahre nacheinander unter tragischen Umständen ums Leben. Könnte 'ne gute Story abgeben. So eine richtige Geschichte aus dem wahren Leben.«

Jack fabulierte weiter von möglichen Schlagzeilen und Artikeln auf der ersten Seite, doch ich hörte nicht richtig zu. Mein Gehirn war ins Trudeln geraten. Ich dachte an den eindringlichen Ausdruck auf Theresas Gesicht zurück, als sie ihre letzte Botschaft weitergegeben hatte. Daran, wie sie meinen Arm umklammert hatte. Wie sie die Worte mit Gewalt hervorgepresst hatte.

Er hat es getan. Sie müssen es jemandem sagen.

Könnte sie von dem Mord an ihrem Sohn gesprochen haben?

Und wenn ja, war es möglich, dass sie wusste, wer der London Lacerator war?

21. Kapitel

Jack schob mir seine Pommes frites hin. »Nimm dir eins. Das sind die besten Pommes von ganz London.«

»Das sagst du immer«, erwiderte ich und klaute mir ein paar.

Die besten Pommes hatte natürlich Duncan gemacht. »Das Geheimnis liegt darin, die Dinger zuerst zu kochen. So werden sie superknusprig«, hatte er immer gesagt.

Pommes Marke Eigenbau, hatte er die genannt. Wir hatten sie immer direkt aus dem Fett gefuttert, hatten am Herd gestanden und uns auf die Finger gepustet. Mit nur ganz wenig Salz für ihn. Mit ordentlich Essig für mich.

Der Kellner kam, um den Tisch abzuräumen, und wir bestellten etwas Heißes zu trinken. Ein paar Minuten später kam der Mann wieder, mit einem Espresso ristretto für mich und einem frischen Pfefferminztee für Jack.

»Ich weiß nicht, wie du so spät noch Kaffee trinken kannst.« Wolfie quirlte die Blätter in seinem Becher herum. »Da würde ich nicht schlafen. Na ja, ich schlafe ja sowieso nicht, also würde es wahrscheinlich gar keinen großen Unterschied machen.«

Ich lächelte. Er jammert andauernd, dass er nicht schlafen kann. Seine zwanghafte *X-Plane*-Spielerei ist wohl an vielem schuld.

»Duncan war auch immer ganz komisch, wenn es um Koffein ging«, meinte ich. »Wusstest du, dass er nach dem Mittag keine Schokolade mehr angerührt hat? Hat geschworen, die würde ihn wach halten.«

Ich drehte meine Tasse auf der Untertasse. Die Erinnerungen waren heute Abend wie Autoscooter.

»Die haben uns Pralinen aufs Kopfkissen gelegt«, stellte ich fest, als wir ins Hotelzimmer kamen. »Hier, fang.« Ich warf Duncan eine zu.

»Nein, lass mal. Ich mach kein Auge zu, wenn ich die esse.«

»Dann bleiben eben mehr für mich übrig, alter Mann.«

»Wer ist hier alt?« Er warf sich auf mich und drückte mich spielerisch aufs Bett. Dort drehte er mich auf den Rücken und drückte meine Arme über dem Kopf auf die Matratze, den Mund auf meinem. Ich schlang die Beine um ihn und zog ihn ganz dicht zu mir heran. Am nächsten Morgen war überall Schokolade auf der Bettwäsche.

Würdest du dich verdammt noch mal zusammenreißen?, dachte ich und trank einen Schluck Kaffee. Mit diesem schlafenden Hund brauchst du nun wirklich nicht Gassi zu gehen. Und ich weigere mich, nur durch Duncans Tod definiert zu sein.

»Ich habe über das nachgedacht, was Theresa Lynch zu

mir gesagt hat«, führte ich das Gespräch weiter, arbeitete auf den Gefallen hin, um den ich Jack bitten wollte.

Als Journalist beim *Telegraph* hat er Möglichkeiten, an Information heranzukommen, auf die meine ehemaligen Kameraden echt neidisch wären.

»Was ist, wenn das etwas mit dem Mord an Aidan zu tun hatte?«

»Könnte wohl sein.«

»Es wäre ganz nützlich, mehr über ihn rauszufinden. Das Problem ist, aus Marcus kriege ich eindeutig nichts mehr heraus. Und ich bezweifle, dass der DI möchte, dass ich mich mit etwas anderem beschäftige als mit dem letzten Opfer, wenn man bedenkt, wie sehr das Team unter Druck ist, schnell jemanden zu verhaften. Du könntest wohl nicht ein bisschen für mich herumstöbern?«

Er holte tief Luft. Kein gutes Zeichen.

»Versteh das jetzt nicht falsch, okay? Aber findest du nicht, dass du dich ein bisschen zu sehr auf diese Lynch fixierst? Ich meine, du hast schwere Zeiten durchgemacht, und jetzt arbeitest du mit Volldampf an dem Lacerator-Fall. Vielleicht wird's ja Zeit, es gut sein zu lassen. Es könnte doch sehr gut sein, dass das, was sie gesagt hat, überhaupt nichts zu bedeuten hatte. Die Leute sagen doch allen möglichen Scheiß, kurz bevor sie den Löffel abgeben.«

»Ich muss dieser Geschichte auf den Grund gehen. Ich habe ihr mein Wort gegeben, Wolfie.«

Das stimmte zwar nicht ganz, aber so fühlte es sich inzwischen an.

Er seufzte. »Na schön. Ich schau mal, was ich rausfinden kann.«

»Super.«

»Mach dir nicht zu viele Hoffnungen. Aidan Lynch ist vor fünfundzwanzig Jahren gestorben. Das wird nicht leicht.«

In gespielter Kapitulation hob ich beide Hände. »Alles klar. Und wie läuft's mit der durchgeknallten Maisie? Stalkt die dich immer noch?«, wechselte ich das Thema.

Er schloss die Augen, seufzte und schüttelte den Kopf. »Sie ruft mich ungefähr hundertmal am Tag an und legt dann auf, sobald ich rangehe. Die Frau hat sie nicht mehr alle.« Er tippte den Zeigefinger an die Schläfe.

»Na ja, mich hat sie nie besonders gemocht, also stimmt das wohl«, bemerkte ich lächelnd. »Ehrlich gesagt kann mich anscheinend keine von deinen Freundinnen leiden, ist dir das schon aufgefallen?«

»Wollen wir zahlen?« Er drehte sich um und winkte dem Kellner.

Erst hinterher wurde mir klar, dass er die Frage vollkommen übergangen hatte.

22. Kapitel

Der Junge war bei seinen Großeltern zum Tee. Granny hat Scones gemacht, mit Schlagsahne und Erdbeermarmelade, und Crumpets gab es auch, und kleine Törtchen mit Zuckerguss.

Jetzt sitzt der Junge am Tisch und zeichnet; er streckt die Zunge zur Seite heraus, während er seinem Bild ein Paar Rotorblätter hinzufügt. Eines Tages wird er auch so einen Hubschrauber haben, hat er beschlossen. Und außerdem will er Pilot werden.

Granddad kommt und drückt ihm die Schulter.

»Was für eine toller Künstler«, meint er, gibt ihm einen Kuss oben auf den Kopf und drückt seine Zigarette in dem knubbeligen Glasaschenbecher aus. »Warum lässt du das nicht mal kurz und kommst mit, Kleiner? Ich muss dir was zeigen.«

Seine Stimme ist ein Flüstern, ganz nass im Ohr des Jungen. Der Junge legt die Wachsmalkreide hin und nimmt Granddads Hand. Sie gehen aus dem Wohnzimmer ins Schlafzimmer.

»Mach die Tür zu«, sagt Granddad.

»Was hast du denn für mich?«, fragt der Junge eifrig und hüpft von einem Fuß auf den anderen. Geschenke findet er toll, aber mit Überraschungen kann er nicht so gut umgehen.

Granddad kniet sich hin und kramt in der Schublade neben seinem Bett. Der Junge hockt sich neben ihn.

»Was ist es denn?«, fragt er noch einmal.

»Sieh mir in die Augen. Kannst du ein Geheimnis bewahren?«

Der Junge nickt.

»Bist du sicher?«

»Pfadfinderehrenwort.«

Granddad lächelt und holt eine rote Streichholzschachtel hervor. Vorn ist ein Bild von einem schwarzen Segelschiff drauf. Oben drüber steht in großen Buchstaden SHIP und unten drunter noch ein zweites, längeres Wort, das der Junge nicht lesen kann.

»Für mich?«

»Möchtest du mal eins anzünden?«, fragt Granddad.

Der Junge weiß, dass er nicht mit Feuer spielen soll, aber wenn Granddad sagt, dass es okay ist ... Er kaut auf seiner Unterlippe herum.

»Hier, ich zeige dir, wie das geht«, sagt Granddad und reißt das Streichholz an. Ein wunderbares Zischen ertönt, als es Feuer fängt. »Das bleibt aber unter uns, ja?«, sagt er. »Ich will doch nicht, dass du Ärger bekommst.«

Der Junge nickt abermals. Sein Herz klopft heftig. Im Zimmer riecht es nach Rauch.

23. Kapitel

Wieder in meiner Wohnung hatte ich mich auf meinem Sofa zusammengerollt, den Laptop auf den Knien, und suchte nach Informationen über Aidan Lynchs Augenleiden.

Ich gähnte, kippte den letzten Schluck Wein in meinem Glas hinunter und loggte mich aus. Wird Zeit, dass Wochenende ist, dachte ich.

Ausschlafen, das wäre schön. Dann vielleicht Frühstück im Bett. Dicke Scheiben Vollkorntoast mit bitterer Orangenmarmelade. Eine Schale Beeren, Akazienhonig und griechischer Joghurt. Eine Kanne frischer Kaffee. Und dann später Lesen auf meiner Lieblingsbank am Kanal.

Himmlisch. Ich musste nur zuerst den Rest der Woche überstehen.

Ich schlief vor elf Uhr ein. Das frühe Aufstehen und die langen Tage forderten allmählich ihren Tribut, ganz zu schweigen von dem Mysterium um Theresa Lynch, das seit dem Zugunglück jede Nacht meinen Schlaf heimgesucht hatte.

Um fünf Uhr früh fuhr ich mit einem Ruck aus dem Schlaf.

Ich hatte von der Lipgloss-Frau in dem Zug geträumt.

Wie Blut in ihrem Mund brodelte. Von ihrem verklebten blonden Haar. Und dann, auf Crashkurs mit diesen Bildern, die Erinnerung daran, wie Theresa sich abgemüht hatte, ihre letzte Botschaft auszusprechen.

Marleys Geist aus der Weihnachtsgeschichte rasselte mit seinen Ketten. Ich würde keine Ruhe finden, bis ich dahinterkam, was sie mir zu sagen versuchte.

Ich lag auf dem Rücken, nunmehr hellwach, starrte die Zimmerdecke an und dachte daran, wie ich sie in dem Zug das erste Mal bemerkt hatte. Sie war eindeutig erregt gewesen – ihr Daumen, der gegen ihre Handtasche geklopft hatte, das Zucken um ihre Mundwinkel. Und sie hatte etwas geflüstert: *Sie haben ihn nie gefasst.*

Damals hatte ich gedacht, sie hätte den Artikel über den Mord an Samuel Catlin gemeint, den sie gelesen hatte. Über den Jungen, der auf dem Heimweg von der Schule ermordet worden war. Doch wenn es nun nicht so war? Was, wenn die Geschichte über den Mord an einem Kind Erinnerungen daran geweckt hatte, wie ihr eigener Sohn umgebracht worden war. Wenn sie nun von Aidans Mörder gesprochen hatte und nicht von Samuels?

Sie haben ihn nie gefasst.

Nicht »den Mörder«. »Ihn.« Das ist viel persönlicher.

Er hat es getan. Sie müssen es jemandem sagen.

War es möglich, dass sie den Mann kannte, der ihren Sohn ermordet hatte? Oder zumindest einen Verdacht hatte, wer es gewesen sein könnte?

Sie haben ihn nie gefasst. Er hat es getan. Sie müssen es jemandem sagen.

Jedes für sich hatten diese beiden Bemerkungen keine Beziehung zueinander, wenn man sie jedoch zusammenfügte, erzählten sie eine Geschichte. Zusammengefügt konnten sie sich ohne Weiteres auf den Mörder von Aidan Lynch beziehen – den Reißwolf von London, einen Serienkiller, der seinen Opfern unaussprechliche Dinge antat und der sich der Verhaftung ein Vierteljahrhundert lang entzogen hatte.

Ich dachte an die hässliche Röte zurück, die Marcus' Hals hinaufgekrochen war, als ich ihn gefragt hatte, ob er wüsste, was die letzten Worte seiner Frau bedeuteten. Und ich dachte daran, wie er mich gleich danach aus seinem Haus geworfen hatte.

Er hatte behauptet, keine Ahnung zu haben, was Theresa zu sagen versucht haben könnte, allerdings hatte die Reaktion seines Körpers eine ganz andere Geschichte erzählt. Es war so eine emotionale Reaktion, aus dem tiefen Bauch heraus. Ein eindeutiges Zeichen von Stress und Furcht.

Ich wusste nicht, was, aber Marcus Lynch verbarg definitiv etwas.

24. Kapitel

DCI Falcon stand auf und wartete, bis Ruhe herrschte, ehe er das Wort ergriff. Er trug Uniform, die silbernen Epauletten schimmerten auf den Schultern seiner Jacke. Für Pressemitteilungen werfen sich Polizisten immer in Schale. Ihre Botschaft ist angeblich für die Medien bestimmt, doch sie haben noch ein anderes Publikum. Täter verfolgen die Ermittlungen gegen sie genauer als jeder andere.

Presseinformationen sind die erste Kommunikation: der Startschuss bei einem Spiel, in dem es um viel geht. Sie müssen den richtigen Ton treffen. Das richtige Aussehen hilft dabei. Aus demselben Grund trug ich hochhackige Schule und meinen guten Hosenanzug von Max Mara; total aufgerüscht, wie Duncan gesagt hätte.

Ich hörte dem DCI zu, obgleich ich bereits wusste, was er sagen würde. Ich hatte seine Rede geschrieben und ihn außerdem noch gecoacht, wie er sie halten sollte. Unsere Verlautbarungen wurden live übertragen. In den nächsten paar Minuten würden landauf, landab Radio- und Fernsehsender auf Sendung gehen. Das hier musste perfekt sein. Es würde keine Chance geben, das Ganze noch mal zu wiederholen.

»Fangen Sie damit an, dass Sie den Angehörigen Ihr aufrichtiges Beileid aussprechen möchten. Sprechen Sie langsam, lassen Sie Ihre Worte wirken. Der Lacerator wird Ihnen zusehen. Verwenden Sie den Namen des Opfers. Geben Sie ihm ein menschliches Gesicht. Sprechen Sie über die Familie, die er zurücklässt«, hatte ich Falcon bei unserer Vorbereitung angewiesen. »Der Täter versucht, seine Opfer zu entmenschlichen. Die eingeschlagenen Gesichter. Die Stiche in die Augen. Die Herabwürdigung der Leichen. Wir müssen ihm zeigen, dass das echte Menschen sind. Wir wollen, dass er sich für das schämt, was er getan hat.«

»Braucht er dafür nicht irgendeine Art moralisches Empfinden?«, hatte Falcon gefragt und tief durchgeatmet.

»Serienmörder sind definitiv gestörte Individuen. Aber bei jedem Gespräch, das ich mit Tätern in Polizeigewahrsam geführt habe, haben sie alle gezeigt, dass sie den Unterschied zwischen Recht und Unrecht verstehen. Einige von ihnen ignorieren diesen Unterschied vielleicht, aber kennen tun sie ihn trotzdem.«

Er zuckte die Achseln und zog die Brauen hoch. Das kaufte er mir nicht ab, aber er würde sich an das halten, was ich sagte.

»Und wenn Sie sagen, dass wir ihn fassen werden, achten Sie darauf, dass Sie eine kurze Pause machen und direkt in die Kamera blicken«, fuhr ich fort. »Das vermittelt Zuversicht und Entschlossenheit. Nicht nur die Öffentlichkeit muss wissen, dass Sie sich nicht beirren lassen; der Mörder muss es auch wissen. Deswegen möchte ich auch, dass Sie der Presse sagen, dass er Mist gebaut hat. Einen Fehler gemacht hat, über den wir der Öffentlichkeit im Moment noch nichts sagen können. Wir müssen diesem Wichser weiter Druck machen. Aber wir müssen uns auch in ihn einfühlen. Überlassen Sie das mir. Es kommt bestimmt am besten rüber, wenn ich das Profil präsentiere. Ich für meinen Teil werde andeuten, dass ich verstehe, was ihm durch den Kopf gegangen ist und unter welchem Stress er steht. Das gibt ihm eine Möglichkeit, das Gesicht zu wahren, und bringt ihn vielleicht dazu, sich an irgendjemanden zu wenden oder vielleicht sogar Kontakt mit uns aufzunehmen. Wir operieren hier ja nicht in irgendeinem verschlafenen Kaff; London ist eine Riesenstadt. Das Profil wird auf viele Menschen zutreffen. Wir müssen uns auf initiatives Handeln konzentrieren, um den Täter aus der Deckung zu locken.«

Der DCI war gut vorbereitet, als er seinen Platz auf dem Podium einnahm, mich allerdings hatte niemand gedrillt. Obwohl ich genau wusste, was ich sagen musste, war mein Mund trocken, als ich aufstand, um das Mikrofon zu übernehmen. Ich trank einen kleinen Schluck Wasser und räusperte mich.

»Guten Tag. Wie Sie eben gehört haben, bin ich Profilerin und bin gebeten worden, Scotland Yard bei diesen Ermittlungen zu unterstützen. Meine Aufgabe ist, die Beweise zu sichten und mich dann in den Täter hineinzuversetzen. Ich muss ihn kennenlernen, und dafür muss ich mir sein Werk ansehen, sein Verbrechen. Ich muss mir genau ansehen, was er getan hat, und logische Schlussfolgerungen ziehen, wie und warum er es getan hat.

Wir wissen, dass Verhalten die Persönlichkeit reflektiert. Und dass man einen Mörder nur fassen kann, indem man denkt wie einer. Wie John Douglas, einer der Pioniere des Profiling vom FBI, es ausgedrückt hat: ›Serienmörder spielen ein gefährliches Spiel. Je besser wir verstehen, wie sie spielen, desto schwerer können wir es ihnen machen.‹

Der Täter hat jetzt fünfmal getötet, und jedes Mal hat sein Handeln Hinweise darauf gegeben, wer er ist. Bei jeder Tat hat er sein Opfer überwältigt, bevor es Gelegenheit hatte, sich zur Wehr zu setzen. In Kombination mit dem Ausmaß an Overkill – Stiche in die Augen und Verstümmelung im Genitalbereich – deutet das auf einen asozialen Täter mit tiefgreifenden psychiatrischen Problemen hin. Ein Sadist ist er allerdings nicht.

Bei seinen bisherigen Morden sind die Verstümmelungen post mortem vorgenommen worden, und die Leichen wiesen keinerlei Folterspuren auf, weder damals noch jetzt. Das zeigt, dass der Täter eher von Hass und Zorn getrieben ist als von dem Verlangen, zu manipulieren und zu kontrollieren.

Er ist ein männlicher Weißer Mitte bis Ende vierzig. Weiß, weil sich Serienmörder ihre Opfer normalerweise in der eigenen ethnischen Gruppe suchen. Mitte bis Ende vierzig, weil der durchschnittliche Serienmörder seinen ersten Mord mit Mitte zwanzig begeht, und dieser Täter tötet seit fünfundzwanzig Jahren.

Er ist von Natur aus ungepflegt. Jegliches Bemühen, sauber und ordentlich zu sein, ist ein Symptom von übermäßiger Kontrolle. Das wäre für ihn körperlich und geistig sehr anstrengend. Ich gehe davon aus, dass er Psychopharmaka einnimmt oder eingenommen hat, wenngleich das Ausmaß der Raserei bei der Tat darauf hindeutet, dass er Drogen nehmen könnte, höchstwahrscheinlich irgendwelche Aufputschmittel.

In Anbetracht seiner sehr langen Abkühlphase und seines psychischen Zustands ist es durchaus möglich, dass er vor Kurzem aus einer psychiatrischen Einrichtung oder aus dem Gefängnis entlassen worden ist.

Es muss einen auslösenden Stressfaktor gegeben haben, der zu dem Verbrechen geführt hat. Irgendetwas Enormes hat sich in seinem Leben ereignet und einen Rückfall ausgelöst. Irgendetwas ist passiert, das ihn hat ausrasten lassen, und zwar wahrscheinlich an dem Tag, an dem er sein letztes Opfer überfallen hat. Und jetzt könnte er durchaus von Schuldgefühlen und Reue geplagt sein.

Ich bitte ihn dringend, sich zu melden, bevor wir ihm noch dichter auf den Fersen sind. Ich verstehe, dass ihn das, was er getan hat, überwältigt, und dass er vielleicht auch Angst vor dem Impuls hat, den er entfesselt hat.« Ich hielt inne, mir war etwas eingefallen. Ein anderer Ansatz. Ein persönlicherer.

Also holte ich tief Luft, wählte meine Worte mit Bedacht und schaute dann in die Kamera. Wenn der Mörder zusah, blickte ich ihm jetzt genau in die Augen. »Ich würde mich jetzt gern direkt an den Täter wenden«, sagte ich und bezeichnete ihn mit voller Absicht nicht als Lacerator oder als Reißwolf, ein hyperbolischer, mediengenerierter Spitzname, den er zweifellos verabscheute.

»Ich weiß, irgendjemand hat Ihnen so wehgetan, dass Sie nachts nicht schlafen können. Und ich weiß, dass Sie den Mann in Camden überfallen haben. Das ist Ihre Rache, das verstehe ich. Ich verstehe auch, dass Ihnen gerade etwas Furchtbares passiert ist. War das am Donnerstag? Haben Sie Ihren Job verloren oder jemanden, der Ihnen wichtig war? Fühlen Sie sich deshalb so einsam und haben solche Angst? Ich verstehe Sie, und ich will Ihnen helfen. Aber dafür müssen Sie sich offenbaren. Es ist Zeit, mit dem Verstecken aufzuhören. Es ist Zeit, jemanden hereinzulassen. Kommen Sie zu Scotland Yard. Fragen Sie nach mir. Ich werde auf Sie warten.«

»Das haben Sie gut gemacht, da unten«, sagte Nigel Fingerling zu mir, als wir wieder in der Einsatzzentrale waren. »Aber was sollte das vorhin, dass der Lacerator einen Fehler gemacht hat?« Er beugte sich zu dicht zu mir heran, die Augen zusammengekniffen; das nervöse Zucken in seiner Wange lief auf Hochtouren.

»Keine Ahnung«, erwiderte ich und wich zurück.

»Aber der DCI hat doch gesagt …«

»Er wollte ihn verunsichern, das ist alles. Ihm ein bisschen Feuer unterm Arsch machen. Der Lacerator hat lange nicht mehr gemordet. Das Hochgefühl nach der Tat vergeht allmählich. Und so langsam kriegt er Schiss vor dem, was er getan hat. Diese Angst müssen wir uns zunutze machen, bevor er wieder jemanden umbringt.«

»Glauben Sie, dass er das tun wird?«, fragte er, während seine Augen wild hin und her zuckten.

»Das Ausmaß der Wut, die in dem Überfall zutage getreten ist, zeigt, dass er sich nicht mit einem Mord zufriedengeben wird. Wissen Sie, ganz tief im Innern sind Mörder alle gleich. Sie haben vielleicht unterschiedliche Motive und Vorgehensweisen, aber eine entscheidende Eigenschaft haben sie alle gemeinsam – sie können dem Reiz des Jagens nicht widerstehen. Sie sind Süchtige. Jeder von denen ist auf der Suche nach dem nächsten Rausch. Und der Lacerator ist gerade rückfällig geworden. Die Frage ist nicht, ob er wieder zuschlägt, sondern wann.«

Fingerlings Handy brummte. Eine SMS. Rasch zog er es aus der Tasche. Als er die Nachricht las, bogen sich seine Mundwinkel nach oben, doch als er meinen Blick bemerkte, setzte er eine neutrale Miene auf. Er hatte gerade gute Neuigkeiten bekommen, doch aus irgendeinem Grund wollte er sie nicht mit anderen teilen.

»Der DCI hat recht, MacKenzie.« Er tippte auf den Rand des Handys. »Sie kennen sich wirklich aus.«

»Danke. Und übrigens, tut mir leid, was ich da letztens gesagt habe. Das war nicht okay.«

»Kein Problem.« Er nickte, was so ziemlich das Gegenteil andeutete. »Hören Sie, warum gehen wir nicht rüber ins Lamb and Flag, wenn wir hier fertig sind? Das Kriegsbeil begraben und so. Wir hatten einen schlechten Start, ich möchte nicht, dass das zwischen uns steht.«

»Ich kann heute Abend nicht, ich gehe mit jemandem essen.«

Jack hatte vorhin eine SMS geschickt, dass er Infos über Aidan Lynch hätte. Ich würde mir die Chance nicht entgehen lassen zu hören, was es war, nur um mit dieser Gabe Gottes an die Menschheit etwas trinken zu gehen.

Fingerling strich über den vorstehenden Knochenbuckel an seinem Handgelenk. »'n heißes Date, wie?«

Paddy kam vorbei und warf ihm einen finsteren Blick zu, dann schnitt er mir eine mitfühlende Grimasse. Noch einer, der hier wie auf verdammten Eiern geht, dachte ich. Ich habe vielleicht meinen Mann verloren, aber das heißt doch nicht, dass ich die Nerven verliere, bloß weil mich jemand komisch ansieht.

Auf der Suche nach einem anständigen Kaffee marschierte ich aus der Einsatzzentrale hinaus. Mein Handy lag auf meinem Schreibtisch neben einem leeren Becher. Doch als ich zurückkam, lag es auf meinem Notizblock.

Entweder leide ich unter verfrühtem Alzheimer. Oder jemand hatte es dort hingelegt, während ich weg gewesen war.

25. Kapitel

Raguel wartet gegenüber von Scotland Yard auf der anderen Straßenseite und spielt ein Fadenspiel. Seine Finger zucken in die Schlaufe hinein und wieder heraus.

Dunkle Wolken sammeln sich oben am Himmel. Bald wird es regnen.

Er leckt sich die Lippen – da ist noch ein bisschen Erdnussbutter dran von dem Sandwich, das er vor dem Gruppentreffen gegessen hat. Unglücklicherweise hatte dieser grässliche Jim nicht genug Manieren, um es genauso zu machen. Während der ganzen Sitzung hat er sich mit Schinkenbrötchen vollgestopft. Bei dem Anblick hat sich Raguel der Magen umgedreht. Bei Fleisch passiert das immer – er ist schon seit Jahren Vegetarier.

Doch daran denkt er jetzt nicht. Nur eins ist in seinem Kopf – die schöne Ziba MacKenzie mit ihren riesengroßen Augen, so dunkel, dass sie fast schwarz sind.

Er hat sie natürlich sofort erkannt. Sie war die Frau in dem Zug. Die, die er bei seinem Engel gesehen hat, die sich in ihren letzten Momenten um sie gekümmert und sie für die Reise bereit gemacht hat, die ihr bevorstand.

Heute Nachmittag mag sie sich als Profilerin vorgestellt haben, doch Raguel weiß, sie ist mehr als das. Sie ist eine Erlöserin, so wie sein Engel es war. Man muss sich doch nur anschauen, wie sie die Verletzten in dem Zug umsorgt hat. Wie sie von einem zum anderen geschwebt ist und Trost und Heilung gebracht hat.

Ja, definitiv eine Erlöserin: ein moderner St. Raphael. Die Stimmen haben ihm dasselbe gesagt.

»Beschützerin«, haben sie gewispert, haben einander dabei überlagert und sind lauter geworden, während er sich die Pressekonferenz angesehen hat, von seinem Platz ganz hinten im Raum aus. »Schutzengel«, haben sie gesagt und noch eine Menge anderer Worte in einer fremden Sprache, die er noch nie gehört hat, allerdings weiß er, was sie bedeuten.

Sie bedeuten, dass Ziba MacKenzie sein neuer guter Engel ist. Der Herr hat den ersten abberufen, aber er hat an ihrer statt einen neuen gesandt.

Hat sie es nicht selbst gesagt?

»Ich verstehe Sie. Und ich will Ihnen helfen.«

Wie seine Haut gekribbelt hat! Wie sein Herz gepocht hat!

Zu denken, dass er gefürchtet hat, seine bisheriger Engel hätte ihn im Stich gelassen. Wie hat er jemals so etwas denken können? Sie würde ihn niemals verlassen, ohne jemanden zu schicken, der ihre Aufgabe übernimmt, denkt er jetzt, während er die Finger beugt und dreht und die Schlinge zu einem X formt.

»Der Herr wird wachen über dein Kommen und Gehen,

von jetzt an und immerdar«, wispern die Stimmen, und Raguel nickt. Er weiß, dass sie die Wahrheit sagen.

In dem Moment, als er die Hand der Fatima an Ziba MacKenzies Hals gesehen hat, ist er sich sicher gewesen. Sein Engel hatte ein Armband mit einem ganz ähnlichen Anhänger getragen; ein Symbol in Form einer Hand, um den bösen Blick abzuwehren.

Es ist ein Zeichen, dass sie im Augenblick ihres Dahinscheidens ihren schützenden Mantel an Ziba MacKenzie mit dem onyxschwarzen Haar weitergegeben hat, und dass Ziba MacKenzie von nun an diejenige sein wird, die ihn beschützt. Trotz einiger der eher unerfreulichen Dinge, die sie heute Nachmittag über ihn gesagt hat.

Das musste sie ja sagen, versteht er jetzt. Es geht doch nicht, dass ganz Scotland Yard weiß, dass sie auf seiner Seite ist. Die Gemeinheiten waren ein Trick. Sie versteckt sich vor aller Augen, genau wie er.

Er schiebt die Daumen unter die Schnur. Drei parallele Linien. Gleich darauf verändert sich das Muster erneut.

Der Beweis ist, wie sehr sie sich bemüht hat, ihn zu verstehen, denkt er. Und schau doch nur, wie richtig sie mit allem gelegen hat. Nicht nur dass er seinen Engel am selben Tag verloren hat, an dem er von Neuem gegen den Dämon losgeschlagen hat, sondern dass es um Rache geht, um Gerechtigkeit. Blut für Blut. Niemand anders ist bisher darauf gekommen.

Aber Ziba MacKenzie ist anders. Sie versteht ihn. In dem Raum hat sie ihn ganz genau beschrieben, auch wenn ihm manches nicht gefallen hat, was er gehört hat.

Und sie hat ihn nie den Lacerator genannt, nicht ein einziges Mal. Es stimmt, sie kennt seinen richtigen Namen noch nicht, aber sie weiß genug, um ihn nicht mit diesem beleidigenden Titel anzusprechen.

Raguel steckt die Schnur weg, dann nimmt er die Brille ab und putzt sie mit dem Hemdzipfel, reibt jedes Glas siebenmal. Leise sagt er sieben Vaterunser vor sich hin, dann setzt er die Brille wieder auf und schlägt auf seine Arme ein.

Die Insekten sind wieder da. Er kann sie nicht sehen, aber er kann sie fühlen, das Kitzeln ihrer Füße, die über seine Haut laufen.

»Offenbare dich. Es ist Zeit, mit dem Verstecken aufzuhören«, wispern die Stimmen, wiederholen, was Ziba MacKenzie auf der Pressekonferenz gesagt hat.

Raguel pult an dem Schorf an seiner Lippe herum. Obwohl sie ihn besser versteht als irgendjemand anderes es bisher getan hat, scheint es, als brauche seine neue Beschützerin mehr Informationen, um ihn vor Schaden zu bewahren.

»Es ist Zeit, jemanden hereinzulassen«, hat sie gesagt, und als sie das getan hat, hat Raguel ein seltsames Gefühl bekommen. All die Jahre hat er sein Geheimnis bewahrt, ein Knoten aus Schlangen, fest um sein Herz zusammengezogen. All die Jahre – und niemand hat jemals die Wahrheit erraten.

Wie befreiend es wäre, sich zu öffnen, die Finsternis abzuladen, die ihn verzehrt! Wie erlösend!

Doch wie kann er das tun, ohne sich zu verraten?

Er zieht die Schnur wieder aus der Tasche und hantiert

rasch damit herum, denkt an jenes andere, was Ziba MacKenzie gesagt hat. Dass sie ihn kennenlernen wolle, und dafür müsse sie das betrachten, was sie sein »Werk« genannt hat.

Schön, sie hat danach das Wort »Verbrechen« hinzugefügt. Aber zuerst hat sie »Werk« gesagt. Also versteht sie, dass das, was er tut, rechtschaffen ist – eine heilige Mission. Ein weiteres Zeichen dafür, dass sie ihm vom Herrn geschickt worden ist und dass man ihr vertrauen kann.

Seinem vorigen Engel, Gott gebe ihrer Seele Frieden, war die Aufgabe durch ihren Mangel an Verständnis erschwert gewesen. Er hatte ihr sein Geheimnis nie offenbart, und sie war auch nie selbst darauf gekommen. Das Ergebnis war, dass sie ihn nicht beschützen konnte, als er am verletzlichsten war.

Ein Wind fährt durch Raguel hindurch. Er schließt die Augen und flüstert sieben Vaterunser, bis der Moment vorübergeht.

Damals hat er ihr alles gestehen wollen, als es vielleicht noch etwas bewirkt hätte, doch Furcht hat ihn zurückgehalten. Er darf denselben Fehler nicht noch einmal machen. Wenn er will, dass Ziba MacKenzie sich um ihn kümmert, dann muss er sich ihr öffnen, so wie sie es verlangt hat. Er muss ihr vertrauen. Und er muss eine Möglichkeit finden, sie wissen zu lassen, dass er ihren Schutz annimmt.

Er sieht Katie über sich schweben. Dann verschwindet sie mit einem leisen Knall.

»Sie haben mich auf ein Podest gestellt, das ist nicht

gesund«, hat sie damals zu ihm gesagt, als er ihr die rosa Tulpen mitgebracht hat. »Dabei fühle ich mich echt nicht wohl.«

Tja, es wird keine Podeste und keine Blumen mehr für sie geben. Raguel braucht Katie nicht mehr, jetzt nicht mehr, da er Ziba MacKenzie hat, die über ihn wacht.

»Ziba Mac«, wispern die Stimmen.

Die schattenhafte Gestalt, die hinter ihm kauert, schleicht sich näher heran. Das Geräusch gigantischer Schuhe, die auf Beton klatschen, hallt die Straße herunter.

Ziba Mac, ja, natürlich, denkt Raguel. Er steckt die Schnur wieder weg und zählt die Buchstaben an den Fingern ab: Ziba – vier. Mac – drei.

Drei plus vier macht sieben.

Das ist perfekt – ein himmlisches Zeichen der Zustimmung.

»Ehre sei dem Vater und dem Sohn und dem Heiligen Geist. Wie im Anfang, so auch jetzt und allezeit und in Ewigkeit. Amen«, sagt er im Flüsterton wieder und wieder auf, siebenmal, und schlägt das Kreuz.

Von der Stirn zur Brust. Von der linken Schulter zur rechten. Verdammte unsichtbare Insekten.

Ein paar Männer in Anzügen kommen vorbei.

»Versager«, sagen sie und zeigen auf ihn. »Verdammter Junkie.«

Raguel macht ein finsteres Gesicht. Jetzt muss er noch mal von vorn anfangen. Wenn er unterbrochen wird, gilt es nicht. Als er fertig ist, blickt er zum Himmel hinauf und lächelt.

»Friede sei mit dir, Auserwählter«, wispern die Stimmen, während der Gehsteig zu atmen beginnt.

Sie sprechen freundlicher, seit er den Dämon in Camden erschlagen hat. Sie zeigen ihm, dass sie damit einverstanden sind, was er getan hat. Das ist alles, woran er jetzt denken kann: Wie es sich angefühlt hat, wie er sich dabei gefühlt hat.

Seine neue Beschützerin kommt aus dem Gebäude, wühlt in ihrer Handtasche und steckt sich ihre Kopfhörer in die Ohren, während sie davongeht.

Raguels Adern füllen sich mit Wärme. Dies ist der Moment, auf den er gewartet hat.

Dann wirft er einen raschen Blick über die Schulter, und er und die schattenhafte Gestalt folgen Ziba, halten Abstand, damit sie es nicht merkt. Die Straße hinauf, in die U-Bahn und bis nach Camden – was gewiss ein weiteres Zeichen dafür ist, dass sie zusammengehören.

26. Kapitel

Jack saß auf einer Bank in der Camden Brasserie, eines unserer Lieblingslokale. Mit einem breiten Lächeln winkte er mich zu sich, als ich hereinkam. Sein Haar sah aus, als wäre es seit Tage nicht gebürstet worden, sein Gesicht war unrasiert. Da hatte sich also nichts geändert.

Ich warf einen kurzen Blick aus dem Fenster, als ich mich setzte. Da draußen tobte das Leben. Paare, Hand in Hand. Gruppen von Teenagern mit Mützen und Schnürstiefeln. Rasta-Typen, die ganz offen Haschisch verkauften.

Das ist doch der Meth-Junkie aus dem Zug, dachte ich, als ich einen Mann auf der anderen Straßenseite erblickte, gegenüber von dem Restaurant. Er klapste auf seinem Körper herum und kratzte an den offenen Geschwüren in seinem Gesicht. Was macht der denn hier?

Die Stadt ist groß, für gewöhnlich begegnet man Fremden nicht zweimal. Andererseits, dachte ich, ist Camden ja gleich um die Ecke von Kentish Town. Vielleicht wohnt er hier. Oder, was wahrscheinlicher ist, er kommt her, um sich Stoff zu besorgen.

Londons Amsterdam, hatte Duncan Camden immer genannt. In den Läden liegen Haschpfeifen in den Regalen, und entlang des Treidelpfades wird offen gedealt. Sehr hip.

Ich wandte mich wieder zu Jack um. In der Brasserie herrschte lautes Stimmengewirr. Es schien, als redeten alle über den Lacerator. Die Männer in den zerknitterten Anzügen und mit Bartschatten, die direkt von der Arbeit gekommen waren. Die Mädchen, die kokett ihre Haare schüttelten und laut lachten. Die jungen Ehepaare, die es ausnutzten, dass sie für heute Abend einen Babysitter hatten, aber nicht aufhören konnten, andauernd auf dem Handy nachzusehen, ob zu Hause alles in Ordnung war.

Der Mord an dem Mann in Camden und der Spinner, der ihn umgebracht hatte, waren Thema sämtlicher Unterhaltungen.

»Also, jetzt lass mich nicht zappeln«, sagte ich, nachdem wir bestellt hatten. »Was hast du über Aidan Lynch rausgefunden?«

Jack veränderte seine Haltung, sodass er die meine exakt spiegelte. »Nichts Bahnbrechendes. Aber ich hab's geschafft, Kontakt zu ein paar Leuten zu kriegen, mit denen er zur Schule gegangen ist. Aus seinem späteren Leben habe ich niemanden zu fassen bekommen können. Aber niemand hat auch nur ein schlechtes Wort über ihn verloren. Hört sich an, als wäre er ein netter Junge gewesen. Ein bisschen schüchtern Leuten gegenüber, die er nicht kannte, aber ein ganz Lieber.«

Ich dachte an das Foto, das ich im Wohnzimmer der Lynchs gesehen hatte. Schon wenn man ihn ansah, wusste man, dass er lieb war: dieses Zahnlücken-Lächeln, die

Grübchen. Ein richtiges kleines Äffchen, hätte Duncan gesagt, und bei diesem Gedanken versetzte mir eine unsichtbare Faust einen Magenschwinger.

»Was glaubst du, wie viele Kinder werden wir haben?«, fragte Duncan, als wir Hand in Hand durch die Avenue Gardens im Regent's Park schlenderten. Der Rittersporn blühte, die Beete waren ein Mischmasch aus Blautönen.
»Ich weiß nicht. Wie viele willst du denn?«
»'ne ganze Fußballmannschaft.«

Ein Avocadokern klumpte sich nach und nach in meiner Kehle zusammen. Ich fing an, ganz tief zu atmen, und stellte mir vor, wie mein Atem ihn in kleine Stücke zerlegte. Normalerweise hab ich's nicht so mit all diesem Achtsamkeitsscheiß, aber manchmal scheint es doch zu helfen.

»Alles okay, Mac?« Besorgt sah Jack mich an.

»Alles gut. Nur ein bisschen Sodbrennen.« Ich rang mir ein Lächeln ab. »Sonst noch was zu Aidan?«

»Anscheinend hat er sich mit ungefähr zehn ein bisschen zurückgezogen. Aber andererseits ist das ja bei vielen Kindern so, wenn es auf die Pubertät zugeht, nicht wahr?«

»Ja, die Phase ›Keiner versteht mich‹ ist nicht ohne.«

»Eins war da noch«, setzte er an, ehe sich ein drahtiger Mann mit schütterem Haar und schlimmer Schuppenflechte in unser Gespräch mischte.

»Mervyn Sammon, *Daily Star*«, sagte er und streckte die Hand aus, direkt vor Jacks Gesicht. »Tut mir leid, dass ich Sie beim Abendessen störe, aber ich habe Sie vorhin auf der

Pressekonferenz reden sehen, Ms MacKenzie.« Er hustete. Massenweise Schleim. »Hätten Sie was dagegen, ein paar kurze Fragen zu beantworten?«

War der mir etwa hierher gefolgt? Verdammte Journalisten.

»Ich bewundere Ihren Ehrgeiz, sich für die Chance auf einen Knüller ohne Schirm in den Regen hinauszuwagen, vor allem, da Sie krank waren. Aber ich fürchte, ich bin mit einem Freund hier, und Sie stören.«

Der Mund blieb ihm offen stehen; eine Frage malte sich auf seinem Gesicht.

Ich seufzte.

»Ihr Hemd ist trocken, aber Ihre Haare sind nass. Sie hatten eine Jacke, aber keinen Regenschirm. Die Haut um Ihre Nasenlöcher ist etwas rot, aber mit Ihrer Stimme ist alles in Ordnung, also haben Sie gerade einen Schnupfen hinter sich. Sie sollten vielleicht noch mal über Ihre Essgewohnheiten nachdenken, Mervyn. Ich würde die Finger von Käsesandwiches lassen, bis Sie nicht mehr so verschleimt sind.«

»Woher wissen Sie das?«

»Das Zeug hängt Ihnen immer noch in den Zähnen.«

Während er davonstakste, schoss er über die Schulter hinweg böse Blicke auf Jack ab.

Er denkt, Wolfie kriegt gerade ein Exklusivinterview, dachte ich. Muss ihn als Reporterkollegen erkannt haben. Das war ja auch logisch. Sie arbeiteten beide im Bereich Kriminalberichterstattung, wenn auch für unterschiedliche Zeitungen. Bestimmt waren sie sich schon öfter begegnet.

»Wo war ich?« Jack legte den Kopf ein wenig schräg. »Ach ja. Der Brand.«

Ich zog die Brauen hoch. »Brand?«

»Ja, laut einem von den Typen, mit denen ich gesprochen habe, hat Aidan den Werkzeugschuppen seines Vaters niedergebrannt, als er sechzehn war. Anscheinend haben er und sein alter Herr sich nicht besonders gut verstanden.«

Spannungen zwischen Aidan und Marcus. Um was ging es da?

Die Kellnerin kam mit unseren Pizzas. Bei dem Geruch nach Basilikum und Mozzarella knurrte mein Magen. Ich lehnte mich zurück, während sie schwarzen Pfeffer auf meine Pizza mahlte, und trank einen Schluck Wein.

»Ich nicht, danke.« Jack hob die Hand, als sie mit der Pfeffermühle zu ihm herüberkam. »Also, benimmt sich dieser Fingerling dir gegenüber immer noch wie ein Arsch?«, erkundigte sich, während er Chiliöl auf seine Fiorentina träufelte.

»Für den ist das ein viel zu netter Ausdruck.«

Ich hatte den Scheißer im Bahnhof St. James's Park auf dem Bahnsteig stehen sehen, auf dem Weg nach Camden. Natürlich war ich nicht hingegangen, um Hallo zu sagen.

»Er hatte kein Recht, so mit dir zu reden.« Jack wischte sich den Mund mit einer Serviette ab. »Vielleicht sollte ich den mal einladen mitzufliegen und ihn dann rausschubsen, wenn wir dreitausend Meter über dem Kanal sind.«

»Ich wusste ja, dass es nur eine Frage der Zeit ist, bis du anfängst, vom Fliegen zu reden, Captain Airdale.«

Jack hat sich vor Kurzem eine Beteiligung an einer

Grumman Tiger gekauft und steigt damit auf, wann immer sich eine Gelegenheit bietet. Und er redet auch davon, wann immer sich eine Gelegenheit bietet.

Er lachte. »War schon seit Wochen nicht mehr mit dem Vogel unterwegs. Das Wetter war scheiße.«

»Armer Jack.«

»Du bist echt mies drauf.«

»Das wärst du auch, wenn du den ganzen Tag mit Fuck-You-Fingerling verbringen müsstest.«

»Ich bin dem Kerl nie begegnet, aber es heißt, er wäre 'ne richtige Arschgeige. Kann überhaupt nicht mit anderen Menschen.«

»Um der Fairness willen – so super bin ich darin auch nicht. Aber der Spruch mit dem heißen Date war echt krass.«

Wolfies Ton wurde schärfer. »Er muss ein bisschen verdammten Respekt vor Duncans Andenken zeigen, auch wenn er sich dir gegenüber nicht benehmen kann.«

»Er hat Duncan doch gar nicht gekannt, Jack. Und ganz ehrlich, das ist 'ne ganz nette Abwechslung, so wie ein paar von seinen alten Kollegen mich behandeln. Schleichen auf Zehenspitzen um mich rum, als wäre ich so ein zerbrechliches kleines Mädchen. Falcon ist genauso schlimm wie der Rest von denen – zieht ständig diese Nummer mit dem Kopf-Schieflegen ab. Da kommt Ziba, die arme Witwe.« Ich verdrehte die Augen. »Den möchte ich mal im Nahkampf mit Talibankämpfern sehen, wenn der Einsatz in die Hose gegangen ist und seine Knarre keinen Saft mehr hat.«

»Falcon und Duncan haben sich nahegestanden. Wahrscheinlich hat er einfach nur das Gefühl, er müsste dich beschützen.«

»Na ja, braucht er aber nicht. Ich kann sehr gut allein auf mich aufpassen.«

»Okay, alles klar.« Beschwichtigend hob Jack die Hände.

Ich lächelte. »Jetzt, da du dir das von der Seele geredet hast, wie wär's, wenn du mir mal was über Fingerlings miesen Ruf erzählst. Der trägt gern Damenschlüpfer, stimmt's?«

»Weiß ich nicht.« Wolfie lachte. »Aber es heißt, er hatte im Laufe der Jahre ein paar psychische Probleme. Vor Kurzem hat seine Freundin sich von ihm getrennt. Anscheinend ist er damit nicht gut klargekommen; war seitdem immer mal wieder in Therapie. Es heißt, sie hätte was mit 'nem anderen gehabt.«

»Ganz schön heftig.«

»Vielleicht, aber nach dem, was du mir über ihn erzählt hast, hat er's verdient.«

Ich zuckte die Achseln, und wir wandten uns dem jüngsten Lacerator-Mord zu. Es war wohl nur eine Frage der Zeit gewesen, bevor wir auf dasselbe Thema zu sprechen kamen wie alle anderen.

»Du siehst dich aber bei diesem Fingerling vor, ja?«, meinte Jack später.

Wir waren fertig, und Jack zahlte. Mich lässt er nie bezahlen.

»Fängst du schon wieder damit an?«

»Ich hab einfach ein ungutes Gefühl bei dem. Ich weiß

nicht, was es ist, aber da ist irgendwas, was mir nicht gefällt. Sei vorsichtig, mehr sage ich ja nicht.«

»Es ist nett, dass du dir Sorgen machst, Dad, aber ich kann wirklich auf mich aufpassen. Ich komme schon zurecht.«

27. Kapitel

»Bist du sicher, dass es dir nichts ausmacht, mich nach Hause zu fahren? Ich habe überhaupt kein Problem damit, die U-Bahn zu nehmen«, beteuerte ich.

»Sei doch nicht albern. Es ist spät, und außerdem schüttet es wie aus Eimern. Steig ein.« Er schloss die Tür seines Wagens auf, ein uralter Range Rover Vogue SE.

Als er seine Fliegertasche vom Beifahrersitz nahm, fiel eine Navigationskarte aus der vorderen Reißverschlusstasche.

»Ich dachte, du hast gesagt, du wärst schon seit einer Weile nicht mehr geflogen?«, meinte ich und reichte sie ihm hinüber.

»Bin ich auch nicht, und solange diese Lacerator-Story heiß ist, besteht jetzt auch noch weniger die Chance, dass ich mir freinehmen und im Himmelsblau herumkurven kann. Hier, ich helfe dir rein.« Er streckte die Hand aus.

»Ist schon gut, ich schaff das schon«, wehrte ich ab und zog mich in den Wagen hinauf.

Er ging um den Kühler herum zur Fahrertür und rieb sich dabei den Nacken.

Das war eine tröstende Geste. Ein emotionaler Schnuller. Eine der limbischen Reaktionen des Körpers auf Stress. Dadurch, dass ich seine Hand abgeschüttelt hatte, hatte ich ihn bloßgestellt, er fühlte sich zurückgewiesen.

»Was dagegen, wenn ich die Nachrichten anmache?«, fragte ich und streckte die Hand nach dem Radio aus, als er einstig und sich hinter das große Lederlenkrad schob.

»Nein, mach nur.« Er ließ den Motor an.

Wir fuhren los. Der V8-Motor grollte, als die Drehzahl stieg und wir die Straße hinunter beschleunigten.

In einem Statement bestätigte Detective Chief Inspector Chris Falcon von Scotland Yard heute, dass es sich bei dem Mann, der letzten Donnerstag Philip Lawrence getötet hat, um den London Lacerator handelt, einen Serientäter, der in den Achtzigern eine Reihe Morde begangen hat. Falcon rief die Bevölkerung auf, Ruhe zu bewahren, und sagte: »Wir werden den Täter fassen. Das hat die Familie des Opfers verdient. Das hat unsere Gemeinschaft verdient.«

Und jetzt weitere Nachrichten: Die Queen ist von Balmoral nach London geflogen, um den Ort zu besuchen, wo der Zug auf dem Weg von King's Cross verunglückt ist. Sie verbrachte zwanzig Minuten damit, mit Chief Constable Alan O'Bryne von der British Transport Police über die Aufräumarbeiten zu sprechen, als Vorbereitung auf ein Treffen mit Rettungshelfern bei einem Empfang im Laufe dieser Woche.

Wir fuhren die nassen Straßen entlang, schwarz und glänzend im Scheinwerferlicht. Ich sah zu, wie die Leute über die Gehsteige hasteten, die Köpfe unter ihre Regenschirme gebeugt. Dann sah ich es.

»Da ist die Inverness Street«, sagte ich. »Da hat Theresa Lynch gewohnt.«

»Ich dachte, du willst dich damit nicht weiter beschäftigen.« Jack hupte, als ein schwarzes Moped vor uns auf die Straße hinausfuhr. Es hatte kein Licht. Der Fahrer trug keinen Helm.

»Findest du es komisch, dass Aidans Eltern nur ein einziges Foto von ihm aufgestellt hatten?«

»Eigentlich nicht. Vielleicht sind sie einfach nicht damit klargekommen, dass sein Gesicht sie jedes Mal anstarrt, wenn sie sich hinsetzen, um *Coronation Street* zu gucken. Kann ich ihnen unter diesen Umständen nicht verdenken. Hör auf meinen Rat, Ziba. Schlag dir aus dem Kopf, was die Frau gesagt hat, und konzentrier dich auf den Lacerator-Fall.«

»Aber wenn das nun damit zusammenhängt?«

»Mac«, sagte er warnend.

Ich lachte und berührte ihn am Unterarm. Er lief rot an. Ich zog die Hand weg; jetzt war ich ebenfalls rot geworden.

All die Stunden, die wir zusammen verbracht hatten, nachdem Duncan umgekommen war, und doch hatte ich das nie gemerkt. Ich bin Expertin für menschliches Verhalten. Menschen zu lesen ist mein Job. Wie hatte ich die Zeichen nicht sehen können?

Fingerlings fiese Bemerkung hallte laut in meinen Ohren wider. *'n heißes Date, wie?* Großer Gott, dieser Dünnbrettbohrer hatte mehr mitgekriegt als ich.

Zwei Abende hintereinander hatte ich jetzt dieselben Signale gesehen, und doch hatte ich sie nicht miteinander in Verbindung gebracht. Spiegeln. Erweiterte Pupillen. Gestikulieren. Kopf schief legen. Vorbeugen. Alles Anzeichen dafür, dass Duncans bester Freund in mich verliebt war.

Ich hätte gekränkt sein sollen, um meines Mannes willen. Oder das Gefühl haben sollen, dass mir irgendwie Gewalt angetan worden war. War ich aber nicht und hatte ich nicht. Ich fühlte mich geschmeichelt, und ich fühlte noch etwas anderes. Es fühlte sich an, als wäre ich gerade in den Sonnenschein hinausgetreten. Wie Cinderella, die in den Ballsaal tritt. Meine Haut kribbelte. Mein Magen hüpfte. Und doch war dies der eine Mensch auf der Welt, mit dem ich nie zusammen sein könnte.

Jack ist definitiv ein Hingucker – ich müsste ins andere Team wechseln, wenn ich ihn nicht attraktiv fände. Aber eine Beziehung mit ihm wäre ein Verrat. Sogar schon daran zu denken war falsch.

Ich rieb mir die Drosselgrube, die kleine Kuhle zwischen den Schlüsselbeinen. Es war eine unbewusste Geste; ein emotionaler Schnuller, ganz ähnlich wie Jacks Nackenreiben, nachdem ich sein Angebot zurückgewiesen hatte, mir in den Wagen zu helfen.

Wir fuhren weiter die dunklen Straßen hinauf. Zuerst war ich mir nicht sicher, doch nachdem wir schneller um eine Kurve gefahren waren, als wir es hätten tun sollen, und er kurz danach um dieselbe Kurve fegte, wusste ich Bescheid.

»Da folgt uns jemand«, sagte ich. »Ein silberner Honda mit einer Riesendelle in der Kühlerhaube. Kannst du ihn sehen? Er hat gerade ein Auto überholen lassen, aber er ist immer noch hinter uns.«

Er schaute in den Rückspiegel und sah dann wieder mich an, mit einem Gesichtsausdruck, der sagte: »Spinnst du?«.

»Da ist niemand.«

Ich sah nach hinten. Er hatte recht. Der Honda war verschwunden. Bestimmt hatte der Fahrer gemerkt, dass er aufgeflogen war.

»Fahr hier mal ganz kurz links ran. Schauen wir mal, ob er zurückkommt.« Ich zeigte auf eine leere Parkbucht.

»Ich denk nicht dran. Das ist doch lächerlich. Niemand folgt uns«, entgegnete er und fuhr weiter die Straße hinauf in Richtung Kanal.

»Verdammt noch mal, Jack. Jetzt finden wir nie raus, wer das war.«

»Hier gibt's nichts rauszufinden, außer der Tatsache, dass du glaubst, hinter jeder Ecke lauert irgendwas Bedrohliches. Die Welt ist nicht so gefährlich, wie du denkst, Mac.«

»Verbring du mal dein Leben damit, gegen Ungeheuer zu kämpfen, dann siehst du das anders«, sagte ich, als er vor meinem Wohnblock hielt.

Ich stieg die Stufen zur Haustür hinauf und drehte mich um, um ihm zum Abschied zuzuwinken. Als Jack langsam anfuhr, sah ich ihn wieder – einen silbernen Honda mit eingedellter Kühlerhaube, der sich gerade zwischen zwei geparkten Autos hervorschob.

28. Kapitel

Ich gähnte, rückte die Decke um meine Schultern zurecht und streckte die Beine auf dem Sofa aus. Das Licht war gedämpft; auf dem Couchtisch stand eine halb leere Flasche Napa Valley Merlot. Im Hintergrund lief das Radio.

Als ich es nach oben geschafft und aus dem Fenster geschaut hatte, war der Honda verschwunden gewesen, wenn er denn überhaupt da gewesen war. Ich war müde. Ich hatte viel gearbeitet. Vielleicht hatte Jack ja recht. Vielleicht drehte ich allmählich durch.

Ich schenkte mir noch ein Glas Wein ein und wischte mit dem Finger über das Display meines Handys, rief das nächste Foto auf. Duncan in seiner North-Face-Jacke mit einem breiten Lächeln, das ihm die Augen knitterte.

Es war ein windiger, aber sonniger Nachmittag in Poole gewesen; der Wind war salzig und kalt. »Frisch«, nannte Duncan das und schwang bei jedem Schritt die Arme, während wir über die Dünen wanderten. Als es anfing zu regnen, hatten wir in einem Café am Meer mit blauer Fassade in Bierteig gebackenen Kabeljau und Pommes bestellt.

»Nicht so viel Salz, Liebling«, hatte er gemahnt, als ich den Salzstreuer über meinen Pommes geschüttelt hatte. »Du kriegst noch einen Herzinfarkt, ehrlich.«

Er trug immer noch seine Jacke, obwohl wir drinnen saßen. Darunter hatte er seinen alten Fischerpullover an, den, den ich jetzt über dem Schlafanzug trug.

Ich seufzte; hinter meinen Augen baute sich Druck auf.

Du tust dir das doch selbst an, dachte ich, machte die Lampe neben dem Sofa aus und legte den Kopf auf ein gestreiftes Kelim-Kissen. Die Farben sind so ausgeblichen, dass es schon alt aussah, als es noch brandneu war. Ich hätte ins Bett gehen sollen, doch ich hatte nicht die nötige Energie dazu und schlief ein, ohne dass ich es vorgehabt hätte.

Ich träumte, ich wäre wieder ein Kind im Arbeitszimmer meines Vaters. Zigarettenrauch hing dick im Zimmer, und der Duft von Patschuli von dem Räucherstäbchen, das in der Ecke glomm. Duncan saß in dem alten Ledersessel am Fenster; er trug das alte kragenlose Hemd meines Vaters und seine Peshawari-Chappal-Sandalen und las mir aus einer alten Ausgabe von *Tausendundeine Nacht* vor.

Ich saß zu seinen Füßen auf dem Boden und flocht die Teppichfransen zu Zöpfen, so wie ich es als Kind immer getan hatte. Die Tür ging auf, und Jack kam herein. Duncan stand auf und reichte ihm das Buch, doch anstatt seinen Platz in dem Sessel einzunehmen, kniete Jack sich neben mich und schlug das Buch auf. Ich rutschte näher heran, um die Bilder sehen zu können.

Plötzlich war ich kein Kind mehr. Ich war eine Frau, und

Jacks Hände waren in meinem Haar, massierten die Kuhle an meiner Schädelbasis.

Ich hob ihm das Gesicht entgegen, und er zog mich an sich, presste seinen Mund auf meinen, drängte mit der Zunge meine Lippen auseinander. Hitze flutete durch meinen Körper. Jedes einzelne Atom pulsierte.

Und dann veränderte sich der Traum. Ein Feueralarm ging in der Ferne los, laut und beharrlich, bis mir klar wurde, dass das gar kein Feueralarm war. Es war mein Handy, und das war nicht Teil des Traums.

Ich tastete um mich herum nach dem Telefon. Benommen, die Augen noch schlafschwer, trotzdem verspürte ich den harten Biss eines schlechten Gewissens. War doch nur ein Traum, sagte ich mir, als ich endlich das klingelnde Mobiltelefon fand, tief in der hinteren Sofaritze. Und doch packte das Schuldgefühl mit aller Kraft zu.

Hastig suchte ich nach der Taste auf meinem Telefon. Graues, frühmorgendliches Licht drang durch die Läden, doch in der Wohnung herrschte Halbdunkel. Rasch schaute ich auf die Uhr, als ich den Anruf annahm.

04 Uhr 42. Wer rief denn so früh an? Und wieso?

Auf dem Display stand kein Name, nur eine Handynummer, die ich nicht kannte.

»MacKenzie«, meldete ich mich mit belegter Stimme.

»Tut mir leid, dass ich so früh anrufe«, sagte Nigel Fingerling am anderen Ende der Leitung. »Können Sie so schnell wie möglich in die Delaney Street kommen? Wir sind direkt hinter der Camden Brasserie. Ich schicke Ihnen die Adresse.«

»Die Camden Brasserie?«, flüsterte ich.

»Gleich an der Ecke Delaney und Albert Street. Braune Farbe, blättert schon ganz schön ab. 'ne Lampe über der Tür. Sie werden die Streifenwagen sehen, wenn Sie ankommen. Die sind unmöglich zu übersehen.«

»Was ist denn los?«, wollte ich wissen, obwohl ich mir in Anbetracht seines Tones und der Uhrzeit die Antwort bereits denken konnte. Es gab nur eins, was ihn dazu veranlassen würde, mich um diese Zeit aus dem Bett zu werfen.

»Es hat einen Vorfall gegeben. Einen weiteren Lacerator-Mord. Und ein schöner Anblick ist das nicht gerade.«

29. Kapitel

Eine Viertelstunde später parkte ich meinen Porsche – einen silbernen 1988er 911 Turbo, mein ganzer Stolz – hinter zwei Streifenwagen. Deren Blaulicht blinkte, aber die Sirenen waren aus.

»Ziba MacKenzie. Ich bin Profilerin, ich arbeite mit Scotland Yard zusammen. DI Fingerling erwartet mich.« Ich reichte dem Constable, der den Tatort vor Kontamination schützen sollte, meinen Ausweis.

»Nehmen Sie sich was zum Anziehen«, sagte er, nachdem er meinen Namen und meine Adresse notiert hatte, und zeigte auf einen Karton mit Schutzkleidung – Overalls, Hauben, Überschuhe, Handschuhe und Mundschutze.

Nachdem ich mich angemessen ausstaffiert hatte, fand ich Fingerling in der Gasse hinter dem Restaurant, in dem ich gerade erst mit Jack gesessen hatte. Bei dem Gedanken wurde ich rot, eine Nachwirkung von meinem Traum vorhin.

Doch das war nicht alles. Ich war sicher, dass uns gestern Abend ein Wagen gefolgt war. Und jetzt lag eine Leiche direkt hinter dem Lokal, wo wir gegessen hatten. Bestand zwischen diesen beiden Fakten ein Zusammenhang, und wenn ja, wie passte ich dann in diese Gleichung hinein? Oder tat ich nur, was Jack mir vorgeworfen hatte, und sah Bedrohungen hinter jeder Ecke?

»Entschuldigung, dass ich Sie zu so einer unchristlichen Zeit aufgeweckt habe.« Nigel Fingerling stand vor dem Zelt, das über dem Leichnam errichtet worden war. Unter den Augen hatte er dunkle Ringe, und er blinzelte sehr schnell hintereinander. Der Mann sah aus, als würde er im Stehen pennen. Ich war eindeutig nicht die Einzige, deren Schlaf gestört worden war.

Es war weltuntergangsfrüh; ich hatte auf dem Herweg kaum meinen Kaffee hinunterbekommen, aber der mümmelte gerade ein Snickers. Er stopfte den letzten Bissen in den Mund, streifte ein Paar frische Handschuhe über und führte mich ins Zelt.

Dort drin wimmelte es von Beamten der Spurensicherung, die den Tatort untersuchten, Markierungen hinstellten, Fotos machten, nach Fasern und Sohlenabdrücken suchten. In der Mitte von all dem lag der Leichnam, zum Teil mit einem weißen Laken zugedeckt, das im Bereich des Schritts blutgetränkt war. Ich wusste genug darüber, was der Lacerator mit seinen Opfern machte, um mir denken zu können, warum.

Ungefähr einen Meter entfernt waren Blutspritzer und eine fleischige Masse zu erkennen, dort, wo der Boden auf die Hauswand traf. Ich hatte in meinem Leben ja schon einiges Eklige gesehen, aber das war schwer zu toppen.

»Wieder Olivenöl?«, erkundigte ich mich bei Fingerling und kämpfte gegen meinen Würgereflex an.

Er nickte.

»Ich wünschte, ich wüsste, was das bedeutet.«

Taten wir das nicht alle?

»Was wissen wir über das Opfer?«

»Eigentlich eine ganze Menge, das verdanken wir dem Wetter gestern Abend. Der Mörder hat den Leichnam angezündet, aber bei dem Regen hat er nicht lange gebrannt.«

»Dann ist er also nicht geblieben und hat den Flammen zugesehen.«

Dann hätte er dafür gesorgt, dass der Leichnam richtig verbrannt wäre.

»Das deutet auf eine gewisse Vorsicht hin«, meinte ich und betrachtete das Ganze aus dem Blickwinkel des Täters. »Flammen erregen Aufmerksamkeit. Er musste so schnell wie möglich abhauen, nachdem er die Leiche angezündet hatte, und er hat genug Grips, um das zu begreifen. Was bedeutet, dass es bei dem Feuer darum ging, Beweise zu vernichten. Feuer turnt ihn nicht an. Wenn doch, hätte er zwanghaft zusehen müssen. Er könnte nicht anders.«

»Klingt logisch.«

»Haben Sie bei dem Opfer irgendwelche Papiere gefunden?«

»Jep. Wir müssen auf die DNA-Analyse warten, um die Identität zu bestätigen, aber laut der Kreditkarten und dem Führerschein in seiner Tasche war sein Name Ian Clough. Hat im Rossendale Way gewohnt, das ist nicht weit von hier.«

»Wie sieht's mit Bargeld aus?«

»Ist noch da. Armbanduhr und Ohrring auch.«

»Das schließt einen Raubüberfall als Motiv aus und passt zu einem desorganisierten Tätertypus.«

Fingerling hockte sich neben die Leiche. »Sind Sie so weit?«

»Aye.« Ich hockte mich neben ihn.

Er zog eine Braue hoch.«

»Aye? Sie klingen gar nicht wie eine Schottin.«

»Ich bin auch keine. Das ist nur etwas, was ich von meinem Mann aufgeschnappt habe.«

»Und was hat der von Ihnen aufgeschnappt?«, fragte er mit lüsternem Grinsen.

»Vor allem Kraftausdrücke.«

Er zog das Laken weg. Ich beugte mich über den Toten und hielt mir dabei die Nase zu. Der Leichnam begann bereits zu riechen, das erste Zeichen der Verwesung.

»Stichwunden in Hals und Augen. Genitalien abgetrennt. Massiver Overkill. Abschürfungen und Prellungen im Gesicht; das soll die Persönlichkeit des Opfers auslöschen. Keinerlei Versuch, den Leichnam zu verstecken oder identifizierende Gegenstände zu entfernen. Anscheinend hat er keine Trophäen mitgenommen, aber wir haben das Abtrennen eines Körperteils. Passt alles zu einem Täter mitten in einem psychotischen Schub«, meinte ich. »Die Wunden sehen sauber aus. Er hat ein Messer benutzt, also war er vorbereitet.

Dieser Mord war geplant. Er war nur unterwegs, um zu jagen, nur ein paar Tage nach dem letzten Mord. Sie wissen, was das heißt, nicht wahr?«

»Sein zwanghaftes Bedürfnis zu töten eskaliert.«

»Aye, und zwar beängstigend schnell. Aber das ist noch nicht alles. Bei dem Presse-Briefing habe ich gesagt, dass er vielleicht Schuldgefühle empfindet, wegen dem, was er getan hat. Aber wenn ich mir ansehe, was er mit seinem letzten Opfer angestellt hat, glaube ich, da habe ich falschgelegen.«

»Wieso?« Fingerling kratzte sich die Arme; der Muskel in seiner Wange zuckte wie verrückt.

»Wie der Leichnam daliegt. Vollkommen ungeschützt, die Beine gespreizt, um den Blick auf den Genitalbereich zu lenken. Er war nicht zugedeckt. Der Killer gibt eine Erklärung ab. Er will seine Herrschaft über das Opfer demonstrieren. Und es erniedrigen. Das hier hat mit Reue nichts zu tun.«

Die Haut des Toten war violett und sah wächsern aus. Seine Lippen hatten sich weiß verfärbt, und seine Hände waren blau. Ich betastete einen Arm und ein Bein des Mannes. Die Muskulatur war fest, was bedeutete, dass die Leichenstarre allmählich einsetzte. Er war seit weit über fünf Stunden tot.

»Haben wir schon einen Todeszeitpunkt?«

»Lebertemperatur ist zweiunddreißig Grad. Deswegen und wegen der Leichenflecke schätzt der Rechtsmediziner den Zeitpunkt des Todes auf so um Mitternacht.«

Nicht länger als eine Stunde, nachdem ich das Restaurant verlassen hatte.

»Der Opfertypus ist derselbe wie der bei dem Mord am Donnerstag«, bemerkte ich und betrachtete das Gesicht des Toten.

Es ist leichter, so an sie zu denken. Die Toten. Die Opfer. Sie nicht zu vermenschlichen, indem man ihre Namen verwendet; das heben wir uns für Appelle in den Medien auf. Im Feld muss man einen gewissen Abstand wahren. Sonst wird man wahnsinnig.

»Männlich. Mitte bis Ende sechzig. Graue Haare. Bart. Brille. Der Opfertypus entspricht auch dem der Morde in den Achtzigern. Mit Ausnahme von Lynch hat sich der Täter immer Personen mit denselben äußerlichen Merkmalen ausgesucht. Das bedeutet, dass sie Stellvertreter sind, ein Ersatz für das wahre Objekt seiner Wut.«

»Wieso?« Fingerling stand breitbeinig da, die Arme vor der Brust verschränkt. Konfrontationsbereit. Aggressiv.

»Täter richten ihre Wut nur selten gleich gegen das wahre Objekt ihres Zorns. Normalerweise sind mehrere Morde notwendig, bevor sie den Mut aufbringen, auf die Person loszugehen, die sie eigentlich vernichten wollen.

Nehmen Sie den Co-ed-Killer. Der hat sich immer mit einem Zimmermannshammer ins Schlafzimmer seiner Mutter geschlichen und sich vorgestellt, wie er ihr im Schlaf den Schädel einschlägt. Aber sechs Morde waren nötig, vielleicht auch mehr, bevor er sie schließlich erschlagen, enthauptet und in ihren kopflosen Leichnam ejakuliert hat.«

»Entzückend.« Fingerling ließ die Halswirbel knacken. »Haben Sie sonst noch was? Oder nur noch mehr Gutenachtgeschichten?«

Davon hatte ich jede Menge.

»Rund um die Karotis sind sieben Stichwunden. Sie sind tief, keinerlei Anzeichen dafür, dass er gezögert hat. Ebenso im Schritt. Der Täter wird selbstsicherer. Seine Leidenschaft wächst und sein Zorn auch. Früher hat er die Genitalien seiner Opfer entsorgt, indem er sie in der Nähe des Tatorts in irgendwelche Mülleimer geschmissen hat. Das ist das erste Mal, dass er sie gegen eine Wand geschleudert hat. Er evolviert.«

Ich stupste den Leichnam an. »Dieser Mann hat gut auf sich geachtet. Er hat Sport getrieben. Entweder ist der Lacerator super in Form, um mit so jemandem fertigwerden zu können, oder er hatte eine andere Möglichkeit, sein Opfer kampfunfähig zu machen. Und nach dem Blutrausch zu urteilen, der sich hier zeigt, nimmt er wahrscheinlich Drogen. Amphetamine. Oder Kokain.«

»Wir haben es also mit einem Junkie zu tun, der gern ins Fitnessstudio geht.«

»Also, im Moment suchen wir eigentlich eher nach jemandem, der völlig erledigt ist. Eine Attacke wie diese hier ist körperlich wahnsinnig anstrengend. Sein Verhalten nach der Tat dürfte von Desorientiertheit und Heißhunger geprägt sein.«

»Das ist alles?«

»Fürs Erste ja. Wir müssen wieder ein Briefing für die Presse ansetzen. Ich koordiniere die Info.«

»Okay.« Er ging davon, um mit dem Leiter der Spurensicherung zu sprechen, dann machte er auf dem Absatz kehrt. »Übrigens, MacKenzie, Ihnen oder Mr Wolfe ist wohl nichts Besonderes aufgefallen, als Sie gestern Abend hier waren?«

Ich schüttelte den Kopf. Erst später ging mir auf, dass ich ihm gar nicht gesagt hatte, mit wem ich zum Abendessen verabredete war. Oder wo wir essen wollten.

30. Kapitel

Das Opfer, dass Raguel Ziba Mac dargebracht hat, ist perfekt; ein Geschenk, das ein Band zwischen ihnen knüpfen und ihr mehr über ihn sagen wird, genauso, wie sie es erbeten hat. Doch es ist nicht genug. Er muss eine Möglichkeit finden, sie wissen zu lassen, *warum* er Sünder hinrichtet, welche Bedeutung sie für ihn haben, welches Unheil sie anrichten. Ohne das kann sie ihn nicht voll und ganz verstehen.

Doch wie kann er das bewerkstelligen, ohne seine Identität zu offenbaren?

Wieder und wieder ballt er die Fäuste und löst sie wieder. Siebenmal offen. Siebenmal geballt. Sein Kiefer mahlt.

Ein Brief, das könnte gehen, denkt er. Allerdings würde das nicht reichen.

Kommunikation muss gegenseitig sein, einvernehmlich, wechselwirksam. Sie muss sich ihm beweisen. Wenn er sie in die tiefsten Abgründe seines Herzens einlassen soll, muss er wissen, dass sie das verdient hat.

Er muss eine Möglichkeit für sie schaffen, die Wahrheit selbst herauszufinden – das ist die Lösung, denkt er. Erst dann kann er sich sicher sein, dass sie würdig ist. Nur so kann er sich auf ihren Schutz verlassen, auf ihre Fähigkeit, ihn vor Schaden zu bewahren. Aber wie?

Was soll er tun? Was für Hinweise kann er geben? Und wie kann er sicher sein, dass sie niemand anderen einweiht?

Raguel nagt an der wunden Stelle an seiner Lippe und kratzt sich den Kopf. Sein Haar ist kurz und fühlt sich stachelig an. Ganz unten am Hinterkopf ist ein juckender Pickel.

Es muss eine Möglichkeit geben, denkt er. O himmlischer Vater, schick mir ein Zeichen.

Er kneift die Augen zusammen. Es ist schwer, klar zu sehen, alles ist so hell, blendend hell. Die Welt ist technicolorbunt geworden, voller ständig wechselnder geometrischer Muster und Lichtblitze. Raguel reibt sich die Augen und blinzelt, doch er kann trotzdem nicht scharf sehen.

Er ist ausgepumpt, erschöpft, völlig erledigt. Er hat es vollbracht. Ein weiterer Dämon ist tot. Doch wieder hat der Schlaf ihn gemieden.

»Du sollst nicht töten«, verkündet die tiefe Stimme, die allein spricht. »Das Blut deines Bruders schreit zu mir vom Ackerboden.«

Raguel fängt an zu zittern. Unsichtbare Hände packen ihn an der Kehle. Immer folgt die Schuld seinen Erfolgen auf dem Fuß.

»Ich habe dein Werk getan«, sagt er halblaut.

»Lügner«, wispern die Stimmen.

»Vergib mir, Herr. Was immer du wünschst, ich werde es tun.«

Doch wie kann er sicher wissen, was der Herr will, wenn er Raguel erst befiehlt, die Ränke Satans zunichtezumachen und Sünder zu bestrafen, und ihn dann hinterher für sein Handeln tadelt? Gäbe es doch nur eine Möglichkeit, sicher zu sein, dass er die Wünsche seines Schöpfers erfüllt. Wäre es doch nur möglich, die Zweifel verschwinden zu lassen.

Eine Idee beginnt in Raguels Verstand zu sprießen; die wispernden Stimmen bekunden leise ihre Zustimmung. Die Panik von eben lässt nach, als er sieht, was er tun muss. Allmählich atmet er wieder freier.

Er hört Ziba Mac sprechen. Raguel lauscht der Gestalt ihrer zu eiligen Worte. Er sieht sie in der Luft hängen und sich dann in violette Rauchwölkchen auflösen. Er sieht, wie sie sich über den Leichnam des Sünders beugt; ihre Silhouette leuchtend hell und unscharf, mit dem Heiligenschein eines Engels um den Kopf. Ein Einhorn schnaubt und galoppiert vorbei. Nach einer Hinrichtung sind die Halluzinationen immer so stark, so lebendig.

Raguel kaut auf seiner Lippe. Wird Ziba Mac die Bedeutung der Wunden am Hals des Perversen erkennen, oder wird er ihr einen Hinweis geben müssen?

Siebenmal hat Raguel ihm in den Hals gestochen, obgleich der erste Stich ausgereicht hat, um ihn zu töten. Aber die richtige Zahl war wichtig. Das war Teil seiner Botschaft an seinen neuen Schutzengel.

Jetzt tanzen die Wunden vor seinen Augen, noch nass von dem Moment, da er das Messer dort hineingerammt hat. Er leckt sich die Lippen. Die Mauern beginnen zu atmen und zu leuchten.

Ziba Macs Stimme verklingt. Raguel beugt sich vor, um sie besser zu hören, bildet sich ein, ihr Parfüm riechen zu können. Er erinnert sich an die Flasche mit dem hübschen Glasstöpsel; er konnte nie wirklich erkennen, ob der einen Vogel oder eine Blume darstellen sollte.

Die Erinnerung füllt ihm die Kehle mit Säure. Er kneift die Augen fest zu; er will nicht an Katie denken. Sie ist fort und kommt nicht zurück. Das hat sie sehr klar gemacht. Er konnte nicht auf sie zählen.

Er trommelt mit dem Daumen auf die Fingerknöchel. Siebenmal. Halt. Und noch einmal. Er flüstert sieben Vaterunser und sieben Ave-Marias.

Er hat Katie angefleht, ihn nicht zu verlassen, doch das hat sie nicht davon abgehalten. Aber Ziba Mac ist anders. Sie wird ihn nicht im Stich lassen; sie wird ihn vor Schaden bewahren. Hat Gott ihm das nicht gesagt? Hat sie es nicht selbst gesagt?

Nach und nach atmet Raguel gleichmäßiger, er denkt bereits an das, was da kommen wird. Die nächste Hinrichtung wird anders sein. Das Allerheiligste. Spektakulär.

Es ist Zeit. Er ist bereit zu tun, was getan werden muss.

31. Kapitel

Der Junge legt seine Sammlung in einer Reihe auf seinem Bett aus – ein Taschenmesser, zwei Lutscher, ein paar Dinosaurieraufkleber für seinen Schulranzen und jetzt noch ein Mars. Alles Geschenke von Granddad.

»Ich hab ein Geschenk für dich«, hatte Granddad ihm heute Nachmittag zugeflüstert, als er und Granny zu Besuch gekommen sind.

Er hatte einen Finger an die Lippen gelegt und dem Jungen gewinkt, ihm aus dem Zimmer zu folgen. Die Mutter des Jungen war in der Küche, setzte Teewasser auf und plauderte mit Granny. Sein Vater machte oben irgendwelchen Papierkram fertig. Der Junge hatte ihn den ganzen Tag nicht gesehen.

Er hatte seinen Playmobil-Hubschrauber liegen lassen und war mit Granddad in den Flur getrottet.

»Hier drin«, sagte Granddad und klopfte auf seine Hosentasche. »Schau mal, ob du's findest.«

Der Junge grinste zu ihm empor und wühlte. Sein Lächeln verschwand. Da war ja gar nichts drin.

»Uups, wie dumm von mir. Andere Tasche.«

Der Junge wechselte zur anderen Seite und fischte ein Mars hervor. Ein großes, nicht so ein kleines Häppchenteil, wie er es manchmal in Kindergeburtstagstüten bekam.

»Cool! Du bist der Größte!«

»Bezahlen bitte«, sagte Granddad, beugte sich herab und tippte sich auf die Lippen.

Der Junge küsste ihn. Granddads Borsten kratzten ihn am Mund.

Granddad legte ihm die Hände auf die Schultern; ihre Gesichter waren auf einer Höhe. »Also, erzähl das ja niemandem. Das ist unser kleines Geheimnis. Ich will doch nicht, dass du Ärger kriegst.«

Das sagt er jedes Mal.

32. Kapitel

»Gehen wir, MacKenzie.« Fingerling gähnte und riss dabei den Mund so weit auf, dass ich seine Mandeln sehen konnte. »Ich spendiere Ihnen einen Kaffee, wenn wir im Yard sind.«

»Ich komme später nach. Da gibt es noch was, was ich zuerst allein überprüfen muss.«

»›Team‹ schreibt man nicht mit großem E wie ›Ego‹«, bemerkte er und verdrehte die Augen.

Aber Wichser mit W, dachte ich und kniff die meinen zu schmalen Schlitzen zusammen.

»Ach übrigens, vielleicht sollten Sie mal jemanden Marcus Lynchs Alibi für den Abend überprüfen lassen, an dem Aidan umgebracht worden ist, das erste Opfer«, sagte ich, als wir den Tatort verließen. »Vater und Sohn. Ich habe ihm vorgestern ein paar Fragen gestellt. Irgendwas ist faul an ihm. Außerdem gab's damals Spannungen zwischen Aidan und ihm. Und er wohnt gleich um die Ecke von der Camden Brasserie, in dem Haus, in dem sein Sohn umgebracht worden ist. Mir ist klar, dass er nicht dem Profil entspricht, aber es könnte sich vielleicht trotzdem lohnen, ihn mal anzuschauen.«

»Na klar doch«, antwortete Fingerling in einem Abfuhr-Tonfall, ehe er davonstelzte.

Ein paar Stunden später, wieder in meiner Wohnung, versuchte ich, die Art und Weise zu erfassen, wie der Lacerator Jagd auf seine Opfer machte. Im Hintergrund lief das Auslandsprogramm im Radio. Eine halb leere Kaffeekanne stand auf dem Beistelltisch, und in der Hand hielt ich einen Becher frisch gebrühtes Lebenselixier.

Ich hatte mir die Wetterberichte für die Tage jedes einzelnen Lacerator-Mordes angesehen, war zwischen den verschiedenen Tatorten herumgelaufen und hatte jeden einzelnen in Augenschein genommen. Hatte versucht zu erkennen, wie sie miteinander verknüpft waren, und Bushaltestellen und Parkverbote überprüft.

Jetzt stand ich vor dem Stadtplan von London, den ich an die Wand meines Wohnzimmers gepinnt hatte, und betrachtete die bunten Fähnchen, die ich dort hineingesteckt hatte. Blau für die Orte, wo die Opfer des Lacerators zuletzt gesehen worden waren. Rot für die, wo man ihre Leichen gefunden hatte. Insgesamt elf Stück.

Das war alles Teil des Geo-Profils, das ich gerade erstellte, ein Versuch, anhand der Tatorte die Komfortzone des Täters zu identifizieren. Das ist eine durchaus effiziente Technik; die meisten Verbrechen werden nämlich innerhalb eines Umkreises von weniger als anderthalb Kilometern vom Wohnort des Täters begangen.

Natürlich gibt es Ausnahmen von dieser Regel. Erwachsene Täter legen für gewöhnlich größere Entfernungen zurück als jugendliche, und die Orte, wo Leichen entsorgt werden, sind allgemein weiter vom Wohnort des Täters entfernt als die, wo sie über ihr Opfer herfallen.

Mit Ausnahme des ersten waren die Opfer des Lacerators aus den Achtzigern alle entführt und ihre Leichen in Gassen und auf Grünflächen rund um Soho abgelegt worden.

Lynch passte nicht in dieses Schema. Er war in seinem Wohnhaus in Camden ermordet und dort zurückgelassen worden. Doch in Anbetracht der Tatsache, dass dieser Mord für den Lacerator nicht allzu gut gelaufen war – nach der stümperhaften Genitalverstümmelung zu urteilen –, war es nicht überraschend, dass er sich bemühte, aus seinen Fehlern zu lernen und seinen Modus Operandi nach und nach zu perfektionieren.

Wie dem auch sei, obwohl Lynch in Camden getötet worden war und die anderen in Soho, war trotzdem ein Muster zu erkennen. Die Leichenfundstellen waren alle ganz in der Nähe der Orte, wo die Opfer zum letzten Mal gesehen worden waren.

Und jetzt, bei den beiden letzten Opfern, schien er wieder dorthin zurückgekehrt zu sein, wo er angefangen hatte, indem er sie beide in Camden tötete, nicht weit von dort entfernt, wo er Aidan Lynch umgebracht hatte.

Ich rief Nigel Fingerling auf seinem Handy an.

»Gibt's schon was Neues darüber, wo das letzte Opfer zuletzt gesehen wurde?«

»Jep. Im Pub, im Prince Albert. Ist gleich um die Ecke von da, wo wir seine Leiche gefunden haben.«

»Dann bleibt es also bei dem Muster«, sagte ich und

steckte ein blaues Fähnchen in meinen Stadtplan. »Und ist er mit irgendjemandem aus dem Pub weggegangen?«

»Der Barkeeper ist sich nicht sicher. Gestern Abend war's voll, irgend so ein Schwuchtel-Event.«

»Das Prince Albert ist eine Schwulenbar?«

»Entweder das oder die stehen da echt auf Regenbogenfahnen.«

»Schön zu wissen, dass Sie so ein toleranter Typ sind, Fingerling. Die Sache ist die, das ist ein weiteres Bindeglied zu dem Mord am Donnerstag und denen in den Achtzigern. Hilft uns, ein Bild davon zu kriegen, wie er seine Opfer ködert.

Bestimmt quatscht er sie in einer Bar an und benutzt irgendeinen Vorwand, damit sie mitkommen – höchstwahrscheinlich die Aussicht auf Sex. Aber egal, was es ist, dass er so ein Lockmittel verwendet, macht Eloquenz und einen normalen bis hohen IQ noch wahrscheinlicher.«

»Moment mal. Ich dachte, Sie hätten gesagt, er wäre ein unorganisierter Tätertyp. Ist es nicht eher das Markenzeichen eines gut organisierten Killers, Tricks anzuwenden und sich Opfer auszusuchen, die einem bestimmten Typus entsprechen?«

Ein herausfordernder Tonfall lag in seiner Stimme. Ich konnte verstehen, warum die anderen Kinder in der Schule ihn nicht gemocht hatten. Sein schmächtiger Körperbau dürfte nur teilweise schuld daran gewesen sein.

»Dieses ganze ›Organisiert‹ oder ›Unorganisiert‹ ist keine perfekte Dichotomie. Nur sehr wenige Täter sind entweder ganz das eine oder ganz das andere. Nehmen Sie mal Ed

Kemper, den Co-ed-Killer, von dem wir vorhin geredet haben. Er hat Tramperinnen von der Straße weggelockt und sie dann in ländliche Gegenden gefahren, wo er sie umgebracht und enthauptet hat, bevor er Sex mit den Leichen hatte. Einen Trick anzuwenden, um an Opfer eines spezifischen Typs heranzukommen, ist das klassische Verhalten eines organisierten Täters. Aber die Verstümmelungen sind typisch für einen unorganisierten.«

»Kapiert. Danke für den Vortrag.«

Arsch. Doch ich antwortete nicht. Ich war nicht in Stimmung für »Wer hat den Längsten?«.

»Sämtliche Opfer des Lacerators sind zuletzt in Schwulenbars gesehen worden. Sogar Lynch, obwohl der sich gar nicht als schwul geoutet hatte. Trotzdem glaube ich nicht, dass der Lacerator selbst schwul ist. Die Genitalienverstümmelungen und der Overkill deuten darauf hin, dass er irgendeine Art Vendetta gegen Schwule am Laufen hat.«

»Okay. Haben Sie sonst noch was?«

»Ich habe die Ausgangspunkte der Entführungen und die Leichenfundorte mal auf einem Stadtplan markiert. Daraus ergibt sich ein eher kleines geografisches Gebiet. Das deutet darauf hin, dass wir es mit einem Täter zu tun haben, der nicht besonders mobil ist. Er ist ein Opportunist, aber er ist vorbereitet, wenn er dorthin geht, wo er die Opfer entführt, und er weiß ganz genau, was er tut.«

»Sie hoffentlich auch.«

Ich legte auf. So ein Arschgesicht. Wie hatte der es mit dieser Sozialkompetenz bis zum Ermittlungsleiter gebracht?

Normalerweise hätte ich Jack angerufen, um mich auszukotzen, doch mein Traum von gestern Nacht hielt mich davon ab. Der Traum und die Tatsache, dass ich nicht aufhören konnte, daran zu denken. Ich beschloss, stattdessen ein bisschen frische Luft schnappen zu gehen.

Ich trat aus der Haustür und schaute mich um. Es war niemand zu sehen, doch ich hätte schwören können, dass mich jemand beobachtete.

Die Welt ist nicht so gefährlich, wie du glaubst, wies ich mich zurecht und dachte an das, was Jack gesagt hatte, während ich mir die Kopfhörer in die Ohren steckte und mich auf den Weg zum Kanal machte.

33. Kapitel

Zügig marschierte ich die Westbourne Terrace Road entlang, vorbei am Canal Café Theatre, wo Duncan und ich uns am Freitagabend immer die *News Revue* angeschaut hatten, am Bridge House, wo wir hinterher etwas trinken gegangen waren, und über den Warwick Crescent, zu der Minicab-Zentrale und dem Waterside Café, wo wir uns sonntagnachmittags manchmal Kaffee und Kuchen gegönnt hatten.

Der Kanal erstreckte sich vor mir. Eine schmutzig grüne Schlange, übersät mit Booten und Treibgut.

Ich hatte ein gutes Stück Weg von jenem finsteren Ort zurückgelegt, wo ich in den Tagen vor Duncans Geburtstag festgesessen hatte. Vor einer Woche hätte ich mich nicht getraut, zu dicht am Wasser zu stehen. Seine lockenden Tiefen wären ein Sirenengesang gewesen, dem ich vielleicht nicht widerstanden hätte. Heute jedoch war das Strudeln der kleinen Wirbel eher beruhigend als einladend.

In den Nachrichten kam etwas über das Zugunglück vom Donnerstag. Ich drehte die Lautstärke höher.

Die unmittelbare Ursache war, dass der Zug zu schnell war, um zu stoppen, als der Lokführer die entgleisten Waggons vor sich sah.

John Barnes, Chief Inspector der zuständigen Abteilung, sagt, der Unfall, bei dem achtzehn Menschen ums Leben kamen, würde gründlich untersucht werden.

»Wir arbeiten mit Hochdruck daran, die Umstände zu ermitteln, die zu diesem furchtbaren Desaster geführt haben, vor allem, wie es zum Entgleisen des Güterzuges gekommen ist, das zum Tod so vieler Unschuldiger geführt hat.«

Nicht nur zum Tod, dachte ich, und ein Bild von dem verbrannten jungen Mädchen, das an der Juilliard School Musik studieren wollte, tauchte in meinem Kopf auf. Was war mit all den Menschen, die überlebt hatten, deren Leben jedoch nie wieder so sein würde wie vorher? Die von dem, was geschehen war, verfolgt werden würden?

Ein paar Schritte weiter blieb ich stehen, zog die Kopfhörer heraus und drehte mich langsam um.

Ich hatte nichts gesehen oder gehört, aber ich hatte so ein Gefühl; es kam wir abermals so vor, als ruhe jemandes Blick auf mir. Ich ließ den Blick über den Weg und das Gelände daneben wandern. Es war niemand da.

Jack hat recht, dachte ich. Ich werde allmählich weich in der Birne. Erst der silberne Honda und jetzt das.

Nur hatte ich im Gegensatz zu gestern Abend heute Vormittag nichts Stärkeres getrunken als Kaffee. Ich schüttelte den Kopf. Nein, hier ging es um mich und um meinen Geisteszustand, nicht darum, was wirklich da war.

Ich steckte die Ohrhörer wieder hinein und ging weiter, doch ich war immer noch angespannt. Und ich wurde das Gefühl nicht los, dass ich beobachtet wurde.

Abermals blieb ich stehen, zog die Ohrhörer heraus und sah mich sorgfältig um.

Ich glaubte, eine Bewegung zu sehen; ein farbiges Aufblitzen ganz am Rande meins Gesichtsfeldes. Doch als ich dort ankam, wo ich es gesehen hatte, war da nichts.

Das ist doch Schwachsinn, dachte ich. Ich habe zu viel Zeit damit zugebracht, über den Lacerator nachzugrübeln und mich mit Koffein zuzudröhnen. Wieso sollte mir denn jemand nachspionieren? Wir sind hier doch nicht im Iran oder in Afghanistan. Hier ist niemand hinter mir her.

Aber andererseits – was war mit dem Honda? Und dem Fundort des letzten Opfers?

Mein Verstand feuerte in alle Richtungen. Ich wusste nicht, was ich denken sollte.

Ich kam zu meiner Lieblingsbank, die unter der großen Platane direkt am Wasser. Mein ganz besonderer Platz. Ich warf einen kurzen Blick auf die eingravierten Worte, bevor ich mich setzte.

Ramon 4 Caz 4 Ever. Louis liebt Amy. Mark Landings und Liz Alonby für immer.

Wie viele von denen sind wohl immer noch zusammen? überlegte ich. Und wie viele vögeln mit anderen herum und schnitzen neue Botschaften von ewiger Liebe?

Die Sonne setzte sich gegen die Wolken durch und streifte über mein Gesicht. Die Wärme fühlte sich schön an. Ich lehnte mich zurück und schloss die Augen.

Und trotz all des Kaffees und all der Gedanken, die in meinem Kopf umherzuckten, nickte ich ein, direkt am Kanal und weithin sichtbar für jeden, der mich vielleicht beobachtete.

34. Kapitel

Mein Telefon klingelte und weckte mich mit einem Ruck. Ich zog es hervor und schaute auf das Display. Wolfie. Mein Magen flatterte.

Schluss mit diesem Scheiß.

Ich rümpfte die Nase. Was roch denn hier so? Wie vergammelndes Essen. Fruchtig, überlagert von Essiggeruch. Vielleicht Algen in dem nahen Kanal?

»Ich hab gehört, ihr habt heute Morgen ein neues Lacerator-Opfer gefunden«, sagte er. »Kannst du mir irgendwas erzählen?«

»Er entwickelt sich. Findet in die Spur. Der Modus Operandi verändert sich allmählich, das könnte bedeuten, dass er noch gefährlicher wird. Nachher gibt's eine Pressekonferenz.«

»Sprichst du da auch?«

»Weiß noch nicht genau. Ist vielleicht besser, wenn Falcon das Sprachrohr ist. Das demonstriert, dass wir den Fall unter Kontrolle haben. Führungsstärke. All so was.«

»Okay. Übrigens, ich habe vorhin an dich gedacht. Der Name von deinem Süßen ist mal wieder aufgetaucht.«

»Duncan?«, fragte ich verwirrt.

»Nicht Duncan, du dumme Nuss. Aidan Lynch.«

»Echt? Wieso denn?«

»Ich schreibe gerade einen Artikel über diesen ermordeten Jungen. Du weißt schon, Samuel Catlin. Den Goldjungen, so nennen die Revolverblätter ihn. Jedenfalls, ich hab mal auf dem Revier von Kentish Town vorbeigeschaut. Deren Morddezernat war damals für den Fall zuständig. Bin mit einem DS ins Gespräch gekommen, der daran gearbeitet hat, und wie sich herausstellt, ist Aidan Lynch damals vernommen worden.«

»Echt jetzt? Warum denn? War er ein Tatverdächtiger?«

»Nein. Es hatte mehr was damit zu tun, dass Samuel zu der Pfadfindergruppe gehört hat, bei der Aidan mitgemacht hatte. Die Detectives wollten nur wissen, ob er jemanden in der Nähe hatte herumlungern sehen, der besonders auf den Jungen geachtet hätte, so was in der Art. Anscheinend hätte er gar nicht hilfsbereiter sein können. Netter Kerl, meinte der DS. Natürlich haben sie sein Alibi überprüft, eigentlich nur der Gründlichkeit halber. Aber da war nichts dran zu rütteln.«

»Inwiefern?«

Ich hörte ihn am anderen Ende der Leitung mit Papier rascheln, als er in seinen Notizen nachsah. Als er dabei an seiner Lippe saugte, blitzte ein Bild aus dem Traum von letzter Nacht in meinem Gehirn auf. Wie er mich angesehen hatte, bevor er mich küsste. Wie sich sein Mund auf meinem angefühlt hatte.

Ich kniff die Augen zu. Das muss aufhören, dachte ich. Das kann doch nicht gut gehen.

»Hier«, verkündete er ein paar Sekunden später; glücklicherweise ahnte er nichts von dem Ausflug, den mein Verstand gemacht hatte. »Aidan hat sich auf dem Bahnhof Camden Road Station ein Ticket für den Zug um 15 Uhr 09 nach Watford gekauft. Er wollte zur Musterung. Um 16 Uhr 30 hat er seine Mutter per R-Gespräch vom Bahnhof in Watford angerufen, um ihr zu sagen, dass er seinen Termin verpasst hätte. Die Polizei hat die Telefonunterlagen.«

»Das Leben hat dem armen Schwein echt übel mitgespielt, nicht wahr? Keine zwei Monate nach diesem Anruf hat der Lacerator ihn zerstückelt.«

»Manche Leute haben eben Glück.«

Lachend verabschiedeten wir uns. Gähnend rappelte ich mich auf. Wenn man seit aller Herrgottsfrühe arbeitet, fühlt sich halb zwölf Uhr mittags an wie Spätnachmittag. Ich war hundemüde. Ich brauchte einen Kaffee. Oder zwei.

Gerade hängte ich mir meine Handtasche über die Schulter und dachte dabei an das frisch überarbeitete Profil, das ich gerade zusammenstellte, als mein Handy erneut klingelte. Die Nummer war unterdrückt, doch das spielte keine Rolle. Ich wusste, wer da anrief, noch ehe ich seine Stimme hörte.

»Ich hab versucht, Sie zu erreichen. Der DCI will ein Pressestatement abgeben. Sie müssen herkommen. Und zwar vor fünf Minuten.«

Leute, die mir sagen, was ich zu tun habe, gehören zu den Dingen, die mir am allermeisten auf den Docht gehen.

»Ich bin unterwegs, Fingerling«, antwortete ich und hätte ihn so gern gefragt, wie er es geschafft hatte, der Schnellste von allen Spermien zu sein.

35. Kapitel

Raguel ist in Ziba Macs Wohnblock. Einen Moment lang steht er in dem schmalen Flur und atmete die Luft ein, die sie atmet, sieht ihre Welt, wie sie sie sieht. Er nimmt alles in sich auf. Die Staubpartikel, die in den Sonnenstrahlen tanzen. Den Glanz auf den hölzernen Treppengeländern. Den abgetretenen Streifen am Rand jeder mit einem Teppichläufer bedeckten Stufe.

Es war nicht schwer gewesen, sich hier Zutritt zu verschaffen. Er hatte auf sämtliche Klingelknöpfe gedrückt, bis jemand den Türöffner betätigt hatte. Der Betreffende hatte nicht einmal gefragt, wer er sei. So was von gefährlich, jeder Wahnsinnige könnte hier herein.

Ihre Adresse herauszufinden war auch leicht gewesen. Im Computerraum hat es nur einen Augenblick gedauert, sie zu finden. Ein Zeichen von oben, dass alles gut werden wird, dass er das Richtige tut.

Er bekreuzigt sich, geht zu ihrem Briefkasten und steigt dann die Treppe hinauf. Es gibt einen Fahrstuhl, doch wenn er den nimmt, kann er die Stufen nicht zählen, und das wäre gefährlich. So ist es sicherer.

Beim Hinaufgehen zählt er. Jedes Mal, wenn er sieben Stufen hinter sich hat, bleibt er stehen und flüstert ein Gebet oder zumindest den ersten Teil, die ersten sieben Worte. *Vater unser, der du bist im Himmel.* Dann steigt er sieben weitere Stufen hinauf, bleibt stehen und betet abermals.

»Fürchte dich nicht, denn ich bin bei dir«, flüstert die einzelne tiefe Stimme. »Ich halte dich mit meiner Rechten.«

Gott spricht jetzt direkt zu ihm. Genau wie an dem Abend, als Aidan Lynch gestorben ist. Und wie er es dann nach dem Zugunglück am Donnerstag wieder getan hat.

Raguel ist im obersten Stock. Hier gibt es nur eine Tür. Er kniet davor nieder und drückt Handflächen und Stirn gegen das Holz. Es fühlt sich kalt an. Ein sachter Kuss auf einem fiebrigen Gesicht.

Er holt tief Luft, füllt seine Lunge, atmet sie ein.

»Ziba Mac«, wispern die Stimmen. »Heiliger Engel des Herrn.«

»Ehre sei dem Vater und dem Sohn und dem Heiligen Geist. Wie im Anfang, so auch jetzt und allezeit und in Ewigkeit. Amen«, sagt Raguel, zieht den Umschlag aus der Tasche und drückt ihn an die Lippen.

Dies ist die ultimative Verbindung. Der Weg zu wahrem Verständnis und wahrer Zusammengehörigkeit. Die Offenbarung, um die Ziba Mac ihn gebeten hat.

Außerdem ist es der erste Teil des Plans, den er ersonnen hat, damit sie die Wahrheit über ihn selbst entdeckt. Wenn sie die Antworten finden kann, wird er wissen, dass sie würdig ist, seine Beschützerin zu sein. Und bis zum Ende des

Tages wird er auch sicher wissen, was der Herr von ihm will. Zibas Handeln wird die Antwort liefern.

Es ist perfekt. Und der Plan, den er sich ausgedacht hat, um sicherzustellen, dass sie niemand anderen einweiht, auch. Es ist so genial, dass es nur durch göttliche Inspiration entstanden sein kann.

Siebenmal schlägt er das Kreuz, dann schiebt er den Umschlag unter der Tür hindurch. Doch sobald er fort ist, beginnt er zu zittern, und Ameisen kriechen über seine Haut. Er schlägt auf seine Arme ein, doch das hilft nicht. Wenn überhaupt, vermehren sie sich dadurch noch.

»Was getan ist, kann nicht ungeschehen gemacht werden«, wispern die Stimmen; die Worte hallen in der Luft rings um ihn herum. »Schschschwachkopf. Schschschwachkopf.«

Raguel hält sich die Ohren zu, doch es nützt nichts. Die Stimmen werden lauter und lauter, bis sie alles sind, was er hören kann.

Ein langer, verkrümmter Arm streckt sich aus der Wand. Eine Spinne, so groß wie ein Fußball, klettert an seinem Bein hinauf. Und die Luft wird schwer vom Geruch von Zigarettenrauch und Rasierwasser.

Wenn nun Satan seine Hand geführt hat und nicht der Herr? Wenn der wortgewandte Fürst der Finsternis ihn nun überlistet hat? Was ist, wenn Ziba Mac zu den Jüngern der Schlange gehört und dies hier ein furchtbarer Fehler ist?

Er bekommt keine Luft. Sein Herz dröhnt. Er muss hier raus, doch als er auf seine Füße hinabschaut, sieht er, dass sie in einem Zementkübel feststecken.

Er wühlt in den Taschen seiner Hose nach seinem Tütchen. Das magische Pulver ist da: Genau das, was der Arzt verordnet hat, wie seine Mutter immer gesagt hat, als er klein war – allerdings hat sie einen Apfel pro Tag gemeint und keine Drogen.

Normalerweise hat er nichts bei sich – das ist zu riskant –, doch er hat gewusst, dass es heute schwierig werden könnte. Er hat gewusst, dass er vielleicht ein bisschen kristalline Hilfe brauchen würde, auch wenn der Arzt gesagt hat, dass sich sein Zustand dadurch verschlimmert.

Er zieht das Tütchen hervor und öffnet es hastig, verschüttet dabei ein wenig von dem kostbaren Pulver. Raguel sieht die weißen Punkte auf dem Teppich und würde angesichts dieser Verschwendung am liebsten losheulen. Die Stimmen in seinem Kopf fangen an, missbilligend mit der Zunge zu schnalzen, doch er lässt sich nicht unterkriegen. Er legt sich auf den Bauch und drückt das Gesicht auf den Teppich, leckt die Körnchen vom Boden auf, wobei er allerdings wenig mehr erwischt als einen Mundvoll Staub.

Also hockt er sich wieder auf die Fersen, leckt an seinem kleinen Finger und taucht ihn in das Tütchen. Dann wischt er damit das Innere seines rechten Nasenlochs aus. Siebenmal lecken. Siebenmal eintauchen. Siebenmal in die Nase. 777. Die uralte Schutzformel gegen den Teufel. Satans numerische Antithese. Ein Symbol für die dreifache Vollkommenheit der Heiligen Dreifaltigkeit. Die sieben Schalen des Zorns, sieben Engel und sieben Posaunen aus der Offenbarung des Johannes.

Raguels Körper hört auf zu zittern und füllt sich mit

der Stärke des Herrn, bis in die Arme und Beine hinein. Am liebsten würde er laut lachen. Am liebsten würde er vom Dach springen und über die Stadt hinwegfliegen. Die Stärke des Herrn lässt ihn glauben, dass er das kann.

Außerdem lässt sie ihn begreifen, dass er sich geirrt hat, als er dachte, Ziba Mac wäre eine der Helfershelfer des Teufels. Er war dumm, ist in Panik geraten und hat sich der Furcht ergeben.

»Vertrau mir«, flüstert die tiefe Stimme. »Tu, was du tun musst.«

Ziba Mac ist seine Beschützerin. Sie will ihm helfen, genau wie sie es gesagt hat. Seine Mission ist heilig, und sie wird erfolgreich sein.

Heute wird er ein Feuer im Westen entfachen, um die Gefallenen zu bestrafen, so wie es im Buch Henoch geschrieben steht. So wie es von Gott befohlen wurde, der in der Höhe wohnt und auf dem Thron der Herrlichkeit sitzt.

Die Rache wird Raguels sein, wie es bei Jeremia heißt: »Sobald ich sie zur Rechenschaft ziehe, werden sie stürzen.«

Raguel wird derjenige sein, der den Dämon bannt. Und die Zeit ist gekommen, da der Teufel unter den Erschlagenen liegen wird. Ein Schauer der Vorfreude auf das, was da kommt, durchpulst ihn.

Raguel hat lange darauf gewartet, seine Strafe zu vollstrecken, doch viel länger wird er nicht mehr warten müssen.

36. Kapitel

Der Junge hat seinen Spiderman-Schlafanzug an, liegt im Bett und schnarcht ganz leise im Gästezimmer seiner Großeltern. Das allererste Mal, dass er bei ihnen übernachtet.

»Rundum gemütlich und zufrieden«, hat Granny gesagt, als sie ihm einen Gutenachtkuss geben hat, nachdem sie nachgeschaut hat, ob unter dem Bett Monster sind, und versprochen hat, das Licht im Flur anzulassen.

Seine Eltern sind in den Lake District gefahren, nur sie beide. Dads Idee.

»Ich schenke Mum eine Reise zum Geburtstag«, hatte er zu dem Jungen gesagt. »Ich habe ausgemacht, dass du bei Granny und Granddad bleiben kannst. Ich wette, die verwöhnen dich nach Strich und Faden.«

Der Junge hat sich so gefreut, hat zu Hause auf dem Küchenkalender die Tage abgehakt und seinen großen Koffer fix und fertig gepackt – einen richtigen Erwachsenenkoffer mit festem Griff und Rollen und allem Drum und Dran.

Granny hat versprochen, Schokoladenpfannkuchen zum Frühstück zu machen, sein allerliebstes Lieblingsessen. Sie hat sogar gesagt, er darf sie in der Pfanne hochwerfen und wenden.

Er hat darauf bestanden, alles bereit zu machen, bevor er ins Bett gegangen ist – den großen Messbecher, Grannys blaue Rührschüssel aus Porzellan mit den Blumen drauf, den Schneebesen. Und einen Hocker, damit er an den Herd heranreicht.

Die Uhr tickt auf dem Nachttisch. Lambie klemmt unter seinem Arm. Und auf dem Kissen ist ein Spuckefleck. Im Zimmer riecht es nach Keksen. Der Mund des Jungen arbeitet, während er träumt.

Knarr.

Die Tür geht auf und schließt sich dann wieder mit einem leisen Schnappen. Jetzt ist noch jemand anderes im Zimmer, nur ein Umriss und keine Gesichtszüge im Dunkeln.

Ein Mann, der nach Camel-Zigaretten riecht, nähert sich dem Bett.

37. Kapitel

Raguel verfolgt die Pressekonferenz, während Ziba Mac neben ihm steht, weiß schimmernd, als wäre sie von innen erleuchtet. Die Wände atmen sacht, und eine Harfe spielt leise in der Ferne.

Er lässt den Blick durch den Raum voller Zeitungsleute und Kameras wandern. Über das erhöhte Podium und den großen weißen Bildschirm. Über die Leute, die sich um die besten Plätze drängeln, ihre Mikrofone und Diktiergeräte in Richtung Podium strecken, noch bevor es überhaupt losgegangen ist.

Sie sind alle hier. Die BBC, ITV, Sky und sogar ein paar ausländische Fernsehsender, von denen er noch nie gehört hat. Er hält ein Kichern tief in seiner Brust fest; jetzt zu lachen hieße sich verraten.

In den alten Zeiten mussten Propheten noch draußen vor den Tempelmauern brüllen, um sich Gehör zu verschaffen, und selbst dann wurden sie oft ignoriert, wurden ausgegrenzt und wie Verrückte behandelt. Aber ihn ignoriert keiner. Er hat ihre volle Aufmerksamkeit.

Wie die Journalisten mit ihren Aufnahmegeräten herumfuchteln, das erinnert ihn daran, wie sie damals alle ihre selbst gemachten Union Jacks in den Händen gehalten hatten, an dem Tag, als die Queen Mum in ihrem Daimler an Kenwood vorbeigefahren war.

Raguel war damals sechs oder sieben gewesen. Über eine Stunde lang hatte er mit seinen Schulfreunden dagestanden und darauf gewartet, das Auto zu sehen. Es war in weniger als fünf Sekunden an ihnen vorbei gewesen, doch das Warten hatte sich gelohnt. Er hatte ihr Gesicht durch das Fenster gesehen, und sie hatte ihn angelächelt. Er hatte gewinkt, bis sein Fähnchen sich vom Stab gelöst hatte. Da war er glücklich gewesen. Kindliche Unschuld. Lange hatte die nicht gewährt.

Der Detective Chief Inspector erhebt sich, um zu sprechen. Raguel hört genau zu. Zuerst berichtet er den Medien von der Leiche, die sie heute früh gefunden habe. Er spricht vom Ort des »Verbrechens«, der Todesursache und dem, was er »Verstümmelung der Genitalien des Toten« und »okulare Traumata« nennt.

So klingt das alles viel sachlicher, als es sich angefühlt hat, als Raguel dem Dämon mit seinem langen Messer den Penis abgesäbelt und die Klinge in seine verfluchten Teufelsaugen gerammt hat.

»Sieh mich an«, wispern die Stimmen. »Sieh mich an.«

Raguel befindet sich in einem Raum voller Menschen, hier kann ihm niemand etwas tun, und doch gefriert ihm das Blut in den Adern, als die Vergangenheit ihn niederdrückt.

»Nach dem Mord an Mr Clough heute Morgen vervollständigen wir unser Profil des Lacerators«, erklärt der Detective Chief Inspector gerade.

Raguel hofft, dass er etwas über den religiösen Imperativ für seine Taten sagen wird. Vielleicht etwas über das Muster der Stiche. Das wäre gut; ein Zeichen, dass Ziba Mac ihn allmählich besser kennt. Aber wenn der DCI nichts darüber sagt, dann muss er sie vielleicht ein bisschen in die richtige Richtung lenken, denkt Raguel und putzt seine Brille mit der Innenseite seines Hemdes.

Ihm ist klar, dass Ziba Mac ihn ganz und gar verstehen muss – das hat die Vergangenheit ihn gelehrt –, gleichzeitig jedoch muss sie sich als würdig erweisen. Alle Diener Gottes werden auf die Probe gestellt; hier kann es keine Ausnahme geben. Deswegen diese kleine Herausforderung, für die er gesorgt hat. Sie muss sich für die Erkenntnisse schon anstrengen; er kann ihr doch nicht sämtliche Antworten auf dem Silbertablett präsentieren.

Jetzt jedoch, da er den Detective Chief Inspector reden hört, denkt er allmählich, dass Ziba Mac ihn eigentlich doch nicht versteht, ungeachtet dessen, was die Stimmen ihm eingeredet haben. Und wenn das der Fall ist, dann ist sie vielleicht gar nicht seine Erlöserin.

»Das Profiling von Ziba MacKenzie, die gestern vor Ihnen gesprochen hat, deutet darauf hin, dass der Täter nicht sehr beweglich ist und dass er in der Nähe seines Wohnortes tötet. Aufgrund der Art seiner Verbrechen sehen wir ihn vorrangig als das an, was wir als desorganisierten Tätertypus bezeichnen. Solche Täter sind fast immer männlich. Sie empfinden eine angeborene Furcht anderer Menschen gegenüber und leben oft in einer komplexen Wahnvorstellung, die sie sich erschaffen haben.«

Raguels Magen füllt sich mit Steinen. Komplexe Wahnvorstellung, tatsächlich? Er reibt sich die Augen und versucht, den Kloß in seiner Kehle wegzuschlucken, während der Detective Chief Inspector weiterspricht. Die Worte treffen ihn wie Pfeile in den Leib, der Beweis für Ziba Macs mangelndes Verständnis und ihre Unwürdigkeit. Neben ihm verblasst ihr inneres Leuchten, und ein haariger Käfer kriecht in den Ausschnitt ihrer Bluse.

Wegen der Erwartungen, die ihr vorangegangen sind, ist die Enttäuschung umso größer. Es gibt also doch niemanden mehr auf der Erde, der ihn beschützt. Sein wahrer Schutzengel ist tot, ist in jenem verfluchten Zug umgekommen. Er ist vollkommen allein. Ziba Mac ist nicht seine neue Beschützerin. Sie ist sein Judas.

»Nachdem er ein Verbrechen begangen hat, neigt ein desorganisierter Täter dazu, exzessiv zu trinken oder Drogen zu konsumieren. Er ändert seine Essgewohnheiten und wird extrem nervös. Er wird großes Interesse an den polizeilichen Ermittlungen zeigen und dieses Thema bei jeder Gelegenheit ansprechen. Gegenwärtig ziehen wir die Möglichkeit in Betracht, dass es sich bei den Morden des Lacerators um homophobe Verbrechen handelt. Alle seine Opfer wurden zuletzt in Schwulenbars gesehen. Zudem deutet die Art und Weise, wie der Mörder seinen Opfern die Genitalien abtrennt, auf einen tief empfundenen Hass auf Homosexuelle hin. Trotzdem möchte ich betonen, dass wir uns zum gegebenen Zeitpunkt in Sachen

Motiv nicht festlegen und dass alle Bürgerinnen und Bürger Vorsicht walten lassen sollten. Wir raten ihnen, genau zu planen, bevor Sie abends ausgehen, dunkle, einsame Gegenden zu meiden und auf Ihre Instinkte zu vertrauen. Wenn jemand etwas Verdächtiges bemerkt, rufen Sie bitte sofort den Notruf an und suchen Sie Schutz an einem öffentlichen, belebten Ort.

Je länger der Lacerator sein Unwesen treibt, ohne gefasst zu werden, desto kühner wird er werden, und deshalb wird er anfangen, Risiken einzugehen. Nicht weil alle Serienmörder sich tief im Innern wünschen, dass man sie aufhält, wie manche Leute glauben, sondern eher weil er den Kick des Tötens verstärken will. Serienmörder sind wie Drogensüchtige. Sie brauchen jedes Mal eine größere und immer größere Dosis, um sich in den ursprünglichen Rausch zu versetzen. Aber ganz gleich, was sie tun, nichts wird sich für sie je wieder so gut anfühlen. Das heißt allerdings nicht, dass sie aufhören, es zu versuchen – ganz im Gegenteil. Sie hören nie auf.

In den letzten sechs Tagen sind zwei Morde verübt worden. Die Blutgier des Mörders wächst. Wir glauben, dass er wieder zuschlagen wird, und zwar bald.«

Raguel gräbt die Nägel in die Handflächen. Sie lassen eine Reihe rote Halbmonde zurück, vier kleine Blutmonde. Über diese Analogie muss er lächeln. Blutmonde haben eine ganz besondere Bedeutung für ihn. Vielleicht ist dies ja ein Zeichen von oben, dass doch alles gut wird, dass er der Frau vertrauen soll, die sein Schöpfer für ihn ausgewählt hat.

Er hebt den Blick zur Decke und sagt im Kopf das Vaterunser auf. Er möchte nicht, dass man ihn hört und auf ihn aufmerksam wird; es ist schon schlimm genug, dass diese Schattengestalt im Raum umherhopst und in alle Richtungen obszöne Furzgeräusche macht.

Hat Ziba Mac wirklich alles so falsch verstanden, wie es den Anschein hat? Ein Kreuzzug gegen Schwule, wirklich? Wie lächerlich! Sie liegt so dermaßen daneben, dass er sich fragt, ob sie es absichtlich falsch verstanden hat, ob sie damit die Polizei von seiner Fährte weglocken will. Ja, so muss es sein, denkt er, und die wispernden Stimmen bekunden murmelnd ihre Zustimmung.

Sodomie ist natürlich etwas Unnatürliches, ein Frevel gegen Gott, doch bei Raguels Mission geht es um etwas anderes. Um etwas sehr viel Persönlicheres – wie Ziba Mac demnächst herausfinden wird.

Der Detective Chief Inspector kommt jetzt zum Schluss.

»Dass der Mörder dreister wird, hat sein Gutes«, sagt er. »Je mehr Risiken der Lacerator eingeht, desto wahrscheinlicher ist es, dass er einen Fehler macht und deswegen gefasst wird.«

Wieder falsch, denkt Raguel und holt tief Luft. Ich werde keinen Fehler machen. Und ich werde auch nicht gefasst werden. Nicht, solange ich Gottes Werk tue und Ziba Mac da ist, um mich zu beschützen.

38. Kapitel

Nigel Fingerling und ich standen zusammen ganz hinten in dem brechend vollen Raum.

Ich warf ihm einen kurzen Blick zu.

Wir waren doch beide auf derselben Seite. Wir wollten beiden diesen Irren schnappen, der die Stadt in Angst und Schrecken versetzte. Doch tief im Innern hatte ich das Gefühl, dass wir nicht im selben Team spielten. Ich konnte mich des Eindrucks nicht erwehren, dass er mich scheitern sehen wollte. Und dass er dabei sein wollte, wenn das geschah.

Seit ich ihn bei unserer ersten Begegnung mit dieser Profiling-Nummer vor seinen Kollegen bloßgestellt hatte, herrschten Spannungen zwischen uns. Und ihn abblitzen zu lassen, als er mich neulich Abend zu einem Drink eingeladen hatte, hatte nicht viel dazu beigetragen, die Wogen zu glätten.

Ich hatte gesehen, wie er rot angelaufen war, als ich gesagt hatte, dass ich schon etwas vorhätte. Wie sein Hals ganz fleckig geworden war, wie er den Kopf zurückgeworfen und dabei scharf durch die Nase eingeatmet hatte. Er hatte meine Worte als Zurückweisung aufgefasst. Er hatte es persönlich genommen. Wenn Männer das tun, dann verzeihen sie einem nicht so leicht, habe ich festgestellt.

Falcon las den Text vor, den ich geschrieben hatte, dass Serienmörder wie Drogensüchtige seien. Aus dem Augenwinkel warf ich Nigel Fingerling einen raschen Blick zu. Er war völlig auf Falcon fokussiert. Seine Augen waren vor Konzentration zusammengekniffen, die Hand hatte er zur Faust geballt, und sein säuerlicher Geruch stieg von seiner Haut auf.

Ich trat einen halben Schritt zurück, um ihn genauer beobachten zu können, während ich so tat, als schaue ich weiter zu Falcon hinüber. Seine Haut war blass, kalkweiß und von Akne gesprenkelt, winzige rote Pickel, die gerade eben die Oberfläche durchbrachen.

Er sah kurz in meine Richtung und blickte dann wieder zum Podium hinüber. Seine Augen lagen tief in den Höhlen, waren vom Schlafmangel blutunterlaufen. Unterhalb der unteren Lider waren dunkle Schatten.

Wenn ich ihn nicht angesehen hätte, als der DCI gerade das mit den Drogensüchtigen sagte, dann hätte ich den Zusammenhang vielleicht nicht bemerkt, jetzt jedoch erschien das Ganze irgendwie logisch.

Ich konnte mir Nigel Fingerling nicht über einen Glastisch gebeugt vorstellen, einen zusammengerollten Geldschein in der Hand, oder beim Fixen mitten in der Nacht in irgendeiner Absteige, doch bei ihm waren sämtliche physischen Anzeichen einer Drogensucht vorhanden – und auch ein paar von den psychischen: die Reizbarkeit, die Wutausbrüche und der seltsame Appetit.

Ich hatte eine ganze Menge von Duncan aufgeschnappt, als er beim Drogendezernat gewesen war, aber ich bin keine Expertin in Sachen Drogen. Ich wusste nicht, was Fingerling genommen hatte. Allerdings, je mehr ich darüber nachdachte, desto mehr glaubte ich, dass er durchaus irgendetwas eingeworfen haben könnte.

Vielleicht war das ja das dunkle Geheimnis, auf das ich getippt hatte, als wir uns zum ersten Mal begegnet waren. Wenn dem so war, hatte ich recht gehabt. Das war etwas, wofür er sich schämen und das er mit allem Mitteln vor seinen Kollegen zu verbergen suchen würde. Allein schon eine Andeutung, dass er Drogen nahm, würde reichen, um seine Karriere zu beenden.

Der DCI kam zum Schluss und beantwortete jetzt Fragen der Reporter. Ein Gewirr aus Händen streckte sich empor, darunter die von Jack.

Normalerweise reden Polizisten nicht öffentlich über ihre Ermittlungen. Das Letzte, was sie brauchen können, ist, dass Journalisten überall ihre Nase hineinstecken und ihnen im Weg sind. Bei der Jagd nach einem Serienmörder ist das etwas anderes. Das ist eines der wenigen Male, wo die Polizei die Medien freiwillig mit einbezieht, und das aus gutem Grund. Irgendwer dort draußen weiß immer etwas. Die Aufgabe der Polizei ist es zu sagen, wonach sie suchen. Die Aufgabe der Medien ist es, diese Information zu verbreiten und dafür zu sorgen, dass die Leute reden.

Doch das ist nicht der einzige Grund, warum die Polizei die Presse involviert. Die meisten Menschen wissen, dass

Täter oft versuchen, bei den Ermittlungen mitzumischen, doch das hält die nicht davon ab. Und die Polizei benutzt die Medien als Köder, um sie hervorzulocken.

Nehmen wir mal die Soham-Morde von 2002. Ian Huntley hat mit der Presse gespielt. Er hat Interviews gegeben, hat ein Riesenaufheben darum gemacht, dass er der Letzte gewesen sei, der die verschwundenen Mädchen lebend gesehen hätte, und damit hat er die Aufmerksamkeit auf sich gelenkt, was schließlich zu seiner Verhaftung geführt hat.

Natürlich ist nicht jeder Officer froh über ein solches Ausmaß an Medienbeteiligung. Ich weiß noch, wie ich mit Duncan darüber diskutiert habe, wie sich die Presse auf den Soham-Fall ausgewirkt hat. Ich war ganz und gar dafür und meinte, die Polizei hätte den Kerl doch gekriegt, also müsste an der Methode etwas dran sein.

»Du hast ja keine Ahnung, unter was für einem Druck die Kollegen in Cambridgeshire dadurch gestanden haben«, hatte er kopfschüttelnd erwidert und nach seinem Bier gegriffen. »Das war nicht nur so, als wäre *The Bill* oder irgendeine andere Polizeiserie nonstop weltweit auf Sendung, das Team musste deswegen auch Wege einschlagen, denen es eigentlich nicht folgen wollte.«

Was hätte er wohl gesagt, wenn er das hier sehen könnte?, dachte ich, ließ den Blick durch den Raum wandern und spürte den dumpfen Schmerz seiner Abwesenheit. Selbst nach all der Zeit habe ich mich nicht daran gewöhnt, ihn nicht in meiner Nähe zu haben. Und noch immer erlebe ich jeden Morgen einen Augenblick der Amnesie; wunderbar, solange sie andauert, grausam, wenn sie vergeht.

»Guter Text, Mac.« Falcon kam herüber und gab mir die Hand, nachdem die Horden angefangen hatten, sich zu zerstreuen.

Ich achtete darauf, nicht zu fest zuzufassen. Seine Finger waren um die Gelenke herum rot und geschwollen. Die Gicht weitete sich aus. Der Stress durch den Lacerator-Fall half bestimmt nicht, und seine Vorliebe für Kekse auch nicht, dachte ich, als ich die Krümel auf seiner Hose bemerkte.

»Es könnte vielleicht hilfreich sein, sich die Beziehung zwischen den früheren und den gegenwärtigen Tatorten mal näher anzuschauen. Mal sehen, ob wir ein genaueres Bild davon bekommen, wo er wohnt. Sie haben doch bestimmt schon von der Operation Lynx gehört?«, erkundigte er sich.

»1996. Eine der größten Fahndungen in der Geschichte Großbritanniens. Zwölftausend Verdächtige. Die Tatorte über mehr als zweitausendsiebenhundert Quadratkilometer verstreut. Anhand einer Kreditkarte, die einem der Opfer gestohlen worden war, haben die Ermittler mehrere Routine-Einkäufe nachverfolgt, die der Täter gemacht hat, um seinen Wohnort einzukreisen«, sagte ich. »Das war ein Riesensieg für das Geo-Profiling und ein Wendepunkt in unserer Herangehensweise an Straftäter. Ich habe schon mit einem geografischen Profil für den Lacerator angefangen. Im Laufe des Tages sollte ich ein paar Antworten geben können.«

»Hab ich's Ihnen nicht gesagt? Diese Lady hat's drauf.« Lächelnd wandte der DCI sich an Fingerling, während er mir auf die Schulter klopfte. »Übrigens, sind Sie immer noch auf der Suche nach Sponsoren, Nigel?«

»Der Triathlon war schon vor ein paar Wochen, aber Spenden werden immer gern genommen.«

»Bitte?«, fragte ich.

»Wussten Sie das nicht? Nigel sammelt Spenden für die Children's Cancer and Leukaemia Group. Jedes Jahr läuft er den London Marathon und den Blenheim Palace Triathlon mit.«

»Echt?« Es gelang mir nicht, mir meine Verblüffung nicht anmerken zu lassen. Diese ganze Wohltätigkeitsnummer passte ebenso wenig zu dem Eindruck, den ich von ihm hatte, wie die offensichtliche Tatsache, dass er Sportler war.

»Meine Schwester ist mit sechs an Leukämie gestorben. Das ist eine grauenvolle Krankheit«, machte er Front gegen mich.

»Das tut mir leid. Davon wusste ich nichts. Ich weiß, wie schwer es ist, jemanden zu verlieren, den man liebt. Mein Mann ist vor Kurzem gestorben. Er fehlt mir entsetzlich.«

Ich schaute zu Boden und dachte ganz kurz an Duncan. An die fürchterliche Rockmusik, die er so toll fand, und daran, wie er mich morgens anlächelte, wenn er gerade erst aufgewacht war. An die Lakritzbonbons, die er beim Rugbyschauen handvollweise gefuttert hatte, und daran, wie sein Mund hinterher danach geschmeckt hatte. Und daran, wie wir mit einer Flasche Wein bis in die Nacht aufgeblieben waren und über etwas diskutiert hatten, was er gerade gelesen hatte: eine Gedichtzeile, eine obskure Idee in einem philosophischen Text, ein Absatz aus einem Buch.

An dem Abend, bevor er umgebracht worden war, hatte er mir aus John Steinbecks *Der Winter unseres Missvergnügens* vorgelesen.

»Was hältst du hiervon?«, hatte er gefragt. »›Es ist so viel dunkler, wenn ein Licht ausgeht, als wenn es nie geleuchtet hätte.‹«

»Das bricht einem ja das Herz«, hatte ich geantwortet. »Stell dir mal vor, solche Trauer zu empfinden.«

Ich brauche mir das nicht mehr vorzustellen.

39. Kapitel

»Ach, übrigens, ich haben einen DS gebeten, sich mal Marcus Lynchs Alibi für den Abend anzusehen, an dem sein Sohn ermordet worden ist, so wie Sie's wollten«, sagte Fingerling in seinem greinenden, näselnden Tonfall, als wir Falcon zurückließen und zusammen zu den Aufzügen gingen.

Ich bemühte mich, keine Miene zu verziehen; ich wollte nicht, dass er dachte, ich wäre bei dieser Geschichte emotional involviert. Oder dass ich überrascht wäre. Ich hatte nicht damit gerechnet, dass er tatsächlich liefern würde.

»Und?«

»Eigentlich komisch. Er hat keins.«

»Wirklich?«

»Ja. Wie sich herausstellt, hätten er und seine Frau eigentlich das Wochenende bei seiner Schwester in Bath verbringen sollen. Dann ist er am Samstagmorgen nach London zurückgerufen worden. Ein Notfall auf der Arbeit, hat er gesagt. Hatte irgendwas mit einem riesigen Geschäftskredit zu tun und damit, dass da gegen ein Abkommen verstoßen worden sei.« Er kratzte sich mit dem Ende seines Füllers den Handrücken. »Anscheinend musste Lynch ausrechnen, ob der Kreditnehmer in Verzug war. Bin mir nicht sicher, ob die Fachausdrücke alle stimmen, aber Sie wissen schon, was ich meine.«

»Hätten denn die Leute an seinem Arbeitsplatz ihm dann nicht ein Alibi verschafft?«

»Das ist es ja gerade. Er ist so gegen drei Uhr nachmittags ins Büro gekommen und bis gegen zehn geblieben. Dann ist er gegangen. Ist erst am nächsten Morgen wiedergekommen – und da war Aidan schon tot.«

»Moment. Sein Sohn ist ermordet worden, und er tritt am nächsten Morgen zur Arbeit an?«

»Vielleicht hat er ja nicht gewusst, dass der Junge tot war.«

»Aber Aidan ist doch bei den Lnychs im Haus umgebracht worden. Wie könnte Marcus nicht gewusst haben, dass er tot war, wenn er nach der Arbeit nach Hause gegangen ist?«

»Na ja, sehen Sie, das ist so. Er behauptet, er wäre gar nicht nach Hause gegangen. Sagt, er hätte in einem Hotel gleich um die Ecke vom Büro übernachtet, damit er am nächsten Morgen früh anfangen kann. Es gibt einen Beleg, dass er eingecheckt hat, aber da gibt's keine Überwachungskameras. Er hätte kommen und gehen können, und keiner hätte es gemerkt. Seine Frau hat den Jungen am nächsten Tag gefunden, nicht er.«

»Und das kaufen Sie ihm ab? Wo war denn das Büro?«

»An der London Bridge.«

»An der London Bridge? Die liegt an der Northern Line, genau wie Camden. Wieso musste er da in ein Hotel?«

Fingerling zuckte die Achseln.

»Vielleicht war er ja ein unartiger Junge.«

Ich bedachte ihn mit einem vielsagenden Blick.

»Jetzt lässt sich das nicht mehr beweisen«, meinte er.

Ich seufzte. Er hatte recht.

»Da ist noch mehr.« Fingerling drückte auf den Fahrstuhlknopf. »DS Lane hat gerade mit seiner Schwester gesprochen. Sie hat's den Detectives damals nicht gesagt, hat es nicht für relevant gehalten, aber wie sich herausstellt, hat Theresa Lynch ihre bessere Hälfte damals betrogen. Hatte eine Affäre, bevor Aidan geboren wurde. Marcus hat ihr angeblich verziehen, aber die Schwester meint, danach war es zwischen den beiden nie wieder so wie vorher.«

Eine Affäre. Ich dachte daran, wie Marcus mir erzählt hatte, Theresa sei sehr viel religiöser geworden, nachdem sie mit Aidan schwanger geworden wäre. War es bei ihrer neu entdeckten Inbrunst etwa um Scham und Schuldgefühle gegangen, weil sie das Kind ihres Geliebten erwartete?

»Also war Aidan vielleicht gar nicht Marcus' Kind«, sagte ich.

Das würde auch erklären, warum die beiden sich so gar nicht ähnlich sahen.

»Das ist noch nicht alles.« Fingerling zog ein Blatt Papier aus der Akte, die er in der Hand hielt. »Hier. Schauen Sie mal.«

Es war ein Schwarz-Weiß-Foto eines attraktiven Mannes Anfang sechzig mit säuberlich gestutztem Bart und Nickelbrille.

»Wer ist das?«

»Theresa Lynchs Verhältnis. Erinnert der Sie an jemanden?«

Mein Blick wanderte von dem Foto zu Fingerling. »Die anderen Opfer des Lacerators«, sagte ich leise.

»Genau das dachte ich auch«, meinte Fingerling mit einem bedächtigen, schmallippigen Lächeln.

40. Kapitel

In der Einsatzzentrale war die Hölle los. Detectives telefonierten, tippten auf Tastaturen ein, sahen Akten durch. Ich marschierte zu meinem Schreibtisch und ließ mir das Gespräch mit Fingerling durch den Kopf gehen.

Ich weiß, es war falsch, aber ein Teil von mir wollte, dass Marcus Lynch der Lacerator war. Das wäre zumindest ein Schlussstrich unter die Geschichte mit Theresa. *Er hat es getan. Sie müssen es jemandem sagen.*

Dass er ein Motiv und die Gelegenheit gehabt hatte, Aidan umzubringen, hieß allerdings nicht, dass er es getan hatte, nicht zuletzt, weil er nicht dem Profil entsprach.

Die Beweislage deutet auf einen Täter Mitte bis Ende vierzig hin, von Natur aus ungepflegt, der Psychopharmaka und möglicherweise Drogen nahm. Marcus Lynch war und tat nichts von alledem. Die Frage war nur, was stimmte nicht – der Verdächtige oder das Profil.

Ich massierte mir mit den Handballen die Schläfen und grübelte.

»Haben Sie mal 'ne Minute, Mac?«, erkundigte sich Paddy Dinwitty, der gerade zu meinem Schreibtisch kam.

Sein irischer Akzent klang sanft und melodisch. Ich hätte ihm den ganzen Tag zuhören können.

»Was gibt's denn?«

Ich nahm die Störung nicht krumm; in meinem Kopf ging es ab wie beim Häuserkampf-Training – Gedanken feuerten in alle Richtungen.

»Die Wunden am Hals des Opfers. Ich glaube nicht, dass die völlig wahllos entstanden sind, so wie wir gedacht haben. Kommen Sie mal mit.«

Ich folgte ihm zu dem Wandbild aus Tatortfotos an der gegenüberliegenden Wand. Sie waren durch rote Fäden verbunden und mit gelben und orangefarbenen Klebezetteln gekennzeichnet.

»Es ist unwahrscheinlich, dass es da ein Muster gibt«, meinte ich, während ich die Stichwunden im Hals des letzten Opfers betrachtete. »Der Lacerator hat spätnachts zugeschlagen. Es war dunkel, und er war doch eindeutig völlig durchgedreht, daher auch der Overkill.«

»Tun Sie mir einfach den Gefallen und schauen Sie sich's mal an.«

»Na schön.« Ich trat ein kleines Stück zurück.

Ich bin nicht zimperlich, aber in letzter Zeit bin ich ein bisschen weitsichtig geworden. Hilft einem, das große Ganze zu erkennen, sage ich immer.

Das Feuer, das der Lacerator gelegt hatte, hatte nicht lange gebrannt, was bedeutete, dass die Quetschungen rund um die Einstiche deutlich zu erkennen waren. Ich legte den Kopf schräg, kniff die Augen zusammen und studierte die Fotos eingehend.

»Wenn's hier ein Muster gibt, sehe ich es nicht«, sagte ich. »Für mich sehen die Stichwunden beliebig aus. Und sie sind dicht beieinander, das spricht für blindwütiges, wiederholtes Zustechen.«

»Haben Sie sich mal an so Magic-Eye-Bildern versucht?«, fragte Paddy.

»An was?«

»An Magic-Eye-Bildern. Die waren in den Neunzigern der Renner. Als Student hatte ich in meinem Zimmer solche Poster an der Wand hängen«, sagte er und strich über die Stoppeln an seinem Kinn.

Nach dem, was ich gehört hatte, hatte seine Frau ihn vor Kurzem verlassen, um »sich selbst zu finden«. Sein unrasiertes und allgemein ungepflegtes Äußeres hat wahrscheinlich so einiges damit zu tun, dachte ich bei mir. Und er trägt immer noch seinen Ehering, also hofft er, dass sie vielleicht zurückkommt.

»Und wie funktionieren solche Bilder?« Ich wandte mich wieder der Pinnwand zu.

»Also, Sie haben so ein Bild, okay? Ein Muster, das sich immer wiederholt. Kann alles Mögliche sein. Wirbel. Regenbogen. Ganz egal. Worauf es ankommt, ist, da ist noch ein Bild drin versteckt. Man kann's nicht sehen, wenn man direkt draufschaut. Man muss sich das Bild direkt vor die Nase halten, sodass es total verschwimmt, verstehen Sie? Dann muss man seinen Blick so fokussieren, als schaue man durch das Muster durch in die Ferne. Und dann geht man damit ganz langsam auf Abstand zum Gesicht, und das versteckte Bild wird sichtbar. Die Dinger sind der Hammer.«

»Und worauf wollen Sie jetzt hinaus? Dass ich mir die Tatortfotos ganz dicht vor die Nase halten muss?«

»Nicht direkt. Vielleicht braucht man ja bloß 'ne andere Perspektive, das ist alles. Eine andere Sichtweise. Vielleicht muss man sich das Stichmuster mit dem Verstand ansehen, anstatt mit den Augen.«

»Scheiße, Paddy, das ist doch jetzt ein bisschen Uri Geller, oder?«

Er lachte. »Kann sein. Versuchen Sie's mal damit. Fangen Sie mit der Anzahl an. Wie viele Einstiche sind da?«

»Sieben.«

»Okay. Hat die Zahl Sieben irgendwas zu bedeuten? Hat sie einen Bezug zu dem, was wir über den Lacerator wissen?«

Ich drückte meine Nasenwurzel mit Daumen und Zeigefinger. »Lassen Sie mal sehen. Es hat sechs Opfer gegeben, nicht sieben, das ist es also nicht. Aber er hat am 7. Oktober zum ersten Mal seit Jahren wieder zugeschlagen. Könnte das etwas damit zu tun haben?«

»Vielleicht. Oder es zeigt, wie viele Menschen er umbringen wird.«

»Das bezweifle ich.« Langsam schüttelte ich den Kopf. »Dieser Kerl hört nicht auf, wenn er irgendeine magische Zahl geknackt hat. Erinnern Sie sich, was ich bei der Besprechung vor der Pressekonferenz gesagt habe? Er ist wie ein Junkie. Alles, worauf er im Moment scharf ist, ist, sich noch einmal so zu fühlen, wie er sich nach seinem ersten Mord gefühlt hat, seinen ersten Höhenflug noch mal zu durchleben. Er ist wie jeder andere Süchtige – er hört nur auf, wenn er dazu gezwungen wird.«

Paddy rieb sich ausgiebig die Augen und seufzte tief. »Okay, wie wär's wenn wir uns das Ganze anders anschauen? Gehen Sie mal ganz dicht an das Foto ran. Was sehen Sie jetzt?«

Ich schüttelte mir das Haar aus den Augen und betrachtete die Pinnwand. Aus dieser Nähe war alles unscharf; das hatte Paddy wohl auch beabsichtigt.

»Drei Augenpaare«, sagte ich, ohne weiter über meine Antwort nachzudenken. »Und einen Würfel. Ein Quadrat. Das ist die Vier auf einem Würfel. Und außerdem eine Raute unten drunter. Das ist ein Symbol für einen Dolch.«

»Oder ein Kreuz.« Er zog mit dem Finger Linien zwischen den Wunden. »Sagt Ihnen das was?«

»Ich weiß nicht. Ein Quadrat. Ein Kreuz. Drei Augenpaare. Könnte alles Mögliche bedeuten. Oder es könnte Zufall sein. Aber wenn das alles Absicht ist, dann spielt der Lacerator Spielchen mit uns, und das bedeutet, er fängt an zu kommunizieren.

Und wenn das stimmt, dann weiß er vielleicht ganz tief im Innern, dass das, was er tut, falsch ist. Und er will gefasst werden.«

41. Kapitel

Ich schloss die Eingangstür zu meinem Apartmentblock und rümpfte die Nase. Normalerweise riecht es im Hausflur nach künstlichem Zitronenaroma, besonders wenn die Putzfrau kommt, um das Gemeinschaftseigentum abzustauben. Der Putzmittelgeruch war jetzt auch da, doch da war noch etwas anderes. Ein Hauch von überreifem Obst, Abfall und Essig. Genau wie der Gestank unten am Kanal.

Ich massierte mir die Schläfen und atmete tief durch. Seit dem Zugunglück war ich total überreizt. Mein Verstand war kurzgeschlossen und völlig außer Kontrolle. Ich hatte Dinge gesehen, die man nicht sehen konnte, und Dinge gehört, die man nicht hören konnte.

Allmählich drehe ich vollkommen durch, dachte ich, rückte das Gewicht meiner Schultertasche zurecht und stieg die Treppe zu meiner Wohnungstür hinauf.

Der Geruch von unten im Flur war hier oben noch stärker. Wo kam das her? Ich bin die Einzige, die im obersten Stock wohnt, und ich rieche nicht so.

Ich drehte den Schlüssel im Schloss und drückte die Tür auf. Meine Gedanken waren vollauf mit dem Lacerator und mit dem Geo-Profil beschäftigt, das ich fertig machen musste. Ich musste genauer herausfinden, in welcher Gegend er wohnte, doch ich wusste nicht genau, wie ich das anstellen sollte.

Bei der Operation Lynx hatten die Detectives einen Treffer gelandet, doch es war ein Glückstreffer gewesen, wie es bei Ermittlungen von großem öffentlichem Interesse so oft der Fall ist. Dass der Son of Sam aufgrund eines Strafzettels für falsches Parken aufflog, ist möglicherweise das berühmteste Beispiel hierfür, doch das war nicht das einzige Mal, dass ein Fehler eines Täters zu seiner Festnahme geführt hat.

Bis jetzt allerdings hatte der Lacerator, ungeachtet dessen, was wir den Medien erzählt hatten, noch nicht einen Fehltritt begangen – jedenfalls meines Wissens nicht.

Ich rieb mir die Augen, als ich über die Schwelle trat, deshalb hätte ich ihn fast nicht auf der Fußmatte liegen sehen: einen cremeweißen Briefumschlag, auf dessen Vorderseite in schwarzer Tinte mein Name geschrieben stand.

Ich hob ihn auf. Die Schrift war gerade und zackig. Hinter meinem Namen war ein Punkt. Und mein Name stimmte nicht. Niemand hatte mich je Ziba Mac genannt. Ich öffnete den Umschlag.

Das Blut gefror mir in den Adern. Mein Herz hämmerte. Meine Handflächen wurden feucht.

Der Brief war von ihm – vom London Lacerator, einem Serienmörder, der vor Blutdurst schier überkochte. Und er hatte direkt vor meiner Wohnungstür gestanden.

Ich hatte mir nie vorgegaukelt, dass der Apartmentblock Fort Knox wäre. Verdammt, wir haben ja nicht mal Überwachungskameras oder einen Hausmeister, aber ich hatte mich hier immer sicher gefühlt.

Hier hatte ich mich eingebunkert, als Duncan gestorben war, und hierhin ziehe ich mich vor der Welt zurück, wenn der Himmel um mich herum dunkel wird und der schwarze Hund aus dem Schatten hervorschleicht. Jetzt jedoch war diese Zuflucht entweiht worden, so wie der Gestank im Flur den sauberen Putzmittel-Zitronenduft erdrückt hatte.

Der Lacerator war außer Kontrolle, getrieben von einem Verlangen nach Gewalt und Herrschaft. Er trudelte, entfaltete sich, zunehmend irrational und übermannt von einer inneren Wut, die er nicht zu bändigen vermochte.

Säure rumorte in meiner Magengrube, brannte in meinen Eingeweiden. Ich bekam keine Luft. Ich konnte kaum stehen. Unwillkürlich streckte ich die Hand aus, um mich an der Wand abzustützen, und drückte dann die Stirn dagegen. Der kühle Putz an meiner Stirn war ein Trost, erdete mich irgendwie.

Der Lacerator war hier gewesen, am helllichten Tag, ohne dass jemand ihn aufgehalten hätte. Das verriet mir etwas über ihn. Es sagte mir, dass es ihm egal war, wer ihn gesehen haben könnte. Vielleicht traf er Vorsichtsmaßnahmen, wenn er draußen auf den Straßen unterwegs war. Vielleicht war er ja schlau genug, sich zu verkleiden oder wenigstens eine Mütze zu tragen, tief in die Stirn gezogen, um sein Gesicht vor den Überwachungskameras zu verbergen.

Doch nein, jetzt, da ich darüber nachdachte – ein so berechnendes Verhalten passte nicht zu dem Profil oder zu dem, was er gerade getan hatte. Der Brief, den er unter meiner Tür hindurchgeschoben hatte, war mit der Hand geschrieben. Nicht in Blockbuchstaben, sondern in ganz normaler, zusammenhängender Schreibschrift. Schreibschrift, die jemand vielleicht wiedererkennen könnte.

Ich hockte mich hin und kramte in meiner Tasche nach einem Paar Latexhandschuhe. Sie machten ein wisperndes Geräusch, als ich sie überstreifte. Die Handschuhe waren Größe Small, doch sie saßen immer noch zu locker und machten mich unbeholfen.

Der Brief war auf Druckerpapier geschrieben. Leicht zu bekommen. Billig. Doch der Lacerator hatte einen Füllfederhalter benutzt. Also ist er traditionsbewusst, dachte ich. Altmodisch, mit einem Auge fürs Detail; jemand, der sich Zeit nimmt, um alles genau richtig hinzubekommen. Auch die Farbe der Tinte verriet mir etwas. Menschen, die schwarze Tinte verwenden, halten sich selbst für ernsthaft und professionell. Außerdem sind sie oft verkrampft und verklemmt – so wie der reizende Nigel Fingerling, dachte ich. Der benutzt auch schwarze Tinte.

Ich las den Brief noch einmal.

Es ist komisch, wie viele Serienmörder an Journalisten oder an die Polizei schreiben. Der BTK-Killer schickte Briefe und Gedichte an die Lokalzeitung und schlug Spitznamen für sich selbst vor. Der Zodiac Killer schrieb an das NYPD, und der Lipstick Killer kritzelte im Haus seines zweiten Opfers eine Nachricht an die Wand, die lautete: »Ich kann mich nicht bremsen«.

Was interessant ist, ist, dass es jede Menge Gründe gibt, warum Mörder beschließen zu kommunizieren, ganz so, wie es auch viele Methoden für sie gibt, ihre Opfer zu töten.

Manche schreiben, weil sie gefasst werden wollen. Ihre Botschaften sind im Grunde genommen Hilferufe. Anderen geht es um Macht. Der Zodiac Killer wollte die Polizei verhöhnen. Der BTK-Killer fuhr auf die Aufmerksamkeit ab.

Doch nach dem zu urteilen, was in diesem Brief stand, war der London Lacerator auf etwas ganz anderes aus.

Am liebsten hätte ich Jack angerufen, doch er war nicht der Mann, mit dem ich sprechen musste. Die Person, die ich anrufen musste, war jemand, bei dem es mich überall juckte, der Affenarsch in Person. Ich schloss die Augen, seufzte tief und zog mein Handy aus meiner Handtasche hervor. Es klingelte zweimal, bevor sich jemand meldete.

»Apparat DI Fingerling.«

Das war doch nicht das Pickelgesicht.

»Ist er da?«

»Mac, sind Sie's?«

Paddy.

»Der DI ist nicht da«, sagte er. »Und sein Handy ist aus- Ich hab gerade versucht, ihn anzurufen.«

»Das hier kann nicht warten.« Ich ließ die Schultern sinken; mir war gar nicht bewusst gewesen, dass ich sie bis zu den Ohren hochgezogen hatte. »Ich komme wieder aufs Revier. Ich habe neues Beweismaterial, das ihr euch alle so bald wie möglich ansehen müsst. Können Sie in der Zwischenzeit die Aufnahmen der Überwachungskameras rund um die Blomfield Villas anfordern, von heute Vormittag um etwa zehn vor elf bis heute Nachmittag um zwei?«

»Ja, klar. Aber sagen Sie mir, warum.«

»Ich habe einen Brief gekriegt. Ich glaube, er ist von dem Lacerator.«

»Grundgütiger. Und wieso glauben Sie das?«

»Als ich heute Nachmittag nach der Pressekonferenz nach Hause gekommen bin, war ein Umschlag unter meiner Tür durchgeschoben worden. Das muss passiert sein, als ich nicht da war. Also irgendwann zwischen zehn vor elf und zwei Uhr nachmittags. Da war ein mit der Hand beschriebener Zettel drin. Von jemandem, der behauptet, für den Mord an dem letzten Opfer verantwortlich zu sein. Allerdings hat der Verfasser interessanterweise mit ›Raguel‹ unterschrieben, nicht mit ›Lacerator‹.«

»Das heißt nicht, dass er's nicht ist. Viele Serienmörder haben sich selbst irgendwelche Namen ausgedacht.«

»Ich weiß. Und Sie wissen doch genauso gut wie ich, dass Ermittlungen mit so viel Öffentlichkeitswirkung wie diese hier die falschen Typen in Wallung bringen – Versager, die so tun, als wären sie jemand, der sie gar nicht sind, nur um ein bisschen Aufmerksamkeit zu kriegen.«

»Trotzdem. Ich schicke Ihnen lieber ein Team von der Spurensicherung rüber. Sie sollten zu Hause sein. Es geht schneller, wenn ich komme und den Brief abhole, als darauf zu warten, dass Sie hier im Yard aufschlagen. Wir können uns das Ding ja gemeinsam anschauen, bevor ich zurückfahre.«

»Hört sich gut an.«

»Also, Sie glauben, der Brief ist wirklich von ihm, wie?«

»Ja, das glaube ich. Erstens – die Sprache kennzeichnet eine Persönlichkeit, die zum Profil passt. Zweitens – er erwähnt den goldenen Stecker, den wir im rechten Ohr des Toten gefunden haben. Das ist etwas, was nur der Mörder wissen würde. Und drittens – und möglicherweise am signifikantesten – ist der Tonfall eindeutig religiös, das passt zu jemandem, der auf einem Kreuzzug ist.«

»Sie verstehen diesen Kerl echt gut.«

»Ich versuch's. Aber noch was. Erinnern Sie sich, wie Sie gesagt haben, vielleicht gibt's bei den Stichwunden ein Muster?«

»Ja?« Ein Beben der Erregung schwang in seiner Stimme mit.

»Also, ich zeig's Ihnen, wenn Sie hier sind, aber in Anbetracht dessen, was in dem Brief steht, glaube ich, Sie könnten tatsächlich recht haben.«

»Bin schon unterwegs.«

»Moment, ich habe Ihnen doch meine Adresse noch gar nicht gegeben.«

»Ist okay, die habe ich schon.«

42. Kapitel

»Allmächtiger«, stieß Paddy hervor und saugte mit hochgezogenen Brauen an seiner Lippe.

Er saß in meiner Wohnung am Esstisch, die Nachricht des Lacerators in der Hand. Auf meinem Laptop war eine Kopie; ich hatte den Brief eingescannt, bevor er gekommen war.

Im Hintergrund liefen leise die Nachrichten der BBC. Der Sprecher berichtete über den letzten Mord und schilderte einige der grausigeren Details der Tat. Obgleich natürlich die Olivenöltropfen, die die Spurensicherung auf der Leiche gefunden hatte, mit keinem Wort erwähnt wurden. Diese Information hielten wir zurück. Ich hatte Paddy gerade erklärt, was die Anordnung der Wunden meiner jetzigen Ansicht nach bedeutete. Eine Art Malen nach Zahlen. Oben ein Z für Ziba. Und unten ein Kreuz, wie er gedacht hatte. Ich musste das Ganze für ihn aufzeichnen, damit er es erkennen konnte.

»Wenn wir recht hatten, war der Angriff beherrschter, als wir gedacht haben«, meinte ich. »Und es deutet darauf hin, dass der Mörder das Gefühl hat, er hätte irgendeine Verbindung mit mir. Der Brief, den er geschickt hat, bestätigt das auf jeden Fall. Bei dem, was er geschrieben hat, geht es genau so sehr um mich wie um seine Verbrechen. Schauen Sie mal.«

Paddy nahm den Brief von mir entgegen und las ihn laut vor. Seine Hände zitterten ein bisschen.

Liebe Ziba Mac,
ich war heute Morgen bei Dir, als Du Dich über meine Opfergabe gebeugt hast, als Du vor dem Altar meines Schaffens gekniet hast.
Wir sind eins, Du und ich. Verbunden in der heiligsten aller Missionen – ich, der Richter und Henker. Du, der Schutzengel, geschickt, um mich vor Schaden zu bewahren.
Der Ohrringträger wird nicht mein Letzter sein, aber ich glaube, das weißt Du, nicht wahr? Du verstehst mich bereits so gut. Und ich verstehe Dich allmählich auch.
Jedes Mal, wenn ich Dir in die Augen schaue, sehe ich Deinen Schmerz.
Du bist eine Außenseiterin, gemartert von Deiner Vergangenheit, misstrauisch gegenüber allem und jedem – genau wie ich.
Wir haben unsere Reise bereits angetreten, doch ehe wir weiter fortschreiten können, musst Du mich besser kennen. Und bald wirst Du das tun.

In nomine Patris et Filii et Spiritus Sancti
verbleibe ich als Dein treu ergebener
Raguel

»Reden wir mal über die Wortwahl«, sagte ich, als er zu Ende gelesen hatte. »Wie ein Mensch sich ausdrückt, sagt eine Menge über ihn aus. Mit diesem Brief können wir uns in den Kopf des Lacerators hineinversetzen wie James Brussel.«

»Wer war denn das?«

»Der hat das Manifest des sogenannten Mad Bomber analysiert. Das war das erste kriminalistische Profiling. Hat zur Festnahme des Täters geführt.«

»Und wie?«

»Er hat geschlussfolgert, dass die förmliche Sprache und die fehlenden umgangssprachlichen Ausdrücke des Bombers zeigten, dass er Ausländer war. Die wie Frauenbrüste geformten ›Ws‹ deuteten darauf hin, dass er einen Ödipuskomplex hatte, das hieß, er war nicht verheiratet. Und Brussel hat anhand dessen sogar vorhergesagt, was er anhaben würde, wenn die Cops ihn schließlich kriegen würden.«

»Da hat er ja voll ins Schwarze getroffen, wie?«, brummte Paddy. »Also, was können Sie anhand von diesem Brief über den Lacerator sagen?«

»Zuerst mal hat er einen hohen IQ und ein Wahnsinnsego. Und er glaubt eindeutig, er ist auf einer Art göttlicher Mission.«

Paddy bekreuzigte sich. Ich zog die Brauen hoch; ich hatte gar nicht gewusst, dass er religiös war.

»Die letzte Zeile – *In nomine Patris et Filii et Spiritus*

Sancti – verrät uns noch etwas anderes. Der Täter ist strenger Katholik. Latein ist ein Schlüsselaspekt des katholischen Patrimoniums. Ein Protestant würde sich nie so über die Heilige Dreifaltigkeit äußern. Wahrscheinlich geht er jeden Sonntag zur Messe. Privatandachten sind für ihn nicht genug, nicht in spiritueller Hinsicht, sondern weil ihm bestimmt von früher Jugend an eingetrichtert worden ist, wie wichtig gemeinschaftliche Gebete sind. Wir wissen, dass er seine Religion ernst nimmt. Und Rituale nimmt er auch ernst.

Aber obwohl er zum Gottesdienst geht, ist das hier niemand, der am gesellschaftlichen Kirchenleben teilnimmt. In Gegenwart anderer Menschen fühlt er sich nicht wohl. Er verkehrt nicht mehr mit anderen als unbedingt nötig. Das sagt er ja auch ganz explizit, indem er sich als Außenseiter bezeichnet.« Ich zeigte auf die Stelle im Text.

Dann hielt ich kurz inne und überlegte. Der Lacerator war ein inbrünstiger Katholik. Doch als ich Marcus Lynch begegnet war, hatte er sich abfällig über Theresas religiöse Hingabe geäußert und gesagt, er selbst hätte damit nie viel am Hut gehabt. Es gab keinen Grund anzunehmen, dass er gelogen hatte. Seine Mikromimik, jene winzigen Gesichtsbewegungen, die unserer Gefühle verraten, passten vollständig zu seinen Worten. Der Lacerator war religiös, Marcus nicht. Er hatte vielleicht ein Motiv und eine Gelegenheit gehabt, den Mord an Aidan zu begehen, doch er war nicht unser Täter.

Ich war enttäuscht; ich konnte nicht anders. Es hätte sich so toll angefühlt, Theresas Mysterium gleich mit zu lösen.

»Was glauben Sie, warum er sich Raguel nennt?«, fragte Paddy und sah mich merkwürdig an.

»Das ist ganz schön obskur, also hat er sich den Namen offensichtlich nicht ohne Grund ausgesucht. Das Einzige, was ich dazu gefunden habe, ist aus dem Buch Henoch. Raguel ist einer der sieben Erzengel.«

»Buch Henoch?«

»Das ist ein uraltes jüdisches religiöses Werk, das traditionell Henoch zugeschrieben wird, dem Urgroßvater von Noah. Allerdings schätzen moderne Fachleute, dass die älteren Teile aus der Zeit so um die dreihundert Jahre vor Christus stammen«, käute ich wieder, was ich bei Wikipedia gefunden hatte. Ich habe kein fotografisches Gedächtnis, aber viel fehlt nicht. »Anscheinend ist das eines der wichtigsten nichtkanonischen apokryphen Werke.«

Paddy lächelte. »Sie sind der Hammer. Sie kennen sich echt aus, wie?«

Ich lächelte zurück.

»Na ja, ich weiß, wie man mit Google umgeht, wenn das was zählt. Raguel ist kein normales göttliches Wesen. Er ist der Erzengel der Gerechtigkeit und der Rache. Auch bekannt als das Feuer Gottes. Das könnte erklären, warum er Lynch und das letzte Opfer angezündet hat. Könnte sein, dass es da doch nicht nur darum geht, Beweise zu vernichten.«

»Mir gefällt's, wie Sie denken, Ziba Mac.«

Das war ein Witz, doch ich bekam trotzdem eine Gänsehaut.

»Gläubige sagen, bevor der Messias kommt, wird Raguel in einen Menschen fahren, um an Sündern Rache zu nehmen. Wenn der Lacerator sich wirklich für diesen Raguel hält, dann ist unsere Annahme, dass er schizophren ist oder an irgendeiner anderen wahnhaften Störung leidet, genau richtig. Und jetzt ist er mitten in einem psychotischen Schub. Höchstwahrscheinlich hat er Drogen genommen – Meth, vielleicht auch Koks – und die falschen Psychopharmaka eingeworfen, oder er hat einfach die Medikamente nicht eingenommen, die ihm verschrieben worden sind.

Was immer der Grund seiner Psychose ist, eins ist sicher. Der Arsch hat jeglichen Bezug zur Realität verloren.«

Paddy verzog das Gesicht. Bestimmt nahm er doch nicht Anstoß an meiner Ausdrucksweise. Die Jungs im Yard liegen in Sachen Kraftausdrücke nicht sehr weit hinter dem Militär.

Rasch erklärte ich weiter.

»Er verbirgt es vielleicht gut, aber irgendjemand, den er kennt, wird gemerkt haben, dass er Wahnvorstellungen hat. Wir sollten die Krankenhäuser mit psychiatrischen Abteilungen abklappern. Vielleicht ist ja einer Schwester oder einem Arzt jemand aufgefallen, der zu dem Profil passt.«

»Super.« Paddy kritzelte in sein Notizbuch.

»Aber Vorsicht, es wird eine Menge Leute geben, auf die die Beschreibung passt. Religiöse Wahnvorstellungen sind bei Schizophrenen nichts Ungewöhnliches.«

»Lohnt sich trotzdem, oder?«

Ich nickte. »Jetzt zu der Handschrift. Wir sollten da einen Grafologen draufschauen lassen, aber ich habe während meiner Ausbildung für die Spezialeinheit mal einen Kurs gemacht, also kann ich Ihnen da auch ein paar Dinge erzählen. Die Schrift des Lacerators ist sehr klein. Die Buchstaben sind dicht zusammengedrängt. Und sie sind alle gleich groß, das zeigt, dass er introvertiert und zugleich pedantisch ist. Die Schrift an sich ist spitz und zackig. Das deutet auf jemanden hin, der aggressiv und ziemlich heftig drauf ist. Nicht weiter überraschend. Und schauen Sie sich mal an, wo er die i-Punkte hinsetzt. Genau oben drüber. Nicht zur einen oder zur anderen Seite versetzt. Das deutet darauf hin, dass er sehr auf Details achtet. Was aber wirklich interessant ist, ist Folgendes: Der Lacerator hat mit Tinte geschrieben, nicht mit Kugelschreiber. Das heißt, wir können sowohl interpretieren, *was* er geschrieben hat, als auch *wie* er geschrieben hat.«

»Toll!«

»Sehen Sie, hier? Kein Anzeichen von Zittern oder dass er sehr fest aufgedrückt hätte. Mit anderen Worten, er war entspannt, als er das hier geschrieben hat. Das weist auf echtes Selbstvertrauen hin. Dieser Typ denkt, er steht unter göttlichem Schutz und ist nicht zu stoppen.«

Paddy schüttelte seinen Schreibarm aus. Wie üblich hatte ich zu schnell geredet. Ich gab mir ganz bewusst Mühe, das Nächste langsamer zu sagen.

»Wissen Sie, wir sagen immer wieder, dass er einen Fehler machen wird, und hoffentlich tut er das auch, denn trotz allem, was wir die Leute gern glauben machen möchten, werden die meisten Mörder geschnappt, weil sie einen Fehler machen. Aber Fakt ist, der Lacerator hat jetzt sechsmal getötet, zweimal allein in der letzten Woche. Und soweit wir wissen, hat er sich nicht einen einzigen Ausrutscher geleistet.«

»Da haben Sie recht, das hat er nicht getan, oder?«

43. Kapitel

»Was halten Sie davon, wie er mich nennt?«, fragte ich Paddy.

»Wie meinen Sie das?«

»Die Einzigen, die mich Mac nennen, sind Duncans Kumpels im Yard und sein bester Freund Jack. Woher kennt dieser Drecksack also meinen Spitznamen?«

Paddy nahm seine Brille ab, rieb sich die Augen und starrte ins Leere, als warte er darauf, dass ihm jemand Unsichtbares die Antwort gab.

»Wir geben Ihnen wohl lieber mal Personenschutz«, brummte er nach kurzem Schweigen. »Bei dem, was der geschrieben hat, kann man ja nie wissen, was der Kerl als Nächstes versucht.«

»Das ist nett von Ihnen, aber das ist nicht nötig. Ich komme schon klar.«

»Hilfe anzunehmen ist doch keine Schande, Mac. Sie haben eine schlimme Zeit durchgemacht, und …«

Schon wieder diese verdammten Samthandschuhe.

»Hier geht's nicht um Schande, Paddy. Oder darum, was Duncan passiert ist. Es geht darum, was ich brauche. Und Schutz brauche ich nicht.«

Vor der Wohnungstür war Getrampel zu hören. Das Team von der Spurensicherung war fertig damit, im Hausflur Proben zu nehmen, und sammelte jetzt hier oben Beweismaterial.

Meine armen Nachbarn. Eben hatten sie noch in einem angenehmen Block in einer begehrten Wohngegend gehaust, und im nächsten Moment war hier ein Tatort abgesperrt, und es wimmelte von Leuten im weißen Overall und Zahnarzt-Mundschutz, die Klemmbretter und Ziploc-Plastiktüten in den Händen hielten.

»Ich bring den Brief ins Labor. Man weiß ja nie, vielleicht haben wir Riesenglück und finden irgendwelche Spuren da dran, die wir jemandem zuordnen können, der schon im System ist. Haben Sie nicht gesagt, er war vielleicht in einer psychiatrischen Einrichtung oder im Gefängnis?«

»Aye. Das würde zu dem Profil passen. Außerdem würde es die lange Abklingphase zwischen dem letzten Mord des Lacerators und dem Beginn seiner neuen Mordserie am 7. erklären. Ha, da ist es ja schon wieder«, stieß ich hervor. »Sieben. Sieht aus, als hätte er's irgendwie damit, nicht wahr? Der erste Mord passiert 1987. Und am 7. geht's wieder los.«

»Ja, klar!« Paddy nickte heftig, mit leuchtenden Augen und ganz aufgeregt.

»Alles ein bisschen zwanghaft, was auf jeden Fall zu der Beherrschung passt, die er bei der letzten Tat gezeigt hat«, meinte ich. »Und natürlich leiden Schizophrene oft unter Persönlichkeitsstörungen. Zwangsstörungen sind ziemlich häufig. Carl Gustav Jung bezeichnet zwanghafte Ordentlichkeit als ›ein Bollwerk gegen das innere Chaos‹.

Unser anfängliches Profil besagt, dass er von Natur aus ungepflegt ist; so was erwartet man ja auch von jemandem mit einer psychischen Erkrankung. Aber in Anbetracht seiner Zwanghaftigkeit halte ich es für wahrscheinlicher, dass er sehr ordentlich angezogen ist. Zwanghaft ordentlich. Und bei ihm zu Hause wird auch Ordnung herrschen – alles an seinem Platz. Vielleicht kann er sogar einen Job bewältigen. Tatsächlich könnte er sogar hochfunktionaler sein, als ich bisher gedacht habe.«

Ich rieb mir die Augen, spreizte die Finger in Richtung Ohren. Dachte nach.

»Wenn ein aktiver Täter plötzlich aufhört zu töten, dann normalerweise aus einem von drei Gründen. Er hat Selbstmord begangen. Er ist wegen eines anderen Verbrechens eingebuchtet worden. Oder er hat die Gegend verlassen und ist woanders zugange. Aber es gibt noch einen Grund. Wenn er weiß, dass die Polizei ihm auf der Spur ist, wenn er intelligent genug ist aufzuhören, ehe genügend Beweise gegen ihn vorliegen, dann beschließt er vielleicht, sich zur Ruhe zu setzen. Könnte sein, dass wir's hier damit zu tun haben.«

»Ich wünschte nur, wir wüssten, was an der Sieben so besonders ist«, knurrte Paddy und brachte das Gespräch wieder der auf die zwanghafte Fixierung des Lacerators.

»Es könnte sein, dass ihm irgendetwas passiert ist, als er sieben war.« Ich massierte mir den Hinterkopf. »Ein Trauma, das irgendein Stressfaktor vor dem Töten wieder hat aufleben lassen. Oder vielleicht hängt es auch eher mit einem Datum zusammen als mit einem Alter. Vielleicht hat der 7. jedes Monats eine besondere Bedeutung für ihn.

Oder was ist, wenn die Sieben was mit dieser ganzen Religionsnummer zu tun hat? Das soll doch angeblich eine heilige Zahl sein, oder? Am siebten Tag hat Gott sich ausgeruht und all so was?«

Ich hole Luft. Wie üblich hatte ich rasend schnell geredet.

»Da haben Sie wohl den Nagel auf den Kopf getroffen, denke ich«, sagte Paddy und schaute abermals ins Leere.

»Es ist ja nicht nur, dass bei den Verbrechen Zusammenhänge mit der Zahl Sieben bestehen. Hier in diesem Brief sind auch welche.« In ihrer Hast, es aus meinem Mund zu schaffen, stolperten meine Worte übereinander. »Es sind sieben Absätze, obwohl es eigentlich gar nicht sinnvoll ist, da zu unterbrechen, wo er es getan hat. Und … Nein, das ist blöd …« Ich hielt mitten im Satz inne.

»Was ist blöd?«

»Wahrscheinlich ist das jetzt eine Überreaktion, aber vielleicht nennt er mich ja deshalb Ziba Mac.«

»Weiter.«

»Zählen Sie mal die Buchstaben in dem Namen.«

»Sieben! Ja leck mich doch, Mac, Sie sind echt gut! Das muss ich alles dem Team vorlegen. Gibt's sonst noch was, was Sie mir sagen können, bevor ich mich auf den Weg mache?«

»Möchten Sie nicht lieber, dass ich einfach aufs Revier komme und direkt mit den anderen rede?«

Das wäre das übliche Verfahren.

»Machen Sie sich keine Umstände.« Nachdrücklich schüttelte er den Kopf. »Das kann ich doch machen. Und es ist besser, wenn Sie hierbleiben, für den Fall, dass einer von der Spurensicherung Sie was fragen muss.«

»Wenn Sie sich da ganz sicher sind ...«

»Bin ich, ja. Sie bleiben hier.«

»Na schön«, willigte ich ein, froh über eine Ausrede, nicht wieder rauszumüssen. Ich hatte einen Internetanschluss und reichlich Kaffee im Kühlschrank. Es gab keinen Grund, warum ich hier nicht meine eigenen Fortschritte machen sollte. Und natürlich kam noch der Bonus dazu, dass ich Nigel Fingerling den Rest des Tages nicht mehr sehen musste.

»Also schön. Wir sehen uns.« Paddy stand auf.

Auf dem Weg zur Tür blieb er stehen, kniff die Augen zu und schüttelte mit einer heftigen, zuckenden Bewegung den Kopf.

»Alles okay?«

»Alles gut«, beteuerte er rasch. »Ich kriege nur gerade 'ne Migräne.«

»Wollen Sie ein Aspirin?«

Er starrte einen Moment lang einen Punkt an der Wand an, ehe er antwortete. »Machen Sie sich keine Mühe, das wird schon. Wahrscheinlich hab ich mir bloß diese Geschichte eingefangen, die da gerade rumgeht.«

Unter seinen Augen waren dunkle Ringe, doch seine Gesichtsfarbe war unauffällig, seine Pupillen waren nicht erweitert, und er sprach mit normaler Lautstärke.

Irgendetwas ist definitiv mit ihm los, dachte ich. Allerdings hatte mich das, was er gesagt hatte, nicht überzeugt. Er sah ganz bestimmt nicht so aus, als hätte er einen Virus. Oder Kopfschmerzen.

44. Kapitel

Kälte strömt durch Raguels Arterien. Sein Herz beginnt zu hämmern. Er kneift die Augen zu und quetscht sie mit den Fingern, sodass er scharfe Lichtpunkte auf der Innenseite seiner Lider sehen kann.

Es passiert jetzt öfter. Die Flashbacks schleichen sich schon bei der leisesten Provokation an ihn heran. Manchmal auch ohne jede Provokation.

45. Kapitel

Nachdem Paddy gegangen war, setzte ich mich an meinen Schreibtisch und las den Brief des Lacerators auf meinem Laptop noch einmal.

Ein Schatten huschte durch den Raum, als die Sonne hinter eine Wolke geriet. Unten auf der Straße war eine Auseinandersetzung zu hören: Hupen, zornige Stimmen, das Kreischen von Reifen.

Ich rieb mir die Nebenhöhlen und atmete langsam durch die Nase aus. Es war die erste Zeile, die mir zu schaffen machte; nicht dass ich das Paddy gegenüber erwähnt hätte. Ich wollte nicht, dass er wieder mit diesem Scheiß anfing, von wegen, ich bräuchte Personenschutz. Und doch ...

Ich war heute Morgen bei Dir, als Du Dich über meine Opfergabe gebeugt hast.

Hatte der Lacerator das geschrieben, um mir Angst zu machen, oder stimmte es? Konnte er am Tatort gewesen sein?

Eine berechnende Lüge passte nicht zu dem Profil. Und auch nicht zum Thema des Briefes, in dem es darum ging, eine Verbindung zwischen uns zu knüpfen und mir zu helfen, ihn besser kennenzulernen. Was sollte es dazu beitragen, mir die Birne aufzumischen?

Dann musste er also heute Morgen am Tatort gewesen sein. Wir waren dort zu neunt gewesen: ich, Fingerling, der Leiter der Spurensicherung, fünf von seinen Leuten und der Constable, der Wache gestanden hatte. Auf keinen Fall hätte sich der Lacerator unbemerkt dort einschleichen können. Wie hatte er also mit angesehen, wie ich den Leichnam inspiziert hatte?

Ich schloss die Augen und rief mir die Gasse in Erinnerung. Bei der Spezialeinheit waren wir darauf trainiert worden, die scheinbar unwesentlichsten Details wahrzunehmen und sie uns zu merken. Das ist schon so lange her, und ich kann noch immer nicht an einem Auto vorbeifahren, ohne Marke, Modell und Kennzeichen zu registrieren.

Auf einer Seite war eine hohe Mauer gewesen und ein paar niedrige Gebäude auf der anderen – die Rückseiten von drei Restaurants. Es waren zwei Fenster zu sehen gewesen. Eins direkt vor der Stelle, wo der Leichnam lag, allerdings war es drei Meter hoch über dem Boden.

Wenn uns jemand aus diesem Fenster beobachtet hätte, so hätten wir ihn gesehen. Das andere lag viel weiter links; es war ein kleines rechteckiges Fenster mit Milchglasscheibe. Und es war zu gewesen. Auf keinen Fall hätte uns jemand heimlich beobachten können.

Als mir klar wurde, was das hieß, verkrampfte sich mein ganzer Körper, als würde er gerade in einen Leichensack gestopft, der zwei Nummern zu klein war. Wenn es keine Lüge war, dass der Lacerator am Tatort gewesen war, dann hieß das, er musste einer von uns sein. Jemand von der Spurensicherung, der Constable – oder Nigel Fingerling.

Ich erhob mich von meinem Schreibtisch, fing an, im Zimmer auf und ab zu laufen und ging die einzelnen Optionen durch.

Die Leute von der Spurensicherung und der Constable hatten Nachtdienst gehabt, sie wären also zum Zeitpunkt des Mordes im Dienst gewesen. Also hätte die ganze Zeit über immer jemand gewusst, wo sie waren. Damit konnte man sie ausschließen.

Aber was war mit Nigel Fingerling? Er hatte keinen Nachtdienst gehabt. Wo er gewesen war, war nicht belegt. Ich wand mein Haar am Hinterkopf zu einem Knoten und ließ es wieder fallen. Ein Scotland-Yard-Detective, der sich nebenbei als Serienmörder betätigte? Nein, das war doch lächerlich.

So wie ich es sah, war der Kerl definitiv das Letzte, doch das hieß nicht, dass er ein Mörder war. Hätte er ein solches Geheimnis gehabt, so hätte er doch bestimmt versucht, es zu verbergen, indem er ein bisschen höflicher wäre, anstatt mich bei jeder sich bietenden Gelegenheit zusammenzuscheißen.

Zugegebenermaßen verriet mir das Profil, dass der Lacerator die Wahrheit sagte, aber vielleicht wollte er mich ja auch nur kirre machen. Viele Serienmörder haben dasselbe versucht.

Aber versuchte ich hier bloß, mich selbst zu überzeugen? Schließlich war das ja nicht die einzige Andeutung, dass wir einander kennen würden. Was war mit dem, was er da geschrieben hatte: *Jedes Mal, wenn ich Dir in die Augen schaue, sehe ich Deinen Schmerz.*

Er hatte gesagt, ich sei »eine Außenseiterin«, »gemartert« von meiner Vergangenheit und »misstrauisch gegenüber allem und jedem« – und er hatte mit allen drei Aussagen recht. Solche Einblicke können normalerweise nur durch persönliche Nähe entstehen, und von allen Personen am Tatort hatte ich nur zu Nigel Fingerling so persönlichen Kontakt.

Sei doch nicht bescheuert, dachte ich. Ich bin Profilerin, ich würde es doch merken, wenn einer von meinen Kollegen ein Mörder wäre. Es muss eine andere Erklärung geben.

Ich marschierte im Zimmer auf und ab und rammte die Faust in die Handfläche.

Das ist es!, dachte ich und klatschte mir die flache Hand auf die Stirn. Das ist Übertragung. Und ein bisschen Internetrecherche. So was nennt man Paranoia. Natürlich ist Fingerling nicht der verdammte Lacerator!

Der Täter behauptete, ein Außenseiter zu sein. Er sagte, auch ich wäre eine Außenseiterin, weil es ihm in den Kram passte, dass wir beide ähnliche Persönlichkeiten hätten, um die Verbindung zu festigen, von der er glaubte, dass sie zwischen uns bestand. Dass er mit seiner Analyse so richtiggelegen hatte, was mich betraf, bedeute nicht mehr, als dass er eine Maus und eine Tastatur zu bedienen wusste.

DCI Falcon hatte mich bei der ersten Pressekonferenz den Medienleuten vorgestellt. Wenn man meinen Namen in eine Suchmaschine eingibt, ist der Mord an Duncan eines der ersten Dinge, die auftauchen.

Der Lacerator brauchte gar nicht zu wissen, dass ich nicht allein in einem Zimmer sein kann, ohne dass im Hintergrund Musik, die BBC oder Al Jazeera läuft. Oder dass ich verschiedene Zeitungen mit unterschiedlichen politischen Standpunkten lese, weil ich dem, was die Leute mir erzählen, nicht traue. Oder sogar dass ich so viel trinke, weil das die einzige Möglichkeit ist, die Dämonen zu vertreiben, die mich heimsuchen.

Alles, was er wissen musste, war, dass ich meinen Ehemann unter tragischen Umständen verloren hatte. Darauf konnte er den Rest seines kleinen Profils aufbauen.

Jetzt war ich mir sicher, dass der Lacerator nicht jemand war, der mich kannte. Doch dank dessen, was er geschrieben hatte, kannte ich ihn jetzt besser als vorher.

Und mit etwas Glück würde uns das helfen, das Arschgesicht zu kriegen, bevor er noch jemanden umbrachte.

46. Kapitel

Jetzt, da er aus dem Gebäude heraus ist, ist die finstere Erinnerung vergangen. Ein Schauer überläuft Raguels ganzen Körper. Ein Schmetterling, der unter seiner Haut festsitzt. Flatternde Flügel. Hunderte winzige Pulsationen.

Ein Zitronenfalter vielleicht. Ja, das wäre passend. Ein Geschöpf mit geäderten grünen Flügeln, das genauso aussieht wie die Blätter, in denen es lebt; ein Insekt, das sich vor aller Augen versteckt. Damit kennt Raguel sich aus.

47. Kapitel

Ich dachte über das revidierte Profil nach, das ich Paddy gegeben hatte, bevor er gegangen war. Es fußte auf einer Verschmelzung dessen, was ich zuvor ausgeknobelt hatte, und dem, was ich jetzt wusste.

Der Lacerator ist ein katholischer Weißer Mitte bis Ende vierzig. Er geht regelmäßig in die Kirche. Er meidet die Gesellschaft anderer Menschen und kennt die Bibel in- und auswendig.

In der Vergangenheit hat er unter psychischen Erkrankungen gelitten und könnte ungefähr zum Zeitpunkt seiner ersten Tat ein Trauma erlitten haben. Dieses Trauma hat ihn aus dem Gleichgewicht gebracht und einen Rückfall ausgelöst.

Als Mensch ist er verschlossen und neigt zu heftigen Reaktionen. Er fühlt sich in der Gegenwart anderer unwohl, und er ist zwanghaft. Nichtsdestotrotz funktioniert er in seinem Alltag gut. Er weiß, was von ihm erwartet wird, und er entspricht diesen Erwartungen. Er ist ordentlich gekleidet, allerdings trägt er nicht unbedingt teure Kleidung.

Nach den Morden dürfte er Anzeichen körperlicher Belastung und Erschöpfung gezeigt haben. Er dürfte dunkle Ringe unter den Augen haben sowie unreine Haut und einen gesteigerten Appetit. Des Weiteren wird er ein heftiges Verlangen nach Süßem verspürt haben, reizbar gewesen sein, und es wird ihm schwerer gefallen sein, sich zu konzentrieren.

Paddy hatte versprochen, das Profil umgehend an die Medien weiterzuleiten, denn unsere beste Chance, den Kerl zu schnappen, war immer noch, dass es da bei jemandem klingelte. Und wenn ich das Gebiet eingrenzen könnte, wo der Mörder wohnte, wäre die Wahrscheinlichkeit, dass das geschah, noch größer. Das Geo-Profil hatte daher oberste Priorität für mich.

Ich sah mir an, wo die Verbrechen in den Achtzigern verübt worden waren. Mit Ausnahme des ersten waren sämtliche Taten im Umkreis von Soho begangen worden, und die Opfer waren alle Männer über sechzig gewesen. Laut damaliger Zeugenaussagen hatten sie anfangs allein getrunken. Also hatten sie eher gehofft, jemanden kennenzulernen, als dass sie mit Freunden unterwegs gewesen wären.

Der Lacerator hatte gezielt Jagd auf diese Männer gemacht. Irgendwann hatte er sie angesprochen, sie fortgelockt und sie dann brutal ermordet.

Der abfälligen Art und Weise nach, in der er sein letztes Opfer als »Ohrringträger« bezeichnet hatte, war er eindeutig homophob. Doch im Gegensatz zu dem, was ich früher gesagt hatte, begann ich allmählich zu glauben, dass er selbst schwul war. Wenn ja, dann stand seine Sexualität im Widerspruch zu seiner streng religiösen Erziehung und zu seinen Werten. Das könnte eine Spannung erzeugt haben, die ihn dazu gebracht hatte, auf andere Männer loszugehen, die sich mit ihrer sexuellen Ausrichtung wohlfühlten.

Das hatte es schon öfter gegeben. Der Serienmörder Dennis Nilsen hatte gezielt Schwule umgebracht, um seine Schuldgefühle wegen seiner Homosexualität zu lindern. Könnte der Lacerator dasselbe tun?

Ich starrte die Stecknadeln auf meinem Stadtplan an, als wäre die Antwort in dem Muster versteckt, das sie bildeten; ein bisschen so wie bei Paddys Magic-Eye-Bildern.

Gab es vielleicht einen anderen Grund, warum der Lacerator Homosexuelle umbrachte? Könnte es daran liegen, dass sie leichte Beute waren? Als der Green River Killer verhaftet worden war, hatte er gesagt, er hätte sich Prostituierte als Opfer ausgesucht, weil man die leicht aufgabeln könne, ohne Aufmerksamkeit zu erregen.

Jemanden spätabends in einer vollen Bar anzubaggern würde auch keine Aufmerksamkeit erregen. Und es wäre auch nicht schwer, wenn man ein gut aussehender junger Kerl war und sich ältere Männer aussuchte.

Oder könnte es so sein, wie wir es auf der Pressekonferenz gesagt hatten – dass er auf einem Kreuzzug war? Brachte er Schwule um, weil er Homosexualität für ein »abscheuliches Laster« hielt, wie die Bibel es so liberal formuliert?

Die Sprache in seinem Brief war krass, wenn er seine Opfer beschrieb. War ihre Homosexualität das »Verbrechen«, für das der Lacerator glaubte, sie bestrafen zu müssen?

Auf jeden Fall passt das zu seinem inbrünstigen katholischen Glauben, dachte ich. Und die Bibel ist ja voller Verdammungen irgendwelcher »Junge treibt's mit Jungen«. Von dem, was man mit denjenigen machen sollte, die derlei praktizierten, gar nicht zu reden.

Der Lacerator glaubte, er wäre Gottes Gesandter, ein Erzengel der Rache und der Gerechtigkeit. Glaubte er außerdem noch, es sei seine Pflicht, Homosexuellen biblische Strafen zuteilwerden zu lassen?

Abgesehen davon war angesichts dessen, wo die Morde in den Achtzigern passiert waren, noch etwas deutlich.

Soho war bekannt für seine Schwulenbars. Mit Ausnahme von Aidan Lynch, der bei sich zu Hause umgebracht worden war, waren die Opfer in den Achtzigern auf Grünflächen ganz in der Nähe der Kneipen gefunden worden, wo sie zuletzt gesehen worden waren.

Also ging der Lacerator in Soho auf Jagd und tötete auch dort. Aber da diese Gegend kein Wohnviertel ist, ist es unwahrscheinlich, dass er dort lebte. Was bedeutete, dass er nach jedem Mord nach Hause zurückkehren musste. Wie er das bewerkstelligte, könnte vielleicht einen Hinweis darauf geben, wo dieses Zuhause war.

Von meinen Erkundungen her wusste ich, dass es fast unmöglich ist, in Soho zu parken. Also war es unwahrscheinlich, dass er ein Auto genommen hatte, was wieder zu dem Profil eines unorganisierten Täters passte. Solche Typen fahren für gewöhnlich nicht mit dem Auto zum Schauplatz ihrer Verbrechen. Sie gehen zu Fuß oder benutzen die öffentlichen Verkehrsmittel.

Aber Busse und Bahnen sind nachts hell erleuchtet. Bei Messermorden ist es für den Täter unmöglich, kein Blut abzubekommen. Wenn der Lacerator sich öffentlicher Verkehrsmittel bedient hätte, wäre er das Risiko eingegangen, anderen Fahrgästen aufzufallen.

Also musste er jedes Mal zu Fuß gegangen sein, zum Tatort und wieder zurück. Und um das zu schaffen, konnte er nicht allzu weit entfernt wohnen. Nach seinen Taten war er sicher körperlich erschöpft. Auf keinen Fall hätte selbst ein sportlicher Mann in den Zwanzigern hinterher mehr als drei Kilometer zu Fuß zurücklegen können.

Ich holte einem Kompass und ein Lineal aus meiner Schreibtischschublade. Dann ging ich zu dem Stadtplan an der Wand hinüber. Ich überprüfte die Maßeinheit und maß einen Radius von drei Kilometern rund um die damaligen Tatorte aus, mit Soho Square als Mittelpunkt. Am Rand des Kreises lagen Vauxhall, Clerkenwell, Paddington und Camden Town.

Natürlich!

Der durchschnittliche Serienmörder fängt irgendwann in den Zwanzigern an zu töten; das ist zufällig auch die Zeit, in der Schizophrenie normalerweise aufzutreten beginnt. Der erste Mord des Lacerators lag fünfundzwanzig Jahre zurück. Wenn das Muster stimmte, war er jetzt Mitte bis Ende vierzig, wie ich berechnet hatte, als ich das Profil begonnen hatte.

Als mir klar geworden war, dass der Lacerator zwanghaft von mir besessen war, hatte ich mich gefragt, ob der Tatort seines jüngsten Mordes mehr als nur ein Zufall war. Hatte es einen unheilvolleren Grund gegeben, das letzte Opfer genau hinter dem Restaurant umzubringen, in dem ich an jenem Abend gegessen hatte? Hatte seine Ortswahl etwas mit mir zu tun?

Vielleicht. Vielleicht hatte er sich die Gasse ausgesucht, um so eine Verbindung zwischen uns herzustellen. Aber vielleicht war es auch noch etwas anderes. Vor allem, wenn man bedachte, dass sein erstes Opfer in Camden getötet worden war.

War es möglich, dass der Täter dort wohnte? Könnte er auf heimischem Boden getötet haben, weil es dort leichter war, sich hinterher davonzumachen?

Es klopfte an der Tür. Einer der Beamten von der Spurensicherung.

»Wir sind dann mal weg.«

Zehn Minuten später vibrierte mein Handy in meiner Hosentasche.

Ich zog es hervor. Es war eine SMS, die von einer Website gesendet worden war, also unmöglich zurückzuverfolgen. Und sie war mit »Raguel« unterzeichnet. Mit dem Namen, den der Lacerator sich selbst gegeben hatte.

48. Kapitel

Der Junge klammert sich am Hemd seines Vaters fest; er weint und bettelt darum, nicht zurückgelassen zu werden.

»Das ist doch lächerlich«, sagt sein Vater und zerrt ihn zur Veranda hinauf. »Was ist denn los mit dir? Jetzt komm schon.«

»Bitte, Daddy ... bitte«, stammelt der Junge. Sein Gesicht ist ganz rot, und Rotz tropft ihm in den Mund. »Ich will da nicht rein.«

»Ich muss zur Arbeit, ich hab keine Zeit für so was.«

Der Junge klettert am Bein seines Vaters hinauf und klammert sich so fest daran, wie er nur kann.

»Lass los. Mum und Granny verpassen noch ihren Zug. Hör auf.«

Die rote Baseballkappe des Jungen fällt ihm vom Kopf und landet im Dreck.

»Vielleicht sollten wir ihn doch mitnehmen«, meint die Mutter des Jungen, hebt die Kappe auf und staubt sie ab, ehe sie sie ihm wieder auf den Kopf setzt. »Ein bisschen langweilen wird er sich ja schon, aber es wäre wohl nicht das Ende der Welt, wenn er mitkommt.«

»Nein«, sagt sein Vater und macht sich los. »Dieses Kind

muss lernen zu tun, was ihm gesagt wird. Du verzärtelst ihn zu sehr.

Und jetzt rein da«, setzt er hinzu und schiebt den Jungen durch die Tür, wo Granddad auf ihn wartet.

49. Kapitel

Schau in Deinen Briefkasten. Raguel

Einen Moment lang starrte ich die Nachricht auf meinem Handy bloß mit offenem Mund an.

Wie hatte ein Mann, der sich mitten in einem psychotischen Schub befand, es geschafft, an meine private Handynummer heranzukommen?

Wenn es um Privatsphäre geht, bin ich richtig zwanghaft. Ich habe kein Facebook-Konto oder auch nur ein LinkedIn-Profil. Für Online-Formulare verwende ich eine andere E-Mail-Adresse. Ich achte genau darauf, wem ich meine Kontaktdaten gebe. Und meine Festnetznummer steht nicht im Telefonbuch. Wenn der Lacerator also kein Superhacker war, dann konnte ich mir nicht vorstellen, wie er das fertiggebracht hatte.

Ich zog ein frisches Paar Latexhandschuhe über und ging nach unten zu meinem Briefkasten. Darin waren ein Flyer von einem Pizza-Lieferservice und eine großer brauner Umschlag, auf den vorn mit schwarzer Tinte mein Name geschrieben war. Die Handschrift war identisch mit der des ersten Briefes. Meine Hände zitterten, als ich ihn herauszog.

Was soll der Scheiß, Ziba?, dachte ich. Reiß dich zusammen. Du bist hier nicht mutterseelenallein in der Wüste oder hängst mit irgendwelchen Al-Qaida-Bossen rum und gibst vor, jemand zu sein, der du nicht bist. Das hier ist London. Du bist auf heimischem Grund und Boden, und Scotland Yard steht hinter dir.

Noch immer zitternd, trotz allem, was ich mir wieder und wieder einredete, sauste ich die Treppen zurück zu meiner Wohnung hinauf. Dort knallte ich die Tür hinter mir zu und deckte meinen Esstisch mit Frischhaltefolie ab, um Verunreinigungen zu vermeiden. Dann fotografierte ich den Umschlag, bevor ich ihn öffnete und den Inhalt herausholte.

Ein zusammengefaltetes Blatt Druckerpapier und zwei kleinere Briefumschläge. Auf einem der Umschläge stand eine große 1. Auf dem anderen meine Initialen in der oberen rechten Ecke.

Zuerst las ich, was auf dem Druckerpapier geschrieben stand.

Liebe Ziba Mac,
Du hast gesagt, Du willst mir helfen. Du hast gesagt, ich muss mich Dir offenbaren, damit Du mich beschützen kannst.
Nun gut, ich werde tun, was Du verlangt hast. Aber zuerst musst Du beweisen, dass Du mein Vertrauen verdienst.

Ich habe ein kleines Spiel vorbereitet. Eine Schatzsuche. Wenn Du die Hinweise richtig zu deuten weißt, wirst Du am Ende Bescheid wissen. Dann wirst Du Dich als würdig erwiesen haben.

Außerdem wirst Du wissen, wo ich das nächste Mal zuschlagen werde. Heute werde ich Satan endlich vernichten. Dämon Nummer sieben. Blut für Blut. Wirst Du zuerst da sein? Wird es Dir gelingen, mich daran zu hindern, meinen allerwichtigsten Todesstreich zu führen?

Wenn ja, werde ich wissen, dass es nicht länger Gottes Wille ist, Seine Rache zu üben, und ich werde nicht wieder zuschlagen. Wenn Du es allerdings nicht verhinderst, werde ich ganz sicher wissen, dass Er wünscht, dass ich mein heiliges Werk fortsetze und dass Er Dich geschickt hat, um mich zu beschützen, auf dass ich Ihm besser dienen kann.

WEIHE NIEMAND ANDEREN EIN. DIESE HERAUSFORDERUNG IST NUR FÜR DICH.

Sosehr es mich auch schmerzen wird, werde ich Dich doch bestrafen müssen, wenn Du mir untreu bist, wenn Du diesen heiligen Pakt brichst.

Ich werde Dich beobachten. Wenn ich Dich mit jemand anderem zusammenarbeiten sehe, wenn ich auch nur Verdacht schöpfe, dass Du jemand von unserem Abkommen erzählt hast, werde ich meinen Zorn auf die Straßen tragen. Niemand wird verschont werden. Mein Urteil wird mit Feuer und Schwert an jeglichem Fleische vollstreckt werden. Und die, die von

mir erschlagen worden sind, werden zahlreich sein –
angefangen mit Dir.
Der Inhalt des mit Deinen Initialen gekennzeichneten Umschlags sollte Dich überzeugen, dass ich tun kann, was ich sage.
In nomine Patris et Filii et Spiritus Sancti
verbleibe ich Dein getreuer
Raguel

Ich öffnete den Umschlag, berührte mit der Hand mein Haar und schrie auf.

50. Kapitel

Der Junge hopst auf seinem Sitz auf und ab, während der Bus die Straße entlangtuckert. Sein Schulranzen steht zwischen seinen Füßen auf dem Boden. Der T-Rex-Aufkleber geht allmählich ab, und der mit dem Brontosaurus drauf ist zerrissen. Vielleicht kauft ihm seine Mutter ja im Laden an der Ecke neue, wenn er sie ganz lieb darum bittet.

Er sieht aus dem Fenster und hält Ausschau nach seiner Haltestelle. Sein Finger ruht auf dem Knopf, bereit, ihn zu drücken.

»Pass ja gut auf«, hat ihm seine Mutter heute Morgen eingeschärft und ihm mit dem Daumen einen Klecks Erdnussbutter vom Kinn gewischt. »Vergiss nicht, wo du aussteigen musst. Bist du sicher, dass du ganz allein mit dem Bus fahren willst? Ich weiß, Daddy findet, das ist gut für dich, aber ...«

»Ich schaff das schon«, hatte er ungeduldig versichert und nach seiner roten Baseballkappe gesucht. Sie lag unter dem Sofa. Er setzte sie verkehrt herum auf, so wie die coolen Kids ihre immer trugen.

»Na ja, wenn du sicher bist.« Sie hatte ihn auf den Scheitel geküsst und irgendwas gesagt, von wegen, sie könne es gar nicht fassen, zu was für einem großen Jungen er würde.

Der Bus fährt auf seine Haltestelle zu. Er drückt den Knopf. Eine Klingel ertönt, und das Schild ganz vorn leuchtet auf. Erst als der Bus wieder abgefahren ist, merkt der Junge, dass er seinen Schulranzen unter dem Sitz stehen gelassen hat. Jetzt gibt es bestimmt keine neuen Dinosaurier-Aufkleber.

Eine scharfe Kälte liegt in der Luft, der Himmel wird bereits dunkel. Die Nächte werden länger – das sagt sein Vater um diese Jahreszeit immer. Außerdem sagt er so Sachen wie: »Schönes Wetter für Enten.« Oder: »Der Wind beißt da draußen so richtig fies.«

Der Junge stellt sich vor, wie der Wind ihm so richtig fies in die Wangen beißt, und steckt die Hände tiefer in die Taschen seines Anoraks.

Die Straßen sind leer und still. Bestimmt sind alle Leute drinnen und sehen fern und essen zu Abend, denkt der Junge. Er geht schneller.

Er biegt um die Ecke. Fast geschafft. Seine zu engen neuen Schulschuhe machen so ein »Klack-Patsch«-Geräusch, als er den Gehweg entlangtrottet und über die Krokodile hinwegsteigt, die in den Fugen lauern.

»Hallo, Kleiner«, sagt Granddad, der plötzlich vor ihm steht und ihm den Weg verstellt. »Na, so ein Zufall, dich hier zu treffen.«

51. Kapitel

»Wie zum Teufel hat er's geschafft, mir Haare abzuschneiden, ohne dass ich es merke?«

Ich zitterte. Mein Atem ging stoßweise. Mir war gleichzeitig kalt und heiß.

Ich hatte mir eingeredet, dass der Lacerator mit der Behauptung, er hätte mich am Tatort beobachtet und mir in die Augen gesehen, geblufft hatte. Doch da hatte ich mich geirrt. Es musste jemand sein, den ich kannte. Nur so hätte er das bewerkstelligen können.

Wieder betastete ich mein Haar. Wie hatte mir entgehen können, dass da hinten eine Strähne fehlte? Wieso war das niemand anderem aufgefallen?

Wann hatte er die Strähne abgeschnitten? War er gestern Nacht in meine Wohnung eingebrochen? Nein, unmöglich. Dann hätte er die Alarmanlage ausgelöst, und überhaupt, es gab doch keinerlei Spuren eines gewaltsamen Eindringens.

Wann also dann?

Ich zerrte mit den Zähnen an einem Niednagel und grübelte.

Heute Morgen, als ich von dem Tatort nach Hause gekommen war, hatte ich mir die Haare gewaschen und geföhnt. Ich föhne mein Haar immer Strähne für Strähne, ziehe es mit der Bürste glatt. Wenn es irgendwo kürzer gewesen wäre, hätte ich das bemerkt.

Ich nahm den Daumen aus dem Mund und holte tief Luft; jetzt war ich ruhiger. Ging das Ganze rational an.

Wenn die Haarsträhne heute Morgen noch dran gewesen war, dann hieß das, der Lacerator musste sie irgendwann in der Zeit zwischen dem Augenblick, als ich nach dem Haarewaschen die Wohnung verlassen hatte, und jetzt abgeschnitten haben. Aber wie konnte er das geschafft haben? Wann hatte er Gelegenheit dazu gehabt?

Ich spürte einen jähen Adrenalinschub. Mein Magen krampfte sich zusammen.

Die Pressekonferenz!

Da drin war es brechend voll gewesen. Wir hatten Arsch an Backe gestanden, wie ein paar von den Jungs aus der Spezialeinheit zu sagen pflegten. Oder wie Bratkartoffeln in der Pfanne, um eine von Duncans Redeweisen zu verwenden.

Es war doch möglich, dass jemand, der dicht genug neben mir gestanden hatte, mir eine Haarsträhne abgeschnitten haben könnte, ohne dass ich es merkte, wenn er schnell genug vorgegangen war.

Bis jetzt war ich davon ausgegangen, dass der Lacerator keinen anspruchsvolleren Beruf ausübte. Es gehörte zum Profil eines unorganisierten Täters, dass es nicht so war. Aber wenn er auf der Pressekonferenz gewesen war, musste ich mich da geirrt haben.

Im Medienraum waren nur Polizisten und Presseleute gewesen. Man kam da nur auf Einladung rein, jeder war registriert. Wenn der Lacerator also heute Nachmittag im Gebäude von Scotland Yard gewesen war, dann konnte das nur eins bedeuten. Entweder er war Polizeibeamter. Oder er war Journalist. Und wenn man bedachte, neben wem ich gestanden hatte, nahe genug, um die kleinen Aknepickelchen auf seiner Haut zu erkennen, dann war der wahrscheinlichste Kandidat Nigel Fingerling.

Vielleicht war es ja doch nicht so dumm von mir gewesen, ihn zu verdächtigen.

52. Kapitel

So unmöglich es auch schien, dass Nigel Fingerling der Lacerator sein könnte, jetzt, da ich angefangen hatte, darüber nachzudenken, fügten sich nach und nach auch andere Dinge ins Bild. Seine Erschöpfung und sein Heißhunger auf Süßes heute früh am Tatort. Mein Verdacht, dass er drogenabhängig sein könnte. Die mentale Instabilität, auf die Jack angespielt hatte. Das passte alles zu dem Profil.

Und was war mit seiner Trennung vor Kurzem? Das sind genau die Dinge, die als Stressfaktor einen Mord auslösen können. Ganz zu schweigen von dem Aufblitzen des Zorns, als ich ihm in Sachen Drink eine Abfuhr erteilt hatte. Das wäre völlig logisch, wenn er zwanghaft von mir besessen wäre, so wie der Lacerator es eindeutig war.

Der Kerl schreibt sogar mit einem Füller, dachte ich. Und zwar nach dem Fleck auf seinem Hemd zu urteilen mit schwarzer Tinte.

Die Leute glauben immer, Schizophrene kommen im Beruf nicht klar, und es stimmt auch, dass die Symptome einem das Arbeiten schwer machen können. Aber wenn ein Patient gerade keinen akuten Schub durchlebt, kommt er oft recht gut zurecht, und tatsächlich gibt es sogar hochfunktionale Schizophrene mit beindruckenden Lebensläufen.

Vor einiger Zeit habe ich mal ein Interview mit einer Juraprofessorin aus San Diego gelesen, die an Schizophrenie litt, es aber trotzdem geschafft hatte, eine MacArthur-Fellowship – einen sogenannten »Geniepreis« – zu gewinnen. Sie sagte, sie hätte immer arbeiten können, obwohl sie mehrmals am Tag psychotische Gedanken hätte und regelmäßig voll ausgeprägte Krankheitsepisoden erlebe.

Hochfunktionale Schizophrene sind zwar selten, doch es war möglich, dass der Lacerator in diese Kategorie gehörte. Und wenn es Fingerling war, dann würde das auch erklären, wie er an meine Handynummer herangekommen war, mir eine Haarsträhne abgeschnitten hatte und mich möglicherweise überwachte.

Doch wie passten die desorganisierten Elemente des letzten Verbrechens da hinein?, überlegte ich. Was übersah ich hier? Welche Teile bekam ich nicht zusammengesetzt?

Eines der Dinge, die uns in der Spezialeinheit beigebracht worden waren, war, keine Mutmaßungen anzustellen. Wie einer unserer Ausbilder zu sagen pflegte: »Die Mutmaßung ist die Mutter aller versauten Einsätze.«

So unglaublich es auch war, dass ein Scotland-Yard-Detective ein Serienmörder sein könnte, konnte ich es mir doch nicht leisten, davon auszugehen, dass Fingerling nicht irgendwie bei all dem mitmischte. Und ich konnte ja nichts falsch machen, wenn ich auf Nummer sicher ging. Nach meiner Erfahrung bringt Vertrauen einen schneller um als eine MK-77. Andere Menschen enttäuschen einen immer.

Doch das hieß nicht, dass ich aufs Revier marschieren und das Maul aufreißen sollte. Was ich an Beweisen hatte, waren Indizien, selbst wenn sie zu passen schienen. Ich musste hundertprozentig sicher sein, bevor ich irgendetwas zu DCI Falcon sagte. Wenn ich Fingerling beschuldigte und sich herausstellte, dass ich falschlag, würde ich nie wieder einen Fuß in das Gebäude von Scotland Yard setzen.

Wie dem auch sei, mangelnde totale Sicherheit war kein Grund, weiterzumachen wie bisher. Solange ich ihn nicht ausschließen konnte, konnte ich das Ermittlungsteam nicht daran teilhaben lassen, was ich tat. Es mochte vielleicht aus vielen von Duncans alten Freunden und Kollegen bestehen, doch im Augenblick konnte ich keinem von ihnen trauen. Nicht zuletzt, weil sie Fingerling Informationen zutragen würden – dem Leiter der Ermittlungen in diesem Fall.

Ich wanderte im Zimmer auf und ab und hieb mit der Faust in die Handfläche, stellte mich selbst infrage. Verlor ich gerade den Verstand? Sah ich das alles vollkommen falsch? Ich wusste nicht mehr, wann ich das letzte Mal acht Stunden durchgeschlafen hatte. Ich war müde; mein Tank war leer. Vielleicht machte ich ja mehr aus dieser ganzen Geschichte, als ich sollte. Ich brauchte einen Realitätscheck.

Also zog ich mein Handy hervor und tippte den Namen an, der fast ganz oben auf der Anrufliste stand. Es piepte, dann: »Hier ist Jack Wolfe. Bitter hinterlassen Sie eine Nachricht.«

Ich sprach ihm nicht auf Band. Eigentlich hätte ich ihn überhaupt nicht anrufen sollen.

Jack weiß alles über mich, was es zu wissen gibt. Er weiß,

dass ich nicht schlafen kann, ohne dass das Radio an ist, und dass ich meine Wohnung als Bollwerk gegen meine innere Finsternis gelb gestrichen habe. Er weiß, dass es mir dreckig geht, wenn ich nichts anderes esse als Toast mit Hefeaufstrich, und dass ich am glücklichsten bin, wenn ich so hart arbeite, dass ich nicht mehr geradeaus gucken kann.

Es ist gar nicht so sehr, dass ich ihm meine Seele offenbart hätte, als vielmehr die Tatsache, dass er meinen Scheiß schon immer durchschauen konnte. Zum Teil ist das natürlich der Journalist in ihm, aber es ist mehr als das; wir sind auf derselben Wellenlänge.

»Manchmal glaube ich, Wolfie versteht dich besser als ich«, hat Duncan immer gesagt, und obwohl ich dann meinte, er solle doch nicht blöd sein, könnte er durchaus recht gehabt haben.

Ich hatte Jack noch nie etwas verschwiegen, das hier jedoch musste ich geheim halten. Zurzeit durfte ich niemandem trauen, nicht einmal ihm. Nicht weil ich glaubte, er würde mich verraten. Es war nur, im Moment schien es das Klügste zu sein, die Regeln des Lacerators zu befolgen und niemand anderen einzuweihen.

Nicht zu tun, was er befahl, würde nicht nur mich in Gefahr bringen, es könnte auch die Leben Dutzender Unschuldiger gefährden. Das hatte er sehr deutlich gemacht. Ich war jetzt auf mich allein gestellt.

Und er würde mich im Auge behalten, um sicher zu sein, dass es so blieb.

53. Kapitel

Aber wie überwacht er mich?, überlegte ich.

Instinktiv schaute ich aus dem Fenster, stellte mich dicht daneben, damit man mich von der Straße aus nicht sehen konnte. Dort draußen war niemand, nur ein paar Bauarbeiter, die ein Schlagloch reparierten, und eine Frau mit zu einem Knoten nach hinten gebundenen Haaren, die einen Kinderwagen den Gehsteig entlangschob.

Doch auf halbem Weg die Straße hinauf parkte ein silbernes Auto. Es sah aus wie ein Honda. Saß der Lacerator da drin? War er es gewesen, der uns gestern Abend gefolgt war?

Ich beugte mich ein wenig vor, um besser sehen zu können. Eine alte Dame mit einer Einkaufstüte humpelte auf den Wagen zu und hantierte umständlich mit ihren Schlüsseln herum, ehe sie ihn aufschloss und sich hineinquetschte. Als sie losfuhr, sah ich, dass es gar kein Honda war, sondern ein Hyundai. Ähnliches Logo, von Weitem und aus diesem Winkel leicht zu verwechseln.

Wenn er mich also nicht von der Straße aus beobachtete, wie schaffte er es dann, mich zu überwachen?

Ich zog sämtliche Vorhänge zu, machte Licht und stellte mich breitbeinig mitten in mein Wohnzimmer, die Hände in die Hüften gestemmt. Langsam ließ ich den Blick durch den Raum wandern, katalogisierte jeden einzelnen Gegenstand.

Eine Cloisonné-Lampe, das Telefon und ein altes Taschenbuch von Solschenizyn auf dem Beistelltisch neben dem Sofa. Drei Kissen auf dem Sofa, eins davon eingedellt, weil ich gestern Abend draufgelegen hatte, die anderen an genau derselben Stelle wie heute Morgen.

Ein DIN-A4-Block, ein Parker-Kugelschreiber und die jüngste Korrespondenz des Lacerators auf dem Esstisch. Ein benutztes Glas und eine leere Weinflasche auf dem Couchtisch. Auf meinem Schreibtisch ein Mosaik-Aschenbecher, der meinem Vater gehört hatte. Papiere mit dem Feuerstein beschwert, den Duncan am Chesil Beach gefunden hatte, in dem Sommer, in dem wir nach Dorset gefahren waren. Eine leere Espressotasse. Stadtpläne. Karten. Notizen.

Alles war dort, wo ich es zurückgelassen hatte. Aber was war mit den Bücherregalen?

Nichts sah aus, als wäre es verräumt worden, doch bei so vielen Büchern konnte ich mir nicht sicher sein. Da könnte leicht eine als Buch getarnte Kamera dazugestellt worden sein. So was habe ich doch auch schon mal gemacht, dachte ich, als mir eine bestimmte Operation in Afghanistan einfiel.

Ich holte einen Hocker aus der Küche und holte dann jedes einzelne meiner Fachbücher herunter, blätterte die

Seiten durch, betastete die Rücken. Ich ging die Ringbücher durch, die ich während des zehnwöchigen Spezialtrainingsprogramms angesammelt hatte, an dem ich vor ein paar Jahren beim FBI in Quantico in Virginia hatte teilnehmen dürfen. Jede Menge Papier, keine versteckte Kamera.

Dann überprüfte ich alte Lieblingsromane.

Nichts. Nichts. Nichts.

Ich stieß die Luft aus und fuhr mir mit den Händen durchs Haar. Was jetzt? Eine Wanze in meinem Telefon?

Ich hob den Hörer ab und horchte. Nur das Freizeichen. Wenn das Telefon angezapft worden wäre, würde ich statisches Knistern hören, wenn ich telefonierte und die Verbindung zustande kam.

Ich musste jemanden anrufen, der nicht plaudern wollen würde. So konnte ich leichter auf die verräterischen Geräusche lauschen. Ich suchte die Nummer heraus und rief meine Mutter an.

»Emmeline. Hier ist Ziba.«

»Oh, hallo, Liebes. Können wir's kurz machen? Ich habe gerade zu tun.«

So eine Überraschung.

»Keine Sorge, ich wollte mich nur mal kurz melden.«

»Oh, okay.« Sie klang verwirrt. »Ist alles in Ordnung?«

»Alles bestens.« Ich hielt inne, nahm mir die Zeit zu lauschen. Nichts. »Ich ruf dann ein andermal an.«

»Ja, gut«, antwortete sie und klang erleichtert.

Ich legte auf. Der Hörer war sauber, doch das hieß nicht, dass nicht irgendwo im Zimmer ein Abhörgerät versteckt war.

Ich ging in die Küche, nahm das Kofferradio vom Fensterbrett und stellte eine stumme Frequenz ganz oben im UKW-Bereich ein. Dann ging ich langsam durch die Wohnung. Jedes Zimmer hinauf und hinunter, bis jeder Zentimeter untersucht worden war. Keine komischen Geräusche oder hohe Pieptöne. Check Nummer zwei.

Wo ist das Ding?, dachte ich, während ich ganz unten in meinem Garderobenschrank herumwühlte.

Dort sah es aus, als wäre eine Granate losgegangen.

Schließlich fand ich meine schwarze Maglite-Taschenlampe in einer alten Stiefelette.

Ich machte sämtliche Lampen aus und leuchtete die Spiegel an. Ein handgeschnitzter, bodentiefer im Schlafzimmer und ein persischer mit Sanskrit-Verzierungen aus Emaille im Flur. Beide waren wanzenfrei.

Ich überprüfte jeden Lichtschalter und jede Steckdose. Die Rauchmelder, Lampenfassungen und Lampen.

Ich suchte nach Verfärbungen an den Decken und Wänden, leuchtete mit der Taschenlampe die Möbel ab – obendrauf und untendrunter. Ich hielt Ausschau nach Staubflecken, probierte sämtliche Türschlösser aus.

Es war nichts da. Der Lacerator war im Gebäude gewesen, er hatte sich meine Handynummer besorgt, aber in meine Wohnung war er nicht eingebrochen. Mein Zuhause war nicht verwanzt worden. Hier gab es keine versteckten Kameras.

Mit verschränkten Armen stand ich in der Mitte des Wohnzimmers und zog die Unterlippe zwischen den Zähnen hindurch.

Ein Foto von Duncan und mir, auf dem wir die Hochzeitstorte anschnitten, stand auf dem Tisch an der gegenüberliegenden Wand. Mein Blick wurde davon angezogen, von dem Lächeln auf unseren Gesichtern und davon, wie er auf mich hinabblickte, während wir durch die Torte schnitten – Vanille, weil er von Obstkuchen immer Magenverstimmungen bekam. Bei meinem Vater war es genauso gewesen.

Plötzlich schien diese Zeit, unsere gemeinsam Zeit, eine Ewigkeit her zu sein. Unwirklich. Die erinnerten Fetzen eines Traums.

Das Einzige, was mir im Moment real erschien, waren die Briefe des Lacerators. Ich mag es nicht, wenn man mir Befehle erteilt, vor allem, wenn sie von psychotischen Mördern kommen, doch im Moment blieb mir nichts anderes übrig, als mich an seine Regeln zu halten.

54. Kapitel

Raguel geht durch den Haupteingang und trägt sich in die Liste ein. Er wird sich mit dem Betreuungsteam zusammensetzen, dem neuen Plan zustimmen und dann …

55. Kapitel

Mein Herz ratterte wie eine kleine Pistole in meiner Brust. Ich bin es gewohnt, ein Ziel im Auge zu behalten. Die Zielscheibe zu sein, das bin ich nicht gewohnt.

Ich konnte nicht mit Sicherheit sagen, ob Fingerling der Lacerator war, aber ich wusste, dass der Täter heute Nachmittag im Konferenzraum gewesen sein musste. Daher war es für mich am sichersten, auf Tauchstation zu gehen, bevor ich versuchte, den ersten Hinweis des Lacerators auszuknobeln. Ungeachtet dessen, was ich zu Paddy gesagt hatte – von wegen, ich käme schon zurecht –, hatte ich nicht vor, unnötige Risiken einzugehen. Nicht wenn mein Leben nicht das einzige war, das auf dem Spiel stand.

Obgleich ich keinerlei Hinweise auf Wanzen in meiner Wohnung gefunden hatte, konnte auf meinen Telefonen oder auf meinem Laptop unauffindbare Tracer-Software installiert worden sein. Ich hatte meine Wohnung gründlich durchsucht, doch die abgeschnittene Haarsträhne zeigte, dass ich etwas übersehen hatte. Irgendwie beobachtete der Lacerator mich, und er hatte ziemlich eindeutig geschildert, was er tun würde, wenn er dachte, dass ich gegen seine Regeln verstieß.

Ich nahm die SIM-Karte und den Akku aus meinem Handy – die einzige wirklich sichere Methode, meine Spuren zu verwischen. Es einfach nur auszuschalten, würde nicht reichen. Je nachdem, wie gut sich der Lacerator mit IT auskannte, könnte er mich trotzdem orten. Und wenn er Spyware eingesetzt hatte, könnte er Daten von meinem Handy herunterladen, auch wenn es ausgeschaltet war.

Solche Aktivitäten sind mir nicht fremd, dachte ich und erinnerte mich an eine Entführungs-Operation in der Wüste. Aber ich hätte nie gedacht, dass ich dabei mal auf der anderen Seite stehen würde. Schon gar nicht als Zivilistin.

Ich nahm den Briefumschlag mit der 1 darauf zur Hand. Adrenalin feuerte Salven durch meinen Körper. Im letzten Umschlag war mein Haar gewesen. Was würde ich in dem hier finden?

Rasch holte ich einen Brieföffner von meinem Schreibtisch, ein kleines goldenes Messer mit einem Emaille-Mosaik auf dem Griff. Ein Relikt aus der alten Heimat – noch etwas, das meine Mutter hatte wegwerfen wollen, nachdem mein Vater gestorben war.

Ich schob die Klinge unter die Klappe und schnitt die Kante auf. Als ich sah, dass dort nichts anderes drin war, was zu mir gehörte, war ich einen Moment lang erleichtert. Stattdessen steckte nur ein Blatt Papier in dem Umschlag. Der erste Hinweis für die Schatzsuche des Lacerators. Doch die Erleichterung währte nicht lange. Was sollte das bedeuten?

Ganz oben auf dem Blatt war eine Tintenzeichnung von einer Giraffe, die ein T-Shirt und Micky-Maus-Handschuhe trug. Darunter stand ein Rätsel.

20/15/25/19 18 21/19
La la la la la la, la la la la la la ...

Ich bin ein Junge, ein Mädchen bist du.
Ein Gentleman stets – das Spielzeug wählst du.

Am Anfang war's lustig, doch es endete schlimm,
meine Schuld gewiss, aufs Kreuz gelegt worden ich bin.

Jetzt eil dich, bis sieben Uhr hast du Zeit,
Himmel oder Hölle, was soll es sein?
RAGUEL
18, 1 ...

Ich fuhr mir mit den Fingernägeln über die Kopfhaut.

Der Brief zeigte, dass ich mit dem, was ich auf der Pressekonferenz gesagt hatte, recht gehabt hatte. Der Lacerator wurde von Schuldgefühlen geplagt. Er hatte behauptet, bei dieser Herausforderung ginge es nicht nur darum, mir zu helfen, ihn zu verstehen. Wenn ich ihn daran hinderte, sein nächstes Opfer zu töten, würde er wissen, dass Gott nicht wollte, dass er weitermordete.

Das bedeutete, dass er anfing, an sich zu zweifeln.

Unter anderen Umständen hätte ich diese Information

dazu verwenden können, ihn hervorzulocken. Ich hätte seine Ambivalenz nutzen können, um ihn zu drängen, sich zu stellen. Doch jetzt bestimmte er die Tagesordnung. Alles, was ich tun konnte, war, sein Spiel mitspielen und hoffen, dass ich damit sein nächstes Opfer retten konnte.

Normalerweise mag ich Rätsel. Ich löse den Zauberwürfel in unter sechzig Sekunden und das kryptische Kreuzworträtsel in der *Times* in vier Minuten. Doch bei diesem Rätsel gab es ein Zeitlimit. 19 Uhr 00. Sieben Uhr. Nicht mal mehr zweieinhalb Stunden.

Die Uhr tickte. Das Leben eins Mannes stand auf dem Spiel. Doch ich hatte keine Ahnung, wer er war oder wie ich ihn retten sollte.

56. Kapitel

»*Ich dachte, wir gehen zum Kanal und gucken uns die Boote an*«, *sagt Granddad und nimmt die Hand des Jungen.*

»*Okay*«, *sagt er leise und schaut auf seine Füße.*

Wenn er Nein sagt, kriegt er später von seinem Dad eins aufs Hinterteil, weil er unhöflich war. Sein Vater legt großen Wert auf Disziplin. Manchmal denkt der Junge, er kann überhaupt nichts richtig machen. Aber seine Mum ist anders. Die schreit nicht mal, nie.

Granddad küsst den Jungen auf den Scheitel, atmet ihn ein.

»*Mein kleines Goldlöckchen*«, *sagt er.*

Der Junge rümpft die Nase; von dem Geruch nach Camel-Zigaretten wird ihm schlecht.

Im Gehen denkt er über die Geschichte nach, die sein Lehrer ihnen heute vorgelesen hat. Die von der Marionette, deren Nase jedes Mal länger wird, wenn sie lügt.

Granddad kann Lügner nicht leiden. Er sagt, so was wird mal aus Jungen, die keine Geheimnisse bewahren können: Diebe und Lügner.

Mrs Atkin ist auf der anderen Straßenseite und unterhält sich mit dem Metzger. Patrick aus seiner Schule kickt einen

Kieselstein über den Gehsteig. Keiner von beiden bemerkt den Jungen.

»Ich hab ein Geschenk für dich«, sagt Granddad.

Dem Jungen schnürt sich die Kehle zu. Er weiß, was das für ein Geschenk sein wird, und er weiß, was er tun muss, um es sich zu verdienen. Das ist der erste Teil des Rituals.

Er nimmt das Mars und schlingt es schnell hinunter. Je schneller es weg ist, desto eher ist das hier vorbei, sagt er sich.

Jetzt sind sie am Camden Lock. Normalerweise mag der Junge den Markt gern. Die Gerüche von Gewürzen und Pizza. Die leuchtenden Farben und die komischen Klamotten. Die Menschen mit ihren Piercings an ganz sonderbaren Stellen und das Geräusch, das seine Füße auf dem Kopfsteinpflaster machen.

Doch sie machen hier nicht Halt. Granddad windet sich durch die Menge und zieht dem Jungen die Kapuze seines Anoraks über den Kopf, obwohl es doch gar nicht regnet. Er führt ihn über die Brücke und die Stufen hinunter zum Kanal.

Auf dem Treidelweg ist es still. Ein paar Frachtkähne, rot und gelb gestrichen, dümpeln auf dem öligen Wasser. Englische Kanalboote, so heißen die richtig. Sein Lehrer sagt, die sind früher von Pferden gezogen worden, aber jetzt wohnen da nur noch Leute drauf; die Pferde sind schon lange nicht mehr da.

Einmal hat der Junge ein Boot mit einem Gemüsegarten auf dem Dach gesehen. Und ein anderes Mal hat er gesehen, wie sich ein dicker Mann auf dem kleinen Deck ganz vorn am Bug gesonnt hat; sein Unterhemd war über dem dicken Bauch hochgerutscht.

Aber heute ist der Mann nicht da. Niemand ist da.

57. Kapitel

Nichts fokussiert den Verstand so sehr wie eine Deadline. Und diese hier war wörtlich gemeint. Dead. Line. Todeslinie. Hatte ich die erst einmal überschritten, würde noch ein Mensch ums Leben kommen. Die Hinweise nicht zu entschlüsseln war keine Option. Das Problem war nur, ich kam nicht weiter.

La la la la la la, la la la la la la …

Die erste Zeile muss aus einem Lied sein, dachte ich. All diese La-las.

Aber was für ein Lied war es, und wie passten die Zahlen da hinein? Waren das Daten? Oder Uhrzeiten? Und was hatte diese gruselige Giraffe mit all dem zu tun?

Ich versuchte, die Zeile zu singen, und war froh, dass niemand da war, der mir zuhörte.

Der Takt war seltsam vertraut, doch ich konnte ihn nicht einordnen. Könnte ich doch nur Scotland Yard anrufen und um Hilfe bitten, dachte ich. Doch wie meine Mutter so liebevoll bemerkt hatte, nachdem mein Vater gestorben war, es hat keinen Sinn, sich etwas zu wünschen, was man nicht bekommen kann.

Es war an mir, das Rätsel zu lösen. Ich war auf mich allein gestellt.

Normalerweise kann ich so am besten arbeiten, im Moment jedoch schoss ich auf Schatten. Je mehr ich mich bemühte, den Rhythmus zu erkennen, desto mehr entzog er sich mir.

Mit geballten Fäusten und zusammengebissenen Zähnen tigerte ich auf dem persischen Läufer in meinem Wohnzimmer auf und ab.

Verdammt noch mal, Ziba, denk nach.

Ich bin ein Junge, ein Mädchen bist du.
Ein Gentleman stets – das Spielzeug wählst du.

Am Anfang war's lustig, doch es endete schlimm,
meine Schuld gewiss, aufs Kreuz gelegt worden ich bin.

Jetzt eil dich, bis sieben Uhr hast du Zeit,
Himmel oder Hölle, was soll es sein?
RAGUEL
18, 1 ...

Das Rätsel war in vier Teile unterteilt.

Der erste Vers hatte etwas mit Kindern zu tun, dachte ich und lutschte an der Spitze meines Daumens. Mädchen, Junge, Spielzeug ... Könnte die Giraffe ebenfalls ein Hinweis auf die Kindheit sein? Ich startete eine Suche auf meinem Laptop. Nichts außer einem Familienrestaurant, doch das Logo sah ganz anders aus als das Bild, das der Lacerator gezeichnet hatte. Vielleicht ein Freizeitpark? Möchtegern-Disney-Einrichtungen sind ja in Sachen Maskottchen oft kreativ.

Ich tippte »Großbritannien Maskottchen Freizeitparks« in Google und drückte auf »Enter«. Jede Menge merkwürdige und wunderbare Kreaturen tauchten auf. Tanzende Kraken. Rosa Elefanten, als Ballerinen verkleidet. Krokodile mit australischen Outback-Hüten mit Korken dran auf dem Kopf.

Aber keine Giraffen.

Wenn also kein Restaurant und kein Freizeitpark, was dann? Ich brauchte noch drei Versuche, bevor mir klar wurde, dass ich die Antwort genau vor der Nase hatte: *Das Spielzeug wählst du.*

Kann das wirklich so einfach sein?, überlegte ich. Ein Spielwarengeschäft? Gleich darauf begriff ich, dass es überhaupt nicht einfach war. Bestimmt gab es Hunderte von Spielwarenläden in London. Der nächste Hinweis könnte überall sein.

Er muss mir noch mehr gegeben haben als das, dachte ich und sackte aufs Sofa. Das hier funktioniert doch nur, wenn ich eine echte Chance habe.

Autsch, was war das denn?

Irgendetwas klemmte zwischen den Sofapolstern und bohrte sich in meinen Schenkel. Ich lehnte mich zur Seite und zog es heraus. Paddys Stift.

Ich wünschte nur, wir wüssten, was an der Sieben so besonders ist, hatte er gesagt, als wir über dem gebrütet hatten, was der Lacerator in seinem ersten Brief geschrieben hatte. *Zählen Sie mal die Buchstaben*, hatte ich gesagt, als mir klar geworden war, warum er mich Ziba Mac nannte.

Von neuem Elan erfüllt sprang ich auf. War das die Antwort? Der zwanghafte Zahlenfimmel des Mörders?

Ich studierte die Zeile ganz oben in dem Rätsel von Neuem: *20/15/25/19 18 21/19*

Wenn das nun keine Daten oder Uhrzeiten waren? Wenn das ein Code war? Aber wenn dem so war, was für einen Code würde er benutzen?

Wieder fuhr ich mir mit den Händen durchs Haar. Das könnte alles Mögliche sein.

Die Uhr tickte. Der Lacerator würde doch nicht wollen, dass ich schon beim ersten Sprung auf die Nase fiel, dachte ich. Das würde in Bezug auf die sogenannte Heiligkeit seiner Mission überhaupt nichts beweisen. Was bedeute, dass ich nicht Alan Turing sein musste, um das hier zu knacken.

Also benutzt er bestimmt etwas ziemlich Einfaches, dachte ich und schnappte mir einen Kugelschreiber und einen Block von meinem Schreibtisch. Aber was?

Ich brauchte noch etliche Momente des Kopfkratzens, bis ich dahinterkam. Der Hinweis war in dem Hinweis verborgen. Ein Tastencode.

RAGUEL

18, 1 …

Ha! Er benutzt eine monoalphabetische Substitution, dachte ich grinsend.

Eine ganz simple Verschlüsselung, bei der jeder Buchstabe durch seine Position im Alphabet dargestellt wird. R ist der achtzehnte Buchstabe. A ist der erste. *RAGUEL 18, 1.* Das musste es sein.

Mit den Zähnen zog ich die Kappe von dem Stift und

machte mich über die Reihe ganz oben auf dem Blatt Papier her.

20 15 25 19 18 21 19
T   O Y S R U S

Plötzlich leuchtete mir das alles ein. Die Giraffe war das Maskottchen der Ladenkette; ich hatte sie als Kind im Fernsehen gesehen. Und die La-las waren der Takt des Liedes, das zu dem Werbespot gehörte. Ich konnte mich ums Verrecken nicht mehr an den Text erinnern, doch das änderte nichts daran, dass mir die verdammte Melodie jetzt im Kopf herumging, nachdem ich sie identifiziert hatte.

Ich rannte zu meinem Laptop, um die Adresse herauszufinden. Mein Herz pochte heftig vor Erregung. Doch Google machte meiner Euphorie rasch ein Ende. Es gab drei Toys-»R«-Us-Läden in London. Einen in Bayswater, einen in der Old Kent Road und einen draußen bei Brents Cross. Alle kilometerweit voneinander entfernt. Es muss eine Möglichkeit geben, das zu klären, dachte ich und ging zu dem Stadtplan an meiner Wohnzimmerwand hinüber.

Das Geschäft bei Brent Cross war am nächsten an Camden dran, wo der Lacerator meiner Ansicht nach wohnte. Dort würde ich anfangen.

Wieder wünschte ich, ich könnte in der Einsatzzentrale anrufen und um Hilfe bitten, doch in Anbetracht meines Verdachts gegen Fingerling könnte das Selbstmord sein.

Meine einzige Option war, mit Vollgas zu Toys »R« Us zu brettern.

58. Kapitel

Raguels Herz hat sich geweitet, sodass es seinen ganzen Brustkorb ausfüllt. Jeder Moment in seinem Leben hat hierher geführt. Die heiße, klebrige Wärme von Blut. Der Ausdruck in den Augen des Unholds, als das Leben ihn verlässt.

Und jetzt wird die Fantasievorstellung bald verwirklicht werden. Ein Beben der Erregung durchläuft ihn.

Es ist schon so lange her, seit er gut geschlafen hat, dass sein Körper es aufgegeben hat, dergleichen zu versuchen. Aber heute Nacht wird es anders sein. Heute Nacht wird er schlafen. Nicht einmal die Stimmen werden ihn daran hindern.

Er schält ein neues blaues Baumwollhemd aus der Verpackung, und eine weitere Woge der Erregung überrollt ihn.

Die schattenhafte Gestalt in der Ecke tanzt einen Jig.

Raguels dunkelblaue Bundfaltenhose hängt frisch gewaschen im Schrank. Beide Hosenbeine sind je siebenmal mit dem Dampfbügeleisen gebügelt worden. Die Hose ist siebenmal vom Bügel genommen und wieder daran aufgehängt worden. Und jetzt zieht er sie auch noch siebenmal an und siebenmal wieder aus. 777. Heute muss alles perfekt sein, und die Sieben ist der Schlüssel.

Er zieht sich vor dem Spiegel aus und bewundert das Muskelspiel in seiner Brust, als er sich seiner Kleider entledigt. Die Muskeln sind hart erarbeitet. Sie kommen von stundenlangem Gewichtestemmen jeden Abend vor dem Spiegel. Die Rötung und der Schweißglanz auf seiner Haut beim Trainieren spornen ihn an. Und das, wofür er trainiert, auch.

»Ich gebe dir das Schwert des Heiligen Geistes«, wispern die Stimmen. »Geisssst.«

Raguels Körper vibriert vor Vorfreude. Er ist ein gespannter Bogen, eine Katze im hohen Gras, gestrafft und sprungbereit.

Er wendet sich nach Osten, gen Jerusalem, und kniet nieder, faltet die Hände im Gebet.

Der Wecker geht los. Bie-biep. Bie-biep. Raguel steht auf, zieht seine Kleider gerade. Es ist Zeit.

An seinem Ficus sind ein paar abgestorbene Blätter. Das sieht so unordentlich aus. Rasch zupft er sie ab, schnallt sich sein Messer um den Unterschenkel und eilt nach draußen, wo sein Streitwagen wartet.

59. Kapitel

Ich warf meinen Porsche an, fuhr los und verfehlte dabei nur ganz knapp eine schwarze Katze, die sich genau diesen Augenblick aussuchte, um vor mir vorbeizuschießen.

Ich wusste, wohin ich wollte, doch ich hatte noch immer nicht entschlüsselt, was der zweite Teil des Rätsels zu bedeuten hatte.

Am Anfang war's lustig, doch es endete schlimm,
meine Schuld gewiss, aufs Kreuz gelegt worden ich bin.

Das muss etwas mit seiner Kindheit zu tun haben, dachte ich. Das würde dazu passen, wo der nächste Hinweis versteckt war, und zu dem Kind-Motiv des Ganzen. Aber was versucht er zu sagen?

Aufs Kreuz gelegt worden ich bin. Mit anderen Worten, er ist getäuscht worden, dachte ich. Und angesichts der Zeile davor hatte das kein gutes Ende genommen.

Aber wer hat ihn getäuscht? Der, den er als Satan bezeichnet hat?

Als ich um die Ecke bog und auf die Grove End Road

fuhr, sah ich ihn – einen silbernen Honda, der sich etliche Wagen hinter mir durch den Verkehr wand und auf mich zuhielt. Der Fahrer trug eine tief in die Stirn gezogene Mütze, einen Schal und eine getönte Brille. Das Gesicht konnte ich nicht erkennen, aber ich konnte die Kühlerhaube sehen. Direkt über dem linken Scheinwerfer war eine Delle, genau an derselben Stelle wie bei dem Auto, das mir gestern Abend aufgefallen war.

War das der Lacerator? Verfolgte er mich?

Ich bog nach rechts in die Circus Road ab und dann gleich wieder auf die Elm Tree Road, den Blick fest auf den Rückspiegel geheftet, um zu sehen, ob der Honda mir folgte. Tat er aber nicht.

Hat wohl gemerkt, dass er entdeckt worden ist, dachte ich und schaute rasch die Straße hinauf und hinunter, bevor ich auf die Hauptstraße fuhr und kräftig beschleunigte.

Rund um das Kino Odeon staute sich der Verkehr, und das nach dem Hupkonzert zu urteilen wohl schon seit einer ganze Weile. Rasch schielte ich in Rück- und Seitenspiegel und vollführte ein illegales Manöver, um eine Seitenstraße hinunterzuflitzen, die zur Fairfax Road führte. Noch mehr Gehupe. Diesmal galt es mir.

Ich schoss davon, den Hügel hinunter, schnitt einen roten Micra und handelte mir damit noch mehr Ärger ein. Dann schlängelte ich mich hinten herum nach Waitrose und zum U-Bahnhof Finchley Road hinauf. Hier war weniger Verkehr, aber die Ampeln waren gegen mich. Ich wäre ja einfach bei Rot gefahren, hätte mich ein weißer Lieferwagen, auf dessen Heckklappe »Wasch mich« in den Staub geschrieben war, nicht ausgebremst.

Ich trommelte mit dem Daumen aufs Lenkrad. Da war kein Durchkommen.

Ich bin ein Junge, ein Mädchen bist du.
Ein Gentleman stets – das Spielzeug wählst du.

Was bedeutete diese Zeile? Es hörte sich an, als spräche der Lacerator von uns beiden. Er der Junge, ich das Mädchen? Doch was hatte das mit *das Spielzeug wählst du* zu tun?

Er führte mich zu einem Spielwarengeschäft, einem der größten in ganz London: ein Warenhaus voller Sachen. Da musste er mir doch einen Tipp geben, wo der nächste Hinweis versteckt war. Er konnte auf keinen Fall erwarten, dass ich einfach in seinem so riesigen Laden herumirrte. Oder doch?

Ich bin ein Junge, ein Mädchen bist du.
Ein Gentleman stets – das Spielzeug wählst du.

Da drin musste die Antwort stecken. Er ist ein Junge (ein echter Gentleman), also lässt er mich das Spielzeug aussuchen. Aber woher weiß er, welches Spielzeug ich aussuchen werde?

Er weiß nicht, womit ich als Kind gespielt habe, also redet er bestimmt von irgendetwas stereotyp Mädchenhaftem, dachte ich, als die Ampel endlich grün wurde und die Autos sich wieder in Bewegung setzten. Eine Puppe? Das war vielleicht nicht pc, aber es passte ins Bild.

Es war nach fünf. Die Busspuren waren für Autos gesperrt, doch das war mir egal. Später würde ich versuchen, den Verstoß gegen die Verkehrsregeln wegzuerklären, und wenn mir das nicht gelang, wäre ein Bußgeld ein kleiner Preis für jemandes Leben.

Ich blinkte, fuhr direkt vor einem wütenden Doppeldeckerbus in die linke Spur und gab Vollgas bis zur Schnellstraße hinauf, wobei ich es eben gerade noch schaffte, die Abzweigung zu Toys »R« Us nicht zu verpassen.

Ich bemerkte ihn erst, als ich ausstieg. Ein silberner Honda mit eingedellter Kühlerhaube parkte drei Autoreihen weiter hinter einer Schlange aus Einkaufswagen.

Von dem Fahrer jedoch war nichts zu sehen.

60. Kapitel

Versteckte sich der Lacerator in dem Spielwarengeschäft? Beobachtete er mich von einem Versteck aus? Fast hoffte ich, dass es Fingerling war; dann wüsste ich wenigstens, mit wem ich es zu tun hatte. Irgendwie war es weniger beklemmend zu denken, dass mich jemand verfolgte, den ich bereits kannte, selbst wenn der Betreffende ein messerschwingender Serienmörder war.

Reiß dich zusammen, Ziba. Heb dir das für später auf.

Selbst wenn der Täter hier ist, ich bin nicht wie seine anderen Opfer, sagte ich mir. Ich bin nicht sein Typ. Und er will doch, dass ich bei seiner Schnitzeljagd mitmache. Mich plattzumachen passt nicht in sein Konzept.

Nichtsdestotrotz bedeutete das nicht, dass ich unantastbar war. Wenn er argwöhnte, dass ich die Regeln nicht einhielt, dann würde ich seine scharfe Klinge zu spüren bekommen, daran bestand kein Zweifel.

Ich trat durch die automatische Eingangstür und suchte den Laden mit den Blicken nach jemandem ab, der auf ganz unauffällig machte. Mir fiel niemand auf, doch das hieß nicht, dass der Lacerator nicht hier war.

Ein dickes Mädchen mit farbloser Zahnspange kam vorbei und zerrte ihren Pferdeschwanz zurecht. Sie trug eine blaue Uniformbluse und ein Namensschild.

»Wo finde ich die Puppenabteilung, bitte?«

Langsam drehte sie sich mit gelangweilter Miene um.

»Was für Puppen denn? Barbie, Disney Princess?«

»Äh, ich ...«

»Wir haben Barbie, My Little Pony, Our Generation von Parker, Happy Chou, Baby Born, Baby Annabell, Cabbage Patch Kids. Was möchten Sie denn?«, erkundigte sie sich und inspizierte dabei ihre Nägel.

Großer Gott, dachte ich. Zu meiner Zeit hat man so ein Plastikteil im Strampelanzug bekommen. Seit wann ist Spielen denn so kompliziert geworden und so markengeschützt?

»Vielleicht könnte Sie mir ja einfach ganz allgemein die Puppenabteilung zeigen«, meinte ich und fragte mich, wie in aller Welt der Lacerator auf die Idee gekommen war, seinen Hinweis inmitten einer solchen Auswahl an Spielzeug zu verstecken.

»Ich wollte gerade zur Pause. Fangen Sie doch schon mal da drüben an.« Sie fuchtelte weitläufig mit der Hand. »Wenn Sie nicht finden, was Sie möchten, dann hilft Ihnen jemand anderes.«

»Könnten Sie nicht einfach ...«

»Tut mir leid, ich hab jetzt Pause«, verkündete sie und marschierte davon, noch ehe sie den Satz vollendet hatte.

Super.

Es waren über dreißig Gänge, und mehr als ein Drittel

davon war mit Puppen vollgestopft. Puppen in Schachteln. Puppen in Puppenwagen. Puppen in Schlössern. Puppen in Pferdekutschen. Was immer man wollte, die Puppen taten es.

Bei so vielen seidenglanzhaarigen Kreationen, unter denen ich wählen konnte, war es wohl am besten, die Regale systematisch durchzugehen, dachte ich. Die Gänge waren nummeriert. Ich würde im ersten anfangen und mich dann weiter vorarbeiten.

Also nahm ich Schachtel um Schachtel zur Hand und inspizierte jede aus allen möglichen Blickwinkeln. Drehte und wendete jede lächelnde Prinzessin und jede rosenwangige Meerjungfrau und suchte nach Hinweisen. Nichts. Nichts. Nichts.

Gerade als ich mir den nächsten Gang vornehmen wollte, erahnte ich eine winzige Bewegung ganz am Rand meines Gesichtsfeldes; ein flüchtiges Bild von jemandem, der hinter einen Warenaufsteller huschte. Eine Sonnenbrille. Eine Baseballkappe. War ich paranoid? Oder wurde ich beobachtet?

Mit dem Rücken zu den Regalen, die Fäuste vor dem Gesicht, ging ich auf die Stelle zu, doch als ich sie erreichte, war dort niemand. Mit angespanntem Unterkiefer ließ ich den Blick die Gänge hinauf- und hinunterwandern, und mein Herz schlug schneller. Alles in Ordnung, doch das hatte nichts zu bedeuten. Der Laden war groß. Hier gab es jede Menge Verstecke.

Als ich mich wieder den Regalen voller Puppen zuwandte, während ein Puls in meiner Schläfe hämmerte, ging mir eine besorgniserregende Tatsache auf. Dies war das erste Mal, dass ich aus der Defensive heraus agieren musste.

Die Muskeln gespannt, bereit, mich zu wehren, wenn es sein musste, setzte ich meine Suche fort.

Zwanzig Minuten später und mit leeren Händen begann ich zu überlegen, ob man die Schatzsuche nicht geschickter angehen könnte. Ich war erst am Ende von Gang Nummer fünf. Wenn ich so weitermachte, konnte ich von Glück sagen, wenn ich vor Geschäftsschluss fand, was ich suchte.

Es war halb sechs. Nur noch anderthalb Stunden bis zur Deadline. Es musste eine Möglichkeit geben, das Ganze abzukürzen.

Denk wie der Lacerator, befahl ich mir. Wo würde er den Hinweis verstecken?

Ich drückte die Hände an die Schläfen und dachte nach, sperrte Fingerling ganz gezielt aus meinem Kopf aus. Trotz meines Verdachts war er ja vielleicht gar nicht der Täter, und ich wollte nicht, dass mir irgendwelche Gefühle in die Quere kamen.

Ich zählte die wichtigsten Punkte des Profils an den Fingern ab. Religiös. Wahnvorstellungen. Zwangsstörung. Nervös.

Nervös. War es das? Er würde nervös gewesen sein, als er hier hereingekommen war, um seinen nächsten Hinweis zu verstecken. Er würde nach Bestätigung gesucht haben, nach einem himmlischen Zeichen der Zustimmung.

Ich sah mich in dem Geschäft um. Über jedem Gang hingen Nummern von der Decke. Ich befand mich in Gang Nummer fünf. Diese Zahl bedeutete dem Lacerator nichts.

Aber was war mit Gang Nummer sieben? Wenn der nicht voller Transformers und Spielzeugtrucks war, die lebendig wurden, dann hätte er sich bestimmt dorthin gewandt.

Ich rannte los und wäre fast über eine liegen gelassene Wasserpistole gestolpert. Gerade noch rechtzeitig bekam ich einen Aufsteller mit Fahrradhelmen zu fassen, zum Leidwesen der Ware, die rund um mich herum zu Boden polterte. Ich wich den umherrollenden Helmen aus und rannte weiter zu Gang Nummer sieben.

Als ich dort ankam, erkannte ich am Geruch, dass ich hier richtig war: dampfender Müll, Essig, vergammelndes Obst. Derselbe Geruch, den ich vor meiner Wohnungstür bemerkt hatte – der Geruch, den ich jetzt mit dem Lacerator assoziierte. Und er war noch stark.

Ein Frösteln lief mir den Rücken hinunter. Hastig drehte ich den Kopf nach links und rechts, mein Blick huschte hierhin und dorthin. Ich hielt den Atem an. War er ganz in der Nähe?

Eine dünne Frau, das Haar straff aus dem Gesicht gekämmt, sah mich neugierig an. Sie kam mir bekannt vor, doch mein Gehirn war in diesem Moment so überhitzt, dass ich überall Zusammenhänge sah.

Ich war völlig entnervt, war nicht Herrin der Lage. Mehr die Gejagte als die Jägerin. Dieses Spiel war mir neu.

Rasch schaute ich auf die Uhr. Vielleicht war der Mörder noch da, vielleicht nicht. Unmöglich, das ganz sicher zu wissen. Ich musste weitermachen.

Ich wandte mich wieder dem Gang zu und suchte weiter. Unzählige Regalborde voller Waren – Puppenwagen,

Accessoires, Babypuppen. Auf einem waren Plastikfiguren mit Boyband-Frisur und starren braunen Augen namens Davey Doll ausgestellt.

Das musste es sein! Die einzige männliche Puppe, die ich bisher gesehen hatte, und dann noch in Gang Nummer sieben. Aber es waren wahnsinnig viele. Das war, als versuche man, nach dem Häuserkampf-Training eine Patrone zu finden, die noch scharf war.

Ich nahm jede Puppe in die Hand, eine nach der anderen, drehte sie um und betastete ihre Kleider.

Nichts. Nichts.

Das ist doch Schwachsinn, dachte ich. Und dann ... Moment mal, was ist denn das?

Sie war dreizehn Puppen weiter hinten versteckt. Eine verstümmelte Puppe: die Haare abgeschnitten, das Gesicht mit Filzstift geschwärzt, die Hosen heruntergezogen. Und der nächste Hinweis war mit einem Achterknoten an ihrem Handgelenk befestigt.

Ha!, dachte ich.

Dreizehnte Puppe, Gang Nummer sieben. Die erste Zeile des Rätsels. Der Lacerator hatte mir nicht nur den Namen des Geschäfts genannt, er hatte mir auch gesagt, wo ich suchen sollte.

20/15/25/19 18 21/19

Wenn man die Zahlen addiert, kommt 137 dabei heraus. Dreizehn und sieben.

Doch das war nicht das Einzige, was ich kapiert hatte.

Ich hatte außerdem gerade herausgefunden, wie der Mörder seine Opfer auswählte.

61. Kapitel

Die junge Frau an der Kasse sah mich an, als sie meinen Einkauf scannte.

»Waren Sie das?«, wollte sie in aggressivem Tonfall wissen und deutete mit einem Kopfnicken auf die Davey Doll.

»Den habe ich so gefunden.«

»Der ist ja völlig hinüber.«

»Ich kaufe ihn, also ist es doch eigentlich egal, ob ich das war oder nicht, oder?«

Sie sah mich finster an.

Ich klatschte einen Zwanziger auf den Tresen; für so etwas hatte ich keine Zeit. Hätte ich doch nur einen Dienstausweis oder einen DS bei mir gehabt.

»Ich muss meinem Abteilungsleiter Bescheid sagen«, sagte die junge Frau und drückte auf einen Knopf.

Ehe ich sie zurückhalten konnte, dröhnte eine Durchsage durch den Laden.

»Manager, bitte zu Kasse fünf. Mutwillig beschädigte Ware. Davey Doll.«

Das brauchte ich so dringend wie ein Loch im Kopf.

Wenn der Lacerator das nun gehört hatte und dachte, ich würde um Hilfe rufen?

In dem Gang mit den Grußkarten sah ich etwas Buntes aufblitzen, als hätte sich da jemand ganz schnell geduckt. Drüben bei den Schwimmspielzeugen beäugte mich ein Mann mit einer Nike-Baseballkappe über die Planschbecken hinweg. Mein Körper spannte sich. Mein Atem ging plötzlich flach.

»Kann ich bitte einfach bezahlen? Ich hab's eilig.«

»Tut mir leid, Sie müssen auf den Abteilungsleiter warten. Ich kann ja Ihre Sachen schon mal abkassieren«, sagte sie zu der Frau hinter mir, die einen ganzen Einkaufswagen voller Zeug hatte.

»Ich habe keine Zeit.« Ich ballte die Hand zur Faust.

»Regeln sind nun mal Regeln«, erwiderte sie und fing an, die Sachen der anderen Frau einzuscannen.

»Ach, wissen Sie, das Plastilin können Sie weglassen, mir war nicht klar, dass das so teuer ist.«

»Na ja, das geht, aber dann muss ich das alles noch mal von vorn einscannen.«

»Das macht nichts.«

So. Eine. Scheiße.

Ich sah mich um. Der Abteilungsleiter war nirgends zu sehen.

»Kommt der jetzt vielleicht mal bald?«, fragte ich die Kassiererin.

Sie sah die andere Frau an, verdrehte die Augen und beugte sich über ihr Mikrofon.

»Manager, bitte zu Kasse fünf.«

Nicht das, was ich beabsichtigt hatte.

»Trace, kannst du mal kommen und hier weitermachen?«, rief sie einem Mädchen zu, das hinter ihr Rollen mit Einwickelpapier neu einräumte. »Ich hab doch eigentlich Pause.«

Nicht schon wieder!

Die können mich mal gernhaben, dachte ich, ließ meine Kohle auf dem Tresen liegen und machte mich eilig vom Acker, die Puppe unter dem Arm.

»Halt! Kommen Sie zurück!«

Gleich darauf war ein bulliger Wachmann hinter mir und holte auf. Ich rannte los.

»Kommen Sie zurück, sonst rufe ich die Polizei!«, brüllte er und sprintete mir nach.

Ich sah mich um. Er war nur ein paar Meter hinter mir. Ich hielt den Oberkörper aufrecht und die Füße dicht über dem Boden, machte kurze, leichte Schritte und schwang die Arme im Neunzig-Grad-Winkel vor und zurück.

Seine Schritte dröhnten hinter mir auf dem Asphalt, nahe genug, dass ich ihn keuchen hören konnte. Ich musste den Kerl abhängen – und zwar schnell.

Ich atmete durch die Nase ein und durch den Mund aus, um mehr Sauerstoff in die Muskulatur zu pumpen, füllte bei jedem Atemzug mehr meinen Bauch als meinen Brustkorb. Zugleich zog ich die Zehen in Richtung Schienbeine hoch, um die Schrittkadenz zu erhöhen. Und ich machte längere Schritte.

Schließlich hatte ich die Eignungstests der Spezialeinheit nicht umsonst bestanden.

Noch drei Schritte. Noch zwei. Einer.

Ich hechtete in meinen Wagen, brauste davon und hätte dabei fast den Wachmann umgefahren. In den nächsten paar Minuten würde er die Polizei rufen.

Der Tag wurde immer besser.

62. Kapitel

Das Wasser des Kanals sieht im schwindenden Licht schwarz aus. Eine Gans taucht den Kopf unter und kommt mit leerem Schnabel wieder hoch. Die Luft riecht nach Benzin und nach Granddads zu starkem Rasierwasser.

Der Junge weint.

»Ich mag das nicht«, flüstert er.

»Doch, du magst es«, sagt Granddad. »Das merke ich doch.«

Seine Stimme ist kalt und hart, so wie die von seinem Vater immer wird, wenn er böse ist.

Der Junge schüttelt den Kopf und schnieft. »Nein.«

»Tja, jetzt ist es zu spät«, meint Granddad. »Wenn jemand rausfindet, was du gemacht hast, kriegst du richtig Ärger. Dann will niemand mehr mit dir befreundet sein.«

Der Junge fängt an zu zittern. Ihm ist schlecht.

Das ist alles seine Schuld. Er hätte schon früher etwas tun sollen. Er hätte gleich etwas sagen sollen. Hat er aber nicht. Er hatte zu viel Angst, und jetzt ist es zu spät.

Wenn jemand erfährt, was er Granddad hat tun lassen, dann werden sie sich alle vor ihm ekeln. Niemand wird mehr mit ihm reden wollen. Sogar seine Mutter wird ihn hassen.

Der Junge beginnt noch heftiger zu schluchzen. Er würgt und ringt nach Luft.

»Hör auf«, herrscht Granddad ihn an und schüttelt ihn vor und zurück; seine Hände schließen sich fest um den Hals des Jungen. »Sieh mich an. Ich hab gesagt, hör auf damit! Sofort.«

63. Kapitel

Raguels Messer schmiegt sich an seinen Unterschenkel. Die Stimmen wispern Ziba Macs Namen. Die Wände atmen sachte.

64. Kapitel

Während ich davonraste, dachte ich darüber nach, was der Lacerator gerade offenbart hatte. Sein Brief deutete auf ein Trauma hin, das Rätsel ließ annehmen, dass es etwas mit seiner Kindheit zu tun hatte, und die Puppe füllte die Leerstellen. Im ersten Hinweis hatte er betont, dass er ein Junge war, und dann hatte er den nächsten an einer Jungenpuppe versteckt. Daraus folgte, dass die Puppe für ihn als Kind stand. Und ihr Gesicht war geschwärzt worden.

Es gibt eine ganze Anzahl verschiedener Warnsignale, nach denen Ärzte und Therapeuten bei Kindern Ausschau halten, wenn sie sexuellen Missbrauch vermuten. Unsauberkeit. Häufiges Masturbieren. Und das Verstümmeln von Puppen. Das Gesicht einer Puppe schwarz zu übermalen würde in diese letzte Kategorie fallen.

Kinder projizieren ihre Gefühle oft in unbelebte Gegenstände hinein. Sie zu zerstören ist eine Möglichkeit für sie, ihren Selbsthass und das Gefühl der Hilflosigkeit zum Ausdruck zu bringen. Außerdem hilft es ihnen, ihren Schmerz zu bewältigen und die Wut auszuleben, die sie empfinden, gegen die sie aber nichts unternehmen können.

Der Lacerator benutzte die Puppe dazu, mir zu zeigen, was er als Kind durchgemacht und wie er sich dabei gefühlt hatte. Sein Rätsel deutete auf dasselbe hin.

Am Anfang war's lustig, doch es endete schlimm,
meine Schuld gewiss, aufs Kreuz gelegt worden ich bin.

Zuerst hatte ich es nicht verstanden, im Kontext des Kindesmissbrauchs jedoch war es vollkommen logisch.

Pädophile biegen sich ihre Opfer normalerweise sorgfältig zurecht, bevor sie sich an ihnen vergehen. Sie überschütten sie mit Geschenken und Aufmerksamkeiten, um dem Kind das Gefühl zu geben, es sei etwas ganz Besonderes, und um zu prüfen, ob es diese Aufmerksamkeiten vor seinen Eltern geheim halten kann.

Gleichzeitig fangen sie mit »harmlosem« Berühren an: Umarmen, Haare-Wuscheln, all so etwas. Der körperliche Kontakt wird allmählich gesteigert, doch weil das so langsam vor sich geht und zwischen Opfer und Täter ein Vertrauensverhältnis aufgebaut worden ist, beklagt sich das Kind nicht.

Wenn das Ganze dann schlimmere Ausmaße annimmt, hat das Kind das Gefühl, etwas falsch gemacht zu haben, dass es irgendwie an dem Missbrauch schuld ist. Es sagt nichts, weil es Angst hat, dass man ihm nicht glauben wird. Oder noch schlimmer, dass es Ärger bekommen wird.

Das war es, was dem Lacerator als Kind zugestoßen sein musste.

Am Anfang war's lustig (Geschenke/Aufmerksamkeit)
Doch es endete schlimm (Missbrauch)
Meine Schuld gewiss (er gab sich selbst die Schuld)

Aufs Kreuz gelegt worden ich bin (eine Doppeldeutigkeit, ein Verweis darauf, getäuscht worden zu sein, aber auch eine Anspielung auf Sex). Allerdings zeigte die Formulierung, dass er jetzt ausschließlich dem Täter die Schuld gab.

Wenn der Lacerator Opfer von Kindesmissbrauch gewesen war, dann hatte er eine ganz ähnliche Leidensgeschichte durchlebt wie viele andere Serienmörder. Doch die Puppe zeigte mir noch etwas anderes. Warum er seine Opfer auswählte.

Ich hatte völlig danebengelegen. Er tötete nicht, weil er auf einem Kreuzzug gegen Schwule war oder weil er wegen seiner eigenen Sexualität Schuldgefühle empfand. Vielmehr suchte er sich seine Opfer aus, weil sie ihn an denjenigen erinnerten, der ihn missbraucht hatte – an die Person, gegen die sich seine Wut in Wirklichkeit richtete.

Und ich hatte den Verdacht, dass es beim nächsten Hinweis darum gehen könnte, wer das war.

65. Kapitel

Ruderst du dein kleines Boot
Den Fluss entlang mit Fleiß
Siehst den alten Lüstling stehen
Wird dir kalt und heiß
Hier fing es an, und das Ende ist hier
Bei der Schleuse, wo die Brücke sich biegt
Der Engel sah, und der Engel schlug zu
Keine Tränen mehr, das Unglück hat Ruh
Auf ein Kissen hat er sein Haupt gelegt
Und ohne Furcht geht er jetzt zu Bett

Es war 17 Uhr 51. Nur noch gut eine Stunde, bis der Lacerator sein nächstes Opfer tötete. Dies war erst der zweite Hinweis, und er würde wahrscheinlich zu einem dritten führen, wenn nicht zu noch mehr. Wenn ich das hier nicht schnell knacken konnte, würde noch jemand sterben. Und ich wusste noch immer nicht, wer.

Zum zweiten Mal kam mir der Gedanke, dass diese ganze Schnitzeljagd ein Täuschungsmanöver sein könnte. Auf jeden Fall war es eine tolle Masche, um mich vom Rest des Teams zu trennen, mich zu isolieren und dafür zu sorgen, dass ich nicht um Hilfe bitten konnte. Der Lacerator war nicht bei der Spezialeinheit, doch das hieß nicht, dass er nicht in der Lage war, in einer Richtung eine Blendgranate zu zünden und aus einer anderen anzugreifen.

War ich übermäßig misstrauisch, oder war ich tatsächlich in Gefahr?

Ich passe nicht ins Opferschema, doch der Täter war schizophren, ein Mann mit komplexen Wahnvorstellungen. Was, wenn sich seine Befehle von ganz oben nun geändert hatten? Wenn die Stimmen angefangen hatten, ihm etwas ganz Neues zu erzählen?

Bei der ersten Pressekonferenz hatte ich ein Profil von ihm präsentiert. Wenn ihm nun nicht gefallen hatte, was ich über ihn gesagt hatte? Würde der rächende Erzengel sich nicht gegen jemanden wenden, der ihn in aller Öffentlichkeit bloßgestellt hatte? Ist die Bibel nicht voll von solchen Nummern?

Sollte ich Scotland Yard verständigen? Sollte ich dem Team sagen, was los war? Aber wie konnte ich das tun? Ich wusste doch immer noch nicht sicher, ob nicht einer von ihnen etwas mit dem Ganzen zu tun hatte. Und ich durfte nicht riskieren, dass der Lacerator herausfand, dass ich gegen die Regeln verstoßen hatte. Nein, ich musste das hier auf seine Art machen. Allein.

Die Trauer um Duncan, die mich so oft lähmt, macht mich auch stark. Ich habe den einzigen Mann verloren, den ich jemals geliebt habe. Es gibt nichts mehr, was ich noch verlieren könnte. Risiken bedeuten für mich nicht dasselbe wie für andere Leute

Ich fuhr auf einen Supermarktparkplatz und machte den Motor aus. Auf dem Parkplatz standen Hunderte Autos. Ich war gut getarnt. Das Problem war, ich hatte keine Ahnung, wo ich jetzt hinsollte.

Die Anfangszeilen des ersten Hinweises hatten sich auf Toys »R« Us bezogen. Doch wovon war in diesem hier die Rede?

Darin gab es eine weitere eindeutige Anspielung auf Missbrauch – *alter Lüstling*. Und die kindliche Versform deutete auf die qualvolle Vergangenheit des Mörders hin.

Aber wo war die nächste Ortsangabe?

Es muss irgendwo in der Nähe von Wasser sein, dachte ich, bei all diesen Verweisen auf Flüsse und Schleusen.

Aber wenn der nächste Hinweis entlang der Themse versteckt war, war ich erledigt. Selbst wenn ich die ganze Zeit mit Vollgas fuhr und jede rote Ampel in ganz London mitnahm, würde ich es nie rechtzeitig zum Embankment schaffen, um ihn davon abzuhalten, abermals zu töten. Gar nicht zu reden von der Tatsache, dass der Fluss weit über dreihundert Kilometer lang ist und der Hinweis überall entlang seiner Ufer versteckt sein konnte.

Ich las die Verse noch einmal. *Bei der Schleuse, wo die Brücke sich biegt.*

Eine Idee nahm langsam Gestalt an. Wenn das nun gar nichts mit der Themse zu tun hatte? Wenn damit eine Kanalschleuse gemeint war?

Es gibt dreizehn Schleusen entlang des Regent's Canal. Aber nur eine passte zu dem, was ich vom Lacerator wusste.

Camden Lock.

Plötzlich wusste ich ganz genau, wo ich hinmusste.

Ich ließ den Motor an. Je schneller ich den nächsten Hinweis fand, desto früher würde ich herausfinden, wen ich retten musste. Die anderen Opfer waren Stellvertreter gewesen, ein Ersatz für den Mann, den der Täter eigentlich vernichten wollte. Erst jetzt war er bereit, den finalen Akt zu vollziehen.

Also war die Identität des nächsten Opfers von Bedeutung, wegen seiner persönlichen Verbindung mit dem Mörder.

Das hieß, wenn ich herausfand, wer dieser Mann war, dann könnte durch diese Erkenntnis auch der Lacerator selbst endlich entlarvt werden.

66. Kapitel

Vergesst den Spruch, dass alle Wege nach Rom führen. In diesem Fall führten alle Wege nach Camden. Dort waren die Leichen von Aidan Lynch und den letzten Opfern gefunden worden. Das Geo-Profil wies darauf hin, dass der Lacerator dort wohnte. Und es sah so aus, als könnte auch der dritte Hinweis dort versteckt sein.

Doch was an Camden war so wichtig für den Lacerator?

Die Erfahrung sagte mir, dass es um mehr ging als nur um Zweckmäßigkeit. Etwas Einschneidendes war ihm dort passiert. Deswegen kam er immer wieder zurück. Er beglich eine alte Rechnung. Brachte die Vergangenheit wieder ins Lot.

Um 18 Uhr 03 hielt ich vor dem Roundhouse. Ich war gut vorangekommen, aber trotzdem wurde die Zeit knapp. Keine Stunde mehr bis zur Deadline. Ein weiterer Mann würde umgebracht werden, wenn ich nicht vor dem Lacerator bei ihm war. Oder eine Frau, sagte mein Tausend-Volt-Gehirn. Es war doch immer noch möglich, dass er hinter mir her war.

Es gab keine freien Parkplätze entlang der Hauptstraße,

also ließ ich meinen Wagen im Halteverbot stehen. Das würde mit Sicherheit ein Bußgeld geben, doch das war mir scheißegal. Alles, was mich interessierte, war, den nächsten Hinweis zu finden.

Obwohl es mitten in der Woche war, wimmelte es auf dem Markt von Goths und allen möglichen Möchtegern-Irgendwas. Leute in Army-Trenchcoats mit irren Piercings und merkwürdig gefärbtem Haar. Personen unbestimmbaren Geschlechts, die Hand in Hand dahinschlenderten. Menschen, die mehr schlurften als gingen.

»Weg da!«, schrie ich und rempelte mich durch die Menge.

Ich kam an einer Reklametafel für den *Evening Standard* vorbei, auf der die Schlagzeile des Tages prangte – *Lacerator schlägt erneut zu!*

»Die Leichen sind doch hier ganz in der Nähe gefunden worden, nicht?«, hörte ich eine amerikanische Frauenstimme sagen; ein Schaudern der Erregung schwang darin mit.

Ein paar Meter weiter sah ich einen Polizisten, die Hände in die Hüften gestemmt, der den Blick über den Markt wandern ließ, als suche er nach jemandem. Er schaute kurz in meine Richtung und griff nach seinem Funkgerät.

»L2206.«

Ich konnte nicht hören, was er sagte, doch von hier aus konnte ich gut genug Lippenlesen, um zu wissen, dass er gerade zu einem Funkspruch an die Zentrale ansetzte. Doch wohl nicht wegen der verdammten Puppe.

Rasch schlüpfte ich in die Menge. Ich musste weiter.

Die Brücke war vor mir, doch da hinzukommen, würde nicht leicht sein.

Auf dem Markt war die Hölle los. Menschen schlenderten herum, machten Fotos, ließen sich als Karikatur zeichnen oder futterten Tandoori-Wraps und Essen aus indonesischen Straßenküchen. Die Besitzer der Marktstände priesen lautstark ihre Waren an – »Echtes Leder. Guter Preis!« Der schwere Dunst von chinesischem Essen und indischen Gewürzen hing in der Luft, während überall um mich herum Stimmengewirr in unterschiedlichen Sprachen lärmte.

»Macht doch mal Platz. Weg da«, forderte ich und bahnte mir mit den Ellenbogen einen Weg durch die Menge.

Die Brücke war eine Fata Morgana: stets in Sicht, immer gerade außer Reichweite.

Ich musste dort hin. Inzwischen rannte ich; meine Füße dröhnten laut auf dem Weg. Dann blieb ich wie angewurzelt stehen, und ein Adrenalinschwall flutete durch mich hindurch.

Ich ahnte die Schritte hinter mir mehr, als dass ich sie hörte, obwohl natürlich überall Schritte waren; das Getrampel hallte auf dem ganzen Markt wider. Das Stampfen und Schlappen zahlloser Menschen, die über Kopfsteinpflaster laufen. Und doch war die Kadenz dieser Schritte anders. Sie waren achtsam, genau abgemessen und im perfekten Takt mit meinen. Diese Schritte folgten mir.

Ich legte einen Zahn zu, wand mich durch die Menge, versuchte, meinen Verfolger abzuschütteln.

Bei einem meiner ersten Einsätze in der Spezialeinheit hatte ich einem mutmaßlichen Terroristen folgen und ihn im Blick behalten sollen, in der Hoffnung, dass er uns zu seiner Zelle führte. Ich verbrachte Wochen damit, ihm zu folgen. Ich lernte, einen Abstand von zehn Metern zu meiner Zielperson einzuhalten. Den Kopf gesenkt zu halten und damit zu rechnen, dass er ab und zu stehen blieb, und dann ganz nonchalant an ihm vorbeizugehen, bis ich irgendetwas fand, wo ich mich verstecken und zurückschauen konnte. Und ich lernte weiterzugehen, wenn ich den Verdacht hatte, dass ich bemerkt worden war.

Ich hatte gelernt, neutrale Farben zu tragen – nichts Knallbuntes und niemals Schwarz. Ich hatte gelernt, Taschen mit Wechselkleidung in anderen Taschen bei mir zu haben. Und ich hatte gelernt, wie wichtig es war, mich meiner Umgebung anzupassen. In Teheran trug ich einen Hidschab. In Madrid eine Sonnenbrille.

Die Schritte waren jetzt lauter und schneller. Derjenige, der mir folgte, kannte die Regeln nicht. Er hielt keine zehn Meter Abstand. Doch das hieß nicht, dass er keine Bedrohung darstellte.

Ich beschleunigte meine Schritte. Er beschleunigte seine. Ich spurtete los; meine Handtasche pendelte mir gegen die Seite. Er gab ebenfalls Gas. Hastig sah ich mich um, stolperte, fiel und schaffte es, mir dabei das Knie aufzuschürfen. Schnell stemmte ich mich in die Hocke hoch und nutzte meine neue Position, um die Umgebung abzusuchen, ohne dass man mich sehen konnte.

Da sah ich ihn. Einen jungen Mann mit langen, fettigen Haaren zu einem Pferdeschwanz zusammengebunden, verfolgt von dem Constable, den ich vorhin gesehen hatte. Also ein Taschendieb. Der war gar nicht hinter mir her.

Du Idiotin, schalt ich mich, kam auf die Beine und eilte weiter.

Stufen führten zur Brücke hinauf. Hastig schaute ich am Fuß der Treppe nach, nur für alle Fälle. Dort war nichts. Ich rannte über die Brücke und rempelte andere Leute an.

»Pass doch auf, du dämliche Zicke!«

»Blöde Kuh!«

»Wohin denn so eilig?«

Auf der andren Seite der Brücke waren noch mehr Menschen. Aßen. Tranken. Waren auf der Suche nach Stoff, ungeachtet der Mühe, die sich die Polizei gab, den Drogenmarkt dichtzumachen.

Mit noch immer heftig pochendem Herzen suchte ich hinter den Mauern und unter dem Müll, der sich dort gesammelt hatte.

Ich war so in meine Suche vertieft, dass ich den Mann, der mich vom Treidelweg aus beobachtete, nicht sofort bemerkte. Doch als er auf seine Arme einschlug, blitzte seine Brille im Licht auf.

Was zum …?

Es war der Meth-Junkie aus dem Zug, der Typ, den ich gestern Abend vor dem Restaurant gesehen hatte.

Ein Kribbeln fuhr mir über die Kopfhaut. Einmal war Zufall. Zweimal war ein Muster.

Er starrte mich unverwandt an und pulte an einem Schof an seinem Hals herum; seine Lippen waren zu etwas verzogen, das mehr ein Feixen als ein Lächeln war. Doch er stand nur einen Augenblick lang dort. Im nächsten Moment verschwand er in der Menge und war weg.

Natürlich verfolgte ich ihn. Aber ich hatte ihn so vollständig verloren, als hätte der Erdboden ihn verschluckt.

»Haschisch. Crystal. Koks«, bot ein Schwarzer im Vorbeigehen in zischelndem Flüsterton an. Seine Jeans hing ihm halb vom Hintern herunter, sein Blick war verschlagen.

Ich wurde langsamer und blieb stehen. Könnte der Junkie der Lacerator sein?

Ganz sicher passten Teile des Profils auf ihn, vor allem die Verbindung mit Camden und der Drogenkonsum, der ihn durchaus irgendwann einmal in irgendeine Einrichtung gebracht haben könnte. Und natürlich haben Meth-Süchtige luzide Phasen; die wären nötig gewesen, um mir so zu schreiben, wie er es getan hatte.

Aber sein Alter passte nicht. Ich hatte den Täter auf Mitte bis Ende vierzig geschätzt. Dieser Typ konnte nicht viel älter sein als ich. Also Anfang dreißig, möglicherweise auch jünger. Meth lässt die Menschen vorzeitig altern.

Obendrein war der Junkie angezogen wie ein Penner, wohingegen die Briefe des Mörders zeigten, dass wir jemanden suchten, der zwanghaft sauber und ordentlich war.

Ich rieb mir den Nacken. So oder so, ich konnte ihn schlecht melden, ohne gegen die Regeln des Lacerators zu verstoßen. Die Konsequenzen wären zu furchtbar, um auch nur daran zu denken. Und was wäre, wenn ich Scotland Yard alarmierte, und der Junkie war unschuldig? Dann wüsste der wahre Täter Bescheid, und dann ...

Nein. Ich musste mit der Schatzsuche weitermachen. Am ehesten konnte ich ihn aufhalten, indem ich die Hinweise enträtselte.

Es dauerte noch weitere fünf Minuten, bis ich ihn fand. Ein Schuhkarton, in einer weißen Plastiktüte versteckt, die unter die Brücke gestopft worden war.

Ich zog den Karton heraus. Vorn war ein Computerausdruck draufgeklebt, der einen Engel in Rüstung zeigte, mit einem Speer in der Hand. Hatte das etwas mit Raguel und dieser Erzengel-Nummer zu tun?

Ich öffnete den Karton. Darin war eine Puppe mit blondem Haar, wieder ein Junge. Mit geschlossenen Augen lag sie auf dem Rücken, auf etwas, das aussah wie ein Pfadfinderhalstuch.

Ein Achterknoten und jetzt ein Halstuch. Beides Pfadfindersymbole. Doch wie passte der Lacerator da hinein? Es sei denn …

Jack hatte gesagt, das erste Opfer, Aidan Lynch, hätte mit einer Pfadfindergruppe zu tun gehabt. Versuchte der Mörder, mir zu sagen, dass sie sich dort begegnet waren, und nicht in einer Schwulenbar, wie wir geglaubt hatten? Und wenn ja, wie hing das mit allem anderen zusammen, was er offenbart hatte?

Ich hätte ja gern mit meinem Handy ein Foto von der Komposition des Lacerators gemacht, doch ich konnte nicht riskieren, es einzuschalten. Dann würde es ein Signal senden, und wenn er versuchte, mir zu folgen, konnte er das nutzen, um ganz genau herauszufinden, wo ich war.

Ein Stück Papier war unter dem Halstuch verborgen.

Als ich las, was darauf stand, flutete ein Säureschwall durch meine Eingeweide.

Dieser Hinweis war anders als die anderen. Er reimte sich nicht. Er zeigte nur, aus welcher Nähe der Lacerator mich beobachtet hatte.

Und er hörte sich ganz so an, als ob er als Nächstes mich umbringen würde.

67. Kapitel

Näher und näher. Die Zeit kommt, das Reich Gottes naht. Bald, Ziba Mac. Sehr bald.

68. Kapitel

Mit hämmerndem Herzen rannte ich zurück zu meinem Wagen.

Ich wusste genau, wo der nächste Hinweis versteckt war. Das Problem war nur, dort hinzugehen könnte bedeuten, in einen Hinterhalt zu tappen.

Ich bin bei dir und wache über dich, wo du auch wandelst.

Ich habe dein Leben verschont, als du auf deiner Bank gesessen hast, aber mein Messer wird gezückt sein, wenn du wieder dorthin gehst.

Der Lacerator meinte meine Lieblingsbank am Kanal, die unter der großen Platane, wo ich heute Vormittag mit Jack telefoniert hatte. Die, auf der ich gern sitze und lese.

Wie lange stalkte dieses durchgeknallte Arschloch mich eigentlich schon? Und woher kannte er mich so gut?

Doch das war noch nicht alles. Nach dem, was er geschrieben hatte, musste er zur selben Zeit dort gewesen sein wie ich. Ich hatte doch gedacht, jemand würde mir folgen, als ich zu meinem Spaziergang aufgebrochen war. Hätte ich nur auf meinen Bauch gehört, dann könnte der Mörder jetzt in Polizeigewahrsam sein.

Mach dich später deswegen selbst fertig, Ziba. Im Augenblick musst du deinen nächsten Schachzug planen.

Aber was sollte mein nächster Schachzug sein? Ich könnte jemanden bitten, die Polizei anzurufen und ihnen zu sagen, dass sie den Kanal überwachen sollten.

Das Problem war, niemand wusste, wie der Lacerator aussah. Er würde ja nicht gerade ein blinkendes Neonschild tragen, auf dem »Serienmörder« stand. Laut dem Profil dürfte er ordentlich angezogen sein, doch das war auch schon alles, was wir über sein Erscheinungsbild wussten.

Und obendrein war auch noch schönes Wetter. Da würden jede Menge Menschen unterwegs sein. Es ging nicht nur darum, Ausschau nach einem Mann ohne Begleitung zu halten, der sich verdächtig benahm.

Und was würde er tun, wenn er eine Meute Polizeiwagen auf den Kanal zurasen sah? Durchdrehen? Einen Amoklauf starten?

Nein, je mehr ich darüber nachdachte, desto mehr schien es mir das Beste zu sein, wenn ich allein dorthin ging und hoffte, dass er etwas unternahm.

Ich bin vom SAS im Nahkampf ausgebildet worden, und ich weiß, wie man einen Mann entwaffnet und seine Waffe gegen ihn einsetzt. In eine Falle zu tappen schien mir im Moment die beste Methode, um den Drecksack in seinem eigenen Netz zu fangen.

Ich schaute auf die Uhr. 18 Uhr 25. Nur noch fünfunddreißig Minuten bis zur Deadline, doch ich wusste, wo ich hinmusste. Es war nicht weit, und mein Porsche ist schnell. Ein Kinderspiel.

Ich kam am Roundhouse an und blieb wie angewurzelt stehen.

Nein!

Am liebsten hätte ich losgeschrien. Das war doch unglaublich, verdammte Scheiße! Wütend starrte ich die rostige gelbe Parkkralle an meinem rechten Vorderrad an. Gerade wenn ich ganz dringend losmusste, kam ich nicht vom Fleck.

Ich riss den Strafzettel ab, der an meine Windschutzscheibe geklemmt war. Natürlich hätte ich die Nummer anrufen können, die ganz unten draufstand, doch zu warten, bis jemand kam und die Kralle abnahm, würde Zeit kosten, und Zeit war etwas, was ich nicht hatte. Ich musste mir etwas anderes ausdenken, um dort hinzukommen, wo ich hinwollte, und zwar schnell.

Der U-Bahnhof Chalk Farm war nur ein paar Gehminuten entfernt, doch die U-Bahn war keine Lösung. Ich müsste umsteigen; das würde zu lange dauern. Und der Bus nützte mir auch nichts. Der wäre viel zu langsam. Ein Taxi wäre prima gewesen, doch hier gab es keinen Taxistände, und es fuhren auch keine auf Kundensuche herum.

Was tun?

Suchend ließ ich den Blick über die Straße wandern.

Genau!

Ich sauste über die Straße und vermied es gerade eben noch, mich von einem Laster umnieten zu lassen, der noch lange weiterhupte, nachdem ich wohlbehalten bei der Nat-West Bank auf der anderen Straßenseite angekommen war. Ich hatte eine Idee gehabt, allerdings nicht gerade eine meiner besten, wie sich herausstellte.

Ich steckte meine Scheckkarte in das Loch in der Wand und zog zweihundertfünfzig Pfund, den Höchstbetrag, den ich an einem Tag abheben konnte. Aber würde das reichen? Vielleicht nicht. Ich sollte mir noch mehr besorgen. Rasch wühlte ich in meiner Brieftasche. Eine Mastercard und eine American-Express-Karte. Wo war meine Barclaycard? Egal, siebenhundertfünfzig Pfund sollten genügen. Ich würde eine Gebühr dafür zahlen müssen, dass ich Kreditkarten benutzte, aber wenn das hier klappte, dann wäre es das wert.

Bewaffnet mit einem dicken Geldbündel und dem Schuhkarton des Mörders stand ich am Straßenrand, dem entgegenkommenden Verkehr zugewandt, und fuchtelte mit den Armen wie ein wild gewordener Signalgast. Mein Plan war, für eine Mitfahrgelegenheit zu bezahlen. Ich konnte mir nicht vorstellen, dass jemand Hunderte von Pfund für einen kurzen Umweg ablehnen würde.

Doch da irrte ich mich.

Dies hier ist London; die Leute halten für nichts und niemanden an, und alle haben es immer eilig. Vielleicht hätte ich ja mehr Glück, wenn ich mit meinen Geldscheinen wedeln würde, aber wahrscheinlich würde mir die bloß jemand aus der Hand reißen.

Drei Minuten vergingen. Vier. Fünf. Niemand hielt an. Ich musste etwas anderes versuchen.

Vielleicht war der Lacerator hinter mir her. Vielleicht war er hinter jemand anderem her. Unmöglich, das sicher zu wissen. Alles, was ich wusste, war, dass ich mit der Schnitzeljagd weitermachen musste. Es nicht zu tun könnte einen anderen Menschen in Lebensgefahr bringen.

Ich musste herausfinden, wer dieser Mensch sein könnte, und eine Möglichkeit finden, ihn zu retten. Und wenn ich diejenige war, hinter der der Lacerator her war? Nun, damit würde ich mich befassen, wenn es so weit war. Es wäre nicht das erste Mal, dass ich einen Angreifer ausschalten musste. Wenigstens wäre ich diesmal gewarnt.

Ein paar Türen weiter die Straße hinauf war ein Schnellrestaurant. Das Ganze war ein bisschen dilettantisch, aber das Zugunglück am Donnerstag hatte mir persönlich vor Augen geführt, was Menschen für Wildfremde zu tun bereit sind, die in Schwierigkeiten stecken, und ich hatte ja nicht wirklich Zeit, um mich in die Maske zu begeben.

Ich rannte in das Restaurant und schnappte mir eine Flasche Ketchup vom Tresen neben der Essenausgabe. Dann quetschte ich Ketchup auf meinen Arm, rieb mir die rote Pampe in Ärmel und Haut. Ein paar Gäste sahen mich fragend an, aber niemand sagte etwas. Das ist auch typisch für London – die Leute ziehen den Kopf ein. Sie reden nicht mit Menschen, die sie nicht kennen.

Ich rannte zurück auf die Straße und umklammerte meinen Arm.

»Alles okay, Schätzchen?« Ein Autofahrer fuhr langsamer und streckte den Kopf aus dem Fenster.

»Nein, ich bin gerade ausgeraubt worden.«

»Ausgeraubt?« Verwirrt sah er mich an. »Aber Sie haben Ihre Handtasche doch noch.«

Scheiße! Meine Wangen leuchteten hochrot auf.

»Ich hab mich gewehrt«, stieß ich rasch hervor. »Aber er hat zugestochen. Ich hab kein Auto. Können Sie mich nach

Hause fahren? Ich wohne in Little Venice, gleich am Kanal. Das ist nicht weit von hier.«

»Selbstverständlich.« Er lächelte. »Rein mit Ihnen.«

Er fragte nicht, ob er mich nicht lieber zu einem Krankenhaus fahren solle, und in diesem Moment fand ich das auch nicht merkwürdig.

Erst als wir losfuhren, bemerkte ich das Logo auf seinem Lenkrad.

Ich umklammerte den Türgriff, bereit, schnell das Weite zu suchen, wenn es sein musste, während der silberne Honda, in dem ich saß, den Hügel hinauf beschleunigte.

69. Kapitel

Es dauerte nicht lange, bis mir aufging, wie dämlich ich mich gerade anstellte. Völliger Hirnstillstand, wie Duncan gesagt hätte.

Der Fahrer des Honda war ein Mann von über siebzig mit Glatze, dürren Ärmchen und einem Ehering, der sich in seinen Finger grub.

Auf dem Rücksitz war ein vollgekrümelter Micky-Maus-Kindersitz, an seinem Schlüssel hing ein Foto von einer lächelnden Frau im Kostüm, die ein Kleinkind knuddelte, und im Fußraum des Beifahrersitzes lag ein Kinderranzen mit dem Logo einer Schule vorne drauf.

Dieser Kerl war keine Bedrohung. Er war ein alter Mann, seit Jahren verheiratet, der keine Mühe scheute, um einer Wildfremden zu helfen, genauso, wie er bestimmt auch bei seinem Enkel einsprang, wenn seine Tochter arbeitete.

Er krümmte sich beim Fahren übers Lenkrad und schielte jedes Mal rasch zu mir herüber, wenn wir an einer roten Ampel hielten.

»Alles okay, Schätzchen?«, fragte er zum x-ten Mal, als

wir in die Avenue Road einbogen, während *Chariots of Fire* aus dem Radio dröhnte.

Die Ampel sprang um.

»Mein Arm tut echt weh. Können Sie ein bisschen schneller fahren?«

»Ich fahre doch schon dreißig.« Er sah in den Rückspiegel, hielt nach Verkehrspolizisten Ausschau.

Ich gab einen Schmerzenslaut von mir.

»Ich schau mal, was ich tun kann«, meinte er unsicher und beschleunigte auf vierzig.

Hätte ich doch nur einen Dienstausweis, dann hätte ich das Fahrzeug beschlagnahmen können. Natürlich hätte ich auch Gewalt anwenden können, um hinters Lenkrad zu kommen, aber das hätte eigentlich nicht viel gebracht. Selbst in einem BMW M6 Turbo hätten wir auf diesen verstopften Einbahnstraßen nicht viel Strecke gemacht.

Mich über eine Situation aufzuregen, die ich nicht ändern konnte, war Energieverschwendung. Da war es besser, über die Hinweise nachzudenken, und darüber, was sie mir über den Lacerator verrieten. Das Bild von dem Engel auf dem Karton. Das Pfadfinderhalstuch. Die »schlafende« Puppe.

Das mit dem Engel verstand ich ja. Und in Zusammenhang mit Aidan Lynch auch das mit dem Halstuch. Aber wie passte die Puppe in das alles hinein? Und worin bestand die Verbindung zwischen diesen dreien?

»Hier ist Global Newsroom um 18 Uhr 45«, verkündete der Radiosprecher.

Viertel vor sieben?

Entsetzt sah ich auf die Uhr – 18 Uhr 41. Bestimmt ging sie nach. Rasch stellte ich sie neu.

Der London Lacerator hat ein zweites Mal zugeschlagen und laut Scotland Yard einen weiteren brutalen Mord begangen.

Ein Sprecher der Polizei von London sagte, dass nach dem Zugunglück vom Donnerstag mehr Menschen als ursprünglich gedacht aus den Trümmern entkommen sind.

Und Anne Catlin, die Mutter des ermordeten Schülers Samuel, bittet noch einmal um Informationen über den Mörder ihres Sohnes.

Samuel Catlin! Könnte das die Lösung sein?

Ich hatte den Schuhkarton am Camden Lock auf dem Treidelpfad gefunden, genau dort, wo Samuels Leichnam entdeckt worden war. Und Jack hatte gesagt, Samuel hätte zu Aidan Lynchs Pfadfindertruppe gehört.

Versuchte der Lacerator, mir zu sagen, dass er sie beide umgebracht hatte? In diesem Fall war Samuel sein erstes Opfer gewesen, nicht Aidan.

Aber wie passte das zusammen – mir zu sagen, was er getan hatte, und mir zu sagen, wer er war? Und welcher Zusammenhang bestand zwischen dem Mord an einem Kind und seinen späteren Zielpersonen – grauhaarige Männer, die ihn an denjenigen erinnerten, der ihn missbraucht hatte?

Noch einmal dachte ich über die Formulierung des Hinweises nach:

Der Engel sah, und der Engel schlug zu
Keine Tränen mehr, das Unglück hat Ruh
Auf ein Kissen hat er sein Haupt gelegt
Und ohne Furcht geht er jetzt zu Bett

Wieder und wieder sagte ich die Zeilen im Kopf auf, bis sich der Nebel plötzlich lichtete. Der Lacerator hatte Samuel *wirklich* als Ersten umgebracht, und ich wusste auch, warum.

Außerdem war mir klar, dass dies bedeutete, er konnte sein Opferschema ändern. Was für mich nichts Gutes verhieß.

70. Kapitel

Im Laufe des Nachmittags hatte ich eine Menge über den Lacerator in Erfahrung gebracht. Wie so viele andere Serienmörder war er als Kind sexuell missbraucht worden. Er hatte Männer umgebracht, die ihn an den Kinderschänder von damals erinnerten. Und obgleich er für den Tod von Samuel Catlin verantwortlich war, hatte er nach seiner Ansicht aus noblen Gründen gehandelt.

Diese Tat war das gewesen, was wir als »altruistischen Mord« bezeichneten, weil er glaubte, der Tod sei im besten Interesse seines Opfers. Seine anderen Zielpersonen mochte der Lacerator bestraft haben, doch er hatte geglaubt, er würde Samuel retten.

Der Engel sah, und der Engel schlug zu
Keine Tränen mehr, das Unglück hat Ruh

Es war alles da. Der »Engel« (also der Lacerator) sah etwas, was ihm nicht gefiel und »schlug zu«, damit es »keine Tränen mehr« gab. Nach Ansicht des Lacerators hatte er Samuels Leiden beendet, indem er ihn getötet hatte.

*Auf ein Kissen hat er sein Haupt gelegt
Und ohne Furcht geht er jetzt zu Bett*

Hier war die Ausdrucksweise liebevoll, ließ auf Zuneigung und Mitgefühl schließen. Und der Lacerator empfand das Resultat des Mordes – dass Samuel jetzt ohne Furcht schlafen konnte – als etwas Positives.

Obwohl die Furcht vor dem Zubettgehen sich ja vielleicht auch auf den Lacerator selbst bezog. Schließlich leiden Schizophrene oft unter Schlaflosigkeit, besonders während eines psychotischen Schubes.

Wenn der Lacerator seine erwachsenen Opfer ermordete, war er ein rächender Erzengel, bei Samuel Catlin jedoch war er ein Engel der Barmherzigkeit gewesen. Oder ein Todesengel, wie die Holmes-Typologie es ausdrückt, die Serienmörder in Kategorien einteilt.

Es gibt zwei Todesengeltypen: sadistische Killer wie Harold Shipman, die das Gefühl der Macht genießen, wenn sie das Leben eines Menschen beenden, der sich in ihrer Obhut befindet. Und Barmherzigkeitsmörder, die glauben, im Interesse ihrer Opfer zu handeln.

Wenn Barmherzigkeitsmörder verhaftet werden, sagen sie fast immer, sie hätten nichts Falsches getan. Typischerweise behaupten sie, sie hätten versucht, das Leiden ihrer Opfer zu lindern, indem sie sie »einschlafen ließen«. Schon diese Wortwahl zeigt, dass sie denken, sie würden aus Güte handeln, und sie hat auffallende Ähnlichkeit mit der Sprache, derer sich der Lacerator in seinem Hinweis bediente.

In der verschrobenen Gedankenwelt des Lacerators war

der Mord an Samuel Catlin ein Akt der Nächstenliebe. Aber warum? Was hatte ihn glauben lassen, Samuel sei in Schwierigkeiten? Was hatte ihn glauben lassen, dass er gerettet werden müsse?

Darauf gab es nur eine logische Antwort. Es hatte etwas mit den Pfadfindern zu tun.

Ich war bereits darauf gekommen, dass der Lacerator als Kind sexuell missbraucht worden war. Hatte er herausgefunden, dass auch Samuel ein Missbrauchsopfer war?

Mein Herz machte einen Satz. Aidan Lynch! Hatte er dem Kind etwas getan? Hatte der Lacerator ihn deshalb umgebracht? Um es ihm heimzuzahlen? Er hatte sich mit Samuel identifiziert und den Mann vernichtet, der ihm etwas antat. Als Kind hatte er an seiner Situation nichts ändern können. Als Erwachsener konnte er sich wehren.

Das würde auf jeden Fall erklären, warum Aidan Lynch sich äußerlich so sehr von seinen späteren Opfern unterschied. Und auch dass der Täter sich danach auf ältere Männer verlegt hatte, die ihn an den Mann erinnerten, der sich an ihm vergangen hatte.

Doch wo passte ich dort hinein?

Wir bogen um eine Ecke, und der Kanal kam in Sicht; ein funkelndes Band, auf dessen Oberfläche gleißende Sonnenstrahlen tanzten.

»Hier kann ich aussteigen«, sagte ich zu dem Hondafahrer und wappnete mich für das, was als Nächstes kam. Entweder ein weiterer Hinweis, versteckt in der Nähe meiner Lieblingsbank.

Oder eine Konfrontation mit einem Serienmörder.

71. Kapitel

»*In nomine Patris et Filii et Spiritus Sancti*«, flüstert Raguel siebenmal und berührt mit den Fingerspitzen das Messer unter seinem Hosenbein.

Jeden Moment kann es jetzt so weit sein. Was lange währt, wird endlich am allerbesten.

72. Kapitel

»Ich kann Sie doch unmöglich in Ihrem Zustand hier mitten auf der Straße allein lassen«, verwahrte sich mein barmherziger Samariter kopfschüttelnd. »Ich habe versprochen, dass ich Sie nach Hause bringe, und genau das werde ich auch tun. Also, wo wohnen Sie?«

Hier gab es keine Häuser oder Wohnungen, die ich als mein Zuhause ausgeben konnte; die am nächsten gelegenen waren gute fünf Minuten weit weg. Ich war genau da, wo ich sein musste, und ich konnte mir den Luxus nicht leisten »nach Hause« gefahren zu werden, um diese Scharade zu Ende zu bringen.

»Sie waren wunderbar«, sagte ich und sprang aus dem Wagen. Mein schlimmer Arm war wie durch Zauberhand geheilt.

»Was ist denn los?« Der Mann lehnte sich aus dem Fenster. »Das verstehe ich nicht.«

Ohne zu antworten, rannte ich davon, und gleich darauf hörte ich, wie der arme Kerl wegfuhr; zweifellos fragte er sich, was eigentlich gerade passiert war. Doch ich dachte nicht an ihn, ich konzentrierte mich auf das, was als Nächstes kommen würde. Entweder tappte ich gerade in eine Falle, oder ich war im Begriff, den nächsten Hinweis zu finden. So oder so, Menschenleben hingen davon ab, dass ich eiskalt blieb.

Ich ließ den Blick umherschweifen. Zeichen einer feindlichen Präsenz? Mögliche Verstecke? Anzahl der Personen in der näheren Umgebung? Die besten Routen für einen Rückzug? Hindernisse?

Hier im Freien, ohne Verstärkung, ohne Mauern, die mir Deckung geben könnten, und ohne Granate am Koppel war ich so verwundbar, wie man es nur sein konnte. Alles, worauf ich bauen konnte, waren meine Instinkte.

Also näherte ich mich der Bank strategisch, bog scharf nach rechts und links ab, blickte mich um, hielt Ausschau nach jeglicher plötzlicher Aktivität, so wie man es mich in Hogan's Alley gelehrt hatte – dem Ausbildungszentrum des FBI in Quantico.

Dabei bewegte ich mich so gleichmäßig wie möglich. Gleichmäßig ist gleich schnell. Und je schneller ich war, desto schwerer würde es für einen Angreifer sein, mich zu überrumpeln.

Dort war eine Engstelle zwischen zwei Bäumen, ein tödlicher Tunnel. Schnell da durch, nicht anhalten – die Worte meines Ausbilders dröhnten laut in meinem Kopf. Bleib fokussiert. Beweg dich nach taktischen Gesichtspunkten. Und sei vor allem jederzeit bereit, auf Feindberührung zu reagieren.

Ich erreichte die Bank. Überreifes Obst und Essig. Der Geruch des Lacerators. War er hier?

Ich fuhr herum, die Fäuste geballt, die Muskeln angespannt, jede Faser kampfbereit. Nichts. Steckte er hinter dem Baum dort? Ich machte mehrere Schritte rückwärts und suchte die Umgebung ab. Alles sauber.

Also kehrte ich zu der Bank zurück und tastete sie ab, ohne nach unten zu schauen. Lehne, Sitzfläche und Unterseite.

Was ist das?

Irgendetwas war mit Klebeband unter der Bank befestigt. Zwanzig Zentimeter lang, weicher Einband. Ich riss es ab. Ein Terminkalender; zwischen den Seiten hing ein Lesebändchen heraus.

Ich zog mich zum Rand des Kanals zurück, mit dem Rücken zum Wasser, damit ich nicht von hinten überrumpelt werden konnte. Dann schlug ich das Buch an der markierten Stelle auf. Das heutige Datum war mit Leuchtstift hervorgehoben. In dem Kasten darunter stand ein Name, in Blockbuchstaben, mit schwarzer Tinte geschrieben und siebenmal umkringelt. GRANT TAPLOW.

Also war der Lacerator doch nicht hinter mir her. Hier ging es um Rache für das, was ihm als Kind widerfahren war. Trotz meiner Befürchtungen hatte er Wort gehalten. Aber was hatte er dann gemeint, als er behauptet hatte: *Ich habe dein Leben verschont, als du auf deiner Bank gesessen hast, aber mein Messer wird gezückt sein, wenn du wieder dorthin gehst?*

Da sah ich es: zwei Schuhabdrücke in dem feuchten Matsch, im rechten Winkel zur Bank und direkt hinter der Stelle, wo ich gesessen hatte.

War der Lacerator heute Vormittag hier gewesen? Hatte er sich über mich gebeugt, während ich geschlafen hatte, nahe genug, um mir sein Messer in den Hals zu rammen? Und jetzt war sein Messer gezückt, bereit, abermals zu töten, während ich hier stand, mit dem letzten Hinweis in der Hand?

Ich sah auf die Uhr. Mein Magen sackte weg. 19 Uhr 07.

Ich kannte den Namen der Zielperson des Lacerators. Aber ich war zu spät dran, um ihn zu retten.

73. Kapitel

Raguel lächelt. Die Luft schmeckt süß. Der Himmel ist blau. Und selbst noch um diese Zeit singen die Vögel in den Bäumen.

Für dies hier ist er geboren worden.

74. Kapitel

Ich hatte kein Auto mehr, und ich konnte mein Handy nicht benutzen, um mir Informationen zu beschaffen. Doch es gab eine Möglichkeit, beides zu bekommen. Die Minicab-Zentrale neben dem Waterside Café.

Während ich losrannte, kam mit der Gedanke, dass der Lacerator es mir bei seinem letzten Hinweis recht leicht gemacht hatte, auch wenn er mir keine Adresse genannt hatte. Es war fast, als wollte ein Teil von ihm, dass ich ihn aufhielt.

War seine ganze Schnitzeljagd ein Hilfeschrei gewesen? Ein verzweifeltes Flehen darum, verstanden und vor einem Impuls gerettet zu werden, den er nicht kontrollieren konnte?

In seinem Brief hatte er behauptet, er müsse sich sicher sein, was Gott von ihm wolle. Der Mann war eindeutig hin- und hergerissen. Indem er das ausführte, was er als seine heilige Mission ansah, brach er die wichtigste Regel seines Großen Vorgesetzten. Für einen religiösen Menschen mitten in einem psychotischen Schub musste dieses ständige Oszillieren verheerend sein.

Atemlos und mit wirrem Haar stürzte ich durch die

Tür der Minicab-Zentrale. Die Frau an der Telefonanlage blickte auf.

»Kann ich Ihnen helfen?«, erkundigte sie sich und musterte mich von oben bis unten.

»Ich brauche ein Taxi, aber erst muss ich eine Adresse rausfinden. Kann ich mal an Ihren Computer?«

»Also, ich weiß ...«

»Ich bezahle auch«, unterbrach ich sie, wühlte in meiner Tasche und holte einen Fünfziger aus meinem Geldautomatenschatz hervor.

Sie lächelte.

»Tun Sie sich keinen Zwang an.« Mit einem knallroten Lippenstiftlächeln bot sie mir ihren Stuhl an.

Ich rief eine Suchmaschine auf, bei der ich registriert war und mit der man das Wählerverzeichnis durchsuchen konnte, und gab *Grant Taplow* und *London* als Suchbegriffe ein. Sicher wusste ich es nicht, doch in Anbetracht dessen, was ich über den Lacerator herausgefunden hatte, erschien es mir am wahrscheinlichsten, dass der Mann in London wohnte.

Der Bildschirm blinzelte einmal, und mehrere Resultate tauchten auf.

GRANT TAPLOW
1975–99: 36 Jamestown Road, London NW1 7BY
Weitere Bewohner: Sandra Taplow.
1999–2003: 5 Inverness Street, London NW1 7HB
Weitere Bewohner: Marcus Lynch, Theresa Lynch
2003–Gegenwart: The Cedars Care Home,
Prince of Wales Road, London NW5 3A

Inverness Street? Mein Blick blieb an der Adresse in der Mitte hängen. Weitere Bewohner: Marcus Lynch, Theresa Lynch. Heilige Scheiße.

Ich dachte an den Abend zurück, den ich im Wohnzimmer der Lynchs verbracht hatte. Daran, wie Marcus mir erzählt hatte, dass sein Schwiegervater Grant eine Zeit lang bei ihnen gewohnt hatte, nachdem seine Frau gestorben war.

Das hieß, Grant war Theresas Vater. Und sein Name war der nächste auf der Liste des Lacerators.

19 Uhr 16. Hatte er schon zugestochen? Oder spielte er gerade mit seinem Opfer? Genoss seine Rache?

Ich googelte die Telefonnummer des Pflegeheims, in dem Taplow lebte, und fragte die Minicab-Dame, ob ich ihr Telefon benutzen dürfe.

»Drücken Sie die Neun für 'ne Leitung nach draußen«, sagte sie und schob mir das Telefon hin; ihre langen Nägel kratzten über den Schreibtisch.

»Komm schon, komm schon«, drängte ich halblaut, während es wieder und wieder klingelte, aber niemand abnahm.

Schließlich meldete sich eine Frau, der krächzenden Stimme nach eine Raucherin.

»Cedars Care Home, Sie sprechen mit Barbara Burgess.«

»Mein Name ist Ziba MacKenzie, ich bin von Scotland Yard. Sie müssen mir sofort sagen, wo Grant Taplow sich gerade aufhält.« Selbst für meine Verhältnisse redete ich schnell.

»Grant? In seinem Zimmer. Wieso, was ist denn los?«

»Sie müssen mir jetzt sehr gut zuhören und genau das tun, was ich Ihnen sage. Bringen Sie Mr Taplow in ein anderes Zimmer in einem der oberen Stockwerke. Sorgen Sie dafür, dass Türen und Fenster verschlossen sind, und schließen Sie auch all Ihre Ein- und Ausgänge ab. Und egal, was Sie tun, lassen Sie niemanden rein, der ihn besuchen will.«

»Und was ist mit dem Besuch, der gerade bei ihm ist? Sein Enkel. Netter junger Mann. Aber ganz komische Augen, so was hab ich noch nie gesehen.«

Komische Augen? Mein Mund wurde trocken. Mit zwei Worten hatte sich das Spiel plötzlich vollkommen geändert.

»Rufen Sie sofort die Polizei, und wenn die kommen, bringen Sie sie auf kürzestem Weg zu Grant Taplows Zimmer«, sagte ich. Dann: »Und den Notarzt rufen Sie am besten auch gleich noch.«

75. Kapitel

Komische Augen. Dank dieser beiden Worte war das Bild plötzlich klar zu erkennen. Glasklar.

Zu Beginn der Schnitzeljagd war es mein Ziel gewesen, das Leben eines Mannes zu retten. Auf halbem Wege war ich auf Beweise gestoßen, die darauf hindeuteten, dass es mein Leben war, das hier auf dem Spiel stand. Und jetzt, am Ende der Fährte, hatte ich noch etwas anderes herausgefunden. Die Identität des Lacerators.

Augen mögen ja das Fenster zur Seele sein, in diesem Fall jedoch war das nicht alles, was sie offenbarten.

Als ich mir an dem Tag, an dem ich Marcus befragt hatte, Aidans Foto angesehen hatte, war mir etwas an seinem einen Auge aufgefallen. Ein schwarzer Fleck, als würde die Pupille in die Iris hinein auslaufen.

Später hatte ich online herausgefunden, dass das durch einen Defekt namens Iriskolobom verursacht wurde, eine angeborene Fehlbildung, bei der sich die Augen des Babys während der Schwangerschaft nicht richtig entwickeln. Das ist etwas, das bei ungefähr zehntausend Geburten nur einmal auftritt; es ist also unglaublich selten.

Der Lacerator hatte sich als Grant Taplows Enkel ausgegeben, als er im Pflegeheim aufgetaucht war. Ich wusste, dass Taplow Theresa Lynchs Vater war. Kombinierte man das mit der Seltenheit eines Iriskoloboms, mit der Tatsache, dass bei Kindesmissbrauch die Täter meistens mit dem Opfer verwandt sind und mit dem wahrscheinlichen damaligen Alter des Mannes, der sich an dem Lacerator vergangen hatte, fügte sich alles zusammen.

Aidan Lynch war kein Opfer. Er war ein Mörder.

Er war seit fünfundzwanzig Jahren tot. Sein Leichnam war im Haus der Lynchs gefunden worden. Die Blutgruppe hatte Aidans entsprochen. Und seine Mutter hatte ihn identifiziert.

Es schien unmöglich, dass er unser Täter war, und doch sagten mir alle Beweise, dass es so sein musste.

»Wenn Sie mich mit Warpgeschwindigkeit zum Cedars Care Home bringen, bezahle ich Ihnen den doppelten Preis«, verkündete ich und sprang in das Taxi, das ich bestellt hatte.

Der Fahrer salutierte scherzhaft und schoss so schnell los, dass ich mir fast ein Schleudertrauma geholt hätte.

Der Mann war ja vielleicht gut drauf, ich jedoch nicht. Ich war eine Vollidiotin gewesen, das dümmste Arschloch aller Zeiten.

Den ganzen Nachmittag war ich völlig verpeilt in London herumgerannt. Wie hatte ich jemals denken können, Fingerling sei der Lacerator? Wie hatte ich so blöd sein können?

Sicher, der Mörder hatte behauptet, er hätte mich am Tatort beobachtet und mir tief in die Augen gesehen. Aber der Typ war doch schizophren, verdammte Scheiße! Das hieß, er hatte ständig Halluzinationen, akustische, visuelle oder beides. Wenn er mir zuschaut und mir ganz tief in die Augen geguckt hatte, dann nur in seinem Kopf. Gelogen hatte er nicht, als er das behauptet hatte, aber er hatte auch nicht die ganze Wahrheit gesagt.

Und die Nummer mit meinem Haar, Herrgott noch mal, da wäre ja ein Zweijähriger schneller draufgekommen als ich!

Erst vor ein paar Minuten war mir klar geworden, dass er sich über mich gebeugt hatte, als ich heute Vormittag auf der Bank geschlafen hatte. Da muss dieser Bekloppte mir die Haarsträhne abgeschnitten haben. Wahrscheinlich mit einem Messer, so dicht an meinem Nacken, dass er hätte zustechen können. Allerdings hatte dieser Drecksack sich eingebildet, dass er mein Leben verschont hätte, weil er das nicht getan hatte, daher auch das, was er in dem letzten Hinweis geschrieben hatte. Und was all das andere betraf, das darauf hingedeutet hatte, dass Fingerling der Lacerator war, also, das war doch nicht mehr als eine Rauchwolke. Vernebelte das Bild, war aber leicht zu vertreiben. Mögliche Drogenabhängigkeit, Heißhunger auf Zucker, Füller mit schwarzer Tinte – na toll. Voll die Indizien.

Wenn ich doch nur früher kapiert hätte, wie idiotisch ich mich anstellte und mich an das Team gewandt hätte, dann hätten wir mehr Boden gutmachen und früher darauf kommen können, wer das nächste Opfer war. Vielleicht sogar noch rechtzeitig, um ihn zu retten.

Aber war das nur Blödheit gewesen? Oder war es etwas anderes?

76. Kapitel

Ich hatte mir eingeredet, dass ich mich an die Regeln des Lacerators halten musste und niemandem sagen durfte, was ich trieb. Doch die Wahrheit ist, es hatte mir ganz gut gepasst, eine Ausrede zu haben, Scotland Yard außen vor zu lassen. Zum Teil, weil ich es vorziehe, allein zu arbeiten, zum Teil aber auch, weil ich die Hinweise hatte allein entschlüsseln wollen. Ich hatte beweisen wollen, dass ich das schaffte.

Ich war es leid, dass DI Affenarsch mir ständig dazwischengrätschte. Ich hatte zugelassen, dass meine Abneigung gegen ihn sich auf meine Arbeit auswirkte.

Nigel Fingerling, der einem immer ein paar Zentimeter zu nahe kam, der ständig meine Brüste anglotzte. Ich konnte den Kerl nicht ausstehen, aber vielleicht war ich ja das Problem.

Ich hatte Jack erzählt, Fingerling sei ein frauenfeindliches Großmaul, das voll darauf abfuhr, mich kleinzumachen. Aber ich hatte ihn doch auch kleingemacht. Ich hatte ihn in aller Öffentlichkeit lächerlich gemacht, vor Leuten, mit denen er jeden Tag zusammenarbeiten musste. Und dann, als er versucht hatte, die Dinge zwischen uns wieder hinzubiegen, indem er vorschlug, wir sollten doch einen trinken gehen, hatte ich ihn knallhart abblitzen lassen.

Ich war an jenem Abend mit Wolfie zum Essen verabredet gewesen, aber ich hätte das Ganze auch um eine Stunde oder so verschieben können, das wäre nicht weiter wild gewesen. Und wenn ich es getan hätte, dann hätten Fingerling und ich eine Chance gehabt, uns auszusprechen. Oder uns zumindest zu vertragen.

Aber das hatte ich nicht gewollt. Es war mir nicht wichtig genug gewesen. Ich hatte keinen Bock gehabt, mich mit ihm zusammenzuraufen. Es war viel einfacher und lustiger gewesen, mit Jack auszugehen und mir beim Abendessen das Maul über Fingerling zu zerreißen. Weil ich nämlich immer noch der Sonderling bin, die Außenseiterin, die ich immer war, trotz all der Jahre und all dem Training. Immer noch das Mädchen, das zu schnell quasselt und stets das Verkehrte sagt. Die Halbwüchsige, die sich mehr für Sufismus interessierte als für Teenie-Zeitschriften. Das Kind, das in der Pause nie jemanden zum Spielen hatte, das sich aber eingeredet hat, dass ihm das egal sei.

Vor ungefähr fünfzehn Jahren habe ich das Internat verlassen, aber ich bin nach wie vor derselbe Mensch, der ich war, als ich dort ankam, am Tag nach der Beerdigung meines Vaters, in einem zu großen Schulblazer, dessen Kragen fürchterlich juckte. Zum Teil persische Jüdin. Zum Teil englische Protestantin. Eine Außenseiterin, die andere Leute nicht versteht, obwohl sie Expertin für menschliches Verhalten ist.

Seit dem Zugunglück hatte ich das Gefühl, ein Ziel zu haben; dass man mir eine zweite Chance gegeben hatte, etwas Gutes mit meinem Leben anzustellen. Also hatte ich mich um die Verletzten in dem Wagen gekümmert. Ich hatte versucht, Theresa Lynchs letzten Wunsch zu erfüllen. Und ich hatte mir den Arsch aufgerissen, um die Hauptstadt vor einem Schurken mit einer heiligen Mission zu retten.

Indem ich all das tat, hatte ich es geschafft, der Verzweiflung aus dem Weg zu gehen, die mich jeden Tag zu verschlingen droht. Und obwohl ich immer noch jeden Morgen über mein leeres Bett hinweg nach Duncan griff, hatte ich jetzt etwas, wofür es sich lohnte aufzustehen. Einen Grund, mich anzuziehen. Einen Grund, hinauszugehen und mit anderen Menschen zu verkehren. Einen Grund zu leben.

Zum ersten Mal seit langer Zeit hielt ich den Kopf hoch erhoben, wenn ich die Straße hinunterging. Ich hatte nicht mehr das Gefühl, dass die Wände immer näher kamen und mich erdrückten, dass ich keine Luft bekam. So banal das auch klingt, durch die Bemühungen, andere zu retten, hatte ich mich schließlich selbst gerettet.

Aber jetzt war dank meiner mangelnden Sozialkompetenz, meiner Überheblichkeit und meiner Fehleinschätzungen ein Mann ums Leben gekommen. Wie konnte ich in dem Wissen, daran schuld zu sein, mit mir leben?

Als mir nach und nach die Bedeutung meines kolossalen Versagens aufging, begann die Welt von Neuem zusammenzubrechen. Meine Adern füllten sich mit Schlamm.

Unsichtbare Hände packten mich an der Kehle. Draußen vor den Fenstern des Taxis wurde der Himmel dunkel, und die Vögel hörten auf zu singen.

Als ich kurz aufblickte, sah ich mich im Rückspiegel. Ich sah fertig aus. Todmüde, grau und besiegt.

Was ich da sah, gefiel mir nicht. Die Soldatin in mir übernahm das Kommando.

Zusammenreißen, MacKenzie. Das ist nicht der richtige Zeitpunkt, um in Selbstmitleid zu zerfließen. Du musst diese Situation wieder auf die Reihe bringen, und zwar zügig.

Ich holte mein Handy, den Akku und die SIM-Karte aus meiner Schultertasche und hebelte den Deckel der Handyschale ab. Das Adrenalin machte meine Hände unsicher. Ich bekam den Akku an seinen Platz, schaffte es jedoch, die SIM-Karte in den Fußraum fallen zu lassen.

»Du kleines Stück Scheiße«, knurrte ich erboste und tastete danach.

»Alles klar, Schätzchen?« Der Fahrer sah sich um.

»Alles super«, versicherte ich ihm, schob die SIM-Karte in das Handy, schloss den Deckel und schaltete das Teil an.

Dann scrollte ich meine Kontaktliste durch und überlegte dabei bereits, was ich sagen würde.

Es klingelte ein einziges Mal, bevor er sich meldete.

»Fingerling, hier ist MacKenzie. Wir müssen reden.«

77. Kapitel

»MacKenzie? Sind Sie okay?« Fingerling klang ungeheuer erleichtert.

»Mir geht's prima. Ich …«

»Und wo zum Teufel haben Sie dann gesteckt?«, fuhr er dazwischen, und sein Ton änderte sich abrupt. »Ich habe stundenlang versucht, Sie zu erreichen. Hab Sie als stark gefährdete vermisste Person gemeldet, Herrgott noch mal.«

»Als vermisst?«

»Niemand konnte Sie erreichen. Ihr Handy war aus. Der Brief des Lacerators hat darauf hingedeutet, dass er Sie stalkt. Besessen ist er auf jeden Fall. Ich hatte Angst, dass er hinter Ihnen her ist. Ich hab zwei Officer in Ihre Wohnung geschickt. Keinerlei Anzeichen eines Einbruchs, aber ausgesehen hat's, als wäre da geplündert worden.

Wir haben schon angefangen, Überwachungsvideos auszuwerten und von Haus zu Haus zu gehen. Dann kam ein Anruf von einem Spielwarengeschäft in Brent Cross rein. Geringfügiger Ladendiebstahl. Der Security-Typ sagt, die Täterin wäre in einem Porsche 911 abgehauen. Nummer, Marke und Modell haben zu dem Fahrzeug gepasst, das auf Sie zugelassen ist. Später ist Ihr Wagen dann auf der Chalk Farm Road gesehen worden, aber der Kollege, der der Meldung nachgegangen ist, hat in der näheren Umgebung keine Spur von Ihnen gefunden, obwohl Sie ganz offensichtlich dort gewesen sind. Zeugen haben gesagt, sie hätten eine Frau, auf die Ihre Beschreibung passt, auf dem Markt herumrennen sehen, in heller Aufregung. Die stellen gerade Suchmannschaften zusammen. Ihr Foto ist an die Medien ausgegeben worden.«

Was hatte ich für Probleme gemacht, für Ressourcen vergeudet. »Clusterfuck« war gar kein Ausdruck dafür.

»Es tut mir echt leid, Nigel.«

»Ich will nicht hören, dass es Ihnen leidtut, ich will hören, was zum Teufel den ganzen Nachmittag bei Ihnen los war.«

Ich blies die Backen auf und stieß langsam die Luft aus. Wo sollte ich anfangen? Ganz bestimmt nicht damit, dass ich gedacht hatte, er wäre ein Serienmörder, das war mal sicher.

»Der Lacerator hat mir einen zweiten Brief geschickt. Die Eröffnung einer Schnitzeljagd.«

»Einer Schnitzeljagd?«

»Eine Serie von Hinweisen, alle in London versteckt. Zu wissen, wer er und wer sein nächstes Opfer ist, war der Preis am Ende der Fährte.«

»Wieso zum Teufel sollte er so was veranstalten wollen?«

»Anscheinend denkt er, zwischen uns beiden besteht irgendeine Verbindung. Er hat gesagt, er will, dass ich ihn verstehe, aber ich müsste erst beweisen, dass ich würdig bin, bevor er sich offenbart. Ist ganz schön kompliziert. Ich erkläre Ihnen das alles lieber persönlich.«

»Okay. Aber warum haben Sie sich nicht gemeldet? Über Ihren Teamgeist haben wir uns ja schon unterhalten.«

Unwillkürlich sträubte sich alles in mir, ich blieb aber höflich.

»Er hat mich glauben lassen, dass er mich genau überwacht, und wenn ich mich an das Team wende, würde er einen Amoklauf starten – und mit mir anfangen.«

»Und Sie haben ihm das geglaubt?« Fingerling klang entgeistert, aber er hatte ja auch den Beweis nicht gesehen. Oder ihn in der Hand gehalten.

»Er hat mir ein Büschel von meinen Haaren geschickt. Er hatte es geschafft, mir das abzuschneiden, ohne dass ich es gemerkt habe. Und er wusste auch noch andere Sachen über mich.«

Ich dachte, Sie wären es.

»Ich habe meine Wohnung auf Wanzen gefilzt. Konnte nichts finden, aber es schien mir trotzdem das Beste zu sein, abzutauchen und seine Hinweise auszuknobeln.«

»Und warum rufen Sie mich dann jetzt an?«

»Weil ich nicht nur am Ende der Fährte angekommen bin, mir ist auch endlich klar geworden, dass er seine Drohungen nicht wahr machen kann. Ich weiß jetzt, wie er meine Haare in seine Finger gekriegt hat. Und es ist unmöglich, dass er mich beobachtet.«

Ich hielt inne, wollte ihm gerade den Rest erzählen, als er mich mit der einen Frage unterbrach, von der ich inständig hoffte, dass er sie nicht stellen würde.

»Sie waren doch bei einer Spezialeinheit, MacKenzie. Bei einem Aufklärungsregiment. Wollen Sie mir allen Ernstes erzählen, Sie hätten keine Möglichkeit gehabt, dem Team heimlich eine Nachricht zukommen zu lassen? Großer Gott, da fällt ja sogar mir das eine oder andere ein.«

Aber ich dachte doch, Sie *wären der Lacerator.*

»Ich hab wohl gedacht, ich kriege das allein hin. Hab Mist gebaut. Es tut mir leid.«

»Sie haben allerdings Mist gebaut, da haben Sie verdammt recht. Und gerade ist deswegen noch ein Mann draufgegangen.«

»Sie wissen von Grant Taplow?«

Er stockte ganz kurz, war überrascht. Dann sagte er: »Ich bin gerade bei ihm. Aber viel hat der arme Kerl nicht zu sagen.«

Galgenhumor. Das wäre bei meinen Kameraden gut angekommen.

»Ich nehme an, von dem Enkel fehlt jede Spur?«

»Enkel?«

»Aye. Aidan Lynch. Sein Besuch.«

»Ist bei Ihnen 'ne Schraube locker? Aidan Lynch ist tot.«

»Das glaube ich nicht. Das war nicht sein Leichnam in der Inverness Street. Lynch ist der London Lacerator.«

Ich hörte sein scharfes Atemholen. Mein Nachmittag war doch nicht vollkommen umsonst gewesen.

»Ich bin gerade auf dem Weg ins Pflegeheim. Keine fünf Minuten weit weg. Ich erkläre Ihnen alles, wenn ich ankomme.«

78. Kapitel

»*Bedank dich schön bei Granddad dafür, dass er mit dir spazieren gegangen ist, Aidan*«, *sagt die Mutter des Jungen.* »*Ich wette, das war eine tolle Überraschung, als du ihn da auf dich hast warten sehen. Das war Dads Idee.*«

Dad?, denkt der Junge, während sich ein hartes Knäuel der Wut in seiner Kehle bildet.

»*Vielleicht machen wir das ja nächste Woche wieder. Das wäre doch schön, oder, Kleiner?*«, *sagt Granddad und wuschelt ihm durch die Haare.*

Das Herz des Jungen pocht ganz schnell. Mit verzweifelter Miene dreht er sich zu seiner Mutter um.

»*Na, hat's dir die Sprache verschlagen?*«, *fragt sie. Und dann:* »*Was hast du denn da für Stellen am Hals, Schatz? Hast du dich etwa in der Schule geprügelt?*«

Der Junge sehnt sich danach, ihr alles zu erzählen. Sie soll machen, dass es aufhört. Doch Granddad steht direkt neben ihm; seine Augen bohren sich in den Jungen. Und selbst wenn es nicht so wäre, er könnte es nicht erzählen.

Sie würde denken, es wäre seine Schuld gewesen. Sie würde sich vor ihm ekeln.

Also sagt er nichts. Stattdessen flieht er nach oben, wo die Schachtel mit den SHIP-Streichhölzern unter seinem Bett versteckt ist.

79. Kapitel

Das Zugunglück hatte eine Explosion in mir ausgelöst, mir ein ganz neues Gefühl der Sinnhaftigkeit beschert. Das Gespräch mit Nigel Fingerling löste eine zweite aus. Ich hatte vielleicht nicht verhindern können, dass der Lacerator Grant Taplow tötete, aber ich war mir sicher, dass er wieder zuschlagen würde, wenn wir ihn nicht aufhielten. Und zwar sehr bald.

Der Mord an Taplow war der Akt, auf den er sich all die Jahre zubewegt hatte. Jetzt jedoch lief er Amok und war völlig außer Kontrolle. Der Impuls zu töten würde in nächster Zeit nicht nachlassen. Er würde sich ein neues Ziel suchen, dessen war ich mir sicher. Und in Anbetracht der immer kürzeren Zeitabstände zwischen den Morden würde das in allerhöchstens ein paar Tagen geschehen.

Obgleich wir endlich eine Spur hatten, die zu seiner wahren Identität führte, hatten wir doch keine Ahnung, unter welchem Namen er jetzt lebte. Aidan Lynch nannte er sich jedenfalls ganz bestimmt nicht. Ein Toter zu sein, das war eine zu gute Tarnung.

Allerdings stellte sich dann die Frage, warum er den

Leuten im Pflegeheim erzählt hatte, er sei Taplows Enkel. Konnte das ein Teil der Mordfantasie sein, die er sich erschaffen hatte? Hatte Taplow wissen sollen, wer er war? War das entscheidend für seine Vorstellung von Rache?

Doch was bedeutete das für uns und dafür, wie wir ihn finden sollten?

Ganz am Anfang der Ermittlungen hatte ich Falcon gesagt, wir würden die Initiative ergreifen müssen, um den Täter aus seinem Versteck zu treiben, und davon war ich jetzt mehr denn je überzeugt. Wir würden einen Köder brauchen, dem er nicht widerstehen konnte. Aber um herauszufinden, was für einen Wurm wir auf den Haken stecken sollten, musste ich mir sein jüngstes Werk ansehen.

»Halten Sie hier«, wies ich den Taxifahrer an, die Hand bereits am Türgriff.

»Das macht dann fünfzig Pfund«, sagte er und bemühte sich, nicht zu feixen, weil er mich so schön abzockte.

Arschnase, dachte ich, reichte ihm eine frisch gedruckte Banknote aus meinem Vorrat und sprang aus dem Wagen.

Wir hatten direkt hinter einem BMW gehalten. Hinter der Windschutzscheibe klemmte eine Scotland-Yard-Plakette, die auf den Namen Nigel Fingerling ausgestellt war.

Wie kann er sich so ein Auto leisten?, überlegte ich.

Dann fiel mir seine unechte TAG-Heuer-Armbanduhr wieder ein. Der Wagen war wahrscheinlich geleast. Gehörte alles zu seinem zwanghaften Bedürfnis, den Schein zu wahren.

Instinktiv warf ich einen kurzen Blick durchs Beifahrerfenster, als ich vorbeiging. Eine Red-Bull-Dose und eine Flasche Cola Zero steckten in den Getränkehaltern. XXL-Schokoriegel-Verpackungen und leere Chipstüten im Fußraum. Ungeöffnete Umschläge mit Rechnungen und Sportseiten der Tageszeitungen, auf denen Rennzeiten mit Rotstift eingekringelt waren, auf dem Beifahrersitz. Alles in allem war sein BMW genauso zugemüllt wie sein Schreibtisch.

Ich eilte durch die großen Eisentore des Cedars Care Home.

Auf dem Gelände wimmelte es von Feuerwehrleuten, Beamten der Spurensicherung und Detectives vom Morddezernat, die Aussagen zu Protokoll nahmen. Alles wuselte umher, während die Sonne gerade unterging. Ich erblickte Fingerling sofort.

Er sprach mit einer Frau in einer oberschenkellangen Strickjacke und Birkenstocksandalen und kritzelte dabei in sein schwarzes Notizbuch. Sie stand mit fest unter dem üppigen Busen verschränkten Armen da, die Hände in die Achselhöhlen geklemmt. Defensive Körpersprache.

Bestimmt die Leiterin des Pflegeheims, dachte ich. Die Arme hat sicher Scheißangst, dass sie verklagt wird.

»Würden Sie mich entschuldigen?«, sagte Fingerling zu ihr, als ich auf die beiden zukam. »MacKenzie, unterhalten wir uns doch mal. Hier drüben.«

Ehe ich etwas sagen konnte, piepste sein Handy. Mit zusammengekniffenen Augen zog er es aus der Tasche und las die Nachricht. Hätte ich nicht so dicht vor ihm gestanden, so wäre es mir vielleicht entgangen, doch sein Gesicht war nur Zentimeter von meinem entfernt. Ich sah alles.

Ich sah, wie sich sein Mund ein wenig öffnete, wie sich seine Unterlider spannten und seine Wangen sich ein wenig hoben. Gleich darauf setzte er eine neutrale Miene auf, eine Maske. Doch das spielte keine Rolle, ich hatte gesehen, was nötig war.

Diese Mikromimik verriet seine Freude und auch sein schmutziges kleines Geheimnis. Das Geheimnis, für das er sich so sehr schämte. Das Geheimnis, das ihn reizbar und unwirsch machte. Das Geheimnis, das ihn die ganze Nacht aufbleiben ließ, weshalb er so erschöpft war, dass er ständig massenweise Koffein und Zucker einwarf.

Es war etwas, das nur ein Experte für menschliches Verhalten hätte erkennen können. Und das war natürlich der Grund, warum er sich von mir so bedroht gefühlt hatte.

Deswegen hatte er sich über das Profiling lustig gemacht, als wir uns zum ersten Mal begegnet waren. Deswegen hatte er versucht, sich mit mir auszusöhnen, damit ich ihn nicht auf dem Kieker hatte. Und deswegen war er so eklig gewesen, nachdem er abgeblitzt war. Wenn irgendjemand herausfinden würde, was er verbarg, dann war ich es.

Ich sah ihn unverwandt an.

»Jackpot, Fingerling?«, erkundigte ich mich.

80. Kapitel

Nigel Fingerling war spielsüchtig. Ich weiß nicht, warum ich so lange gebraucht hatte, um das zu kapieren; jetzt jedoch, da ich es begriffen hatte, war es vollkommen logisch.

Die ständige Angst. Die Schreckhaftigkeit. Die abgekauten Nägel und die wunden Hände. Die Müdigkeit. Der Heißhunger auf Süßes. Die Anzeichen dafür, dass er die ganze Nacht auf gewesen war. Das alles waren Zeichen einer Sucht.

Und die unechte Uhr ebenfalls. Wahrscheinlich hatte er seine echte verkaufen müssen, um seine Schulden zu begleichen, nach all den nicht geöffneten Rechnungen zu urteilen, die ich auf seinem Beifahrersitz gesehen hatte. In Hinblick darauf, dass es darum ging, den Schein zu wahren, hatte ich richtiggelegen, nicht jedoch hinsichtlich des Grundes. Er trug die gefakte Uhr nicht, um zu protzen, sondern damit seine Kollegen nicht merkten, was los war.

Wenn er immer eine TAG Heuer getragen hatte und dann eines Tages mit einer Plastik-Swatch auf dem Revier aufgetaucht wäre, dann hätten die Leute vielleicht angefangen, Fragen zu stellen, vor allem gut ausgebildete Detectives, die darin geschult sind, solche Dinge zu bemerken. Die echte Uhr durch eine unechte zu ersetzen half, dergleichen verhindern. Es half ihm, sein Geheimnis zu wahren.

Und das war eindeutig etwas, das für ihn unbedingt notwendig war. Seine wunden Hände deuteten auf übertriebenes Waschen oder auf ein Ekzem hin; beides ist stressinduziert. Entweder saßen Fingerling irgendwelche unangenehmen Typen im Nacken, oder er hatte Angst, die Leute, mit denen er zusammenarbeitete, könnten von seiner Sucht erfahren.

Letzteres erschien mir wahrscheinlicher. Wenn jemand herausfand, dass er ein ernsthaftes Glücksspielproblem hatte, wäre seine Stellung beim Yard kompromittiert. Ein Mann wie Fingerling, der völlig aus den Fugen gegangen war, als seine Freundin sich von ihm getrennt hatte, würde nicht gut damit klarkommen, seinen Job zu verlieren.

Ich hatte die Zeichen bemerkt, aber ich hatte sie nicht richtig gedeutet. Bei der Pressekonferenz hatte ich überlegt, ob er wohl ein Drogenproblem hatte, aber dass es Glücksspiel sein könnte, darauf war ich bis jetzt nicht gekommen.

Ich dachte an die Sportseiten aus der Zeitung, die ich in seinem Auto gesehen hatte. Daran, wie sein Handy alle paar Sekunden brummte. Und wie sich das jedes Mal auf seine Stimmung auswirkte.

Egal, wo er sich befand, egal, mit wem er gerade sprach, Nigel Fingerling schaute immer auf sein Handy, wenn es sich meldete, als sei es das Wichtigste auf der ganzen Welt – was es für einen Mann ja auch wäre, der beim Pferderennen einen Haufen Geld gesetzt hat.

Es gibt jede Menge Websites, die Live-Pferdewetten anbieten und einem die Resultate sofort liefern. Und nicht nur Resultate, man kriegt auch Tipps und Nachrichten. Tatsächlich kann man sogar per Handy Wetten abschließen. Genau das hatte Fingerling offenkundig getan.

Vielleicht hatte er ja das Gefühl, er hätte die Situation im Griff und könne im Job funktionieren, während er sein anderes Leben vor seinen Kollegen geheim hielt. Aber dann war ich aufgetaucht und hatte alles verändert. Ich war eine Bedrohung und musste ausgebremst werden. Das erklärte sowohl seine offene Feindseligkeit mir gegenüber als auch seine Versuche, mich für sich einzunehmen.

Was es nicht erklärte, war seine Sorge um mein Wohlbefinden heute Nachmittag. Die war echt gewesen. Ich hatte es in seiner Stimme gehört, und das sagte mir etwas. Es sagte mir, dass Nigel Fingerling trotz seiner blöden Art und allem, was er verlieren würde, wenn ich ihn auffliegen ließ, imstande war, mein Wohlergehen über sein eigenes zu stellen.

Das bedeute, er war mitfühlend, selbstlos und vor allem anständig. Ich mochte sein Geheimnis erraten haben, aber das hieß nicht, dass ich ihn ans Messer liefern würde. Und das musste er wissen.

Also fragte ich: »Jackpot, Fingerling?«

»Ich weiß gar nicht, wovon Sie reden«, erwiderte er zu schnell und bewies damit genau das Gegenteil.

»Ist schon okay«, versicherte ich ihm und berührte seinen Arm. »Das ist Ihre Sache, nicht meine. Wir haben alle unsere Dämonen, ich eingeschlossen.«

Er blickte auf seine Schuhe hinab, und ich redete weiter.

»Ich sage ja vielleicht nicht immer das Richtige, aber ich bin keine Klatschbase, und Sie sind nicht allein. Ich weiß, wie es ist, gegen etwas anzukämpfen, das stärker ist als man selbst. Wenn Sie also reden wollen, reden Sie mit mir. Und wenn Sie jemanden brauchen, der mit Ihnen zu einem Gruppenmeeting geht, dann werde ich da sein. Ich habe nämlich auf die harte Tour gelernt, dass es nicht immer das Beste ist, alles allein zu machen. Manchmal muss man sich von anderen helfen lassen.«

Ich dachte an die Frau in dem Zug, Theresa Lynch. Ich dachte daran, wie ich sie analysiert hatte, nur Augenblicke, bevor wir in den Güterzug gekracht waren. Wie ich gedacht hatte, sie schotte sich von der Welt ab, weil sie glaubte, so wäre sie sicherer. Ich dachte an mich und daran, wie ich dazu neige, dasselbe zu tun. Und ich dachte daran, was heute Nachmittag passiert war, als ich genau das getan hatte. Wie das nach hinten losgegangen und jemand deswegen umgekommen war.

Vielleicht ist Abschotten ja doch nicht die beste Methode, sich vor der Welt zu schützen. Vielleicht muss man sich ja öffnen, dachte ich, als ich vor Nigel Fingerling stand und ihm die Hand der Freundschaft bot.

Dabei neigte ich ganz leicht den Kopf zur Seite, eine absichtlich unterwürfige Geste.

Einen Moment lang sagte er gar nichts. Seine Augen waren zu schmalen Schlitzen zusammengekniffen und die Brauen zusammengezogen. Die Stirn war gefurcht, und er quetschte die Unterlippe zwischen den Fingern. Er überlegte, ob er mir trauen sollte oder nicht. Ich wartete ab.

Ich hatte seine Signale gelesen. Jetzt war es an ihm, meine zu lesen. Hoffentlich war ihm klar, dass ich keine Bedrohung darstellte. Dass ich das, was ich gesagt hatte, ernst meinte. Und dass wir zu einem Team werden mussten, wenn wir einen Mörder fassen wollten.

81. Kapitel

»Das ist nett von Ihnen, Mac«, sagte Fingerling und sah mir in die Augen.

Ich lächelte. Es war das erste Mal, dass er mich mit meinem Spitznamen angesprochen hatte.

»Und jetzt reden wir mal darüber, was Sie da am Telefon gesagt haben. Warum sind Sie so sicher, dass Aidan Lynch der London Lacerator ist? Der Typ ist doch seit fünfundzwanzig Jahren tot.«

Ich begann ganz am Anfang, erzählte ihm von der Schnitzeljagd, von den Hinweisen, die ich entdeckt hatte, und was sie meiner Meinung nach bedeuteten. Und wie ich die Identität des Lacerators sowie seine Verbindung zu Grant Taplow herausgefunden hatte.

»Lynch hätte seinen Tod vortäuschen und jemand anderen vorschieben können«, schloss ich. »Klingt vielleicht ganz schön weit hergeholt, aber mir sagt nicht nur mein Bauchgefühl, dass ich recht habe. Die Beweise sagen es mir auch.«

»Profilerin und obendrein noch Detective.« Er lächelte. Es war ein herablassendes Lächeln, aber es lag keine Bosheit darin. »Da könnte was dran sein. Wir tragen das bei der Abendbesprechung mal dem Team vor. Aber zuerst möchte ich, dass Sie sich den Tatort ansehen.«

»Roger«, sagte ich und folgte ihm zum Gebäude.

Er hielt mir die Tür auf. »Jugend vor Schönheit.«

»Da ist das Zimmer des Opfers«, sagte er, als wir aus dem Fahrstuhl traten. »Machen Sie sich auf was gefasst. So was habe ich in zwanzig Jahren bei der Polizei noch nicht gesehen.«

Er hob das Absperrband an. »Können wir das Zimmer kurz mal für uns haben, Leute?«, fragte er die Männer von der Spurensicherung, die nach Fingerabdrücken suchten.

Wir zogen Schutzanzüge über und nannten dem PC, der das Protokoll führte, unsere Namen.

Der für den Tatort zuständige Officer kam und hielt uns einen Vortrag darüber, wo wir hintreten und was wir nicht anfassen sollten. Mein alter Schleifer-Sergeant bei der Army hätte es nicht besser machen können.

Wir betraten das Zimmer. Ich würgte unwillkürlich. Sofort begannen meine Augen zu tränen. Der Gestank war überwältigend, faulig und durchdringend, überlagert von etwas ekelhaft Süßlichem. Der Geruch von faulendem Fleisch, vermischt mit billigem Parfüm. Er kroch mir in den Rachen, sodass ich ihn schmecken konnte. Erneut würgte ich.

Rasch wühlte ich in meiner Tasche nach Wick-Erkältungsbalsam und Fisherman's Friends – ein alter Trick.

»Davon nehme ich auch was, wenn Sie fertig sind«,

sagte Fingerling, als ich mir die Salbe um die Nasenlöcher schmierte.

Dann stand ich in der Tür und betrachtete das Zimmer, verschaffte mir einen Eindruck von dem Mann, der hier gewohnt hatte. Ein paar Stunden zuvor war dies noch sein Zuhause gewesen. Jetzt war es ein Tatort, jede glatte Oberfläche war mit einer dünnen Schicht Fingerabdruckpulver bestäubt.

Das Zimmer war karg möbliert, allerdings war hier eindeutig die Hand einer Frau am Werk gewesen. Ein Einzelbett, an die Wand geschoben; ein hellgrüner Überwurf war über das Fußende drapiert. Ein altmodischer Nachttisch mit einer Schachtel mit farbigem Kleenex darauf. Eine Vase mit Nelken, die schon bessere Tage gesehen hatten, auf dem Fensterbrett. Die Sorte Blumen, die man im Supermarkt mitnimmt – wahrscheinlich von jemandem zusammen mit Lebensmitteln gekauft, der regelmäßig zu Besuch kam, aber schon eine Zeit lang nicht mehr da gewesen war.

Höchstwahrscheinlich eine Tochter. Vielleicht Theresa. Jemand, der aus Pflichtgefühl kam, dieselbe Person, die sich bemüht hatte, das Zimmer etwas zu verschönern.

Ein Sessel mit einem Patchwork-Kissen darauf stand am Fenster, das auf einen Spielplatz hinausging. Nach der abgewetzten Stelle auf der Sitzfläche zu urteilen verbrachte Grant Taplow viel Zeit damit, hier zu sitzen und die Aussicht zu bewundern. Ich sah einen Jungen, neun oder zehn Jahre alt, auf dem Klettergerüst herumturnen und schauderte unwillkürlich.

Kam der Kleine oft hierher? Hatte es Grant Taplow Spaß gemacht, ihn zu beobachten?

Ich zwang mich, den Blick abzuwenden. Jetzt war Grant Taplow ein Mordopfer, was immer er sonst noch gewesen sein mochte.

Im Bücherregal stand eine Bibel. Nicht die Standardausgabe, wie man sie in einem Hotelzimmer findet, sondern eine noble schwarz-weiß-goldene Version mit unversehrtem Rücken und verstaubtem oberen Rand. Also ein Geschenk und allem Anschein nach ein unwillkommenes, da das Buch nie aufgeschlagen worden war.

Ich dachte an die große, ledergebundene Bibel im Haus der Lynchs. Hatte Theresa ihm diese hier aufgedrängt? Ich wusste, dass sie eine fromme Katholikin gewesen war, vielleicht hatte sie ja auch gern missioniert.

Mitten im Zimmer stand ein Tisch. Schleifspuren auf dem Teppich zeigten, dass er von der Tür dorthin gezogen worden war. Darauf lag ein nackter, übel zugerichteter Leichnam, mit Öl bespritzt, das Gesicht ein blutiger Brei aus Fleisch und Sehnen.

Blut tropfte aus den Wunden am Hals des Opfers auf den Teppich und machte ein leises, klopfendes Geräusch, wenn es auf dem Boden aufschlug – wie Finger an einer Fensterscheibe.

»Du meine Fresse.«

Ich habe in meinem Leben ja schon vieles gesehen: in die Luft gesprengte menschliche Körper, Enthauptungen, Folteropfer. Aber das hier war etwas anderes. Es war nicht menschlich.

Der Lacerator mochte sich für einen Engel halten, dies hier jedoch war eine Szene direkt aus der Hölle. Es war mir egal, was Grant Taplow getan oder nicht getan haben mochte. Niemand hatte es verdient, so zu sterben.

Genau wie das Opfer von gestern Nacht war ihm siebenmal in den Hals gestochen worden und einmal in jedes Auge. Sein Gesicht wies multiple Prellungen und Platzwunden auf. Und obgleich seine Genitalien ebenso grob abgetrennt worden waren wie bei den anderen Morden, waren sie ihm außerdem noch in den Mund gestopft worden. Das Wort »schuldig« war ihm in die Brust geritzt. Ich hielt mir die Hand vor Mund und Nase und beugte mich vor, um den Leichnam genauer zu betrachten. Keine Anzeichen eines Zögerns.

In einem Ring um den Tisch herum war Feuer gelegt worden, durch Sand eingegrenzt. Da hat er improvisiert, dachte ich, als ich den roten Löscheimer neben einem umgekippten Blumentopf auf dem Boden liegen sah. Bestimmt war ihm der im Flur aufgefallen. Wahrscheinlich hatte er ihn als ein Zeichen Gottes betrachtet.

Vorsichtig hob ich ein paar Körnchen vom Tisch auf – Erde; das erklärte den Blumentopf, nicht aber, was der Mörder zu kommunizieren versuchte.

»Er entwickelt sich definitiv weiter«, meinte ich. »Derselbe Signaturaspekt, aber der Modus Operandi evolviert.«

»Kann man wohl sagen.«

»Ist das zu glauben, dass der Kerl tatsächlich denkt, er verrichtet Gottes Werk?«

»Fanatismus ist nichts Neues. Ich persönlich gebe da jeglicher organisierten Religion die Schuld.«

»Der Verzerrung der Religion vielleicht. Ich bin keine Expertin, aber geht's im Christentum nicht um Vergebung? Sie wissen schon, liebe deine Feinde, halt die andere Wange hin und all so was. Der Lacerator denkt vielleicht, er wäre ein guter Katholik, aber ich bezweifele, dass der Papst ihn zum Geburtstag anruft.«

Fingerling lachte durch die Nase. Ich lächelte und öffnete den Browser auf meinem Handy.

»Langweilt Sie das hier etwa?«, wollte er wissen.

»Mir ist gerade ein Gedanke gekommen, was der Lacerator zu vermitteln versucht. Sekunde.

Ah ja, da haben wir's ja. Hören Sie sich das an: ›Du sollst mir einen Altar aus Erde errichten und darauf deine Schafe, Ziegen und Rinder als Brandopfer und Heilsopfer schlachten.‹ Exodus 20, 24. Wir haben es hier nicht einfach nur mit einem brutalen Mord zu tun, Fingerling, sondern mit einem Menschenopfer.«

»Wie bitte?«

»Wir wissen, dass der Lacerator unter Wahnvorstellungen leidet. Er hält sich für den Erzengel Raguel, auch bekannt als das Feuer Gottes. Deswegen auch all die Flammen, hier und an den anderen Tatorten. Aber was mir bisher nicht klar war, ist, dass die letzten Ermordeten Opfergaben waren – Brandopfer.

Und die Signatur passt sehr gut zu der Theorie, dass der Täter als Kind missbraucht worden ist. Der Overkill. Die Kastration. Und jetzt die Schrift auf Taplows Brust.«

»Das verstehe ich ja, aber wie passt das Stechen in die Augen da rein? Das ist ein Schlüsselelement. Das muss doch etwas bedeuten, meinen Sie nicht?«

»Es könnte etwas mit Macht und Kontrolle zu tun haben. Oder vielleicht auch mit Scham.«

»Scham?«

»Die Stichwunden am Hals werden dem Opfer immer als Erstes zugefügt, und sie waren in jedem Fall die Todesursache. Also muss das Augenstechen hauptsächlich etwas Symbolisches sein. Ein Teil seiner Fantasievorstellung, seine Opfer zu blenden. Möglicherweise dient das dazu, dass sie sich hilflos und verloren fühlen, so wie er sich als Kind gefühlt haben muss.

Indem er seinen Opfern die Messerklinge in die Augen rammt, nimmt der Lacerator im metaphorischen Sinne den Platz dessen ein, der sich an ihm vergangen hat, und übernimmt die Kontrolle, die der Kinderschänder früher über ihn gehabt hat. Er sagt: ›Ich bin das Letzte, was du je sehen wirst. Jetzt habe ich das Sagen.‹«

Fingerling nickte, die Lippen fest zusammengepresst. »Was würden Sie in Sachen Medienstrategie vorschlagen?«, wollte er wissen.

»Wir sollten einen Appell herausgeben, um Informationen bitten. Wir könnten dafür sorgen, dass sich die Person, mit der der Täter gesprochen hat, als er Taplow besuchen wollte, mit einem Zeichner zusammensetzt. Dann geben wir die Phantomzeichnung und die neuen Erkenntnisse an die Presse weiter. Missbrauch im Kindesalter, Schizophrenie, Zwangsstörung, Drogenabusus …«

»Kokain, um genau zu sein. Die von der Spurensicherung haben Kokainspuren auf dem Teppich vor Ihrer Wohnungstür gefunden.«

Also doch kein Methamphetamin. Der Lacerator war ein Kokser, kein Meth-Junkie.

»Was ist mit der Schnitzeljagd? Erzählen wir das den Medien?« Fingerling kaute an einer Schrunde auf seiner Lippe herum.

»Ja.« Ich rieb mir das Kinn mit Daumen und Zeigefinger, dachte nach. »Wie gesagt, der Lacerator will, dass ich ihn verstehe. Er denkt, wenn ich das tue, bin ich in der Lage, ihn zu beschützen. Das Arschgesicht hat sich wahrscheinlich an das gehalten, was ich auf der ersten Pressekonferenz gesagt habe. Von wegen, ich will ihm helfen, aber dafür müsste er sich mir zeigen.«

»Bisschen seltsam, wie?«

»Ich weiß nicht. Wir reden hier von einem Typen mit schweren Wahnvorstellungen. Von jemandem, der in allem Zeichen und Bedeutungen sieht. Von jemandem, der glaubt, er wäre im Auftrag des Herrn unterwegs. Bei der Pressekonferenz habe ich Mitgefühl mit ihm gezeigt. Ich habe ihm gesagt, ich verstehe ihn und das, was er durchmacht. Vielleicht ist es ja gar nicht so überraschend, dass er denkt, ich wäre von Gott geschickt worden, um auf ihn aufzupassen.«

»Vielleicht. Aber was hat das damit zu tun, ob wir den Medien von der Schnitzeljagd erzählen?«

»Überlegen Sie doch mal. Der Lacerator glaubt, ich kann ihn nur beschützen, wenn ich ihn vollkommen verstehe.

Also was glauben Sie, was passiert, wenn er denkt, ich habe eine falsche Vorstellung von ihm?«

Fingerling kratzte sich am Kopf, dann lächelte er.

»Er wird sich wieder bei Ihnen melden. Die Dinge richtigstellen.«

»Genau. Das ist eine ganz klar proaktive Vorgehensweise. Wir geben den Medien falsche Informationen. Und wenn wir den Lacerator richtig eingeschätzt haben, wird er reagieren und mehr darüber verraten, wer er ist und was er vorhat. Ich bin mir ziemlich sicher, dass er Aidan Lynch ist – es passt alles, obwohl Lynch ja angeblich tot ist. Also brauchen wir etwas Handfestes, um diese Theorie zu bestätigen, sonst riskieren wir, vom Weg abzukommen und bringen möglicherweise noch mehr Leben in Gefahr.«

Jäh hielt ich inne; eine Idee nahm Gestalt an. Ich lächelte. Ja. Das war perfekt.

»Ich glaube, ich weiß, wie wir den Lacerator dazu bringen, uns den Beweis zu liefern, den wir brauchen«, sagte ich. »Mit einem Köder, dem er bestimmt nicht widerstehen kann.«

82. Kapitel

»Dann haben Sie Ihre Tasche also wieder«, bemerkte der Detective Sergeant aus dem Ermittlungsteam.

Wir waren zurück im Scotland Yard. Ich hatte einen vollständigen Bericht abgeliefert, eine Erklärung abgegeben, die im Fernsehen übertragen worden war, und hatte jetzt gerade einen Kaffee in Arbeit, Starbucks Dark Roast, Größe XL mit doppeltem Espresso.

»Meine Tasche?«, fragte ich und schlürfte einen ordentlichen Schluck.

»Na, Ihre Handtasche.« Er deutete auf die Tasche, die über meiner Schulter hing. »Heute Nachmittag hat so ein Typ angerufen, hat gesagt, er hätte sie unten am Kanal gefunden. Ihr Name hätte in einem Notizbuch gestanden, das da drin war. Er hat den Namen von den Nachrichten her wiedererkannt und sich gemeldet. Ich wusste nicht genau, wann Sie wieder aufs Revier kommen, also hab ich ihm Ihre Handynummer gegeben, damit er sich direkt bei Ihnen melden kann. Hab mir gedacht, Sie wollten das Ding bestimmt so schnell wie möglich wiederhaben. Ich weiß doch, wie Frauen sich immer mit Ihren Taschen haben; meine bessere Hälfte …«

Ich biss die Zähne zusammen. So hatte er sich also meine Nummer beschafft.

»Ihnen ist doch klar, dass Sie einem Serienmörder meine Telefonnummer gegeben haben?«

»Was?« Seine Stimme überschlug sich ein wenig. »Aber er hat die Tasche ganz genau beschrieben. Und er hat gesagt, er hätte sie in Little Venice gefunden. Das passt doch zu der Adresse, unter der Sie bei uns gespeichert sind.«

Ich seufzte und ließ die Schultern sinken. Der Schuss war doch schon abgefeuert worden; es hatte keinen Sinn zu versuchen, die Kugel noch zu retten.

»Anrufe beim Yard werden doch aufgezeichnet, oder?«

Er nickte.

»Also vielleicht sollten Sie mal schauen, was die Jungs von der Technik aus der Aufnahme rausholen können. Vielleicht erkennt ja irgendjemand da draußen seine Stimme wieder. Könnte doch sein, dass es gerade das ist, womit wir den Fall knacken, wer weiß?«

»Na, drücken wir mal die Daumen«, sagte er und beugte sich vor, um mir auf die Schulter zu klopfen.

»Aye, hoffen wir's«, antwortete ich mit einem Lächeln, das zu schnell wieder verging. Noch war gar nichts sicher.

Als der DS davonging, kam Paddy herüber, um sich eine Tasse Tee zu machen. »Hey, Pad, haben Sie mal 'ne Sekunde?«

Er hatte noch immer diesen weggetretenen Blick und zuckte immer wieder, rieb sich die Schläfen. Irgendwas war definitiv mit ihm los, aber ich war mir ziemlich sicher, dass es nichts mit einem Virus zu tun hatte oder mit der Migräne, die er angeblich hatte.

»Klar. Was kann ich für Sie tun?«, erwiderte er, während er einen Teebeutel auspackte und ihn in kochendes Wasser aus dem Automaten tunkte.

»Sagen Sie mir, dass es mich nichts angeht, und ich lasse es gut sein, aber ich mache mir Sorgen um Sie. Sie scheinen irgendwie von der Rolle zu sein. Ist alles okay?«

Er kaute auf seiner Unterlippe, Zeichen des Zögerns und des Unbehagens. Aus einem Instinkt heraus musterte ich ihn einmal rasch von oben bis unten.

Nach der leichten Delle in seinem Ringfinger zu urteilen hatte er vor Kurzem seinen Ehering abgenommen. Und jetzt rieb er die Stelle, wo der Ring gewesen war.

Also hatte es irgendetwas mit seiner Frau zu tun. Eine neue Entwicklung bei ihrer Trennung.

An den Spitzen von Daumen und Zeigefinger hatte er blaue Tintenflecke. Von einem Füller, nicht von einem Kuli. Die Sorte Stift, die man für etwas Wichtiges benutzt.

»Sie haben gerade in die Scheidung eingewilligt, stimmt's?«

Er fuhr zusammen und ließ die Schultern sinken, eine Geste der Kapitulation.

»Ich hab die Papiere gekriegt, kurz nachdem Sie vom Revier weg sind, bevor ich zu Ihnen in Ihre Wohnung gekommen bin. Ich hab überlegt, ob ich nicht unterschreibe, aber dann hab ich mir gedacht, was soll's? Sie wird es sich ja offensichtlich nicht anders überlegen. Aber was ist, wenn's noch eine Chance gäbe, das alles wieder hinzukriegen? Ich war den ganzen Nachmittag am Durchdrehen, hab versucht zu entscheiden, was ich tun soll. 'ne

Scheidung ist so was Endgültiges.« Er seufzte und blickte auf seine Schuhe.

Seine Fußspitzen zeigten in Richtung Tür; seine Füße nahmen Startposition ein. Der Mann sehnte sich danach davonzulaufen. Das Gefühl kannte ich.

»Das tut mir sehr leid«, sagte ich.

»Tja, mir auch.« Er stockte. »Hören Sie, ich weiß, ich kann Ihnen vertrauen, aber tun Sie mir einen Gefallen, ja? Sagen Sie's noch niemandem. Ich weiß, das klingt völlig bescheuert, aber sobald es allgemein bekannt ist, wird es Realität.«

»Ich finde, das klingt überhaupt nicht bescheuert«, erwiderte ich und drückte ihm ganz leicht den Arm.

Ich gähnte. Es war ein langer Tag gewesen. Ich ging zu Fingerlings Schreibtisch hinüber.

»Ich glaube, ich gehe dann mal nach Hause. Es sei denn, Sie brauchen mich noch für irgendwas.«

»Nein, ist schon okay. Ruhen Sie sich ein bisschen aus. Wir sehen uns dann um neun wieder hier, zur Teambesprechung.«

»Roger.« Ich warf meinen Kaffeebecher in den Mülleimer und zog meine Handtasche zurecht – die Tasche, die der Lacerator heute Vormittag durchwühlt haben musste, als ich auf der Bank geschlafen hatte.

»Vergessen Sie Ihr Handy nicht. Liegt auf Ihrem Schreibtisch«, sagte Fingerling, als ich Anstalten machte, auf die Tür zuzustreben. »Ihr Freund hat 'ne SMS geschickt; Sie sollen ihn anrufen.«

»Ach, halten Sie doch die Klappe. Sie wissen genau, dass er nicht mein Freund ist.«

»Aber Sie wissen sofort, von wem ich rede, nicht wahr?«
Ich lief rot an.

»Kein Grund, sich aufzuregen, MacKenzie. Ich mach mir doch nur einen Spaß mit Ihnen«, erwiderte er mit einem Augenzwinkern.

Unsensibel war er ja, aber in einem hatte er recht. Ich musste lockerer werden. Wenn ich nur den Impuls zügeln könnte, ihm jedes Mal in die Eier zu treten, wenn er den Mund aufmachte, dann gab es keinen Grund, warum wir beide nicht ganz prima zusammenarbeiten könnten. Zumindest bei diesen Ermittlungen.

Erst als ich das Gebäude verließ, ging mir auf, woher Fingerling gewusst hatte, dass ich am Abend vor dem Mord mit Wolfie in der Camden Brasserie gewesen war.

Irgendjemand in der Einsatzzentrale hatte mein Handy woanders hingelegt, als ich mir einen Kaffee geholt hatte. Bestimmt war er das gewesen. Bestimmt hatte er gehört, wie Jacks SMS angekommen war und hatte sie gelesen.

Das ging gar nicht. Fingerling war ein neugieriges Arschloch. Aber da war nichts Verdächtiges daran. Und wenn ich aufhören könnte, hinter jeder Ecke eine Bedrohung zu sehen, dann hätte ich das vielleicht früher kapiert.

83. Kapitel

Raguel hat geduscht; er sitzt im Morgenmantel und mit frischen Socken im Schneidersitz auf seinem Bett und spielt sein Fadenspiel. Seine Kleider von vorhin weichen gerade in Bleiche ein; die Reste seines Abendessens stehen auf seinem Nachttisch. Ein paar Karotten-Sticks, bis auf die Rinde abgeknabberter Toast und ein Haufen Schmelzkäse-Verpackungspapier.

Nur die Lampe neben Raguels Bett brennt, die Vorhänge sind fest zugezogen. Selbst so hoch oben ist ihm die Vorstellung verhasst, dass jemand hereinschauen könnte.

An der Wand, mit Klebestreifen befestigt, hängt das Foto von Ziba Mac, das er im Computerraum des Tageszentrums ausgedruckt hat. Er schaut ihr in die Augen, während seine Finger und Daumen die Schnur bearbeiten.

Es liegt so viel Traurigkeit darin, denkt er. Genau wie bei seinem ersten Schutzengel. Die hatte auch traurige Augen.

Er trinkt einen Schluck Wasser, trübes Leitungswasser, und wendet sich wieder dem Fernseher zu.

Der ist viel lauter als vorhin im Aufenthaltsraum, als er sich heute Nachmittag zusammen mit den anderen ambulanten Patienten die Pressekonferenz angesehen hat, eine Vision von Ziba Mac an seiner Seite.

»Wir wollen doch die Leute, die Mittagsschlaf halten, nicht stören, nicht wahr?«, hatte der Pfleger gesagt, als Raguel fragte, ob sie es bitte lauter machen könnten.

Jetzt wartet er auf die Nachrichten oder vielmehr auf Ziba Mac in den Nachrichten. Sie wird doch auf jeden Fall etwas über den heutigen Tag sagen. Und sie wird ihm doch auf jeden Fall ein Zeichen senden, dass sie ihn endlich versteht.

Er lächelt, als er daran denkt, wie gut alles gelaufen ist. Die Schatzsuche. Der unwiderrufliche Beweis, den er jetzt hat, dass er die Wünsche des Herrn erfüllt und seine eigenen nicht länger zu fürchten braucht. Ganz zu schweigen von der Bestrafung des Teufels persönlich.

Seine Finger huschen rasch über die Schnur dahin, die Muster verwandeln sich wie in einem Kaleidoskop.

Alles war heute vollkommen, bis zu dem Bus, der an der Haltestelle wartete, als er zu seiner heiligen Mission aufgebrochen ist.

Dein Streitwagen wartet, hatte er mit einem heimlichen Lächeln gedacht, als er einstieg. Er hatte sofort erkannt, dass dies ein Zeichen von oben war, ein Zeichen, dass alles gut gehen würde. Und die Stimmen auch.

»Vertraue auf den Herrn, der Er ergötzet sich an dir«, hatten sie gewispert.

Er war mit dem Bus zum Wohnort des Dämons gefahren, aber hinterher zu Fuß nach Hause gegangen. Nach einer Hinrichtung geht er immer zu Fuß; die Bewegung tut ihm gut. Sie gestattet ihm, den Kopf freizubekommen und die Verbindung zu seinem Schöpfer zu suchen.

Raguel gähnt. Er ist müde. Der heutige Tag hat ihn viel Kraft gekostet. Er sehnt sich danach zu schlafen, doch trotz allem, was er gehofft hat, weiß er, dass Schlaf noch schwerer zu fassen sein wird als sonst. Sein Körper ist erschöpft, sein Verstand jedoch läuft auf vollen Touren, obwohl das Hochgefühl direkt nach dem Töten schon vor geraumer Zeit verflogen ist.

Eine Erinnerung durchfährt seinen Schädel. Das Bild ist so lebensecht, es ist, als wäre er wieder dort.

»Sieh mich an«, flüstert Granddad, und der Geruch von abgestandenem Tabakrauch wabert schwer in seinem Atem. »Sieh mich an, wenn ich nachschaue, ob du auch gesund bist.«

»Aufhören!«, brüllt Raguel und kneift die Augen so fest zu, dass es wehtut.

Er hatte gedacht, seine letzte Konfrontation mit dem Teufel würde dem Ganzen ein für alle Mal ein Ende machen, dass die Erinnerungen die Gewalt über ihn verlieren würden und dass er endlich würde schlafen können. Doch seinen Granddad wiederzusehen hatte genau die gegenteilige Wirkung. Heute Nacht wird er keinen Schlaf finden.

Raguel lässt die Schnur fallen, presst die Hände seitlich gegen den Kopf und kollabiert eng zusammengekrümmt auf dem Bett. Sein Körper zittert. Ein scharfer Schmerz sengt durch sein Gehirn. Einen Moment lang wird alles schwarz, dann ist der Flashback vorbei.

Das Zittern lässt nach. Nach einer Weile setzt sich Raguel auf, und dabei hört er die Stimme. Die, die lauter wispert als alle anderen, die, die allein spricht: »Nimm Rache an deinen Feinden. Ich bin der Herr, und du bist mein Diener.«

Neueste Meldung: Nach dem letzten Lacerator-Mord in einem Pflegeheim in North London hat Scotland Yard folgende Erklärung über den Mörder veröffentlicht.

Raguel stellt den Fernseher lauter. Darauf hat er gewartet. Er hebt die Schnur auf und hakt die Finger darüber und darunter. Ein Stern. Eine Reihe aus Rauten. Ein Spinnennetz.

Er hält inne. Das Muster hängt schlaff zwischen seinen Händen.

Raguel starrt den Fernseher an und schreit.

84. Kapitel

»Warum hast du mich nicht angerufen, anstatt dich von einem Wildfremden mitnehmen zu lassen? Ich wäre doch gekommen und hätte dich abgeholt«, sagte Jack und bugsierte seinen alten Range Rover behutsam in eine Parklücke hinter meinem Porsche, der noch immer an der Chalk Farm Road gestrandet war. »Ich habe sowieso den ganzen Nachmittag versucht, dich zu erreichen. Ich habe mir wahnsinnige Sorgen um dich gemacht.«

»›Du rufst nicht an. Du schreibst nicht.‹ Scheiße, Jack, du hörst dich an wie diese jüdische Mama in den alten British-Telecom-Werbespots.« Dramatisch verdrehte ich die Augen. »Und außerdem kannst du dir gar nicht den ganzen Nachmittag Sorgen gemacht haben. Ich weiß nämlich zufällig, dass die neue Lacerator-Story erst vor ein paar Stunden gesendet worden ist.«

»Ich rede doch gar nicht von dem Pflegeheim-Mord. Ich rede von dieser seltsamen Voicemail-Nachricht, die du mir auf dem Handy hinterlassen hast – und zwar übrigens nicht lange bevor ich gehört habe, dass du vermisst wirst, möglicherweise entführt, hieß es. Und jetzt erzählst du mir, du bist auf irgend so einer durchgeknallten Schnitzeljagd in ganz London rumgerannt. Warum hast du mich nicht einfach angerufen? Du hättest das nicht allein machen dürfen, das ist doch gefährlich.«

»Spul mal kurz zurück. Was für eine Nachricht?«

Er machte ein verdutztes Gesicht. »Das weißt du nicht mehr?«

Ich schüttelte den Kopf. Der Tag war so lang gewesen wie ein ganzes Jahr.

»Du hast mich auf dem Handy angerufen. Die Mailbox ist angesprungen. Du hast nichts aufs Band gesprochen, aber du hast auch nicht aufgelegt. Und als ich das abgehört habe, war da eine Aufnahme davon, wie alles Mögliche durch die Gegend geworfen wird und du ganz komische Geräusche machst. Geflucht hast du auch viel – sogar noch mehr als sonst. Du hast dich angehört, als ob du Angst hättest. So hab ich dich noch nie erlebt.« Seine Stimme wurde eine Oktave tiefer, als er das sagte.

»Ich hab mehrmals versucht, dich zurückzurufen, aber du bist nicht rangegangen. Als ich dann gehört habe, dass du vermisst wirst, bin ich zu deiner Wohnung gefahren, aber die Bullen wollten mich nicht reinlassen. Also hab ich bei Scotland Yard angerufen, um zu sehen, was los ist. Hab mit diesem Arsch Fingerling gesprochen, aber der wollte mir nichts sagen.«

»Na ja, das ist ja nicht weiter überraschend. Wahrscheinlich hat er gedacht, du wärst nur scharf auf eine Story.«

»Vielleicht, aber irgendwie kapierst du nicht, worum es hier geht. Ich hatte Scheißangst, dass dir was passiert ist.

Ich weiß nicht, was ich machen würde, wenn's so gewesen wäre.« Seine Stimme war sehr leise geworden; er starrte seine Hände auf dem Lenkrad an.

Ich berührte seinen Unterarm. Er sah erst meine Hand an, dann schaute er mir ins Gesicht.

»Du brauchst dir meinetwegen nicht so viele Gedanken zu machen, Jack, ich komme schon klar. Ich bin ja vielleicht nur so groß wie 'ne Dienstpistole, aber ich bin von der besten Elitekampftruppe auf dem ganzen Planeten im Nahkampf ausgebildet worden.«

»Diesen Ninja-Scheiß kannst du ablassen, solange du willst, aber das ändert nichts daran, dass ich mir sehr viel aus dir mache.«

Das Blut stieg mir in die Wangen. Ein Freud'scher Versprecher. Bestimmt hatte er »Sorgen um dich mache« sagen wollen, und nicht »aus dir mache«.

»Jack ...«

Sein Gesicht war nur Zentimeter von meinem entfernt, seine Lippen waren so nahe, dass ich die kleinen Rillen darin sehen konnte. Ich konnte den Blick nicht abwenden. Mein Mund öffnete sich ein wenig, der Abstand zwischen uns schien immer kleiner zu werden ... gerade als ein weißer Lieferwagen mit dem grünen Logo des Bezirksrats von Camden darauf neben uns hielt.

»Oh.« Verlegen fuhr ich zurück. »Sieht aus, als wären die Parkkrallen-Jungs da. Wird auch verdammt noch mal Zeit.«

Mit wild pochendem Herzen sprang ich aus dem Wagen. Mir war ganz heiß. Jack blieb einen Moment lang sitzen, wo er war, die Hände ganz oben am Lenkrad, den Kopf nach vorn gebeugt.

Eine halbe Stunde später schloss ich meine Wohnungstür auf. Mein Porsche stand wieder auf seinem üblichen Parkplatz, und meine Brieftasche war dank der übereifrigen Ordnungshüter um einiges leichter.

Jack stand hinter mir, eine pralle Plastiktüte voll Essen vom Chinesen in der Hand.

»Du brauchst heute Nacht wirklich nicht hierzubleiben. Ich bin okay.«

»Kann schon sein.« Er folgte mir hinein. »Aber ich würd's lieber nicht darauf ankommen lassen. Der Typ weiß, wo du wohnst, und er hat eindeutig einen Narren an dir gefressen. Ich lass dich hier nicht allein, bis der hinter Gittern sitzt.«

»Noch ein Grund zu hoffen, dass er bald geschnappt wird«, knurrte ich, während wir die Pappdeckel von den Alubehältern abzogen und diese auf dem Esstisch aufreihten.

Er lachte. Es klang gezwungen.

Keiner von uns hatte ein Wort über das verloren, was beinahe in seinem Auto passiert wäre. Ohne Zweifel dachten wir beide dasselbe – wenn wir nicht darüber sprachen, konnten wir so tun, als sei es nie geschehen. Glaubhaft bestreitbar. Das war viel einfacher.

»Setz dich und hau rein. Ich hab hier kross gebratenen Seetang. Hier, nimm dir was.« Ich reichte ihm den Behälter.

»Super. Den mag ich am liebsten.«

»Ich weiß. Hab auch um eine Extraportion gebeten.« Ich

biss in eine Frühlingsrolle; die Teighülle glänzte vor Fett, die Sprossen innen drin waren glühend heiß.

Das Foto von Duncan in seiner Polizeiuniform tauchte jedes Mal in meinem Blickfeld auf, wenn Jack sich auf seinem Stuhl bewegte. Ich schenkte uns Wein nach, während wir uns hungrig vollstopften.

Und der Fahrer eines silbernen Honda uns von der Straße aus beobachtete.

85. Kapitel

Raguel leidet Höllenqualen. Er musste unbedingt herkommen, doch jetzt bohrt ihm der Teufel seine Klauen in die Kehle, während eine dämonische Gestalt ihn in einem wirbelnden Meer aus Feuer und Schwefel festhält.

Wer ist der Mann da bei Ziba Mac? Und was hat er in ihrer Wohnung zu suchen?

86. Kapitel

Ich hatte Jack Bettzeug aufs Sofa gelegt, bevor ich in mein Zimmer getaumelt war, völlig erschöpft und nur allzu bereit, mich hinzulegen. Ich ging zum Fenster hinüber, um die Vorhänge zuzuziehen. Und da sah ich ihn.

Ich rieb mir die Augen. Bildete ich mir das nur ein? Es war spät. Ich stand noch immer unter Adrenalin, war von allem, was an diesem Nachmittag passiert war, völlig durcheinander. Im Zeugenstand würde ich in Fetzen gerissen werden. Keine verlässliche Zeugin. Es war gut möglich, dass mir mein Verstand einen Streich spielte, und trotzdem …

Ich knipste die Nachttischlampe aus, damit man mich von der Straße aus nicht sehen konnte, linste durchs Fenster und suchte mit dem Blick das Nummernschild.

Es war definitiv der silberne Honda von neulich, der da auf der gegenüberliegenden Straßenseite parkte. Und der Fahrer schaute durch einen großen Feldstecher zu meiner Wohnung herauf.

Sollte ich es Jack sagen? Nein, dann würde ich ihn niemals wieder von meinem Sofa runterkriegen. Aber herausfinden, was da los war, musste ich doch. Nicht hinter jeder Ecke Anzeichen von etwas Bedrohlichem zu sehen war ja schön und gut, aber das hieß doch nicht, angesichts einer möglichen Gefahr gleichgültig zu reagieren. Und selbst wenn mir keinerlei Gefahr drohte, der Feldstecher zeigte doch, dass an diesem Bild irgendetwas nicht stimmte.

Es gab alle möglichen harmlosen Erklärungen dafür, dass jemand den Abend damit zubringen könnte, in einem geparkten Auto zu sitzen. Aber den Leuten in die Fenster zu spähen ist niemals eine legitime Handlung, wie mein früherer Job beweist.

Mit zusammengekniffenen Augen starrte ich in die Nacht. Ich hatte keinen Feldstecher mehr, aber meine Weitsichtigkeit, so oft ein Nachteil, war jetzt durchaus hilfreich. Und die Tatsache, dass der Honda unter einer Straßenlaterne geparkt war, auch.

Ich konnte nicht erkennen, ob die Person in dem Wagen männlich oder weiblich war. Er/sie trug eine Baseballkappe, und der Feldstecher verbarg sein/ihr Gesicht.

Etwas konnte ich jedoch erkennen. Obgleich das Nummernschild halb verdeckt war, waren von meiner Position aus ein paar Buchstaben des Kennzeichens sichtbar. LJX. Genau wie bei dem Honda, den ich vor dem Toys »R« Us überprüft hatte.

Gänsehaut überzog meine Arme. Ein Kribbeln rann mir den Rücken hinunter.

War das der Lacerator? War er zurückgekommen?

Ich rief in der Einsatzzentrale an. Nur die letzten drei

Buchstaben waren zu erkennen gewesen, aber in Kombination mit Marke und Modell des Wagens könnte das reichen, um den Halter zu ermitteln; diese Buchstaben auf Nummernschildern werden nämlich nach dem Zufallsprinzip zugeteilt und sind deshalb weitgehend einzigartig.

Die anderen Zahlen geben sowohl das Herstellungsjahr eines Fahrzeugs an als auch, wo es angemeldet wurde. Ein im Jahr 2002 hergestellter Wagen hat also die Ziffern 02 oder 52 im Kennzeichen, während ein Auto mit einem L und irgendeinem Buchstaben zwischen A und Y in London angemeldet worden wäre. Das ist so die Sorte belangloses Zeug, die man mitkriegt, wenn man mit einem Cop verheiratet ist.

»Einsatzzentrale.«

Ich erkannte die Stimme.

»Paddy, hier ist Mac. Das ist jetzt wahrscheinlich eine Überreaktion meinerseits, aber da sitzt jemand vor meiner Wohnung im Auto und beobachtet mich mit einem Feldstecher. Silberner Honda, sechste Generation. Kennzeichen teilweise lesbar. Die letzten drei Buchstaben sind LJX. Ich glaube, denselben Wagen habe ich heute Nachmittag auf dem Parkplatz von dem Toys »R« Us stehen sehen, und ich habe ihn auch sonst schon ein paarmal gesehen, weil er mir gefolgt ist. Können Sie's mal in die automatische Kennzeichenerkennung eingeben?«

»Kein Problem. Und ich schicke Ihnen 'ne Streife rüber, die sollen sich den Fahrer mal zur Brust nehmen. Haben Sie sich das mit dem Personenschutz noch mal überlegt?«

»Nein. Ich wohne im obersten Stock. Ich verrammele alle Türen und mache die Alarmanlage an.«

»Sind Sie sicher?«

»Ganz sicher. Duncans bester Freund ist hier. Hat darauf bestanden, Wache zu schieben. Er ist ein Schrank von Kerl, mir passiert schon nichts.«

Ich fügte nicht hinzu, dass ich ein Kampfmesser Marke Fairbairn-Sykes unter dem Bett hatte, mit einer Klinge, die einem Mann mit einem einzigen Schnitt die Kehle durchtrennen kann.

»Na schön, alles klar. Lassen Sie's mich wissen, wenn Sie sich's anders überlegen.«

»Vielen Dank. Aber das werde ich nicht tun.«

Jack machte gerade mit seinem Handy herum, als ich aus meinem Zimmer kam. Ich schob die Riegel vor, überprüfte, ob die Alarmanlage an war, und legte zur Sicherheit noch die Kette vor.

»Was dagegen, wenn wir die Fenster heute Nacht zulassen?«, erkundigte ich mich. »Nur um ganz sicher zu sein.«

»Ganz bestimmt nicht. Bin froh, dass du das Ganze jetzt doch ernst nimmst.«

»Also eigentlich wollte ich nur dafür sorgen, dass dir nichts passiert.« Ich grinste. »Schlaf gut.«

Als ich wieder auf mein Zimmer zuging, spürte ich seinen Blick. Dreh dich ja nicht um, dachte ich. Untersteh dich, dich umzudrehen.

Ich schloss die Schlafzimmertür ab, zog mich aus und fiel ins Bett. Kaum berührte mein Körper die Matratze, schlief ich schon. Allerdings nicht lange.

Mitten in der Nacht saß ich plötzlich kerzengerade da, mit pumpendem Brustkorb und zusammengebissenen Zähnen. Der Knauf meiner Schlafzimmertür ruckelte und klapperte.

Jemand versuchte hereinzukommen.

87. Kapitel

Das Blut rauschte in meinen Ohren – ein ausbrechender Geysir, ein Fluss, der über die Ufer trat. Mein Herz war eine Ramme, die versuchte, durch meinen Brustkorb zu brechen. Jeder Muskel spannte sich, als Kortisol durch meinen Körper flutete.

Im Zimmer war es dunkel, bis auf die Leuchtziffern meines Weckers – 02 Uhr 17. Die Zeit, in der Atemfrequenz und Blutdruck am niedrigsten sind. Die Zeit, in der die meisten Leute am allertiefsten schlafen. Die Zeit, in der ein Mensch am wahrscheinlichsten stirbt.

Wieder ruckelte der Türknauf. Wer war da draußen? Was wollte er von mir?

Aus Sekunden wurden Minuten. Die Zeit verzerrte sich. Die Welt drehte sich in Zeitlupe, und doch war mein Körper auf vollen Touren.

Ich öffnete den Mund, um zu schreien, doch wie in den allerschlimmsten Albträumen kam kein Laut heraus. Obgleich meine Haut kalt und feucht war, war meine Kehle wüstensandtrocken. »Ziba. Mac. Lass mich rein.«

Ziba Mac. Er war es. Der Lacerator. Ich hatte mich verschätzt, als ich heute Abend die öffentliche Erklärung abgegeben hatte. Ich hatte ihm zu viel Druck gemacht. Er würde nicht mehr über sich preisgeben. Er würde mich umbringen.

Wieder sah ich Grant Taplow vor mir, auf den Tisch gebunden, in Augen und Hals gestochen, sein Blut eine Lache auf dem Boden. Ich sah das Opfer von gestern Nacht vor mir, wie ein Stück Müll auf dem Boden entsorgt, die Genitalien abgesäbelt und gegen die Wand geklatscht.

Rasch griff ich nach meinem Kampfmesser. Manche Leute sagen Stilett dazu, wegen der spitz zulaufenden Klinge. Ein zweischneidiger Dolch mit einem beschichteten Griff. Eine Waffe, die wegen ihres Stichpotenzials von den SAS und anderen Spezialeinheiten hochgeschätzt wird.

Sorgfältig darauf bedacht, kein Geräusch zu machen, schlüpfte ich aus dem Bett und ging neben der Tür in Position. Ganz langsam, ganz vorsichtig, ganz leise drehte ich den Schlüssel. Sie können jeden Soldaten fragen, und die werden Ihnen alle dasselbe sagen – Angriff ist immer besser als Verteidigung.

Die linke Hand auf dem Türknauf, das Messer mit erhobenem Arm in der Rechten, machte ich mich bereit für den Angriff.

Auf drei … schön vorsichtig.

Eins. Zwei.

Scheiße. Natürlich. Klar wie Kloßbrühe.

Der Gedanke traf mich wie ein Schlag ins Gesicht. Ich hatte mich so auf mich selbst und meine eigene Sicherheit konzentriert, dass ich Jack ganz vergessen hatte, der im Nebenzimmer auf dem Sofa schlief.

Ich mag ja im Nahkampf ausgebildet worden sein, aber Wolfie kann noch nicht mal kickboxen. Einem psychopathischen Killer, der sich mitten in der Nacht mit einer Waffe an ihn anschlich, wäre er nicht gewachsen.

Verdammt noch mal! Warum war er nicht weggeblieben? Ich hatte ihm doch gesagt, dass ich allein zurechtkäme. Warum hatte er den Helden spielen müssen? Warum hatte ich das zugelassen?

Die Kehle wurde mir eng. Die alte Spannung baute sich hinter meinen Augen auf. Erst Duncan. Und jetzt Jack.

Ich drückte den Rücken gegen die Tür. Fast wollte ich, dass dieser Drecksack mir den Rest gab. Erlöse mich von meinen Qualen, dachte ich.

Wieder klapperte der Knauf.

»Ziba. Mac.«

Mein Körper übernahm das Kommando; mein Gehirn war ihm dicht auf den Fersen. Der Überlebensinstinkt trat in Aktion.

Ich wollte nicht sterben. Ich wollte diesen Seuchenherd, der gerade meinen Freund umgebracht hatte, grün und blau prügeln. Hoch aufgerichtet, den Arm emporgereckt, das Messer bereit, riss ich die Tür auf.

88. Kapitel

Raguel ist in der Ecke des Zimmers. Die Stimmen sind laut, die Lautstärke in seinem Kopf ist bis zum Anschlag aufgedreht.

»Ziba Mac«, sagt er. »Ziba Mac.«

89. Kapitel

Ich riss die Tür weit auf, bereit zum Angriff. Die Zähne fest zusammengebissen, die Augen weit aufgerissen; das Blut pumpte in meinen Adern.

»Mann!« Jack machte einen Satz rückwärts, die Hände instinktiv vors Gesicht gehoben. »Ich bin's. Was machst du denn? Leg das Messer weg.«

»Jack?« Ich zweifelte an dem, was ich sah. »Scheiße, was soll das?«

»Das könnte ich dich auch fragen. Was ist denn los? Und würdest du bitte das Ding da weglegen?«

Mit prickelnder Kopfhaut und trockenem Mund suchte ich mit dem Blick das Zimmer nach einem Mann ab, der sich in den Schatten verbarg, nach einem eingeschlagenen Fenster oder anderen Einbruchszeichen. Ich schnupperte in der Luft nach dem Geruch von Essig und überreifen Früchten – dem Geruch des Lacerators und der Gefahr. Ich lauschte auf ein Dielenknarren, auf das schwere Atmen eines versteckten Mannes.

Nichts. Alles war in Ordnung. Alles war genau so, wie ich es zurückgelassen hatte.

Aber trotzdem …

»Ziba. Mac. Sieh mich an.«

Jacks Stimme war eindringlich, beharrlich. Versuchte er, mir etwas zu sagen? Versuchte er, mich zu warnen, dass der Lacerator hier war, sich in meiner Wohnung versteckte?

Rasch musterte ich ihn von oben bis unten. In einem weißen T-Shirt und Boxershorts stand er vor mir, die Haare wirr, das Gesicht ganz rosig vom Schlafen. Keine Schweißflecken unter den Armen. Er zitterte nicht. Also hatte er keine Angst. Er war nicht in Gefahr.

Und er war am Leben.

»Gott sei Dank«, stieß ich hervor.

»Ich dachte, du bist Atheistin.«

Ich boxte ihm spielerisch gegen den Arm, fester als ich beabsichtigt hatte. »Aua. Und legst du jetzt bitte das Messer weg? Du machst mir Angst.«

»*Ich* mache *dir* Angst? Das ist ja die Höhe! Warum zum Teufel hast du versucht, mitten in der Nacht in mein Zimmer einzubrechen?«

»Ich bin nicht eingebrochen«, verwahrte er sich gekränkt. »Ich dachte, er wäre da drin.« Er brauchte nicht zu sagen, wer *er* war. »Du hast geschrien. Ganz laut.«

»Ich hab geschrien?«

Bestimmt ein Albtraum. Die habe ich andauernd. Gehört natürlich dazu. Wenn man seine Zeit damit verbringt, verstümmelte Leichen in Augenschein zu nehmen, und versucht, die Welt durch die Augen der abartigsten Auswüchse unserer Gesellschaft zu sehen, dann träumt man halt ab und zu schlecht.

Der Schock, so aufzuwachen, hatte die spezifischen Qualen der vergangenen Nacht aus meinem Kopf vertrieben, doch als meine Herzfrequenz allmählich abnahm, kamen Bruchstücke davon zurück. Festgeschnallt zu sein, während meine Brüste mit Glasscherben zerschnitten wurden. Scharfe Gegenstände, die in mein Rektum eingeführt wurden und mich von innen heraus in Stücke rissen. Meine Fingernägel, einer nach dem anderen ausgerissen.

Jeder Mörder, den ich jemals hinter Gitter gebracht habe, war zurückgekommen, um mir eine Lektion zu erteilen oder um mich zu seinem Opfer zu machen, um mir zu zeigen, dass ich doch nicht so schlau war, wie ich dachte.

Ich wusste, wie sie vorgingen. Ich wusste, dass jeder Akt der Folter dazu gedacht war, ihre Macht über mich zu demonstrieren. Und ich wusste, je mehr ich schrie, desto mehr erregte ich sie.

Und doch hatte ich eindeutig trotzdem geschrien. So laut, dass ich Jack genauso geweckt haben musste, wie ich früher Duncan geweckt hatte. Nur hatte mein Mann mich festgehalten, als er noch am Leben gewesen war, hatte mich gut genug verstanden, um zu wissen, dass es am besten war, nichts zu sagen. Um zu begreifen, dass die Wärme seines Körpers und das Gefühl seiner Arme um mich herum genug sein würden, um die Monster zu vertreiben.

Doch Jack war auf der anderen Seite der Tür gewesen. Er hatte mich nicht retten können, ohne mich fast zu Tode zu erschrecken.

90. Kapitel

»Hey«, sagte Jack, als ich um sieben Uhr früh ins Wohnzimmer gestolpert kam, mir den Schlaf aus den Augen rieb und herzhaft gähnte. »Entschuldige noch mal wegen heute Nacht.«

Ich trug eins von Duncans alten Pyjama-Oberteilen. Wolfie knöpfte sich gerade neben dem Sofa das Hemd zu; sein Haar war noch nass von der Dusche. Als er die Arme bewegte, erhaschte ich einen kurzen Blick auf seinen straffen Bauch, gerade eben noch über dem Hosenbund sichtbar. Ich spürte, wie meine Wangen rot anliefen.

Rasch wandte ich mich ab, bevor er es merkte.

»Alles gut. Ich mach nur schnell Kaffee. Willst du auch einen?«

»Hab ich schon. In der Küche steht 'ne Kanne«, erwiderte er und stopfte sich das Hemd in die Kakihose; die inoffizielle Uniform der Reporter überregionaler Zeitungen.

Als ich zurückkam, hielt er einen Briefumschlag am äußersten Rand. Er war an *Ziba Mac* adressiert.

»Der lag auf der Fußmatte. Glaubst du, er ist vom Lacerator?«

»Die Krakelschrift ist jedenfalls dieselbe«, meinte ich lächelnd.

Die Presseerklärung hatte offensichtlich ihren Zweck erfüllt. Der Mörder hatte den Köder geschluckt und sich wieder gemeldet.

Ich stellte meinen Kaffee hin, deckte den Esstisch mit Frischhaltefolie ab und zog ein Paar Latexhandschuhe an. Dann öffnete ich den Umschlag

Zwei Dinge waren darin. Ein Brief. Und eine alte Zugfahrkarte.

Ich brauchte einen Moment, um zu begreifen, was ich da vor mir sah.

»Scheiße. Das hier ist pures Gold.«

»Ich war die ganze Nacht wach. Warum hab ich nichts gehört?«, fragte Jack und knetete seine Stirn. »Er muss direkt vor der Tür gestanden haben. Paddy hatte recht, du hättest dir besser Personenschutz geben lassen.«

»Vergiss das alles. Ist dir klar, was das hier ist?«

»Was denn?«

»Eine Zugfahrkarte nach Watford. Ungelocht.«

»Und?«

»Zieh dir mal Handschuhe über und schau dir das Datum an – Oktober 1987.«

»Ich versteh's immer noch nicht.«

»7. Oktober 1987. Das ist der Tag, an dem Samuel Catlin umgebracht worden ist. Und das hier reißt ein Riesenloch in Lynchs ›absolut wasserdichtes‹ Alibi.«

»Wie kommst du darauf?«

»Er hat der Polizei gesagt, er wäre zum Zeitpunkt des

Mordes auf dem Weg nach Watford gewesen, zur Musterung.« Rasch zog ich mein Notizbuch zurate. »Er hat sich an der Camden Road Station eine Fahrkarte für den Zug um 15 Uhr 09 gekauft. Dann hat er um 16 Uhr 30 von Watford aus seine Mutter angerufen, um ihr zu sagen, dass er den Termin versäumt hätte. Er hat der Vermittlung seinen Namen genannt. Den Anruf als R-Gespräch angemeldet. Die Polizei hat die Telefonunterlagen. Aber er war gar nicht dort. Diese Fahrkarte ist nicht gelocht worden. Lynch kann nicht in dem Zug gewesen sein.«

»Könnte doch ein Versehen gewesen sein. Vielleicht hat's der Schaffner ja nicht bis zu ihm geschafft.«

»Der Lacerator hat mir das hier aus einem ganz bestimmten Grund geschickt. Er will, dass ich ihn verstehe. Vor Gericht reicht das vielleicht nicht. Aber er teilt mir etwas mit. Kein Zweifel.«

»Du vergisst den Anruf.«

»Wahrscheinlich vorgetäuscht«, meinte ich achselzuckend. »Überleg doch mal. Alles, was Lynch tun musste, war, jemanden dazu bringen, für ihn zu telefonieren. Schwer wäre das nicht gewesen. Wir reden hier ja nicht gerade von *Der Fremde im Zug*. Er brauchte bloß irgendjemandem ein paar Pfund in die Hand zu drücken, damit der ihm einen Gefallen tut. Der bei der Vermittlung Lynchs Namen angibt. Die Nummer von dem Haus in der Inverness Street wählt. Ganz einfach. Dann wäre der Anruf dokumentiert, und Lynch hätte sein Alibi.«

Jack kratzte sich am Kopf. Sein Haar stand noch mehr zu Berge als sonst. »Aber seine Mutter hat doch bei der

Polizei ausgesagt. Sie hat gesagt, sie hat mit ihm gesprochen.«

Ich blickte kurz auf die Zugfahrkarte in meiner Hand und dachte an meine eigene Zugfahrt vor einer Woche zurück. An Theresa Lynchs letzte Worte und daran, wie ich sie kurz vor dem Unglück analysiert hatte. Wie ich zu dem Schluss gekommen war, dass sie sich von der Welt abgeschottet hatte, weil jemand, dem sie vertraut hatte, sie enttäuscht hatte.

Jetzt wusste ich, wer dieser Jemand war. Es war Aidan, der Sohn, den sie nach den Regeln der Kirche erzogen, der jedoch den Weg des Teufels eingeschlagen hatte.

Jetzt sah ich Jack direkt in die Augen, genau so, wie Theresa mich angeschaut hatte, bevor sie gestorben war. Und dann fiel mir noch etwas ein. Ihr Gesichtsausdruck, als sie meinen Arm gepackt hatte, das Gesicht kreideweiß, die Augen weit aufgerissen.

Sie hatte nicht mich angesehen. Sie hatte in den Wagen geblickt – hatte ihren Sohn angeschaut, einen Mann, den sie seit fünfundzwanzig Jahren nicht mehr gesehen hatte. Einen Mann, von dem nur sie allein wusste, dass er ein Mörder war.

»Sie hat gewusst, dass das da am Telefon nicht Aidan gewesen war, und als die Polizei sein Alibi für den Mord an Samuel überprüft hat, muss ihr klar geworden sein, was er getan hatte«, sagte ich. »Sie hat ihn gedeckt, und sie hat sein Geheimnis bewahrt, bis zu dem Moment, als sie im Begriff war, Sankt Petrus gegenüberzutreten.

Das war eine Frau, die an Himmel, Hölle und Erlösung

geglaubt hat. Sie konnte es nicht riskieren, dass ihr der Zutritt zum Himmelreich verwehrt wird. In ihren letzten Sekunden, als sie ihren Sohn gesehen hat, hat sie gewusst, dass sie ihre Sünden beichten musste. Nur so konnte sie das Sakrament der Buße empfangen, bevor sie dem Todesengel begegnet ist.«

Er hat es getan. Sie müssen es jemandem sagen.

»Ich habe bis jetzt gebraucht, um zu kapieren, *was* sie gebeichtet hat, aber jetzt weiß ich die Antwort – nicht zuletzt, weil der Lacerator anscheinend auch das Bedürfnis hat zu beichten.«

Sobald ich die Worte aussprach, wusste ich, dass ich recht hatte.

»Der Lacerator will nicht nur, dass ich ihn verstehe, damit ich ihn beschützen kann. Er will unterbewusst auch die Absolution. Vielleicht glaubt er ja an die Rechtschaffenheit seines Handelns, aber gleichzeitig ist er innerlich zerrissen – pendelt ständig zwischen dem Stolz auf seine Aktionen und dem Bedürfnis, Buße zu tun, hin und her.

Er ist katholisch.« Ich stand auf und fing an, im Zimmer auf und ab zu wandern. »Das heißt, er fürchtet sich vor ewiger Verdammnis. Er offenbart all das hier, weil er sich tief im Innern schuldig fühlt und sich nach Vergebung sehnt. Trotz all seines Geredes von wegen Teufel erschlagen weiß er, dass das, was er tut, falsch ist. Dieser Typ könnte die Zehn Gebote im Schlaf aufsagen. ›Du sollst nicht töten‹ steht da auf der Liste von dem, was man tun und nicht tun soll, ziemlich weit oben. Er kann versuchen, seine Verbrechen zu rechtfertigen, so viel er will, aber es führt kein Weg an der Tatsache vorbei, dass Mord in den Augen Gottes ein ernstes Tabu ist.«

Ich hielt inne; mir kam eine Idee. Noch einmal überflog ich den Brief. Ja, natürlich! Das musste es sein! Das Öl war doch völlig logisch, wenn man es so betrachtete. Warum hatte ich nicht früher daran gedacht? Natürlich würde ich das noch bestätigen müssen; ich bin in solchen Dingen ja nicht gerade Expertin. Doch in Anbetracht dessen, was ich über den Lacerator wusste und was er geschrieben hatte, schien es zu passen.

»Sekunde, Wolfie. Ich will nur mal schnell was nachsehen.« Ich klappte meinen Laptop auf

Gerade als ich die Suchbegriffe eingab, klingelte mein Handy.

»MacKenzie« meldete ich mich; ich hatte die Nummer auf dem Display erkannt. »Super. Das soll wohl ein Witz sein! Ja, ich weiß, wer das ist. Aye, das wäre toll, danke. Und vielen Dank, dass Sie mich auf dem Laufenden halten. Übrigens, ist der Boss schon da? Ich muss ihn sprechen.«

Fingerling nahm ab, und ich berichtete ihm von der letzten Sendung des Lacerators. Doch ich beschloss zu warten, bis wir uns sahen, ehe ich ihm von meiner Theorie bezüglich des Öls erzählte. Zuerst wollte ich mir der Fakten ganz sicher sein, wollte mich vergewissern, dass ich nicht auf dem falschen Holzweg war, wie mein Vater immer gesagt hatte. Das mit den englischen Wortspielen hatte er nie so ganz gemeistert.

»Der DI ist auf dem Weg hierher, mit der Akte vom Mordfall Aidan Lynch«, sagte ich zu Jack, als ich das Gespräch beendet hatte. »Aber bevor er hier aufschlägt, müssen wir beide uns mal kurz unterhalten.«

Ich holte tief Luft. Wie würde er reagieren, wenn ich ihm eröffnete, dass er sich irrte und dass ich tatsächlich von einem silbernen Honda verfolgt wurde?

Ich hatte gedacht, es sei der Lacerator. Jetzt jedoch wusste ich es besser. Die Jungs im Yard hatten das Kennzeichen überprüft und einen Fahrzeughalter ermittelt, mit dem ich niemals gerechnet hätte.

Maisie Turner. Jacks durchgeknallte Ex.

91. Kapitel

»Das ist nicht dein Ernst«, stieß Jack hervor. »Und sie ist uns wirklich neulich Abend vom Restaurant aus gefolgt?«

Ich nickte. »Gestern Nachmittag hab ich auch gesehen, wie sie mir hinterhergefahren ist. Und dann habe ich sie gestern Abend unter meinem Fenster stehen sehen, bevor ich ins Bett gegangen bin. Nicht dass mir klar gewesen wäre, dass das diese Verrückte ist. Ich dachte, es wäre vielleicht mein anderer Stalker.«

»Der Lacerator?«

»Aye, es sei denn, du kennst noch jemanden, der scharf auf mich ist.« Ganz schlechte Wortwahl, dachte ich und wurde rot. »Jedenfalls, deswegen habe ich die vom Yard gebeten, die Nummer zu überprüfen. Ich wollte ganz sicher sein«, setzte ich rasch hinzu.

Jack schüttelte den Kopf. »Das kapier ich nicht. Wieso stalkt sie denn dich? Ich bin doch derjenige, von dem sie nicht loskommt.«

»Sie hat bestimmt gecheckt, was du so treibst, wahrscheinlich auch online. Passt zum Profil und auch zu all den Anrufen, die du gekriegt hast. Das Mädchen ist eindeutig auf dich fixiert. Ich nehme an, sie hat uns zusammen gesehen und gedacht, wir hätten was miteinander. Wäre ja auch logisch, dass sie zu so einem Schluss kommt. Eifersucht und Obsessionen befruchten sich gegenseitig. Also bin ich plötzlich eine Bedrohung, und sie fängt an, *mich* zu verfolgen. Ich weiß auch nicht. Vielleicht war sie gerade dabei, allen Mut zusammenzukratzen, um mich kaltzumachen, damit sie dich ganz für sich allein haben kann.« Ich zog eine Braue hoch.

Er machte ein völlig entsetztes Gesicht.

»War nur ein Witz«, beschwichtigte ich grinsend. »Höchstwahrscheinlich will sie einfach nur rausfinden, wen sie da als Konkurrentin hat.«

»Scheiße, Mac. Warum hast du denn nichts gesagt?«

»Hab ich doch, falls du dich erinnerst. Und was hast du noch mal geantwortet? Ach ja, stimmt. Ich würde überreagieren, und die Welt wäre nicht so gefährlich, wie ich glaube.«

»Großer Gott. Tut mir leid. Ich komme mir vor wie ein Idiot.«

Ich lächelte und erbarmte mich. »Mach dich nicht fertig. Ich neige ja wirklich dazu, voreilige Schlüsse zu ziehen. Und Maisie wird sich von ein paar Polizisten so einiges anhören müssen. Dann ist hoffentlich Schluss mit dieser Nummer.«

»Meinst du, die hätten Bock, ihr zu sagen, sie soll mich auch nicht mehr anrufen, wenn sie schon mal dabei sind?«, fragte er und lächelte zurück.

Es klingelte. Fingerling war da. Er kam herein, putzte sich die Schuhe mehrmals an der Fußmatte ab und sah sich mit seiner üblichen Neugier in der Wohnung um. Jacks Bettwäsche lag immer noch auf dem Sofa. Fingerling schaute von ihm zu mir und feixte ein bisschen.

Rasch stellte ich die beiden einander vor. »Das ist Jack Wolfe, Duncans bester Freund und mein selbst ernannter Leibwächter, bis unser Freund, der Lacerator, geschnappt worden ist.«

Scotland Yard ist eine einzige Gerüchteküche. Besser, dem gleich einen Riegel vorzuschieben.

»Freut mich, Sie kennenzulernen«, sagte Jack, ohne aufzustehen. Sein Arm lag lang ausgestreckt auf der Lehne des Sessels neben ihm. Er markierte sein Revier und machte keinerlei Anstalten, sich von der Story seines Lebens zu verabschieden.

Ich verbarg mein Lächeln und huschte in die Küche, um eine Kanne frischen Kaffee zu machen. Als ich zurückkam, saß Fingerling am Kopfende des Tisches, das letzte Schreiben des Lacerators in der einen und die alte Fahrkarte in der anderen Hand.

Er reichte mir die Fallakte, um die ich gebeten hatte, und ich blätterte darin, bis ich den Teil fand, den ich suchte.

»Diese Fahrkarte, die Sie da in der Hand haben, untermauert die Theorie, dass Lynch der London Lacerator ist«, erklärte ich, nachdem ich die Seite durchgelesen hatte. »Und wenn er Aidan ist, dann erklärt das auch, warum er nach einer so langen Abkühlphase am Tag des Zugunglücks wieder getötet hat.«

»Inwiefern?«, wollte Fingerling wissen.

»Wir wissen, dass seine Mutter Theresa in dem Zug umgekommen ist. Es kann kein Zufall sein, dass er sich ausgerechnet den Tag des Unglücks ausgesucht hat, um nach all der Zeit wieder zuzuschlagen. Es hat Tage gedauert, bis Theresas Tod in den Zeitungen stand. Die einzige Möglichkeit, wie der Lacerator so früh davon hätte wissen können, wäre, dass er sie hat sterben sehen. Das heißt, er wäre im selben Wagen gewesen. Von seinem Verhalten mir gegenüber wissen wir, dass er obsessiv und zwanghaft ist. Eine Stalkerpersönlichkeit. Ich wäre nicht überrascht, wenn er seine Mutter jahrelang gestalkt hätte. Das würde auf jeden Fall erklären, warum er an dem Abend da war und wie er gesehen haben kann, was passiert ist.

Wissen Sie noch, wie ich bei der Pressekonferenz gesagt habe, dass es da irgendeinen auslösenden Stressfaktor gegeben haben dürfte – eine signifikante Veränderung oder ein dramatisches Ereignis in seinem Leben?«

Fingerling nickte.

»Na ja, die eigene Mutter sterben zu sehen zählt in dieser Kategorie als ziemlicher Hammer.«

»Hm.« Fingerling rieb sich mit dem Daumen die Innenseite seines dürren Handgelenks.

»Und das ist noch nicht alles«, fuhr ich fort und sprach noch schneller als gewöhnlich. »Wenn ich recht habe und Theresa Aidan mit Verweis auf dieses R-Gespräch vom Bahnhof Watford ein Alibi verschafft hat, dann hat sie vielleicht noch etwas anderes getan.«

Ich schlug die Akte auf, die er mitgebracht hatte, und

überprüfte die Fakten, während ich weitersprach. »Es ist möglich, dass Theresa gelogen hat, als sie 87 die Leiche identifiziert hat. Die war doch schlimm verbrannt – fast bis zur Unkenntlichkeit entstellt. Ja, die Blutgruppe war die von Aidan, aber er hatte Gruppe null. Das ist die am weitesten verbreitete – siebenundvierzig Prozent der Bevölkerung haben Blutgruppe null. Abgesehen von der Blutbestimmung ist die Polizei nur wegen des Fundortes davon ausgegangen, dass es Lynchs Leichnam war, und weil seine Mutter bestätigt hat, dass es ihr Sohn sei.«

»Aber wie Sie schon sagten, sie hätte auch lügen können«, meinte Fingerling.

»Genau. Die Ermittler haben nichts falsch gemacht. Sie haben schlicht und einfach auf der Basis der Informationen gehandelt, die sie damals hatten. Zahnärztliche Unterlagen hätten nichts gebracht, weil die Zähne des Opfers bei der Tat zu stark beschädigt worden waren. Und 1987 hat die DNA-Analyse noch in den Kinderschuhen gesteckt, außerdem war so was wahnsinnig teuer. Das wurde nur gemacht, wenn es absolut nötig war. Aber die Entscheidung, es nicht zu tun, hat bedeutet, dass Aidan Lynch ein Vierteljahrhundert lang wie ein Gespenst umgehen und ungestraft töten konnte.«

»Klingt wie aus 'ner Gruselgeschichte«, bemerkte Jack und dachte ganz eindeutig an die Story, die er schreiben würde. Später würde ich ihm einen Knebel verpassen – sein Knüller würde warten müssen.

»Wahrheit ist sonderbarer als Fiktion«, meinte ich. »Bei Australiens erstem Serienmörder ist etwas Ähnliches passiert. Die Polizei hat irrtümlich eins seiner Opfer für ihn selbst gehalten. Am Ende ist er nur geschnappt worden, weil er auf der Straße einem ehemaligen Kollegen begegnet ist, fünf Monate, nachdem alle gedacht haben, er wäre umgebracht worden.«

»Trottel«, sagte Jack mit einem kurzen Auflachen.

Ich lächelte, doch Nigel Fingerlings Miene war ernst. Er seufzte tief und wühlte seine Handy aus der Hosentasche.

»Passt ja alles sehr schön zusammen.« Er strich sich übers Kinn. »Aber es gibt nur eine Möglichkeit sicherzustellen, dass wir recht haben.«

»Indem wir den Leichnam exhumieren«, ergänzte ich und schnalzte leise mit der Zunge.

Fingerling ließ langsam die Luft aus dem Mund entweichen. Niemand ordnet gern eine Exhumierung an – der Fallout dabei ist niemals gut.

Ich warf Jack einen kurzen Blick zu. Er leckte sich die Lippen, seine Füße wippten. Er war der Einzige von uns dreien, der sich freute.

»Mir ist ja klar, dass du hier ein Vorrecht auf die Story des Jahrzehnts hast.« Ich sah ihn streng an. »Aber du wirst dich zurückhalten müssen, bis ich grünes Licht gebe.

Der Lacerator spielt mit uns. Und zwar schon, seit er vor fünfundzwanzig Jahren diesen armen Scheißer abgeschlachtet hat, den er dann als sich selbst ausgegeben hat. Und er war uns die ganze Zeit ein ganzes Stück voraus. Aber das Spiel hat sich gerade zu unseren Gunsten geändert. Wenn wir es richtig spielen, können wir das Arschloch endlich drankriegen. Aber um das zu schaffen, dürfen wir uns nicht in die Karten schauen lassen. Nicht zuletzt, weil er seine gerade gezeigt hat, wenn ich recht habe. Und damit meine ich nicht, dass er seine Identität bestätigt hat.«

92. Kapitel

Ich las den Brief noch einmal, während Fingerling beim Yard anrief, damit eine Exhumierungsgenehmigung beim Innenministerium beantragt wurde.

Es waren insgesamt sieben Absätze, genau wie bei dem ersten Brief.

Liebe Ziba Mac,
wie kannst Du nur glauben, ich wäre ein Perverser? Ein Pädophiler. Das war das Wort, das Du gestern Abend im Fernsehen benutzt hast.
Du hast mich beschuldigt, ein schmutziger alter Lüstling zu sein, der Kinder da anfasst, wo er es nicht dürfte. Ich bin ein Kinderretter, Ziba Mac, kein Kinderzerstörer. Der beigelegte Gegenstand wird das beweisen.
Du musst mich verstehen, denn wie kann ich sonst darauf vertrauen, dass Du mich beschützt?
Ich habe geglaubt, mit dem Teufel im Wald würde es enden. Aber der Herr hat mir gezeigt, dass es noch mehr Arbeit zu tun gibt.

Die Sünden der Väter müssen aufgezeigt werden. Das geheime Einverständnis der Schuldigen darf nicht ungehindert weitergehen.
Ich erwarte die Zeit, da die Sonne in Finsternis verwandelt wird und der Mond in Blut – und das musst auch Du tun.
In nomine Patris et Filii et Spiritus Sancti,
Raguel

Als Jack seine Stellung veränderte, streifte sein Arm meine Schulter. In meinem Magen flatterte es.

Schluss damit. Seit diesem verdammten Traum benehme ich mich wie ein Teenager, dachte ich. Das muss aufhören.

Fingerling beendete sein Telefonat und schaute auf die Uhr.

»Machen wir hier Feierabend und gehen wir das Team informieren«, meinte er. »Was halten Sie von dem Ganzen, MacKenzie?«

Mit einer Kopfbewegung deutete er auf den Brief in meiner Hand.

»Na ja, unser Plan hat funktioniert. Er hat den Köder geschluckt.«

Fingerling nickte. »Für irgendwas sind die Medien ja wohl doch gut. Zu verbreiten, dass unser Freund pädophil ist, war keine schlechte Idee.«

Ich lächelte. Aus seinem Mund war das ein beachtliches Kompliment. »Gehen wir den Brief mal durch. Da sind ein paar aufschlussreiche Formulierungen drin.«

»Na, dann los, Dr. Brussel.«

Wieder lächelte ich, doch diesmal verbarg ich das Lächeln. Von dem Mad Bomber haben die meisten Leute schon mal gehört, James Brussel jedoch ist weniger gut bekannt. Trotz all seines Geredes an dem Tag, als wir uns zum ersten Mal begegnet waren, hielt Fingerling eindeutig mehr von Profiling, als er sich anmerken ließ.

»Okay. Zuerst: *Wie kannst Du nur glauben, ich wäre ein Perverser?* In dieser Zeile liegt echte Emotion. Ihn als Pädophilen zu bezeichnen war das Schlimmste, was wir sagen konnten. Und das hier: *ein schmutziger alter Lüstling zu sein, der Kinder da anfasst, wo er es nicht dürfte.* Die Betonung liegt auf ›alt‹. Er denkt an den Mann, der ihn selbst missbraucht hat. Noch etwas, um die Theorie zu untermauern, dass sein Großvater sich an ihm vergangen hat und dass es bei den vorherigen Morden um Übertragung ging. Bis gestern ist er über Männer hergefallen, die ihn an Grant Taplow erinnert haben. Bis er bereit war, sich das wahre Ziel seiner Wut vorzunehmen.«

»Langsam, okay? Sie reden schneller, als ich schreiben kann.« Fingerling schüttelte seine Hand aus, so wie auch Paddy es vor etwas mehr als zwölf Stunden getan hatte, als er genau dort gesessen hatte.

»*Ich bin ein Kinderretter, Ziba Mac, kein Kinderzerstörer*«, sagte ich und sah ihm beim Schreiben zu, um sicher zu sein, dass er auch alles zu Papier brachte. »Durch die Verwendung meines Namens wird die Verbindung zwischen uns stärker. Und die Zeile zeigt auch, wie sehr er will, dass ich ihn verstehe – und wie enttäuscht er ist, dass ich es nicht tue.

Außerdem erklärt sie sein Motiv, das wir bisher ja nur erraten konnten. Er glaubt eindeutig, er rettet missbrauchsgefährdete Kinder, indem er mutmaßliche Pädophile tötet. Und das Wort ›Retter‹ – das offenkundig biblischer Natur ist – passt zu seiner Auffassung von einem höheren Zweck.«

»So was wie eine Berufung?«

»Genau.«

»Und der beiliegende Gegenstand, von dem er redet, ist dann vermutlich die Zugfahrkarte?«

»Aye. Er denkt bestimmt, wenn ich weiß, dass er Samuel umgebracht hat, dann verstehe ich, dass er versucht hat, ihn zu retten. Und dass er unmöglich ein Kinderschänder sein kann.«

Fingerling zog eine Grimasse. »Ich weiß nicht recht, ob ich mich seiner Logik anschließen kann.«

»Na ja, der Kerl hat ja auch 'ne Schraube locker.«

Jack fing meinen Blick auf und grinste. Fingerlings Gesichtsausdruck veränderte sich nicht. Wir kamen ja vielleicht besser miteinander aus, aber das hieß nicht, dass wir einander verstanden.

»Was soll das denn bedeuten?« Er beugte sich über meine Schulter. Fünf nach acht am Morgen, und er hatte schon Mundgeruch. *»Ich habe geglaubt, mit dem Teufel im Wald würde es enden.«*

»Das ist eine Anspielung auf das Pflegeheim, in dem Taplow gelebt hat.«

»Hä?«

»Cedars Care Home. Zedern. Eine Baumart. Wald.«

»Oh, ich verstehe. Haha. Sehr witzig. Oder eher nicht, Sonst noch was?« Wieder schaute er auf die Uhr.

»Ja.« Ich hielt kurz inne. »Ich glaube, ich weiß, warum er seine Opfer mit Olivenöl beträufelt.«

Fingerlings Miene hellte sich schlagartig auf. Blitzlichtaugen.

»Der Teufel liegt im Detail.«

»Weiter.« Er beugte sich vor.

Jack sah uns beide verwirrt an. Scotland Yard hatte diesen Teil der Signatur des Lacerators nie an die Medien weitergegeben.

»Das darfst du nicht veröffentlichen, bevor ich dir das Okay gebe«, sagte ich zu ihm. »Verstanden?«

»Klar.« Er sabberte praktisch schon. Im Augenblick hätte er sich zu allem bereit erklärt. Mit dieser Story würde er sich einen Namen machen.

Ich sah Fingerling an. Er nickte. Ich hatte grünes Licht.

»Olivenöl taucht in der Bibel oft auf. Es ist ein Symbol für den Heiligen Geist. Und es hat einen ganz besonderen Platz in der katholischen Kirche. Priester verwenden Olivenöl bei der Taufe, bei der Firmung und um Kranke zu salben. Also für heilige Sakramente. Aber das ist nicht alles, wofür es benutzt wird.« Wieder hielt ich inne. »Es wird auch bei Exorzismen verwendet. Um den Teufel auszutreiben.«

Fingerling fiel die Kinnlade herunter. Sein Kopf begann auf und ab zu nicken wie bei einem Wackeldackel.

»Es reicht dem Lacerator nicht, Männer, die ihn an seinen Großvater erinnern, einfach nur umzubringen. Oder sie zu bestrafen, indem er ihnen die Genitalien abschneidet. Er muss ihnen auch den bösen Geist austreiben. Und da kommt das Öl ins Spiel.«

»Super«, stieß Fingerling hervor und klatschte in die Hände.

Das zweite Kompliment, das ich von ihm bekam. Und auch noch so überschwänglich.

»Das ist noch nicht alles.« Ich schob den Brief näher zu ihm hin. »*Aber der Herr hat mir gezeigt, dass es noch mehr Arbeit zu tun gibt. Die Sünden der Väter müssen aufgezeigt werden. Das geheime Einverständnis der Schuldigen darf nicht ungehindert weitergehen.*

Er wird wieder töten. Sein Amoklauf wird nicht mit Grant Taplow enden. Und nach dem, was er schreibt, wird sein nächstes Opfer jemand sein, den er kennt. Ein ›Einverstandener‹: Jemand, von dem er glaubt, dass er Missbrauch begünstigt.«

Ich sah Fingerling direkt in die Augen.

»Ich glaube, ich weiß, wann er das nächste Mal zuschlagen wird. Wir müssen nur herausfinden, wen er umbringen will.

Und wie wir ihn daran hindern.«

93. Kapitel

Raguel sieht von einem Versteck auf der anderen Straßenseite aus zu, wie der Sünder auf die Haustür zustrebt, seinen Schlüssel hervorholt und ihn ins Schloss steckt.

Die alte Hitze flutet durch ihn hindurch. Sein Blut beginnt zu singen. Doch noch ist es nicht so weit.

Obgleich seine Muskeln sich vibrierend nach Aktion sehnen, muss Raguel doch warten, bis der Mond groß am Himmel steht und rot überhaucht ist. Ein Zeichen des Herrn, dass alles gut wird, so wie bei jenem ersten Mal, als er die Fesseln seines früheren Selbst abgestreift hat.

Er holt sein Fadenspiel hervor und formt daraus ein Muster, dann ein zweites; seine Finger bewegen sich flink, um seine Gedanken zu bremsen.

Das Licht eines Fernsehers flackert im Wohnzimmerfenster; die Silhouette des Sünders ist durch die Vorhänge hindurch sichtbar. Raguels Blick heftet sich fest darauf, während er seine Schnur dreht und spannt und sich den Angriff bildlich vorstellt. Die Stimmen fangen zu wispern an, zischelnd und laut. Raguel wickelt sich die Schnur siebenmal um den Zeigefinger, hebt ihn an die Lippen und bekreuzigt sich.

Dann geht er ums Haus herum zur Hintertür und schlüpft hinein.

94. Kapitel

Die schattenhafte Gestalt ist bei ihm, mit einem Speer in der Hand. Ein brüllender Löwe schwebt vor ihnen.

Raguel wird die Welt vor dem Reich der Finsternis erretten, und die Dämonen werden in die ewigen Flammen geschleudert werden.

Seine Leidenschaft lodert, seine Haut ist davon ganz heiß.

»Sie sind so voller Wut, das ist nicht gut für Sie«, hatte Katie bei jenem letzten Mal gesagt. »Sie müssen wirklich langsam mal zu dem Aggressionsbewältigungstraining gehen, bei dem wir Sie angemeldet haben. Ich rede mit Ihrer neuen Betreuerin, wenn ich ihr Ihre Akte übergebe.«

»Ich brauche keine Aggressionstherapie, und ich will keine neue Betreuerin. Ich verstehe nicht, warum Sie aufhören müssen. Ich bin doch jetzt an Sie gewöhnt«, hatte er erwidert.

Katie hatte geseufzt und ihm in die Augen geschaut, allerdings hatte sie sorgsam darauf geachtet, ihn nicht zu berühren. Patienten zu berühren verstieß gegen die Regeln des Skylark Day Care Centre.

»Sie werden sich auch an jemand anderen gewöhnen«, hatte sie gesagt und ganz langsam gesprochen, als rede sie mit einem Vorschulkind. »Bei mir waren Sie sich am Anfang doch auch nicht sicher, und sehen Sie, wie gut wir jetzt miteinander auskommen. Und bis dahin müssen Sie aufhören, Ihre Termine zu versäumen. Sie haben sich doch mit dem Plan in der Anordnung einer gemeindenahen Behandlung für Sie einverstanden erklärt, als Sie sich im Januar mit Ihrem Betreuungsteam zusammengesetzt haben. Wir können Sie nicht ambulant behandeln, wenn Sie Ihren Verpflichtungen nicht nachkommen.«

Raguel hatte sich die Warnung zu Herzen genommen. Er hatte den Unterton verstanden und die Drohung. Noch einmal würde er sich nicht einsperren lassen. Niemand würde ihm die Flügel stutzen. Also hatte er getan, was ihm gesagt worden war, und war zu diesen fürchterlichen Therapiegruppen gegangen.

Zur Kunsttherapie, wo man ihn dazu anhielt, »seine Gefühle auszudrücken«, und zwar mit Klebstoff, Seidenpapier und Farbe. Entspannungstherapie, wo er auf einer Matte lag, heidnische Musik hörte und Atemübungen machte. Und Gesprächstherapie, wo er mit anderen in einem Kreis saß und alles Mögliche über sich selbst erfand.

Er hatte getan, was getan werden musste, damit er frei sein konnte. Frei, um das Werk des Herrn zu verrichten: die Frevler vernichten, die Sünder strafen. Ironischerweise hatte es nicht mit Strafen begonnen. Es hatte damit angefangen, dass er ein Kind gerettet hatte.

Er war Samuel Catlin ungefähr um dieselbe Zeit begegnet, als er angefangen hatte, die Stimmen zu hören; ein paar Monate, bevor er bei der Musterung durchgefallen und als »untauglich« abgestempelt nach Hause geschickt worden war, obwohl er doch jeden Tag stundenlang trainierte.

»Vertrau auf den Herrn«, hatte seine Mutter zu ihm gesagt. »Nichts geschieht ohne Grund.«

»Wenn ich groß bin, werde ich auch Soldat, genau wie du«, versicherte Samuel Aidan und lief ihm in der Halle, in der sich die Pfadfinder trafen, überall hin nach.

Aidan gab gerade Bälle und Kegel für das nächste Spiel aus. Samuel schleppte einen Armvoll bunter Reifen.

»Der vergöttert dich ja richtig, der Kleine«, meinte der Anführer der Meute lächelnd, der den beiden zusah.

»Er ist mein kleiner Gehilfe, stimmt's?«, fragte Aidan Samuel, der ihn angrinste und die Zunge durch die Lücke streckte, wo seine Milchzähne ausgefallen waren.

Aidan lächelte zurück. Es fühlte sich schön an, jemanden zu haben, der zu ihm aufsah; dabei wurde ihm innerlich ganz warm. Und er fühlte sich wie ein Beschützer.

»Mein Granddad geht dieses Wochenende mit mir zelten«, berichtete Samuel Aidan eine Woche später. »Solche Sachen macht er andauernd, nur wir beide.« Er wühlte in seinem kleinen blauen Rucksack, der voller Dinosaurier-Aufkleber war, und holte mit einem breiten Zahnlücken-Grinsen ein Mars heraus. »Und das hier hat er mir auch geschenkt. Nicht so ein kleines Ding. Er ist echt supercool, mein Granddad.«

Diesmal lächelte Aidan nicht zurück. Unter seinem Hemd füllte sich sein Bauch mit Würmern. Da hatte das mit den Stimmen angefangen.

Am Anfang war es meistens ganz leises Geflüster, mehr Zischen und Hauchen als richtige Worte. Aber nach und nach wurden sie deutlicher, bis er schließlich verstehen konnte, was sie ihm zu sagen versuchten.

Wäre er nicht so religiös gewesen, so hätte er sich gefürchtet, doch seine Mutter hatte ihn die Bibel gut gelehrt. Von ihren abendlichen Lesungen her wusste er, dass alle Propheten die Stimme Gottes hörten. Und manche sahen sogar wundersame Dinge. Deshalb machte er sich auch keine Sorgen, als er die Hecke vor dem Pfadfinderheim orangerot leuchten sah und eine Stimme daraus nach ihm rief.

»Hier bin ich«, sagte er – dieselben Worte, die Moses gesprochen hatte, als er die Stimme Gottes gehört hatte, die ihn vom Berge Horeb aus rief.

»Ich habe das Leiden meines Kindes Samuel Catlin gesehen«, sprach der Herr. »Sein Schrei ist zu mir gedrungen. Ein Dämon kommt in der Finsternis zu ihm, so wie zu dir einer gekommen ist. Du musst ihn retten und ihn aus seinem Unglück erlösen. Lege die Hände um seinen Hals und drücke fest zu, bis seine Seele zu mir zurückkehrt, auf dass ich ihn trösten und vor Unheil bewahren kann.«

»Das kann ich nicht«, hatte Aidan gesagt.

Er war der Diener des Herrn, doch was da von ihm verlangt wurde, verstieß gegen ein heiliges Gesetz. Kain war dafür verflucht worden, dass er Abels Blut vergossen hatte.

Wie könnte Aidan Samuels Leben ein Ende machen, ohne seine Seele der Verdammnis anheimzugeben?

»Vertraue auf mich. Ich werde meinen Engel schicken, auf dass er dich beschütze«, sagte die Stimme in dem brennenden Busch.

Aidan war in den Raum gegangen, wo die Pfadfinder versammelt waren, und hatte Samuel betrachtet, der mit den anderen Jungen auf dem Boden saß. Er aß gerade wieder ein Mars. Jetzt brachte er jede Woche eins mit.

Aidan hatte am eigenen Leibe erfahren, was Schokoriegel bedeuteten. Sie waren Bestechungsgeld für Schweigen, Bezahlung für geleistete Dienste.

Samuel stopfte sich den letzten Rest Schokolade in den Mund und grinste Aidan an.

»Kann ich dir beim Aufbauen helfen?«, fragte er und flitzte zu seinem Helden hinüber.

Sicher, nach außen hin wirkte er wie ein fröhliches Kind. Er verstand sich mit allen gut und lächelte immer. Doch Aidan wusste alles darüber, wie man sich verstellte und eine unergründliche Miene aufsetzte. Die Stimme in dem Busch hatte recht. Samuel litt, und Aidan musste seinem Leiden ein Ende machen. Er musste ihn vor dem bewahren, was ihm widerfuhr.

Zwei Tage später half er Samuels Seele, den Weg in den Himmel zu finden, und hinterher schützte Aidans Mutter ihn vor der Polizei. Sie musste gewusst haben, dass die Stimme am Telefon bei dem Anruf vom Bahnhof Watford nicht Aidans gewesen war. Doch das war nicht das, was sie den Bullen sagte.

Der Herr hatte ihm einen Schutzengel geschickt, so wie er es versprochen hatte. Und seine Mutter hatte recht gehabt, nichts geschah ohne Grund.

Nachdem Samuels Seele zu ihrer Reise ins nächste Leben aufgebrochen war, hob Aidan den Blick zum dunklen Himmel, und ein Lichtstrahl schien durch die Wolken hindurch auf ihn herab. Der Allmächtige war erfreut über sein Werk.

Er berührte seine Stirn mit dem Mittelfinger und malte damit über seinen Augen das Zeichen des Kreuzes, und als er das tat, wisperten die Stimmen: »Von jetzt an wirst du einen neuen Namen führen. Du wirst Raguel genannt werden, denn der Herr ergötzt sich an dir.«

Aidan Lynch war tot. Er war in einen Erzengel verwandelt worden. Und soeben hatte er seinen ersten heiligen Auftrag ausgeführt.

95. Kapitel

Raguel wandelte noch zwei weitere Jahre auf Erden und vollstreckte die Rache des Herrn. Doch seine Mission war seit Samuel eine andere. Jetzt oblag es ihm, Sünder hinzurichten, anstatt die Unschuldigen aus den Ketten ihrer Knechtschaft zu befreien.

Richtig begann das alles an einem Winterabend Ende Dezember. Er fand den Frevler in einer Homosexuellenbar, wo er auf der Suche nach jungem Blut war, um es ins Verderben zu locken.

Raguel hatte gewusst, wo er hingehen musste. Er wusste, wo Perverse ihre Zeit verbrachten und was die Schlimmsten unter den Männern gern miteinander trieben.

Als Raguel den Sünder erblickte, schrie seine Seele auf. Der Mann sah aus wie Granddad.

»Vernichte, was die Unschuldigen zerstört hat«, wisperten die Stimmen. »Mache jene nieder, die sich gegen mich versündigen.«

Raguel sprach den Dämon an und lockte ihn mit in die Inverness Street. Seine Eltern waren übers Wochenende weggefahren, also hatte er das Haus ganz für sich. Als sie dort waren, bot er dem Dämon etwas vom Whisky seines heidnischen Vaters an und wartete, bis der Mann betrunken auf dem Wohnzimmerboden wegdämmerte. Dann hob er das Messer. Er wusste, was zu tun war.

»*In nomine Patris et Filii et Spiritus Sancti*«, sagte er, als er dem Unhold die Klinge in die Kehle rammte. Nur verwirrte Satan ihn dabei; Raguel verfehlte sein Ziel, und der Dämon kam zu sich.

Er rollte mit den Augen. Hörner sprossen aus seinem Kopf hervor, und gewaltige Fledermausschwingen wuchsen aus seinen Schultern. Die Ausgeburt der Hölle rang mit Aidan.

»Lass mich, Schlange! Du kannst mir nichts mehr anhaben«, schrie dieser und stach wieder und wieder mit dem Messer zu, bis der Dämon zu Boden stürzte und Blut aus seiner Brust strömte.

Raguel machte sich daran, ihm das Werkzeug seiner Verderbtheit zu nehmen. Doch inzwischen war sein Messer von dem Kampf stumpf geworden. Erschöpft und von oben bis unten voller Blut säbelte er stundenlang am Skrotum des Dämons herum, bis er schließlich über seinem Werk einschlief.

Das Morgenlicht weckte ihn.

»Nein!«, schrie er voller Panik auf.

Seine Eltern würden jeden Moment heimkommen. Überall war Blut.

»Treuer Diener«, wisperten die Stimmen, und ein gleißendes himmlisches Licht erfüllte das Zimmer. Eine Harfe mit zehn Saiten begann zu spielen. »Es ist Zeit für ein neues Lied.«

Ein Engel erschien vor Raguel und winkte ihm, ihm zu folgen und den Leichnam des Sünders mitzubringen.

»Feuer«, wisperten die Stimmen. »Schwefel.«

Raguel schleppte den Leichnam ins Bad und rannte wieder nach unten, um Streichhölzer und die Dose Verdünner aus dem Schrank in der Waschküche zu holen. Aidan Lynch kannte sich mit Feuermachen aus. Er mochte ja tot sein, aber er hatte sein Wissen an Raguel weitergegeben; allerdings war dies das erste Mal, dass einer von ihnen beiden eine Leiche verbrannt hatte.

Hinterher floh Raguel, von Schuldgefühlen gepeinigt. Der Herr hatte ihm befohlen, den Dämon zu töten, aber der Herr hatte doch auch geschrieben, dass Mord eine Sünde sei.

Allerdings war das nicht das Einzige, dessentwegen er sich schuldig fühlte. Es gab noch einen anderen, geheimen Grund, den er nicht einmal sich selbst einzugestehen vermochte. Doch die Stimmen wussten Bescheid. Und des Nachts quälten sie ihn wegen der finsteren Schlange, die zusammengerollt in seinem Herzen lauerte.

Er fand den Artikel an einem Sonntag. Am Tage Gottes. Inzwischen schlief er auf der Straße, auf der anderen Seite der Stadt, und war auf die Güte Fremder angewiesen, um sich zu ernähren.

Die Zeitung lag in der Gosse, und auf der Titelseite prangte ein Foto von ihm in seiner Kadettenuniform unter der Schlagzeile: *Verstümmelter identifiziert.*

Raguel blieb der Mund offen stehen, als er den Artikel las. Abermals hatte seine Mutter ihn beschützt.

Sie hatte den verbrannten Leichnam im Badezimmer als Aidan identifiziert, obgleich der Mann gut dreißig Zentimeter kleiner war als er. Sie war sein Schutzengel. Sie hatte ihn bei Samuel Catlin gedeckt, und sie hatte ihn auch jetzt gedeckt.

Bestimmt ist sie stolz auf mich, dachte er, und das Herz wurde ihm weit.

Seine Mutter war religiös. Ihr musste klar sein, dass er das Werk des Herrn verrichtete und dass ihre Rolle darin bestand, ihn vor Schaden zu bewahren. Das war ein Zeichen, dass er seine heilige Mission fortsetzen musste.

Nach einiger Zeit kehrte er nach Camden zurück, um ihr nahe zu sein, in dem sicheren Wissen, dass ihn jetzt niemand wiedererkennen würde. Sein langes Haar, der struppige Bart und das ausgezehrte Gesicht waren die perfekte Tarnung, die Katakomben das perfekte Versteck.

Die Jagd auf Dämonen wurde zur allnächtlichen Beschäftigung. Doch Granddad war ein listiger Gegner. Monate konnten vergehen, ohne dass er ihn fand. Doch wenn es so weit war, zeigte Raguel keine Gnade.

Eine Klinge in die Augen eines arglosen Mannes zu rammen war alles, woran er denken konnte. Niemand würde ihm je wieder befehlen, ihn anzusehen, während er sich vergewisserte, ob er auch gesund sei. Jetzt war er Raguel. Das Feuer Gottes.

Nach zwei Jahren auf der Straße wurde er von der Polizei aufgegriffen, die ihm eröffnete, er sei schizophren und die Schrammen an seinem Körper und das Blut auf seinen Kleidern würden bedeuten, dass er eine Gefahr für sich selbst darstellte. Sie steckten ihn in eine Zelle, »zu seinem eigenen Schutz«, bis sie ein Bett in der Psychiatrie für ihn fanden, und dort blieb er gezwungenermaßen mehr als zwei Dekaden lang.

Jetzt jedoch ist Raguel dank der Anordnung einer gemeindenahen Behandlung frei. Er kann allein leben, solange er sich an seinen Therapieplan hält.

Wie die Propheten hat auch Raguel Gotts Wille niemals hinterfragt. Und er hat gewusst, dass er eines Tages Satan selbst zur Strecke bringen würde. Doch der Teufel musste seine siebente Hinrichtung sein: So würde alles vollkommen und geheiligt sein.

Aber es ist noch nicht vorbei, denkt Raguel, als er die Hintertür von Marcus Lynchs Haus schließt, die durch das Walten des Herrn nicht abgeschlossen war, und seine blank geputzten Schnürschuhe abstreift.

Raguel hasst seinen Vater. Er ist schuld daran, was mit Granddad passiert ist. Er hat damals das mit dem Übernachten arrangiert und so viel von dem, was danach kam. Jetzt ist es an der Zeit, dass er für die Sünden bezahlt, die er begangen hat.

Denn wie Jesus gesagt hat, die Bedürfnisse anderer nicht zu beachten ist die größte Sünde von allen.

96. Kapitel

In weißen Socken schleicht Raguel auf Zehenspitzen durch die Küche in den Flur, wo der Lärm des Fernsehers im Wohnzimmer dröhnt, genau wie damals, als er vor all den Jahren als jemand anderer hier gewohnt hat.

Er hat seine Rituale zelebriert. Sieben Ladungen Koks. Sieben Vaterunser. Siebenmal bekreuzigen, vom Kopf zur Brust und zu den Schultern, *In nomine Patris et Filii et Spiritus Sancti.* Und doch hält er einen Moment lang inne, bevor er das Zimmer betritt. Es gibt noch ein Gebet, das er sprechen muss, bevor er weitermachen kann. Macht er irgendetwas falsch, wird alles scheitern.

»Ich bin Dein Engel, der Vernichter der Gefallenen. Erhebe Dich in mir, o Herr, und liefere sie der Macht meines Schwertes aus.«

Er flüstert, obwohl er weiß, dass sein Vater nichts hören wird. Der Fernseher ist auf volle Lautstärke gestellt. Solange Raguel sich erinnern kann, war Marcus Lynch schwerhörig.

Raguel schiebt sich bis zum Rahmen der Wohnzimmertür vor. Sie steht halb offen, weit genug, dass er hineinspähen kann, ohne selbst gesehen zu werden.

Sein Vater trägt immer noch seine Arbeitskleidung; er sitzt mit dem Rücken zur Tür in einem Sessel und liest Zeitung. Komisch, denkt Raguel, das sieht ja aus wie eine große Tageszeitung. Früher hat er doch immer die *Daily Mail* gelesen.

Raguel zieht sein Messer. Langsam lässt er es aus der Scheide gleiten, um kein Geräusch zu machen. Das Licht schimmert auf der Klinge.

»Tu es«, wispern die Stimmen. »Tu es. Tu es.«

Raguel schließt einen Moment lang die Augen und holt Luft, zwingt sich zur Ruhe. Macht sich bereit.

Die alte Erregung wallt in seinen Adern. Es fühlt sich an wie unterdrücktes Gelächter, als hätte er das Glück verschluckt und es würde ihn bis zum Platzen ausfüllen.

Diese Hinrichtung wird anders sein, schwieriger. Anders als seine anderen Opfer ist Marcus Lynch nicht betrunken. Doch Raguel hat immer noch das Überraschungsmoment auf seiner Seite.

»Eins, zwei, drei, vier, fünf, sechs, sieben.«

Er zählt im Kopf, dann stößt er die Tür auf, den Dolch in der Rechten emporgereckt, den Körper auf Engelsschwingen erhoben. Mit einem Schlachtruf stürzt er sich auf den Sünder, mit dem Schrei eines Engels, dem Aufbrüllen eines Kriegers.

»*Deus vult!*«

Mitten in der Luft zuckt ihm ein Gedanke durch den Kopf. Er hat seinen Vater etliche Minuten lang beobachtet, bevor er zum Angriff angesetzt hat. Doch in dieser Zeit hat Marcus Lynch nicht ein einziges Mal umgeblättert.

97. Kapitel

Nicht nur dass Marcus Lynch nicht umgeblättert hat, ist merkwürdig, oder dass er eine Zeitung liest, die er früher nie angeschaut hat. Außerdem kommt da noch ein seltsamer Lichtschimmer von der Zeitungsseite.

Hätte Raguel sich nicht mit einem Messer in der Hand auf seinen Vater gestürzt, so hätte er sich vielleicht wegen dieser Dinge mehr Gedanken gemacht. Ihm wäre vielleicht klar geworden, dass irgendetwas nicht stimmt. Doch dieser Gedanke dringt erst bis zu seiner Großhirnrinde vor, als Marcus Lynch in einer einzigen fließenden Bewegung aufspringt und zu ihm herumfährt wie ein Statist in einem Kampfkunst-Film. Raguel hat seinen Vater seit Jahren nicht gesehen. Die Gesichter der Menschen verändern sich im Laufe der Zeit, doch wenn sie keine Schönheitsoperationen haben machen lassen, sehen sie älter aus und nicht jünger. Und der Mann, der jetzt auf ihn losgeht, ist definitiv viel jünger, als Marcus Lynch sein sollte.

Es geschieht in einer Abfolge von Standbildern. Die Zeit vergeht viel langsamer. Und trotzdem erfasst Raguel nicht, was eigentlich los ist.

Der Mann, der ganz bestimmt nicht sein Vater sein kann, schlägt ihm ins Gesicht. Ein linker Haken und dann ein rechter, gefolgt von einem Tritt gegen den Unterschenkel, der ihn aus dem Gleichgewicht bringt. Raguel wackelt und versucht zuzustechen, doch der Mann lässt sein vorderes Knie auf Raguels Fuß niederkrachen, umfasst von hinten sein Bein, wirft sein Gewicht nach vorn und bringt Raguel so zu Fall.

Wieder versucht Raguel, nach dem Mann zu stechen, doch dessen Knie ist jetzt auf Raguels Bauch und drückt ihn zu Boden, sodass der rächende Engel nichts tun kann, außer zu strampeln wie ein quäkender Säugling.

Jemand springt aus dem Schatten und stellt seinen Fuß auf Raguels Handgelenk, während ihm jemand anderes das Messer entwindet.

»Aidan Lynch, Sie sind verhaftet wegen Einbruchs und versuchten Mordes«, sagt der Mann, den er umzubringen versucht hat.

Raguel schaut zu ihm auf, als die Handschellen zuschnappen. Die Haut des Mannes ist weiß und pickelig. Er hat dunkle Ringe unter den Augen. Und trotz der Muskeln an seinen Armen sind seine Handgelenke so dünn wie die eines Mädchens.

Raguel klappt die Kinnlade herunter, als er ihn wiedererkennt. Bei der Pressekonferenz, die er im Aufenthaltsraum gesehen hat, während er darauf wartete, zu seiner Therapiesitzung gerufen zu werden, hat er den Detective nicht gesehen. Aber er war gestern Abend im Fernsehen; er hat direkt hinter Ziba Mac gestanden, als sie aller Welt erzählt hat, er wäre pädophil.

Wieso hat er nicht gemerkt, dass da der Falsche im Sessel seines Vaters gesessen hat und nicht Marcus Lynch selbst? Wie ist das passiert?

DI Fingerling redet noch immer.

»Und das ist erst der Anfang«, sagt er. »Sie können sicher sein, dass wir noch ein paar Anklagepunkte draufpacken, wenn wir Sie im Yard haben. Und jetzt hoch mit Ihnen, Sie mieses Schwein«, fügt er hinzu und zerrt Raguel auf die Beine.

Das Gebet nimmt auf Raguels Lippen Gestalt an.

Vater unser, der du bist im Himmel ...

Die Worte ersterben. Sie verdorren, nutzlos und irrelevant. Warum hat der Herr ihn verlassen? Warum hat er ihr Abkommen gebrochen, sein Versprechen, seinen Diener zu schützen?

Raguels Finger zucken hinter seinem Rücken. Er zählt bis sieben, siebenmal, während er auf die Wohnzimmertür zugeschoben wird. Ist das hier eine Art Prüfung?

Hiob 23, 8–10

Geh' ich nach Osten, so ist er nicht da,
nach Westen, so merke ich ihn nicht,
nach Norden, sein Tun erblicke ich nicht,
bieg ich nach Süden, sehe ich ihn nicht.
Doch er kennt den Weg, den ich gehe;
Prüft er mich, ich ginge wie Gold hervor.

Ja, es muss eine Glaubensprüfung sein, so wie Jesus selbst in der Wüste geprüft wurde. Raguels Schultern sinken herab. Das Vaterunser geht ihm jetzt leicht von den Lippen.

Jetzt ist er im Hausflur, am Fuß der Treppe, zu beiden Seiten von bewaffneten Polizisten flankiert, und wird aus dem Haus geschleppt.

Dein Reich komme, Dein Wille geschehe …

»Aidan?«, sagt eine Stimme von der obersten Stufe her. Ein Zittern liegt darin. Sein alter Name zerspringt im Mund des Sprechers.

Raguel dreht den Kopf. Es ist sein Vater, dieser elende Judas. Und er hat Tränen in den Augen.

»Hinaus, widerwärtige Schlange! Du Verräter an unschuldigem Blut!«, setzt Raguel an; seine Stimme wird mit jedem Wort lauter, während die wispernden Stimmen ihn anspornen.

Jäh verstummt er. Ziba Mac ist in sein Blickfeld getreten. Jetzt legt sie seinem Vater die Hand auf den Arm. Sie muss die ganze Zeit bei ihm gewesen sein.

»Hören Sie nicht hin«, sagt sie zu seinem Vater und kehrt Raguel den Rücken zu. »Er weiß nicht, was er sagt.«

Ein Ungeheuer packt Samuel an der Kehle. Sein Atem gerinnt in seiner Lunge.

Sein Schutzengel hat ihn verlassen und sich auf die Seite des Teufels geschlagen. An der Wand hängt eine Uhr. Es ist 9 Uhr 13 abends. Dreizehn Minuten nach der vollen Stunde. 9+1+3=13

Dieser Augenblick gehört Beelzebub. Der Teufel hat das Kommando. Raguel ist aus dem Himmel verstoßen worden und stürzt durch die Erde. Die Zahlen werden ihn jetzt nicht retten. Er ist nicht das Feuer Gottes.

Er ist wieder Aidan Lynch. Ein kleiner Junge, der ganz allein ist und Angst vorm Dunkeln hat.

98. Kapitel

Als Aidan Lynch aufblickte, fiel mir wieder ein, wo ich ihn schon einmal gesehen hatte. Sein Gesichtsausdruck war anders, aber die Bügelfalten entlang seiner Hemdsärmel waren genauso scharf wie an dem Tag, als ich ihn dabei ertappt hatte, wie er mich in dem Zug angesehen hatte.

Nicht dass ich diejenige gewesen wäre, die er angeschaut hatte. Er hatte seine Mutter Theresa angesehen. Und er hatte sie nicht nur sterben sehen; er hatte sie auch gesehen, bevor der Zug verunglückt war – auf den Tag genau fünfundzwanzig Jahre, nachdem er Samuel Catlin ermordet hatte. Was, wie sich herausstellte, doch keine Gnade gewesen war.

Ungeachtet dessen, was Aidan Lynch geglaubt haben mochte, war Samuel niemals sexuell missbraucht worden. Anscheinend war das ein Ansatz, dem die Polizei bei den damaligen Ermittlungen sorgfältig nachgegangen war. Er war ein fröhliches Kind gewesen, ein blonder Goldjunge mit allem, wofür es sich zu leben lohnte.

Ich sah zu, wie die Officer Lynch zur Tür hinausführten, und hielt mir die Hand über die Nase; ich konnte den Kerl aus zehn Metern Entfernung riechen. Der Geruch nach Essig, Abfall und überreifen Früchten kam von einer Chemikalie in seinem Schweiß, erfuhr ich später. TMA – trans-3-Methyl-2-Hexensäure – eine schizophrene Reaktion, die von Stoffwechselveränderungen herrührte, ausgelöst durch die psychische Störung.

Nigel Fingerling bedachte mich mit einem militärischen Gruß, ehe er Lynch nach draußen folgte. Ich lächelte zurück. Am Ende hatten wir doch gewonnen.

»Ich glaube, ich weiß, wann er das nächste Mal zuschlagen wird«, hatte ich ihm und Jack in meiner Wohnung verkündet. »Jetzt müssen wir nur noch herausfinden, wen er umbringen will. Und wie wir ihn daran hindern.«

»Ich nehme mal an, der Zeitpunkt hat was mit dieser Nummer zu tun, dass die Sonne sich in Finsternis verwandelt und der Mond in Blut, was immer das verdammt noch mal heißen soll«, hatte Fingerling in Anspielung auf den Brief das Lacerators geknurrt.

»Ich glaube, er meint die Supermond-Mondfinsternis«, hatte ich geantwortet. »In der Zeitung steht, am Sonntag wird der Mond blutrot aussehen und sehr viel größer und heller sein als sonst.«

»Na super, noch ein Mord in weniger als zwei Wochen. Der DCI wird mich lieben.«

»Wenn wir's verhindern ganz bestimmt. Aber dafür müssen wir ausknobeln, wer das nächste Opfer sein soll.«

Das war ein Rätsel, für dessen Lösung mehr als zwei Personen nötig sein würden. Ich brauchte keine klugen Sprüche von Nigel Fingerling, von wegen »Team« schriebe man nicht mit großem E wie »Ego«, um das zu kapieren, und am Ende war es dann ein Gruppenerfolg.

Jack erinnerte mich daran, was Aidan Lynchs Freund aus Kinderzeiten erzählt hatte; dass Aidan den Werkzeugschuppen seines Vaters abgefackelt hatte. Dem Grafologen fiel auf, dass der Lacerator stärker aufgedrückt hatte, als er von den »Sünden der Väter« schrieb. Und mein revidiertes Profil ließ darauf schließen, dass das nächste Opfer jemand sein würde, den er kannte, nachdem er endlich den Mut aufgebracht hatte, denjenigen zur Zielperson zu machen, der sich an ihm vergangen hatte. Seine folgenden Morde würden ebenso persönlich sein – Wildfremde und Ersatz-Doubles würde er nicht wieder überfallen.

Trotz unserer Sorgen brauchte man Marcus Lynch nicht lange zu überreden, uns zu helfen, die Falle zu stellen, nachdem er erst einmal akzeptiert hatte, dass sein Sohn ihm nach dem Leben trachtete. Obgleich Aidan niemals erfahren hatte, dass Marcus nicht sein richtiger Vater war, reichten die Spannungen zwischen den beiden sehr tief.

»Er und seine Mutter haben immer zusammengehalten.« Jetzt, da er nichts mehr zu verbergen hatte, öffnete Marcus sich bereitwillig. »Sie hat ihm mit all diesem religiösen Quatsch 'ne richtige Gehirnwäsche verpasst. Ich war nicht gläubig, und dafür hat er mich gehasst. Und wenn ich ehrlich bin, ich hab's ja versucht, aber ich habe nie wirklich einen Draht zu ihm gekriegt. Der arme Junge muss das gespürt haben. Theresa hat mit ihrem Liebhaber Schluss gemacht und mich angefleht, ihr zu verzeihen. Aber Aidan war eine ständige Erinnerung an ihren Betrug. Da bin ich nicht dran vorbeigekommen.

Jetzt, da das gesagt ist, wünschte ich mehr als alles andere, Aidan hätte uns erzählt, was sein Großvater mit ihm gemacht hat. Wir hätten doch was unternehmen können. Großer Gott, wie habe ich nicht sehen können, was da los war?«

Ich dachte an Aidan Lynch, und ich dachte an meine eigenen finsteren Orte. Etwas vor den Menschen, denen man nahesteht, geheim zu halten, ist leichter, als man glaubt. Aber manche Geheimnisse sollten nicht bewahrt werden. Sie können einen ebenso vernichten wie die, vor denen man sie hütet.

»Hatten Sie den Verdacht, dass Aidan etwas mit dem Tod von Samuel Catlin zu tun gehabt hat?«, fragte ich ihn. »Haben Sie deswegen so reagiert, als ich Sie gefragt habe, was Theresa mir in dem Zug hatte sagen wollen?«

Einen Moment lang machte Marcus ein verwirrtes Gesicht, dann hellte sich seine Miene auf, als es ihm wieder einfiel.

»Ach, das. Ich weiß nicht recht, ob ich das sagen soll, wo Sie doch von der Polizei sind und so.«

»Und wenn ich verspreche, dass es unter uns bleibt?«

»Na ja, also gut«, antworte er in einem Tonfall, der andeutete, dass er sich etwas von der Seele reden wollte. »Hören Sie, ich bin nicht stolz darauf, aber die Sache ist so. Unser Nachbar hat einen Maserati. Hat ein Vermögen gekostet. Er liebt das Ding, bastelt ständig daran rum. Und dann schaff ich's, da 'ne Beule reinzufahren, an dem Tag, bevor Theresa umgekommen ist. War ein dämliches Versehen, und ich hab nichts gesagt. Das hätte mir meinen Schadensfreiheitsrabatt versaut, wenn ich's der Versicherung gemeldet hätte, und ich konnte es mir nicht leisten, ihm den Schaden direkt zu bezahlen.

Theresa hat mich die ganze Zeit gedrängt, reinen Tisch zu machen. Mir ist klar, dass sich das jetzt blöd anhört, nach all dem, was Sie mir über Aidan erzählt haben, aber damals dachte ich, das wär's, was sie gemeint hat.«

»Ihr Geheimnis ist bei mir sicher.« Ich lächelte. »Aber wenn Sie mich fragen, ich würde es an Ihrer Stelle melden. Dann fühlen Sie sich bestimmt besser.«

»Vielleicht«, meinte er achselzuckend.

»Also, wiederholen wir doch noch mal, wie das heute Abend ablaufen soll. Wir werden Sie als Köder benutzen, und wenn Sie drin sind, übernehmen wir. Ist Ihnen das immer noch recht?«

Er nickte.

Fingerling hatte mich gebeten, den Plan mit Marcus durchzusprechen. Es wäre am besten, wenn ich das machen würde, meinte er, da ich andere Menschen doch so gut verstünde. Seine Worte, nicht meine.

Ich hatte gelächelt. Vor einer Woche hätte er das nicht gesagt.

Am Ende lief der Zugriff dann wie ein Spezialeinheitseinsatz, bis hin zu dem Lockvogel, den wir benutzten, um unseren Täter zu schnappen,

Fingerling hatte darauf bestanden, Marcus zu spielen.

»Ich komme überhaupt nicht mehr dazu, mein Jiu-Jitsu mal im richtigen Leben einzusetzen«, sagte er.

»Ich hab ganz vergessen, dass Sie Kampfkunst-Experte sind. Hat der DCI nicht gesagt, Sie hätten den schwarzen Gürtel in irgendwas?«

»Aber hallo.« Er machte ein paar übertriebene Schlagbewegungen mit den Händen.

Und so hatte er, während andere Polizeibeamte strategische Positionen besetzten, als Marcus Lynch verkleidet im Wohnzimmer gesessen, mit einem kleinen Spiegel, der sorgsam so in der Zeitung platziert war, dass er sehen konnte, wie der Lacerator sich anschlich.

Ich schlug vor, den Fernseher sehr laut aufzudrehen, um den Mörder in Sicherheit zu wiegen. Wir brauchten nicht darauf zu lauschen, wie er ins Haus schlüpfte. In jedem Zimmer waren versteckte Kameras. Wenn er kam, falls er kam, würden wir bereit für ihn sein.

Und das waren wir auch.

99. Kapitel

Ich konnte erst mit Aidan Lynch sprechen, nachdem Anklage gegen ihn erhoben worden war.

»Hab ihn am Ende doch zum Reden gekriegt«, verkündete Fingerling, als er mit etlichen Akten unter dem Arm zu mir in den Beobachtungsraum kam.

»Hab ich gesehen.« Ich stemmte mich von meinem Platz hinter dem Bildschirm hoch, wo ich zugesehen hatte, wie die Vernehmung ihren Lauf nahm.

Lynch hatte eindeutig das Bedürfnis, alles loszuwerden – eigentlich ja nicht weiter verblüffend. Es kann für einen Täter eine Erleichterung sein zu gestehen, nachdem er sich jahrelang vor dem Gesetz versteckt hat. Oft geben sie auch gern an.

Aber würde er mit mir reden?

Lynch musste doch denken, dass ich ihn verraten hatte. So wie er es sah, war ich Teil seiner heiligen Scheißmission. Sein Schutzengel. Und ich hatte ihm gerade einen Dolch zwischen die Schulterblätter gerammt.

Aber versuchen musste ich es.

Um das Böse zu bekämpfen, muss man wissen, wie das

Böse denkt. Und das hier war im wahrsten Sinne des Wortes eine Gelegenheit, wie sie sich nur einmal im Leben bot. Nicht einfach nur einen Serienmörder zu befragen – das habe ich oft genug getan –, sondern mit einem zu sprechen, der der Ansicht war, zwischen ihm und mir bestünde eine besondere Verbindung.

Die grundlegenden Fakten über ihn waren mir bereits bekannt. Der sexuelle Missbrauch. Das Gefühl, von seinem Vater nicht beschützt worden zu sein. Die Schizophrenie. Und ich wusste, was er getan hatte.

Was ich nicht wusste, war, warum. Was hatte 1987 nach dem Mord an Samuel den Beginn seines Amoklaufs ausgelöst.

Seine ruinierte Kindheit war der Schmelzofen für sein späteres Leben, doch da musste noch mehr sein als nur das. Traurigerweise gibt es viele Kinder, die dasselbe durchmachen wie Lynch. Aber die wachsen nicht alle zu Ungeheuern heran.

Warum also war es bei ihm so gewesen?

Aidan Lynch war vollkommen verrückt. Er würde mir wohl kaum eine tiefschürfende Analyse seiner Gedanken und Handlungen liefern. Aber mit ihm zu sprechen würde mich in die Lage versetzen zu sehen, wie sein Verstand funktionierte. Und mit seiner inneren Logik klarzukommen.

Ich klopfte an, bevor ich das Vernehmungszimmer betrat. Banale Höflichkeit schafft Nähe.

»Guten Abend, Raguel.« Ich benutzte mit voller Absicht den Namen, den er sich ausgesucht hatte, eine Methode, die Verbindung wiederherzustellen, die wir seiner Meinung nach gehabt hatten. »Darf ich mich setzen?«

»Ziba Mac?«, fragte er in argwöhnischem Tonfall und blinzelte rasch hintereinander.

Sein Kopf war ein klein wenig zur Seite geneigt, als lausche er auf etwas auf der anderen Seite des Zimmers. Instinktiv schaute ich mich um. Dort war nichts.

»Ich musste dich sehen«, sagte ich, die Hände ganz bewusst in einer flehenden Geste geöffnet; ich versuchte, meinen Verrat als Akt der Loyalität darzustellen. »Verzeih mir. Das hier ist die einzige Möglichkeit, die mir eingefallen ist.«

»Du bist ein falscher Engel. Ich hab dich gesehen. Du warst dort, an der Seite Satans.«

Er sprach von Marcus. Seinen anderen Satan hatte er vor drei Tagen umgebracht.

Ich hatte mein Zitat abrufbereit, aus der King-James-Bibel – Lynchs bevorzugter Bibelversion.

»Euer Herz lasse sich nicht verwirren. Glaubt an Gott und glaubt an mich!«

Im Geist sah ich, wie Fingerling nebenan vor dem Bildschirm saß und mit den Lippen lautlos »Was soll denn *der* Scheiß?« formte, doch meine Ansprache wirkte.

Lynchs Schultern sanken herab. Sein Gesicht entspannte sich zu einem Lächeln.

»Johannes 14, 1«, sagte er, und seine Augen leuchteten. »Ich bin der Weg und die Wahrheit und das Leben; niemand kommt zum Vater außer durch mich.«

Ich lächelte. Wir waren im Geschäft.

100. Kapitel

»Ich muss dich verstehen, Raguel, nur so kann ich dich beschützen. Das Spiel, das du für mich erdacht hast, war ja so schlau«, schmeichelte ich ihm, stellte abermals Nähe her. »Ich weiß, wie sehr du als Kind gelitten hast, wie machtlos und einsam du dich gefühlt haben musst. Aber ich weiß so wenig über dein Werk. Erzählst du mir davon?«

Eine Beziehung zu jemandem aufzubauen, der Verbrechen von so abartiger Brutalität begangen hat, ist nicht leicht. Aber die Empathie ist ein notwendiger Bestandteil dabei, Täter dazu zu bringen, sich zu öffnen. Und so zu reden wie sie, ist auch einer.

Lynch schaute rasch auf seine Hände hinab, die sich um die Tischkante krampften. Die Haut seines Gesichts spannte sich straff über den Knochen. Seine Augenbrauen über seiner Brille waren dick und eckig. Sein blonder Bürstenschnitt wurde allmählich grau.

Er trug ein kurzärmeliges Button-down-Hemd und eine gestrickte dunkelblaue Krawatte. Sein Bizeps war ausgeprägt, aber nicht übermäßig groß. Seine Arme waren blass und sommersprossig, seine Fingernägel sauber und kurz geschnitten.

Alles in allem war dies hier ein Mann, den man keines zweiten Blickes würdigen würde, wenn man im Supermarkt an ihm vorbeikam. Abgesehen von dem Mal auf seiner Iris war sein Äußeres in jeder Hinsicht gewöhnlich. Dies war nicht Hannibal Lecter oder irgendein Comic-Schurke, sondern jemand Reales und Alltägliches.

Seine Handlungen zeigten deutlich, dass wir es mit einem Mann zu tun hatten, der von seiner Vergangenheit gebrochen und gequält worden war. Aber nichtsdestotrotz mit einem Menschen. Ein menschliches Wesen mit Trieben, die es zugleich beschämten und bestimmten.

»Ich möchte, dass du mich verstehst, Ziba Mac.« Er blickte zu mir auf. »Als ich dich da oben an der Treppe gesehen habe, war ich mir so sicher, dass du zum Teufel gehörst. Das hat mir das Herz gebrochen. Aber ich habe einen Fehler gemacht. Ich hätte mehr Vertrauen haben sollen. Vergib mir, Herr.«

Er schlug siebenmal das Kreuzzeichen und sprach dann weiter.

»Was möchtest du wissen?«

»Erzähl mir von dem ersten Sünder, den du der Gerechtigkeit überantwortet hast«, sagte ich und bediente mich mit voller Absicht seiner Ausdrucksweise. »Was hat dich dazu veranlasst?«

Er antwortete, ohne zu zögern. »Gott hat natürlich zu mir gesprochen. Ist das eine Fangfrage?«

Seine Schizophrenie hatte offensichtlich auch eine Rolle

dabei gespielt, aber Halluzinationen waren nur ein Teil seiner Geschichte. Es musste einen auslösenden Stressfaktor gegeben haben. Ein dramatisches Ereignis, das eine tief sitzende emotionale Reaktion ausgelöst und ihn dazu veranlasst hatte, gewalttätig zu werden.

»Die Wege Gottes sind wunderbar. Mir ist klar, dass er zu dir gesprochen hat. Aber er hat doch bestimmt noch etwas anderes getan. Irgendetwas ist passiert, bevor du den ersten Sünder hingerichtet hast. Etwas, das dich wütend oder traurig gemacht hat.«

»Meinst du so etwas wie den Mann, der mich ausgeraubt hat?«

Meine Haut kribbelte. Genau das meinte ich.

»Ja. Kannst du mir davon erzählen?«

»Ich bin nach Hause gegangen. Es war dunkel. Die Stimmen waren in meinem Kopf. Schon seit einer ganzen Weile. Aber seit Samuel waren sie stärker geworden. Ich habe versucht, Cannabis zu rauchen, das sollte mir beim Entspannen helfen. Hat es aber nicht getan. Nichts hat geholfen.«

Der Ausbruch der Psychose, dachte ich. Gras rauchen war das Allerschlimmste, was er hätte tun können.

»Als ich in die Straße eingebogen bin, in der ich gewohnt habe, hat mich ein Mann überfallen. Er hatte ein Messer. Das hat er mir an die Kehle gehalten und wollte meine Brieftasche haben. Ich habe sie ihm gegeben, aber er hat mich trotzdem umgeschubst und mich ganz fest getreten. Alles war Chaos, ich habe am ganzen Leib gezittert.«

»Das war bestimmt schrecklich für dich. Haben sie den Kerl geschnappt?«

»Die Polizei hat überhaupt nichts getan.« Er senkte den Blick auf den Tisch. Sein Kiefer spannte sich an.

»Später an dem Abend bin ich in die Stadt gegangen. Ich musste einfach Dampf ablassen. Und da habe ich ihn gesehen. Ein Mann mit Brille und einem ekligen Bart ist die Straße runter auf mich zugetorkelt gekommen, mit einer Bierflasche in der Hand. Es war Granddad, das wusste ich. Die Stimmen in meinem Kopf haben angefangen zu brüllen. Mir zu sagen, was ich tun musste. ›Er trinkt den Wein meines Zornes‹, haben sie gesagt. ›Gottlos. Treib seinen Frevel aus.‹ Ich bin ihm zu einem Hotelzimmer gefolgt. Die Tür war nicht richtig zu, ein Zeichen der Gunst Gottes. Der Dämon lag besinnungslos auf dem Bett. Ich habe ihm die Hände um den Hals gelegt und fest zugedrückt, bis er tot war.« Seine Hände zuckten unwillkürlich. »Ich war Raguel. Das Feuer Gottes.«

Ich betrachtete Lynch, wie er so dasaß; sein bis zum Abwinken gebügeltes Hemd, seine antrainierten Muskeln, sein zwanghaftes Verhalten, und ich dachte über das nach, was er gerade gesagt hatte, über die Worte, die er gebraucht hatte.

Alles war Chaos. Ich hab am ganzen Leib gezittert. Die Polizei hat überhaupt nichts getan.

Und dann – *Ich war Raguel. Das Feuer Gottes.*

Das alles war durchaus logisch. Seine versaute Kindheit hatte einen Mann mit einem zwanghaften Kontrollbedürfnis entstehen lassen. Der Raubüberfall, von dem er gesprochen hatte, hatte seinen Sinn für Ordnung zerstört. Er hatte ihn verwundbar gemacht. Und genau wie damals, als er ein

Kind gewesen war, hatten die Menschen, die ihn hätten retten sollen, nichts unternommen.

Deswegen hatte er sich den Abend, an dem er überfallen worden war, ausgesucht, um sein erstes Opfer zu töten. Der Raubüberfall hatte seine Emotionen von früher in den Vordergrund treten lassen. Bei dem Mord war es darum gegangen, von Neuem seine Dominanz geltend zu machen.

»Später habe ich den Namen des Dämons herausgefunden«, sagte Lynch. »Professor Copeland. Das stand in der Zeitung.«

Ein Ruck fuhr durch meine Adern. Also war der Mann, den er in der Inverness Street umgebracht hatte, gar nicht sein erstes Opfer gewesen? Wie viele Männer hatte er noch getötet, von denen wir nichts wussten?

Und dicht auf den Fersen dieses Gedankens folgte ein zweiter. Die Sieben war doch so eine wichtige Zahl für Lynch. Und in seinem Brief hatte er mir geschrieben, dass sein Großvater sein siebtes Opfer werden würde. Aber wenn er auch Copeland ermordet hatte (und möglicherweise noch weitere), dann hatte er sich verzählt, was nicht zu einer zwanghaften Persönlichkeit passte.

»Ich dachte, dein Granddad wäre der siebte Sünder gewesen«, wandte ich ein und verwendete noch immer seine Ausdrucksweise. »Aber wenn du den Professor zu den anderen dazurechnest, dann macht ihn das zum achten.«

»Ziba Mac, du verstehst mich so gut. Aber keine Angst, der Dämon in dem Hotelzimmer zählt nicht.«

»Warum nicht?«

»Weil ich weder die bösen Geister ausgetrieben noch den Quell seiner Verderbtheit entfernt habe.«

»Den Quell seiner ...« Ich hielt inne; mir ging ein Licht auf. »Du meinst, du hast ihm nicht den Penis abgeschnitten?«

»Genau.«

Wieder zuckte Lynchs Hand. Ein lustvoller Ausdruck glitt über seine Züge.

Meine Kopfhaut prickelte, als ich den Zusammenhang erkannte. Ich hatte das Profil fertig, aber etwas hatte ich übersehen.

Es war bei dem Ganzen nie um eine göttliche Berufung gegangen. Das verschaffte ihm lediglich die Ausrede dafür zu tun, was er ganz tief im Innern wollte. Und bei seinem inneren Konflikt ging es auch nicht einfach nur um den Verstoß gegen das sechste Gebot.

Ungeachtet dessen, was er glauben wollte, tötete Aidan Lynch, weil Morden ihn erregte.

Der christliche Fundamentalist stand auf Blut. Kein Wunder, dass er so ein Bedürfnis hatte, Abbitte zu leisten.

101. Kapitel

Es passierte, nachdem ich an jenem Abend nach Hause gekommen war. Ich hätte es wissen müssen.

Das Mehr Ensemble spielte im Hintergrund, Sitars und Solo-Gesänge. Musik, die einem ans Herz ging. Draußen war der Himmel dunkel, und die Luft wurde kalt.

Ich hatte mich in meiner Pyjamahose und Duncans altem Fischerpullover auf dem Sofa zusammengerollt. In der Hand hielt ich ein großes Glas Wein, und auf dem Couchtisch stand eine Flasche Malibu Estate Merlot, zu zwei Dritteln leer. Das Telefon lag neben mir. Gerade eben hatte ich mit DCI Falcon gesprochen.

»Duncan wäre stolz auf Sie gewesen«, hatte er zum Abschied gesagt. Glassplitter direkt ins Herz.

Ich hatte einen fünfundzwanzig Jahre alten Mordfall gelöst. Ich hatte einen Killer hinter Gitter gebracht. Aber der Mörder meines Mannes war nie gefasst worden. Der Mord an ihm war nie aufgeklärt worden.

Ich sackte tiefer ins Sofa; die alte Enge war wieder in meiner Kehle, ein Felsblock lastete auf meinen Schultern. Das schwarze Loch tat sich von Neuem auf.

Ich schloss die Augen, holte tief Luft und versuchte, mich auf meine Atmung zu konzentrieren, so wie ich es gelernt hatte.

Ich weiß nicht, wie lange meine Augen zu waren oder wie lange ich durch die Nase ein- und durch den Mund wieder ausatmete und versuchte, die Schatten zu vertreiben. Aber ich weiß, was mich da herausriss, weg von dem allzu vertrauten Abgrund.

Das rettende Klingeln der Erlösung, hatten die Mädchen in der Schule am Ende jeder Stunde immer gesagt. Er klingelte abermals. Ding-dong.

Vielleicht hätte ich es nicht beachtet, wenn er nicht nach mir gerufen hätte.

»Ich weiß, dass du da bist, Mac. Mach auf.«

Seufzend kroch ich schwerfällig vom Sofa und tappte zur Tür.

»Jetzt passt es gerade ganz schlecht, Jack«, sagte ich und öffnete die Tür nur einen Spalt breit, verstellte ihm den Weg.

»Quatsch.« Er drückte die Tür weit auf. »Zieh die alten Klamotten aus und wirf dich in Schale. Der Lacerator sitzt, der Mord an Samuel Catlin ist aufgeklärt, und ich gehe jetzt mit dir feiern. Da hat gerade so ein schicker neuer Laden oben in Notting Hill aufgemacht. Ich hab uns einen Tisch reserviert.«

»Das ist sehr lieb von dir, aber ...«

»Komm in die Gänge«, fiel er mir ins Wort und scheuchte mich von der Tür weg. »Wir müssen in einer halben Stunde da sein, sonst verfällt die Reservierung.«

»Ich habe wirklich keine Lust auszugehen.«

Er sah mich an. Jack kennt mein Geheimnis – die Finsternis, die mich einsaugt.

»Ich lasse mich nicht abwimmeln, Zeebs. Wenn du willst, kannst du dasitzen und zuschauen, wie ich mir den Bauch vollschlage, aber du kommst mit. Und jetzt geh und zieh dich um.«

»*Auf Gleis 1 fährt ein der Zug der Bakerloo Line Richtung Süden über Paddington, Charing Cross und Embankment. Bitte halten Sie sich zu Ihrer eigenen Sicherheit von der Bahnsteigkante fern, bis der Zug zum völligen Stillstand gekommen ist.*« Erst als die Türen sich öffneten und wir einstiegen, ging mir auf, dass Jack mich bisher noch nie Zeebs genannt hatte. Der Einzige, der das jemals getan hat, war Duncan.

Es gab jede Menge freie Sitzplätze. Ich ließ mich auf den am Ende der Reihe plumpsen, und Jack setzte sich neben mich und streckte die Beine aus. Dabei drückte sein Oberschenkel gegen meinen und ließ eine Hitzewelle in meine Wangen schießen

Rasch schielte ich aus dem Augenwinkel zu ihm hinüber. Er drehte Däumchen und las eine Werbung für Augentropfen an der Wand gegenüber. Vielleicht war ihm nicht aufgefallen, wie dicht wir nebeneinandersaßen, vielleicht war es ihm egal. Ich sah auf mein Bein hinunter, das sich an seins schmiegte. Ach, scheiß drauf, dachte ich und ließ es genau dort, wo es war.

»*Zurückbleiben bitte.*«

Die Türen schlossen sich zischend, und der Motor holte pfeifend Luft, während er beschleunigte. Wir zuckelten das Gleis hinunter; Jacks Oberschenkel warm an meinem.

»Du hast mich gerettet«, flüsterte ich, als wir aus einem Tunnel herauskamen und der Zug für die Einfahrt in die Paddington Station langsamer wurde.

»Ich weiß doch, wie sehr dir Duncan fehlt, Mac. Aber du bist nicht allein«, sagte er und drückte meinen Handrücken. »Ich bin für dich da. Immer.«

Ich lächelte ihn an, drehte meine Hand um und verhakte die Finger mit seinen. Und so blieben wir den Rest der Fahrt sitzen.

Epilog

Früher hatte der Junge das Gesicht eines Engels, doch alles, was die Leute jetzt sehen, ist der Teufel. Er hat so lange gegen Dämonen gekämpft, dass er am Ende selbst zu einem geworden ist. Und das Ungeheuer, vor dem die Welt gerettet werden muss, ist in Wirklichkeit er.

Danksagung

Einen Roman zu schreiben ist ein bisschen so, wie ein Kind aufzuziehen. Man braucht wirklich ein ganzes Dorf dafür, und ich habe ja so ein Glück, so wunderbare Menschen in meinem zu haben.

Vielen Dank an meine geniale Agentin Alice Lutyens, deren scharfer Blick dieser Geschichte Leben gegeben hat und die nie aufgehört hat, sich für mich einzusetzen. Jede Minute Arbeit mit Ihnen war toll!

An Melissa Pimentel für Ihre frühen Vorschläge in Sachen Plot und dafür, dass Sie mein Buch ins Ausland gebracht haben. An Martin Toseland, der mir geholfen hat, die Protagonistin Ziba zu entwickeln, und an Helen Bryant von Cornerstone dafür, dass sie für mich gekämpft hat.

An das fantastische Team bei Thomas & Mercer, vor allem an Jack Butler, nicht nur dafür, dass Sie an mich geglaubt haben, sondern auch für Ihre perspektivischen Einblicke, Ihr Redigieren und Ihre Unterstützung. Sie haben sich für mich ins Zeug gelegt, und ich weiß das wirklich zu schätzen.

An alle in der Jury der Crime Writer's Association dafür,

dass Sie dieses Buch für den Debut Dagger Award 2017 in die engere Wahl gezogen haben: Es war so eine Ehre, aus so vielen Teilnehmern ausgewählt zu werden.

Und an die echten Kriminal-Profiler, Verhaltensanalytiker und Serienmörder-Experten, die mich mit Inspiration und Material versorgt haben, ganz besonders: John Douglas, Robert Keppel, Robert Ressler und Joe Navarro.

Ziba MacKenzie ist die Heldin dieses Buches, aber diese Jungs sind meine Helden.

An meinen Mann Tim Slotover, der dafür gesorgt hat, dass ich weitermache. Der mich stets ermutigt hat, große Träume zu träumen.

An meine Söhne Max und Joey, die beide vor mir veröffentlich worden sind.

An meine Freunde, die es ertragen haben, dass ich ständig von meinem Buch redete und es trotzdem noch geschafft haben, interessiert zu klingen. Besonderen Dank an Linda-Jane Buckle (dafür, dass sie mein größter Cheerleader war!), an Ali Barr (für schottische Ausrücke, auch die unflätigen, die ich verwenden durfte!), an Paddy (dafür, dass er meine sämtlichen Scotland-Yard-Fragen beantwortet hat) und an meine wunderbaren Schriftsteller-Freundinnen Niki Mackay und Polly Philips (für all eure Hilfe).

An meine Eltern Martin und Carolyn, die alles immer so enthusiastisch angehen und mich bei allem anfeuern, was ich tue. Und an meinen Bruder David und meine Schwester Henrietta.

Und endlich an *Sie,* mein Lesepublikum, dafür, dass Sie mir Ihre Zeit anvertraut haben.

Wenn Ihnen dieses Buch gefallen hat, würde ich sehr gern hören, was Sie denken und in Kontakt bleiben. Besuchen Sie mich auf Twitter @VictoriaSelman oder auf meiner Website vicotiraselmanauthor.com, dort finden Sie Neuigkeiten und Give-aways.

Um die ganze Welt des
GOLDMANN Verlages
kennenzulernen, besuchen Sie uns doch
im Internet unter:

www.goldmann-verlag.de

Dort können Sie
nach weiteren interessanten Büchern *stöbern*,
Näheres über unsere *Autoren* erfahren,
in *Leseproben* blättern, alle *Termine* zu Lesungen und
Events finden und den *Newsletter* mit interessanten
Neuigkeiten, Gewinnspielen etc. abonnieren.

Ein *Gesamtverzeichnis* aller Goldmann Bücher finden
Sie dort ebenfalls.

Sehen Sie sich auch unsere *Videos* auf YouTube an und
werden Sie ein *Facebook*-Fan des Goldmann Verlags!

www.goldmann-verlag.de
www.facebook.com/goldmannverlag